2024

Abitur

Original-Prüfungsaufgaben
mit Lösungen

Niedersachsen

Geschichte

1.	5	1,25	
2.	7	2,1	3,35
3.	7	1,4	4,75
4.	3	0,75	5,5
			6

STARK

18. neu bearbeitete und ergänzte Auflage
www.stark-verlag.de

Inhaltsverzeichnis

Abiturähnliche Übungsaufgaben

Original-Abituraufgaben

Sobald die Original-Prüfungsaufgaben 2023 freigegeben sind, können Sie sie als PDF auf der Plattform MyStark herunterladen (Zugangscode vgl. Umschlaginnenseite).

Autoren (gedruckte Ausgabe)

Klaus Eilert:	ÜA 2, 3 und 5
Dr. Hans-Joachim Müller:	ÜA 4 und 8, 2021/GA II, 2022/GA I
Wolfgang Münchenhagen:	Hinweise, ÜA 1 und 6, 2021/EA I, 2022/EA I
Stefan Schulz:	2020/GA II
Ralf Werner:	ÜA 7

Vorwort

Liebe Schülerinnen, liebe Schüler,

mit dem vorliegenden Band können Sie sich optimal auf die **schriftliche Abiturprüfung 2024** in **Geschichte** (erhöhtes/grundlegendes Anforderungsniveau) vorbereiten.

Das einführende Kapitel „**Hinweise und Tipps zum Zentralabitur**" enthält wichtige **Informationen** sowie konkrete **Tipps**

- zu **Rahmenbedingungen**, **Schwerpunktthemen** und **Bewertung** der Prüfung,
- zu Struktur, **Anforderungsbereichen** und **Operatoren** der Aufgabenstellungen,
- zur **Auswertung von Materialien**, die Ihnen in der Prüfung begegnen können
- sowie zur **Vorbereitung und Verschriftlichung** der Klausuren.

Im anschließenden **Übungsteil** finden Sie

- eine **Auswahl der Original-Prüfungsaufgaben 2020–2022** (direkt im Buch) und der **aktuellen Abituraufgaben 2023** (Download über die Plattform **MyStark**),
- **Übungsaufgaben mit Musterlösungen** zu den **2024** verpflichtenden **Wahlmodulen**, die von unseren Autoren entworfen wurden,
- **ausführliche**, von erfahrenen Lehrkräften ausgearbeitete **Lösungsvorschläge**
- sowie **konkrete Bearbeitungshinweise und Tipps**, die Ihnen ein gezieltes, effektives Vorgehen bei der Beantwortung der einzelnen Aufgaben vermitteln.

Die Aufgaben und Lösungen haben eine **doppelte Funktion:**

- An konkreten Beispielen können Sie Ihre im Unterricht erworbenen **Kompetenzen und Kenntnisse anwenden**, die **Bearbeitung von Abituraufgaben trainieren** und Ihre Lösung mithilfe der Musterlösung kontrollieren und optimieren.
- Zudem können Sie anhand der ausführlichen Musterlösungen **historisches Fachwissen** aus dem Unterricht **wiederholen und vertiefen**.

Sollten nach Erscheinen dieses Bandes wichtige **Änderungen im Abitur 2024** vom Kultusministerium bekannt gegeben werden, finden Sie aktuelle Informationen unter: *www.stark-verlag.de/mystark*.

Der Verlag und das Autorenteam wünschen Ihnen viel Erfolg in der Abiturprüfung!

Hinweise zu den digitalen Zusätzen

Dieser Band enthält **digitale Zusätze**, die Sie online über die Plattform **MyStark** abrufen können. Ihren persönlichen Zugangscode finden Sie auf der Umschlaginnenseite.

PDF der Original-Prüfungsaufgaben 2023

Um Ihnen die **Prüfung 2023** mit den ausgearbeiteten Lösungsvorschlägen schnellstmöglich zur Verfügung stellen zu können, bringen wir sie **digital** heraus. Sobald die Original-Prüfungsaufgaben 2023 freigegeben sind, können Sie sie als PDF auf **MyStark** herunterladen.

Lernvideos

Die Analyse von Quellen und Darstellungen ist wichtiger Bestandteil von Klausuren im Fach Geschichte. Mit unseren **Lernvideos zum richtigen Umgang mit Karikaturen und Textquellen** können Sie sich optimal auf die Bearbeitung von materialgestützten Aufgaben vorbereiten.

Interaktives Online-Training

Mithilfe **abwechslungsreicher interaktiver Aufgaben** können Sie wichtige Inhalte aus den Themenbereichen *Weimarer Republik, Nationalsozialismus und Deutschland ab 1945* wiederholen. Alle Aufgaben können direkt am PC oder Tablet bearbeitet werden. Sie erhalten sofort eine Rückmeldung zu Ihren Antworten.

HINWEISE UND TIPPS

Hinweise und Tipps zum Zentralabitur

Vorgaben für die Abiturprüfung

1 Schulrechtliche Vorgaben für die Abiturprüfung

Den schulrechtlichen Rahmen für die schriftlichen und mündlichen Abiturprüfungen im Fach Geschichte stecken vier Regelwerke ab:

- Die **Einheitlichen Prüfungsanforderungen in der Abiturprüfung Geschichte** („EPA" der KMK, Fassung vom 10. 2. 2005), die von der Kultusministerkonferenz herausgegeben wurden, sind bundesweit gültig. Hier werden allgemeine Festlegungen für die schriftliche und mündliche Abiturprüfung getroffen. Was für Sie davon wichtig ist – z. B. die fachlichen Inhalte, die verbindlichen Qualifikationen und Anforderungsbereiche –, wird in den folgenden Abschnitten systematisch und für Ihren Abiturjahrgang konkretisiert dargestellt.
- Im Abitur kann nur das geprüft werden, was vorher unterrichtet wurde. Diesen Rahmen beschreibt das **Kerncurriculum Geschichte für die Oberstufe** (Kerncurriculum für das Gymnasium – gymnasiale Oberstufe, die Gesamtschule – gymnasiale Oberstufe, das Berufliche Gymnasium, das Abendgymnasium, das Kolleg, Geschichte, Niedersächsisches Kultusministerium, 2017). Die hier verzeichneten Kompetenzen, die Sie in den beiden Schuljahren erworben haben sollen, bilden die Grundlage der schriftlichen und mündlichen Abiturprüfungen. Hier finden Sie ein Menü von vier Rahmenthemen; in jedem der vier Kurshalbjahre der Qualifikationsphase wird jeweils eines behandelt. Jedes Rahmenthema ist in mehrere Wahlmodule gegliedert.
- Damit die Lehrkräfte wissen, was sie in den vier Kurshalbjahren unterrichten sollen, sodass die Abiturientinnen und Abiturienten die zentral gestellten schriftlichen Abiturprüfungen erfolgreich bearbeiten können, wählt das Kultusministerium für jeden Abiturjahrgang aus den vier Rahmenthemen je ein Wahlmodul verbindlich aus: die **vier „Wahlpflichtmodule"**. Diese sind dem Informationsblatt „Geschichte – Fachbezogene Hinweise und Thematische Schwerpunkte für die schriftliche Abiturprüfung 2024" (Juli 2021) zu entnehmen. Sie finden es im Internet unter:
https://www.nibis.de/uploads/mk-bolhoefer/2024/10GeschichteHinweise2024.pdf

- Die Organisation und das Verfahren Ihrer Abiturprüfungen legt die Verordnung über die Abschlüsse in der gymnasialen Oberstufe, im Beruflichen Gymnasium, im Abendgymnasium und im Kolleg **(AVO-GOBAK)** sowie deren Ergänzende Bestimmungen **(EB-AVO-GOBAK)** fest.

2 Prüfungsinhalte im Abitur 2024

Für die Kurshalbjahre des Abiturs 2024 hat das Kultusministerium folgende **verbindliche Wahlmodule** in dieser Kursreihenfolge vorgegeben:

1. Schulhalbjahr (Rahmenthema 1, Wahlmodul 4): Amerikanische Unabhängigkeit – „American Revolution"

- Ursprünge des Konflikts: Gesellschaft in den Kolonien, Konflikt zwischen England und Frankreich in Nordamerika („French and Indian War") und Folgen (u. a. Stempelsteuer, „Boston Tea Party")
- Perspektiven der Konfliktparteien (z. B. Stempelsteuerkongress, Kontinentalkongress, Loyalisten und Patrioten, Reaktionen der britischen Regierung)
- Unabhängigkeitserklärung und Unabhängigkeitskrieg (u. a. Amerikanische Verfassung/Bill of Rights – Ideal und Realität)
- Rezeption der Gründungsphase (z. B. „Gründungsväter", „American Revolution", Historiengemälde, Film)

2. Schulhalbjahr (Rahmenthema 2, Wahlmodul 9): China und die imperialistischen Mächte

- Selbstverständnis und Weltbild der Chinesen (u. a. Konfuzianismus, „Reich der Mitte") und der Europäer (u. a. Folgen der Aufklärung, ökonomische und politische Folgen der Industrialisierung)
- Chinesische Kontakte mit den imperialistischen Mächten und ihre Folgen (u. a. Macartney-Mission, Erster Opiumkrieg 1839–1842), ungleiche Verträge, Missionierung, Open Door Policy), Vergleich mit Japan
- Chinesische Reaktionen auf den europäischen Einfluss zwischen Anpassung und Widerstand (u. a. Selbststärkungsbewegung, Reformversuche, „Boxeraufstand", Gründung der Republik)

3. Schulhalbjahr (Rahmenthema 3, Wahlmodul 6): Zwischen Krise und Modernisierung – Die Gesellschaft der Weimarer Republik

- Konkurrierende politische Ideen in der Gründungsphase (Novemberrevolution, Verfassungskontroversen, Träger der Republik)
- Kriegstrauma und wirtschaftliche Krise (u. a. Kontinuität alter Eliten, Belastungen durch den Versailler Vertrag, politische Gewalt, Krisenjahr 1923 und Bewältigung)
- Zwischen Aufbruch und Unsicherheit („Goldene Zwanziger" und kulturelle Modernisierung, Massenkultur und Medien, Technisierung, Stresemann als Repräsentant der Zeit)
- Abstiegsängste und politische Radikalisierung (u. a. Folgen der Weltwirtschaftskrise, Aufstieg der NSDAP)

4. Schulhalbjahr (Rahmenthema 4, Wahlmodul 2): Nationale Gedenk- und Feiertage in verschiedenen Ländern

- Entstehung und Gestaltung von Gedenk- und Feiertagen in Geschichte und Gegenwart
- Dekonstruktion nationaler Gedenk- und Feiertage (z. B. 9. November in Deutschland, 14. Juli in Frankreich, 9. Mai in Russland, Holocaust-Gedenktag in Israel)
- Rekonstruktion (z. B. eine Stellungnahme zu einem Gedenktag, Vorschlag für eine alternative Gestaltung eines Nationalfeiertags)

Konkretisierung: Es sind u. a. der 9. November in der deutschen Geschichte, der 11. August als Nationalfeiertag der Weimarer Republik und der 4. Juli als Nationalfeiertag der USA zu behandeln.

3 Der unterrichtliche Bezug der schriftlichen Abituraufgaben

Im Zentralabitur wird sich jede Aufgabe in ihrem Schwerpunkt auf **ein verbindliches Wahlmodul**, darüber hinaus auf mindestens **ein weiteres verbindliches Wahlmodul eines anderen Kurshalbjahres/Rahmenthemas** beziehen. Sie müssen also Kompetenzen v. a. aus einem und ergänzend aus mindestens einem weiteren Kurshalbjahr einbringen (**halbjahresübergreifender Bezug** in der Prüfungsaufgabe). Der Halbjahresübergriff wird sich thematisch meist auf das verbindliche Wahlmodul eines weiteren Halbjahres und auf methodische Kompetenzen (z. B. Methoden der Quellenanalyse) beziehen, die Sie in mehreren Kurshalbjahren erworben haben. Beispiele dafür geben Ihnen die folgenden abiturähnlichen Übungsaufgaben und Original-Abituraufgaben.
In Kursen auf **erhöhtem Anforderungsniveau** werden in den ersten drei Kurshalbjahren je **zwei Wahlmodule** eines Rahmenthemas unterrichtet: (1) das verbindlich vorgeschriebene, (2) das Modul, das die Fachkonferenz Geschichte Ihrer Schule aus dem Wahlmodul-Menü der Rahmenthemen hinzugewählt hat. Daher könnte eine Teilaufgabe verlangen, dass Sie Inhalte bzw. Methoden des verbindlichen Wahlmoduls (1) mit Aspekten verknüpfen, die dem von der Schule ausgewählten Modul (2) entstammen. So könnten Sie aufgefordert werden: „Vergleichen Sie Ihre Ergebnisse mit einem ähnlichen Fall aus anderen Räumen/Zeiten.“ Diesen „ähnlichen Fall“ entnehmen Sie dem ergänzten Modul. Im 4. Kurshalbjahr ist kein zweites Wahlmodul vorgesehen.
Für Kurse auf **grundlegendem Anforderungsniveau** müssen schulintern keine zweiten Wahlmodule festgelegt werden.

4 Aufgabenvorschläge – Auswahlzeit – Bearbeitungszeit

- Sie erhalten in der zentral gestellten schriftlichen Abiturprüfung **zwei Aufgaben**, die sich in ihrem Schwerpunkt auf unterschiedliche Kurshalbjahre und damit auf unterschiedliche verbindliche Wahlmodule beziehen. Von diesen müssen Sie **eine** Aufgabe auswählen und in Form eines Fachaufsatzes (einer Klausur) bearbeiten.
- Für die **Auswahl** der Aufgabe werden Ihnen bis zu **30 Minuten** Zeit eingeräumt.
- Für die **Bearbeitung** der von Ihnen ausgewählten Aufgabe stehen Ihnen auf erhöhtem Anforderungsniveau **270 Minuten**, auf grundlegendem Anforderungsniveau **220 Minuten** zur Verfügung.

5 Aufgaben mit grundlegendem und erhöhtem Anforderungsniveau

Prüfungsklausuren mit grundlegendem bzw. mit erhöhtem Anforderungsniveau unterscheiden sich durch

- die Anzahl und den Umfang der zu behandelnden Gegenstandsbereiche,
- die Komplexität und die Vielfalt der Untersuchungsaspekte,
- den Umfang und die Vielfalt der zu interpretierenden historischen Quellen und Darstellungen,
- die Tiefe der Einblicke in Erkenntnisprobleme des Faches.

6 Zentral gestellte Aufgaben – dezentral gestellte Aufgaben

Die zentrale Aufgabenstellung gilt nur für die schriftlichen Abiturprüfungen; die mündliche Prüfung wird weiterhin dezentral gestellt, d. h. von Ihrer Lehrkraft.

7 Anforderungsbereiche

Anforderungsbereiche (abgekürzt: AFB) beschreiben in allgemeiner Form die systematisch aufeinander aufbauenden Arbeitsschritte eines Untersuchungsprozesses. Sie werden überall dort angewendet, wo Sachverhalte anspruchsvoll auf fachlicher Grundlage untersucht werden: Das geschieht in Abiturklausuren ebenso wie in Studium, Beruf und vielen anderen Situationen des öffentlichen und privaten Lebens, wenn intellektuell anspruchsvolle Probleme professionell zu lösen sind.

TIPP: Bevor Sie sich den Definitionen der Anforderungsbereiche im Fach Geschichte zuwenden, machen Sie sich das System der methodisch aufeinander aufbauenden Verarbeitungsschritte verständlich:

- Der Untersuchungsprozess beginnt mit dem **Beschreiben** des Gegenstandes/Sachverhalts, um zunächst eine Informationsgrundlage zu schaffen (AFB I).
- Darauf aufbauend wird der zu untersuchende Sachverhalt **a)** in seine Einzelteile zergliedert und analysiert (**immanente Analyse**) und/oder **b)** es erfolgt eine **Analyse des Zusammenhangs** zwischen dem Gegenstand (z. B. der Quelle) und seinem Kontext (z. B. dem historischen Hintergrund der Quelle) (AFB II).
- Im dritten Schritt wird auf Basis der Analyseergebnisse die **Problemlösung** gefunden und begründet (AFB III).

In diesem methodischen Grundkonzept steigt der Schwierigkeitsgrad stufenweise an.

Im Fach Geschichte werden die drei Anforderungsbereiche, die selbstverständlich in schriftlichen wie in mündlichen Prüfungen gelten, folgendermaßen beschrieben:

Der **Anforderungsbereich I (AFB I)** umfasst das Wiedergeben von Sachverhalten aus einem abgegrenzten Gebiet und im gelernten Zusammenhang unter rein reproduktivem Benutzen eingeübter Arbeitstechniken. Dies erfordert vor allem **Reproduktionsleistungen**, insbesondere:

- Wiedergeben von grundlegendem historischem Fachwissen
- Bestimmen der Quellenart
- Unterscheiden zwischen Quellen und Darstellungen
- Entnehmen von Informationen aus Quellen und Darstellungen
- Bestimmen von Raum und Zeit historischer Sachverhalte

Der **Anforderungsbereich II (AFB II)** umfasst das selbstständige Erklären, Bearbeiten und Ordnen bekannter Inhalte sowie das angemessene Anwenden gelernter Inhalte und Methoden auf andere Sachverhalte. Dies erfordert vor allem **Reorganisations- und Transferleistungen**, insbesondere:
- Erklären kausaler, struktureller bzw. zeitlicher Zusammenhänge
- sinnvolles Verknüpfen historischer Sachverhalte zu Verläufen und Strukturen
- Analysieren von Quellen oder Darstellungen
- Konkretisieren bzw. Abstrahieren von Aussagen der Quelle oder Darstellung

Der **Anforderungsbereich III (AFB III)** umfasst den reflexiven Umgang mit neuen Problemstellungen, den eingesetzten Methoden und gewonnenen Erkenntnissen, um zu eigenständigen Begründungen, Folgerungen, Deutungen und Wertungen zu gelangen. Dies erfordert vor allem Leistungen der **Reflexion und Problemlösung**, insbesondere:
- Entfalten einer strukturierten, multiperspektivischen und problembewussten historischen Argumentation
- Diskutieren historischer Sachverhalte und Probleme
- Überprüfen von Hypothesen zu historischen Fragestellungen
- Entwickeln eigener Deutungen
- Reflektieren der eigenen Urteilsbildung unter Beachtung historischer bzw. gegenwärtiger ethischer, moralischer und normativer Kategorien

Die Teilaufgaben sind überwiegend einem Anforderungsbereich zugeordnet, die erste in der Regel dem AFB I (→ Darstellung der Informationen), die letzte meist dem AFB III (→ Problemlösung), die mittleren Aufgaben dienen überwiegend dazu, die Einzelteile des Untersuchungsgegenstandes zu analysieren (überwiegend AFB II).
Die Teilaufgaben können nicht immer trennscharf, sondern nur überwiegend oder in ihrem Schwerpunkt einem Anforderungsbereich zugeordnet werden: Mitunter müssen Sie zur Lösung einer Teilaufgabe, die dem AFB I zugeordnet ist, einzelne analytische oder sogar problemlösende Denkleistungen vollbringen, wenn Sie z. B. bei der Inhaltswiedergabe eines Quellentextes in der Einleitung dessen Thema bestimmen müssen.

Der Schwerpunkt einer kompletten Abituraufgabe liegt immer im AFB II; AFB I und III sollen angemessen vertreten sein. Eine Klausur, deren Ergebnisse sich nur im AFB I bewegen, darf nicht als „ausreichend“ zensiert werden, als „gut“ bzw. „sehr gut“ bewertete Klausuren müssen gehaltvolle Ergebnisse im AFB III enthalten.

8 Operatoren

Jede Teilaufgabe enthält ein Verb, das Ihnen sagt, was Sie leisten sollen. Dieses Verb mit einem Aufforderungscharakter wird als „**Operator**“ bezeichnet. Die Operatoren sind den **drei Anforderungsbereichen** eindeutig zugeordnet.

Anforderungsbereich I	
Operatoren	**Beschreibung der erwarteten Leistung**
beschreiben	strukturiert und fachsprachlich angemessen Materialien vorstellen und/oder Sachverhalte darlegen
gliedern	einen Raum, eine Zeit oder einen Sachverhalt nach selbst gewählten oder vorgegebenen Kriterien systematisierend ordnen
wiedergeben	Kenntnisse (Sachverhalte, Fachbegriffe, Daten, Fakten, Modelle) und/oder (Teil-)Aussagen mit eigenen Worten sprachlich distanziert, unkommentiert und strukturiert darstellen
zusammenfassen	Sachverhalte auf wesentliche Aspekte reduzieren und sprachlich distanziert, unkommentiert und strukturiert wiedergeben

TIPP: Das Ergebnis entspricht einem Bericht bzw. einer Inhaltsangabe: Das Erscheinungsbild eines Untersuchungsgegenstandes wird beschrieben. Zweck ist: Die Beschreibung muss andere Personen so über den Gegenstand und die Problemlösung der Untersuchung informieren, dass sie die folgenden Analysen und Problemlösungen schlüssig nachvollziehen können, ohne den Gegenstand im Original zu kennen.

Anforderungsbereich II	
Operatoren	**Beschreibung der erwarteten Leistung**
analysieren	Materialien, Sachverhalte oder Räume beschreiben, kriterienorientiert oder aspektgeleitet erschließen und strukturiert darstellen
charakterisieren	Sachverhalte in ihren Eigenarten beschreiben, typische Merkmale kennzeichnen und diese dann gegebenenfalls unter einem oder mehreren bestimmten Gesichtspunkten zusammenführen
einordnen	begründet eine Position/ein Material zuordnen oder einen Sachverhalt begründet in einen Zusammenhang stellen
erklären	Sachverhalte so darstellen – gegebenenfalls mit Theorien und Modellen –, dass Bedingungen, Ursachen, Gesetzmäßigkeiten und/oder Funktionszusammenhänge verständlich werden
erläutern	Sachverhalte erklären und in ihren komplexen Beziehungen an Beispielen und/oder Theorien verdeutlichen (auf Grundlage von Kenntnissen bzw. Materialanalyse)
gegenüberstellen	Sachverhalte, Aussagen oder Materialien kontrastierend darstellen und gewichten
herausarbeiten	Materialien auf bestimmte, explizit nicht unbedingt genannte Sachverhalte hin untersuchen und Zusammenhänge zwischen den Sachverhalten herstellen
in Beziehung setzen	Zusammenhänge zwischen Materialien bzw. Sachverhalten aspektgeleitet und kriterienorientiert herstellen und erläutern

nachweisen	Materialien auf Bekanntes hin untersuchen und belegen
vergleichen	Gemeinsamkeiten, Ähnlichkeiten und Unterschiede von Sachverhalten kriterienorientiert darlegen

TIPP: Im AFB II werden entweder die inneren und/oder äußeren Zusammenhänge des Untersuchungsgegenstandes einzeln analysiert. Die Ergebnisse werden durch Schlussfolgerungen erzielt, die argumentativ zu vertreten sind: Eine Schlussfolgerung wird behauptet, die Behauptung ist zu begründen, die Begründung ist zu belegen (z. B. durch Zitate, anerkannte Tatsachen). Die Ergebnisse sind in dem argumentativen Dreischritt „behaupten – begründen – belegen" darzustellen.

Anforderungsbereich III	
Operatoren	**Beschreibung der erwarteten Leistung**
beurteilen	den Stellenwert von Sachverhalten oder Prozessen in einem Zusammenhang bestimmen, um kriterienorientiert zu einem begründeten Sachurteil zu gelangen
entwickeln	zu einem Sachverhalt oder zu einer Problemstellung eine Einschätzung, ein Lösungsmodell, eine Gegenposition oder ein begründetes Lösungskonzept darlegen
erörtern	zu einer vorgegebenen Problemstellung eine reflektierte, abwägende Auseinandersetzung führen und zu einem begründeten Sach- und/oder Werturteil kommen
sich auseinandersetzen	zu einem Sachverhalt, einem Konzept, einer Problemstellung oder einer These usw. eine Argumentation entwickeln, die zu einem begründeten Sach- und/oder Werturteil führt
Stellung nehmen	Beurteilung mit zusätzlicher Reflexion individueller, sachbezogener und/oder politischer Wertmaßstäbe, die Pluralität gewährleisten und zu einem begründeten eigenen Werturteil führen
überprüfen	Inhalte, Sachverhalte, Vermutungen oder Hypothesen auf der Grundlage eigener Kenntnisse oder mithilfe zusätzlicher Materialien auf ihre sachliche Richtigkeit bzw. auf ihre innere Logik hin untersuchen

TIPP: Im AFB III wird eine Problemlösung entwickelt. Ergebnisse werden durch Schlussfolgerungen erzielt, die argumentativ zu vertreten sind: Entsprechend muss auch hier die Schlussfolgerung jeweils behauptet, die Behauptung begründet und die Begründung z. B. durch Zitate oder anerkannte Tatsachen belegt werden (argumentativer Dreischritt „behaupten – begründen – belegen").

Operator, der Leistungen in allen drei Anforderungsbereichen verlangt	
interpretieren	Sinnzusammenhänge aus Quellen erschließen und ein begründetes Sachurteil oder eine Stellungnahme abgeben, die auf einer Analyse beruht

1 Grundlegende Schreibkompetenzen und Schreibtechniken für Fachaufsätze

Ihre Abiturklausur muss einem Fachaufsatz entsprechen. Wenn Sie diesen Abschnitt zum Thema „Schreibkompetenzen und Schreibtechniken“ soweit verstanden haben, dass Sie das Wesentliche umsetzen können, wird Ihnen das nicht nur in der Abiturklausur, sondern auch darüber hinaus in Studium und Beruf sehr helfen. Denn die methodischen Fähigkeiten zum selbstständigen Verfassen von Texten werden Sie immer wieder benötigen, nicht nur in der Abiturklausur Geschichte! Die folgenden acht Tipps sollen Sie beim Verfassen Ihres Fachaufsatzes unterstützen; sie sind nicht als starre Prinzipien zu verstehen, sondern als flexibel anzuwendende Hilfen.

1. Tipp: Vorarbeiten

Schreiben Sie nie einfach drauflos! Gehen Sie in Ihrem Ergebnis-Produktionsprozess strukturiert vor und arbeiten Sie Ihre Lösungen systematisch aus. Ein erfolgreicher Schreibprozess beginnt mit gründlichen Vorarbeiten!

2. Tipp: Aufsatzformen

Im Fach Geschichte gibt es 21 Operatoren. Natürlich sollten Sie wissen, was Sie bei den einzelnen Operatoren leisten müssen. Von besonderer Bedeutung aber sind die Anforderungsbereiche: Die erste Teilaufgabe liegt in der Regel im AFB I, die folgenden mit aufsteigendem Schwierigkeitsgrad im AFB II und III. So unterschiedlich die Operatoren sind: Für alle müssen Sie nur folgende Aufsatzformen beherrschen:

- im AFB I die Inhaltswiedergabe zum Text (= Bericht über einen Text) bzw. den Bericht zur Darstellung von Sachverhalten (beide Aufsatzformen sind verwandt),
- die lineare Erörterung im AFB II und im AFB III und die dialektische Erörterung im AFB III.

Diese beiden Aufsatzformen (Inhaltswiedergabe und Bericht können Sie im Wesentlichen als eine Darstellungsform betrachten) werden Ihnen im Abschnitt „Aufsatzformen“ (ab S. X) vorgestellt.

3. Tipp: Stilsicherer Ausdruck

Beachten Sie folgende Faustregeln für Ihren Ausdruck:

- Tempora der Verben: Sie können in der Vergangenheitsform schreiben oder das historische Präsens wählen. Beachten Sie dabei die Ihnen bekannten Formen der jeweiligen Vor- und Nachzeitigkeit (Tipp zu den Zeitformen in der berichteten Rede: *www.w-muenchenhagen.de → Kompendium Fachaufsatz → Berichtete Rede*). Wechseln Sie nicht zwischen Vergangenheitsform und historischem Präsens.
- Wesentliches in den Hauptsatz, Nebensächliches in den Nebensatz (bzw. in Infinitiv- und Partizipialgruppen, nachgestellte Erläuterungen etc.)!
- Jeder neue Gedanke verlangt einen neuen Satz, jeder Gedankenzusammenhang einen eigenen Absatz (z. B. ein Teilergebnis in der Analyse).

- Gestalten Sie den Satzbau abwechslungsreich, nicht schematisch! Ärgern oder langweilen Sie Ihre Leser/-innen nicht durch stilistische Eintönigkeit in Wortwahl und Satzbau.
- Vermeiden Sie „Bandwurmsätze“: Bilden Sie eher zwei Sätze, statt zu viel in einem Satz ausdrücken zu wollen. Gedankenführung und Satzkonstruktion sollen übereinstimmen.
- Verzichten Sie auf Umgangssprache und möglichst auch auf alltagssprachliche Wendungen oder Phrasen.
- Formulieren Sie nicht steif, gestelzt oder gespreizt.
- Wählen Sie lebendige Verben (Verzicht auf Nominalphrasen) und Adjektive.
- Stellen Sie eindeutige grammatikalische Bezüge her (z. B. Bezug des Pronomens).

4. Tipp: Leserorientierung (Fremdverstehen)
Schreiben Sie adressatengerecht für eine fiktive Leserschaft: Fachlich Interessierte sollen sich in Ihrem Aufsatz zurechtfinden können.
Überprüfen Sie immer wieder und kritisch aus Sicht Ihrer fiktiven Leserschaft, ob Ihre Darstellungen und deren Zusammenhänge sprachlich verständlich und gedanklich nachvollziehbar sind. Versetzen Sie sich in die Situation Ihrer Leserin bzw. Ihres Lesers: Nehmen Sie eine kritische Distanz zu Ihrem Text ein!

5. Tipp: Eindeutige Bezüge
Bezüge und Hinweise müssen für Ihre Leserschaft verständlich und nachvollziehbar sein: Wenn Ihr Aufsatz z. B. mit der Formulierung beginnt: „In diesem Text mit dem Titel …“, können die Leser/-innen zum Demonstrativpronomen „diesem“ keinen Bezug finden.

6. Tipp: Fundstellen richtig angeben
- Basisangaben sind: Verfasser, Titel/Überschrift, evtl. Textsorte (bei der Bestimmung einer Quelle wichtig; z. B. Rede, Tagebuchnotiz, Gesetz etc.), Erscheinungsjahr, Erscheinungsort, Seite.
- Wenn Sie einleitend das Textmaterial bestimmt haben, reicht es aus, dass Sie bei Zitaten oder Hinweisen auf einzelne Passagen nur die Textzeilen angeben.
- Fundstelle immer dem Zitat nachstellen oder als Fußnote notieren.

7. Tipp: Berichtete Rede
Benutzen Sie den Konjunktiv oder entsprechende Ersatzkonstruktionen, wenn Sie Auffassungen anderer berichten. Ihre Leserschaft muss immer deutlich unterscheiden können, ob Sie gerade Ihre eigene Auffassung darlegen oder von einer fremden Ansicht berichten. Missverständnisse vermeiden! Weitere Tipps hierzu finden Sie unter *www.w-muenchenhagen.de → Kompendium Fachaufsatz → Berichtete Rede.*

8. Tipp: Ich des Verfassers
Verzichten Sie in Ihrem Fachaufsatz auf das „Ich“ des Verfassers: Sie untersuchen keine private, sondern eine fachliche Frage; das Ergebnis soll fachliche Gültigkeit besitzen und nicht wie eine private Meinung wirken.

2 Aufsatzformen

2.1 Die Einleitung in den Fachaufsatz

Ihr Fachaufsatz beginnt mit einer Einleitung. Versetzen Sie sich in eine Person, die für ein bestimmtes Thema bzw. Problem in Büchern, Zeitschriften und im Internet recherchiert: Ihnen liegt eine Fülle von Büchern und Aufsätzen vor, von denen Sie nicht wissen, welche Ihnen tatsächlich weiterhelfen. Hier benötigen Sie die Einleitungen, denn dort sollten Sie alle wesentlichen Hinweise über den Inhalt der Aufsätze und Bücher finden, nämlich:

- die Bestimmung des Untersuchungsgegenstandes (bei Quellen: Verfasser, Titel etc.)
- das Thema bzw. die Problemstellung der Untersuchung: Was wird untersucht? In welche Richtung geht das Erkenntnisinteresse?
- Definitionen
- sonstige Vorinformationen (z. B. Hinweis auf den historischen Kontext der Quelle)

Wie verfassen Sie also Ihre eigene Einleitung? **Dazu vier Tipps:**

1. Verfassen Sie Ihre Einleitung so, dass eine andere Person solche Informationen über Ihren Aufsatz findet, die Sie selbst in fremden Aufsätzen bei der Recherche in Einleitungen zu finden wünschen.
2. Denken und formulieren Sie nicht auftrags-, sondern problemorientiert. Eine Leserschaft interessiert sich für die Problemstellung und Ergebnisse des Aufsatzes. Uninteressant und störend sind Hinweise darauf, dass Ihnen eine Aufgabe gestellt wurde: Zitieren Sie nicht die Aufgabenstellung, sondern weisen Sie möglichst konkret und anschaulich auf das Problem Ihrer Untersuchung hin. Wecken Sie Fragehaltung und Problembewusstsein bei der Leserschaft, motivieren Sie sie zum Weiterlesen.
3. Wenn Sie in Ihrer Einleitung das Problem und damit Ihr Erkenntnisinteresse eindeutig definieren, ist das auch eine erhebliche Hilfe für Sie, weil Sie dadurch in Ihrer Untersuchung eine klare Zielrichtung verfolgen können. Arbeiten Sie Ihren Aufsatz zielgerichtet aus (statt „verpeilt“!).
4. Die Einleitung soll in den Fachaufsatz insgesamt einführen, wodurch er als thematische Einheit zu verstehen ist. Die Teilaufgaben dienen Ihnen als Strukturierungshilfen. Entsprechend sollen die Ein- bzw. Überleitungen und Schlüsse diese thematische Einheit Ihres Fachaufsatzes verdeutlichen.

2.2 Die Beschreibung des Untersuchungsgegenstandes (AFB I)

Die 1. Teilaufgabe in einer Abiturklausur verlangt in der Regel, den Untersuchungsgegenstand (die Quelle, die Karikatur, den Kommentar eines Historikers etc.) zu beschreiben. Zum Beispiel lautete die 1. Teilaufgabe in der Abiturprüfung 2022 erhöhtes Anforderungsniveau Aufgabe I: „Fassen Sie das Material nach einer quellenkritischen Einleitung zusammen.“ (vgl. EA 2022-1). Der Operator „zusammenfassen“ verlangt, Sachverhalte auf wesentliche Aspekte zu reduzieren sowie sprachlich distanziert, strukturiert und unkommentiert wiederzugeben.

Der Hinweis „... nach einer quellenkritischen Vorstellung ...“ bedeutet, dass Sie die Quelle bestimmen und kurz, aber auch kritisch z. B. auf die Intention und die historischen Hintergründe der Quelle hinweisen.
Auch die anderen Operatoren des AFB I werden hier üblicherweise verwendet.

Beschreiben Sie das vorgelegte Material so, dass Leser Ihre Ausführungen gut verstehen und über das Wesentliche des Materials präzise und eindeutig informiert werden. Überprüfen Sie selbstkritisch, ob Ihre Materialbeschreibung diesem Anspruch genügt.

Vorarbeiten für eine Materialbeschreibung (Inhaltswiedergabe bzw. Bericht)

1. Text mehrmals lesen, Schlüsselstellen markieren.
2. Arbeitshypothese zum Thema bzw. zur Problemstellung und Aussage notieren (→ erste Vermutung als Ausgangspunkt des Erarbeitungsprozesses).
3. Text in Sinnabschnitte einteilen (evtl. kann die Absatzgliederung der Textvorlage zu Hilfe genommen werden).
4. Sinnabschnitte thesenhaft zusammenfassen. Ggf. Thesen im Sinne der Textvorlage kurz erklären und mit einzelnen Fakten aus der Vorlage beispielhaft belegen.
5. Darlegungen (Gedankenaufbau, inhaltliche Logik der Sachverhalte) nach Grund-Folge-Zusammenhängen gliedern: Reihenfolge der Thesen ggf. neu ordnen.
6. Arbeitshypothese überprüfen: Stimmen Thema (Problem, Kernaussage) und zusammenfassende Thesen überein? Erläutern die Thesen das Thema hinreichend? Wo sind logische Brüche, was fehlt?
7. Thema (Problem, Kernaussage) sachlich stimmig und sprachlich pointiert für die Einleitung formulieren.
8. Zum Abschluss der Vorarbeiten: Stimmigkeit von Thesen und Thema nochmals kritisch überprüfen, Notizen ggf. korrigieren oder ergänzen.
9. Inhaltswiedergabe verfassen.

Wenn Sie Sachverhalte darstellen und entsprechend einen **Bericht** verfassen, gehen Sie wie bei der Inhaltswiedergabe vor. Achten Sie darauf, dass Sie in Ihren Vorarbeiten zum Bericht die **W-Fragen** beantworten:

Vorarbeiten für einen Bericht, z. B. die Darstellung eines historischen Sachverhaltes (eines Ereignisses oder eines Problems)

1. Stoffsammlung: W-Fragen untereinander auflisten und in Stichworten beantworten:
   - Wer?
   - Was? → Nur Thema des Ereignisses nennen!
   - Wann? Wie lange?
   - Wo?
   - Warum?
   - Wie? → Ereigniskette in chronologischer Folge mithilfe von Spiegelstrichen notieren!
   - Mit welchen Folgen?
2. Kritisch überprüfen, ob alle notwendigen Informationen erfasst worden sind.
3. Informationen in sinnvolle, für die Leserschaft nachvollziehbare Reihenfolge bringen.

Diese Vorgehensweise können Sie auf andere Materialien übertragen; Gemälde und Karikaturen gliedern Sie entsprechend (Bildzentrum, Vordergrund, Hintergrund etc.).

Wenn Sie sorgfältige Vorarbeiten für Ihre Materialbeschreibung anfertigen, haben Sie schon die wichtigsten Grundlagen geschaffen. Allerdings müssen Sie das Anfertigen solcher Vorarbeiten trainiert und Erfahrungen gesammelt haben, damit Sie mit Ihrer Zeiteinteilung zurechtkommen. Faustregel ist: Jeweils die Hälfte der für eine Teilaufgabe zur Verfügung stehenden Zeit für die Vorarbeiten verwenden, die zweite Hälfte für die Reinschrift.

TIPP: Informationsblätter zu Schreibkompetenzen und Schreibtechniken, die in dieses Kapitel „Die Klausur: Schreibkompetenzen und Schreibtechniken“ eingearbeitet sind, finden Sie im Internet unter: *www.w-muenchenhagen.de.*
Dort können Sie sich die hier verwendeten sowie weitere Infoblätter kostenlos herunterladen.

2.3 Die lineare Erörterung (für Aufgaben in den AFB II und III)

Nachdem Sie in der Einleitung das zu untersuchende Problem bestimmt und das mit der Aufgabe gegebene Material beschrieben haben (1. Teilaufgabe → AFB I), folgt darauf zwingend die Untersuchung, die überwiegend Leistungen im AFB II verlangt. Folglich müssen Sie in der Regel nun nach einer kurzen Überleitung eine **lineare Erörterung** verfassen (auch bezeichnet als **steigende** oder **einsträngige Erörterung**).

Was ist eine lineare Erörterung?

Die lineare Erörterung fragt nach Ursachen, Zusammenhängen, Folgen oder Erscheinungsformen eines Problems: Ziel der linearen Erörterung ist es, etwas **nachzuweisen**. Bearbeitungsanweisungen (Operatoren) sind z. B. im **AFB II:** „Weisen Sie nach, dass …“, „Analysieren Sie …“, „Vergleichen Sie …“ oder im **AFB III:** „Entwickeln Sie …“, „Interpretieren Sie …“.
Jeder einzelne Nachweis (= Teilergebnis) muss jeweils präzise **behauptet** werden, diese Behauptung ist zu **begründen** (bzw. zu erklären) und zu **belegen**, z. B. durch ein Zitat, eine anerkannte Tatsache oder ein konkretes Beispiel.
Zur Übersichtlichkeit für die Leserschaft sollte jedem einzelnen Nachweis (= Teilergebnis = Argument) ein eigener Absatz eingeräumt werden (Nachweis bzw. Teilergebnis = **B**ehauptung + **B**egründung + **B**eleg).
Der letzte Absatz ist dem **Fazit** vorbehalten, in dem Sie Ihre Teilergebnisse zusammenfassen. Bemühen Sie sich um sachlich klare und präzise Formulierungen.

Vorbereitende Arbeitsschritte beim Verfassen einer linearen Erörterung

1. Fragestellung formulieren: Was soll ergründet bzw. nachgewiesen werden? (Meist kann die Fragestellung aus der Aufgabenstellung sinngemäß übernommen werden.)
   TIPP: Machen Sie sich dabei das Untersuchungsziel klar!
2. Ungeordnete Stoffsammlung: Argumentationsansätze in Form von Stichpunkten sammeln. Dafür den Untersuchungsgegenstand bzw. das Problem in eine Reihe von Einzelaspekten zergliedern bzw. aufspalten und zu diesen eigene Gedanken (z. B. Fragen und Antworten) entwerfen.
3. Aus den Stichpunkten Schlussfolgerungen im Sinne der Fragestellung ziehen.
4. Grobgliederung: Steigende Anordnung der Schlussfolgerungen festlegen (= ein Teilergebnis = ein Absatz): „vom weniger Bedeutenden zum Wesentlichen“ (seltene Ausnahmen: „vom Einzelnen zum Ganzen“ oder „vom Besonderen zum Allgemeinen“).
5. Schlussfolgerungen argumentierend absichern: stichwortartig Begründungen und Belege hinzufügen.
6. Vollständigkeit und Gliederung sowie die jeweilige Reihenfolge der Argumente überprüfen (siehe: Schaubild in Abschnitt „Anordnung der Teilergebnisse“).
7. Einleitung und Fazit in Stichworten entwerfen.

Das Vorarbeiten-Formular

Das Formular „Gliederungshilfe für Fachaufsatz-Vorarbeiten“ soll Ihnen helfen, die oben genannten Arbeitsschritte systematisch auszuführen. Sie können sich diese Gliederungshilfe im Internet kostenlos herunterladen unter: *www.w-muenchenhagen.de → Kompendium Fachaufsatz → Gliederungshilfe für Fachaufsatz-Vorarbeiten.*
Wenn Sie mit diesem Formular einige Male gearbeitet haben, werden Sie darauf verzichten können, weil Sie den Gliederungsaufbau auf jeder unbeschriebenen Seite entwerfen können.
Wichtig ist: Nummerieren Sie Ihre Ergebnisse in der von Ihnen für sinnvoll erachteten Reihenfolge. Beginnen Sie erst mit der Reinschrift, wenn Sie Ihre Vorarbeiten abschließend nochmals kritisch überprüft haben: Liegen alle (Teil-)Ergebnisse im Untersuchungsziel?

Gliederungshilfe für Fachaufsatz-Vorarbeiten

Einleitend den Untersuchungsgegenstand bzw. das Material bestimmen, z. B. Verfasser, Titel, Textsorte etc., Thema / Motiv / Problem!

___. (Teil-)Ergebnis	Behauptung (These)	
	deren Begründung bzw. Erklärung	
	Beleg(e)	
___. (Teil-)Ergebnis	Behauptung (These)	
	deren Begründung bzw. Erklärung	
	Beleg(e)	
___. (Teil-)Ergebnis	Behauptung (These)	
	deren Begründung bzw. Erklärung	
	Beleg(e)	
___. (Teil-)Ergebnis	Behauptung (These)	
	deren Begründung bzw. Erklärung	
	Beleg(e)	
___. (Teil-)Ergebnis	Behauptung (These)	
	deren Begründung bzw. Erklärung	
	Beleg(e)	

Abschließend die Reihenfolge der Absätze festlegen (→ nummerieren).

Aufbau einer linearen Erörterung

A) **Einleitung**	**Bausteine der Einleitung**	**Funktion bzw. Informationswert der Bausteine für die Leser/-innen**
	• Hinführung zum Thema bzw. zur Problemstellung des Aufsatzes	• soll die Leser/-innen gedanklich zum Problem hinführen, ihr Interesse wecken, z. B. durch Hinweise auf die Aktualität oder Bedeutung des Problems, ein (Fall-)Beispiel, ein aktuelles oder historisches Ereignis, einen Konflikt, durch eine Begriffsdefinition etc.
	• Bestimmung des Untersuchungsgegenstandes	• Welches Material wird untersucht? (bei Texten: Autor, Titel, Textart etc.)
	• Problemfrage stellen; ggf. Problem eingrenzen	• Mit welchem Ziel wird das Material untersucht? In welche Richtung geht das Erkenntnisinteresse? In welchem Rahmen wird das Problem untersucht?
	• evtl. Definitionen, historischen Bezug etc. nennen	• für Leser/-innen die Grundlagen oder Bezüge der Untersuchung klären
B) **Hauptteil** Reihenfolge der Argumente: z. B. in aufsteigender Bedeutung vom weniger Wichtigen zum Wichtigsten	1. Schlussfolgerung (Teilergebnis/Argument) besteht aus: • Behauptung • Begründung • Beleg (Zitat, anerkannte Tatsache, Beispiel)	
	2. Schlussfolgerung (Teilergebnis/Argument) besteht aus: • Behauptung • Begründung • Beleg (Zitat, anerkannte Tatsache, Beispiel)	
	3. Schlussfolgerung (Teilergebnis/Argument) besteht aus: • Behauptung • Begründung • Beleg (Zitat, anerkannte Tatsache, Beispiel)	
	4. …	
	↓ usw.	
C) **Schluss**	Fazit: Zusammenfassung der Schlussfolgerungen (Teilergebnisse/Argumente) zu einem Gesamtergebnis	

2.4 Die dialektische Erörterung (für Aufgaben im AFB III)

Was ist eine dialektische Erörterung?

Eine dialektische Erörterung erfordert, etwas Ähnliches wie eine **Gerichtsverhandlung** durchzuführen: Zwei **gegensätzliche Positionen** werden einander gegenübergestellt; am Ende ist eine **Entscheidung** zu fällen, die

- sich entweder für eine der beiden Positionen ausspricht
- oder zwischen beiden Positionen liegt
- oder eine andere Lösungsperspektive eröffnet (z. B. weder Krieg noch Unterwerfung, sondern Vertragspartnerschaft).

Operatoren sind z. B.: „Erörtern Sie ...“ (→ Was ist richtig und was ist falsch? Wie lautet Ihr abschließendes Sachurteil?) oder „Nehmen Sie Stellung ...“ (Was spricht dafür, was dagegen? Wie lautet Ihr abschließendes Urteil?).
Da eine **dialektische Erörterung** immer eine Entscheidung fordert und somit einer Problemlösung entspricht, ist sie dem **AFB III** zugeordnet.

Vorbereitende Arbeitsschritte beim Verfassen einer dialektischen Erörterung

1. Problemfrage formulieren: Was soll entschieden werden? (Meist kann die Problemfrage aus der Aufgabenstellung übernommen werden.)
   Erste Hypothese bilden: Wie könnte die Entscheidung aussehen?
2. Ungeordnete Stoffsammlung: Argumentationsansätze in Form von Stichpunkten sammeln. Dafür Problem in eine Reihe von Einzelaspekten zergliedern bzw. aufspalten und zu diesen eigene Gedanken (z. B. Fragen und Antworten) entwerfen.
3. Thesenbildung und Grobgliederung:
   - Zwei gegensätzliche Thesen zur Problemfrage formulieren (Position und Gegenposition). *Bei der Erörterung bezeichnet der Begriff „These“ nicht eine einzelne Behauptung (wie sonst üblich), sondern eine Position, die durch mehrere Argumente gestützt wird.*
   - Nutzen Sie hierfür zwei Vorarbeiten-Formulare (s. S. XIV): eines für die Antithese, das zweite für die These.
   - Stichpunkte/Argumente der Stoffsammlung den beiden Positionen zuordnen.
4. Entscheidung fällen (→ Argumentationsziel bestimmen): Diejenige der beiden Positionen, die der Entscheidung am nächsten liegt, wird zur These, die andere zur Antithese.
5. Gliederung der Antithese: Reihenfolge der Argumente „vom Wesentlichen zum weniger Bedeutenden“.
6. Gliederung der These: Reihenfolge der Argumente „vom weniger Bedeutenden zum Wesentlichen“.
7. Argumente stichwortartig durch Begründungen und Belege ergänzen:
   Argument = Behauptung + Begründung + Beleg. Die einzelnen Argumente später in der Reinschrift durch Absätze gliedern.
8. Vollständigkeit und Gliederung von These bzw. Antithese sowie die jeweilige Reihenfolge der Argumente überprüfen (s. S. XVIII).
9. Stichworte zur Einleitung sowie zur Entscheidung und deren Begründung (Synthese) formulieren.

Aufbau einer dialektischen Erörterung im Überblick		
A) **Einleitung**		*wie lineare Erörterung, vgl. S. XV*
B) **Hauptteil**	Antithese Reihenfolge der Argumente: absteigende Bedeutung	Überleitung zur Argumentation der Antithese. (Für/Gegen die Auffassung sprechen mehrere Argumente.)
		1. Argument = Behauptung + Begründung + Beleg (→ Zitat, anerkannte Tatsache)
		2. Argument = Behauptung + Begründung + Beleg (→ Zitat, anerkannte Tatsache)
		3. Argument = Behauptung + Begründung + Beleg (→ Zitat, anerkannte Tatsache)
		↓
		Zusammenfassung der Antithese (nur soweit erforderlich).
	These Reihenfolge der Argumente: aufsteigende Bedeutung	Überleitung zur Argumentation der These. (Es sprechen aber auch mehrere Argumente für/gegen die Auffassung …)
		1. Argument = Behauptung + Begründung + Beleg (→ Zitat, anerkannte Tatsache)
		2. Argument = Behauptung + Begründung + Beleg (→ Zitat, anerkannte Tatsache)
		↓
		Zusammenfassung der These (nur soweit erforderlich).
	Synthese (Abwägung)	1. Entscheidung. 2. Begründung des Urteils. 3. Entscheidungskriterien offenlegen. Das Abwägen von These und Antithese soll zu einer differenzierten, schlüssigen und begründeten Entscheidung führen. In der Begründung ist darzulegen, warum jenen Argumenten zuzustimmen ist und andere abzulehnen oder in ihrer Bedeutung als nachrangig einzuschätzen sind.
C) **Schluss** Ein Schluss darf, muss aber nicht verfasst werden.		z. B. Vergleiche mit ähnlichen Fällen, in die Zukunft gerichtete Perspektiven etc. Verzichten Sie eher auf einen Schluss, als etwas „an den Haaren herbeizuziehen“.

Schematische Darstellung von linearer und dialektischer Erörterung

Anordnung der Teilergebnisse (Absatzgliederung): Ordnen Sie die Teilergebnisse sinnvoll an, z. B. nach ihrer Wichtigkeit ansteigend. Jedes Teilergebnis erhält einen eigenen Absatz.

Anordnung der Teilergebnisse (Absatzgliederung)

Ordnen Sie die Teilergebnisse sinnvoll an, z. B. nach ihrer Wichtigkeit ansteigend. Jedes Teilergebnis erhält einen eigenen Absatz:

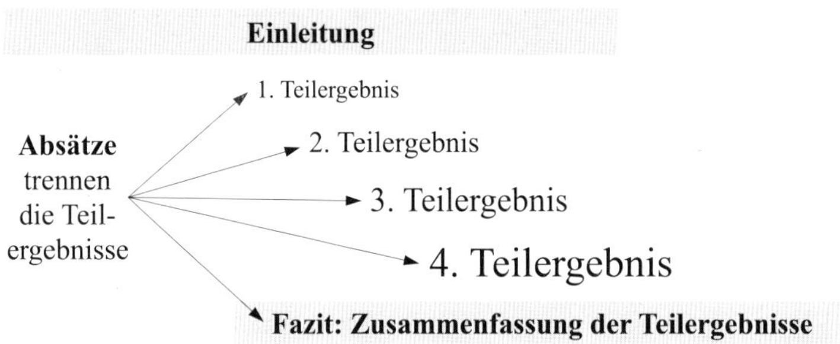

Anordnung der Argumente: Ordnen Sie die Argumente nach ihrer Wichtigkeit in Form einer Sanduhr an.

Anordnung der Argumente

Ordnen Sie die Argumente nach ihrer Wichtigkeit in Form einer Sanduhr an:

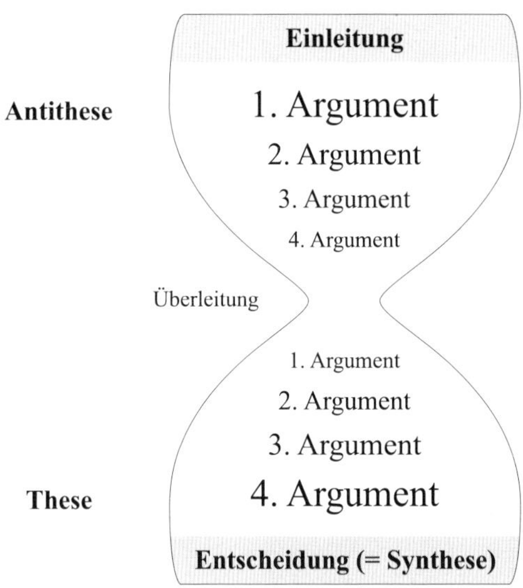

2.5 Der Vergleich

Der **Vergleich** ist ein **Zwischentypus** der beiden Erörterungsformen: Hier müssen Sie wie in einer dialektischen Erörterung die Gemeinsamkeiten den Unterschieden gegenüberstellen; eine Entscheidung fällen Sie jedoch nicht, weshalb der Operator „vergleichen" dem **AFB II** zugeordnet ist, zumal Sie hier kein „Problem lösen".

2.6 Die produktionsorientierte Aufgabe

In der schriftlichen Abiturprüfung kann ein produktionsorientierter Aufgabenteil gestellt werden, der an ein Material (z. B. eine Quelle und/oder eine Darstellung) gebunden ist. Eine produktionsorientierte Bearbeitung ist eine freiere Form als die hier dargestellten Fachaufsätze, denn sie verlangt einen **eher journalistischen** bzw. **essayistischen Stil**. Lassen Sie sich aber nicht zu literarischen Ergüssen verleiten, denn positiv bewertet wird nur das, was unter fachlich historischen Gesichtspunkten sachkundig und zielgerichtet ist.
Bei einer produktionsorientierten Aufgabe (Beispiel: „Verfassen Sie einen Leserbrief.") sollten Sie Folgendes beachten:

- In Ihre Darstellungen und Schlussfolgerungen müssen Sie den **situativen Kontext** des Materials bzw. des zu untersuchenden historischen Zusammenhangs einbeziehen.
- Auch den **Adressaten** des Materials sollten Sie beachten: Er ist in der Einleitung zu nennen, in den weiteren Bearbeitungsschritten ist seine Interessenlage kritisch zu berücksichtigen.
- Sie sollen eine **sachgerechte Argumentation** entwickeln, die am Schluss in ein pointiertes und appellatives Urteil mündet.
- Orientieren Sie sich in Ihren **Vorarbeiten** und **Ausarbeitungen** an den methodischen Hinweisen zur **linearen** oder – das hängt vom thematischen Zusammenhang ab – zur **dialektischen Erörterung** (siehe 2.3 bzw. 2.4).

Beispiel für eine mögliche Aufgabe in diesem Format:
Als demokratisch gesinnter Auslandskorrespondent einer Schweizer Zeitung, der aus Frankfurt über die Nationalversammlung berichtet, haben Sie gerade erfahren, dass der preußische König Friedrich Wilhelm IV. die Kaiserkrone, die ihm von einer Deputation der Frankfurter Nationalversammlung angetragen wurde, abgelehnt hat. Nehmen Sie in einem Kommentar für Ihre Schweizer Zeitung Stellung zu diesem Ereignis.

1 Erschließung von Texten

Texte bilden eine wesentliche Arbeitsgrundlage für Historiker, deshalb erhalten Sie hier wichtige Tipps zur Texterschließung.

- **Nutzen Sie Lesestrategien:** Beim Lesen oder danach können Reaktionen, Assoziationen und spontane Gedanken zum Text stichpunktartig notiert werden, z. B. in Form eines Clusters oder einer Mindmap. Markieren Sie sich spontan Textsignale.
- Gehen Sie beim **Erschließen von Texten systematisch** vor.
- Die Gesamtuntersuchung eines Textmaterials ist sehr umfangreich, in einer Klausur können Sie das alles gar nicht leisten. Deshalb ist eine Klausuraufgabe in der Regel in Teilaufgaben gegliedert, die Ihnen gezielte Anweisungen geben, welche Arbeitsschritte Sie im Rahmen der Texterschließung vornehmen sollen. Es hilft Ihnen, zielgerichteter zu arbeiten, wenn Ihnen bewusst ist, welchen Anforderungsbereich Sie gerade bearbeiten. Klausuraufgaben fordern grundsätzlich immer, dass Sie das Textmaterial beschreiben (AFB I) und analysieren (AFB II) sowie meist daran anschließend eine Einbettung (AFB II/III) und/oder eine Bewertung (AFB III) vornehmen.

Die Texterschließung im Überblick:

1. **Beschreibung des Materials**
   Versuchen Sie, möglichst viele Informationen aus den Hinweisen, die in der Aufgabe enthalten sind, zu entnehmen.
   - **Bestimmung des Materials**
     - Verfasser, Titel, Textart
     - Ort und Datum der Erstellung/Veröffentlichung
     - Thema
   - **Position des Sprechers** (Ich-Form, Wir-Form, ohne Sprecher: expressiv, darstellend, appellativ)
   - **Adressaten, Zielgruppen:** Werden diese direkt angesprochen?
   - Anlass, ggf. Hinweis auf den **historischen Kontext**
   - **Beschreibung**
     - **des Inhalts:** Berichten Sie über den Inhalt aus kritischer Distanz mit eigenen Worten; Schlüsselbegriffe dürfen zitiert, müssen aber „übersetzt" werden. Ihre Rolle als Berichterstatter/-in muss sprachlich deutlich werden: Fremde Aussagen sind in Form der berichteten Rede wiederzugeben (→ Konjunktiv).
     - **der äußeren Form** (nur soweit dies sinnvoll ist).

2. **Analyse der Quelle**
   - **Aufbau** des Textes
   - Analyse der **Sprachkomposition** (Textsignale, wesentliche rhetorische Figuren, auffällige Wortfelder, Stil, sachliche oder militant-aggressive Ausdrucksweise)
   - Überprüfung des **inneren Wahrheitsgehaltes** und der **inneren Logik**
   - Aussage und **Absicht/Ziele** des Verfassers deuten
   - **Stimmigkeit** zwischen Inhalt, Ausdrucksweise (z. B. sachlich oder pathetisch, vermittelnd, unterwürfig oder aggressiv) und der Aussage des Materials

3. **Einbettung des Materials in seinen Kontext**
   - Sie müssen das Textmaterial vor dem historisch-politischen, sozialen, ökonomischen, kulturellen und/oder biografischen Hintergrund **kritisch analysieren**.
   - Sie müssen die **Folgen untersuchen**, die sich aus den Aussagen des Materials für den Verfasser, die Adressaten/Zielgruppen bzw. andere Personen oder Gruppen ergeben.

4. **Bewertung des Textmaterials**
   Mögliche Kriterien der Bewertung:
   - Sie bewerten das Material nach eher **objektiven Kriterien**, z. B. Realitätsgehalt, Ideologie (→ Ideologiekritik), Völkerrecht und Menschenrechte, einem historisch nachweisbaren Erfolg oder Misserfolg des Materials bzw. der damit transportierten Gesinnungen.
   - Sie bewerten das Textmaterial nach eher **subjektiven Kriterien**, z. B. nach moralischen, ästhetischen oder emotionalen Orientierungen bzw. Einstellungen.

   Mögliche Leitfragen Ihrer Bewertung könnten sein:
   - Welche Argumente überzeugen mich? Welche erscheinen anfechtbar?
   - Wie schätze ich die Zahl, Eigenart und Wirkung der Beispiele ein?
   - Wo denke ich anders?
   - Wie beurteile ich die Art der Darstellung? Wie die Vorgehensweise?
   - Sind die Wege und Mittel, die der Verfasser einschlagen bzw. nutzen will, um seine Absichten zu erreichen, angemessen und verhältnismäßig?

TIPP: Ergebnisse der Punkte 2–4 (Analyse, Einbettung, Bewertung) sind immer Schlussfolgerungen, die Sie behaupten müssen. Jede Behauptung müssen Sie begründen und die Begründung durch Zitate aus dem Material oder durch allgemein anerkannte historische Tatsachen belegen: Dreischritt „Behaupten – Begründen – Belegen".

2 Analyse von Bildquellen

Um eine Bildquelle systematisch auszuwerten, beachten Sie folgende Arbeitsschritte:

Herkunft und Wahrheitsgehalt der Bildquelle

- Nennen Sie **Entstehungszeit** und **-ort**,
- den Quellen-Produzenten oder -Herausgeber
- und die **Quellenart**.

Inhalte der Bildquelle und deren historische Bezüge

- Bestimmen Sie das **Thema** der Bildquelle
- und beschreiben Sie die abgebildeten **Inhalte**.
- Erklären Sie die **historischen Bezüge** der wesentlichen Inhalte.

Gestaltungsmittel

- Beschreiben Sie zuerst immer besondere **Gestaltungselemente** der Bildquelle.
- Bestimmen Sie anschließend die Funktion der einzelnen Gestaltungselemente, z. B.
  - die **Darstellungstechnik** bzw. den **künstlerischen Stil**,
  - die Wahl der **Ausschnitte** und **Perspektiven**,

– die besondere Gruppierung und **Komposition** der Inhalte,
– dabei die **Gewichtung** einzelner Bildaspekte,
– die Entscheidung für bestimmte **Farben**,
– die Verwendung von **Symbolen**, **Allegorien** und anderen Bildern.

Standpunkt der Bildquelle

- Erfassen Sie die mögliche **Aussageabsicht**, die ideologische Position der Quelle.
- Bewerten Sie den situationsinternen Zusammenhang des Bildes.

Am Ende sollten Sie zu einem aus heutiger Sicht formulierten Urteil über die Stellung und **Bedeutung** der Quelle im geschichtlichen Ablauf kommen.

3 Erschließen von Karikaturen

Die Interpretation von Karikaturen erfolgt in der Regel auf **vier Ebenen**, die zum Teil auch ineinander übergehen:

- auf der **Inhaltsebene**, d. h. Beschreibung der dargestellten Details, Personen usw.;
- auf der **Bedeutungsebene**, d. h. Erklärung und Erläuterung des Inhalts sowie dessen Einordnung in Traditionen und Verbindungen;
- auf der **methodisch-künstlerischen Ebene**, d. h. Betrachtung der Stilelemente;
- auf der **Beurteilungs- bzw. Wertungsebene**, d. h. das Fällen eines begründeten Sach- bzw. Werturteils, das über den unmittelbaren Zusammenhang der Karikatur hinausgeht und die persönliche Meinung beinhaltet.

Inhalte und Bedeutung	
Was ist das Thema?	Um welche historische Situation handelt es sich? Zu welchem Aspekt bezieht die Karikatur Stellung?
Welche inhaltlichen Details sind erkennbar?	Klärung der konkreten Inhalte: • Personen oder Personengruppen • Gegenstände unterschiedlicher Art
Auf welchen historischen Hintergrund beziehen sich die Details?	Die erkannten Fakten sollten erläutert werden, so z. B. die Rolle der abgebildeten Personen, die in der Karikatur genannten Begriffe etc.
Wie ist der Standpunkt der Karikatur in der historischen Situation?	• Welche Funktion hatte die Quelle innerhalb der Gegebenheiten ihrer Zeit? • Was wird kritisiert?
Welche kulturellen Traditionen sind aktiviert? Gibt es zeitübergreifende Verbindungen?	Hier geht es um alle Motive, Bilder und intertextuellen Verweise der Karikatur, die als durch Traditionen festgelegt bezeichnet werden können. Ihr Anspielungsgehalt sollte geklärt und in die Interpretation eingebunden werden.
Von wem stammt die Karikatur?	• Was wissen wir über den Produzenten? • Wo wurde die Karikatur abgedruckt?

Gestaltungsmittel	
Was ist der bildliche Kern der Karikatur?	Diese Frage bezieht sich auf das zentrale Bild der Quelle und ist eng mit der Aussageabsicht verknüpft.
Welche künstlerischen Gestaltungsmittel verwendet der Zeichner?	Interessant sind alle künstlerischen Gestaltungsmittel, die wichtig für die Erschließung der Quelle sind, z. B.: • die Bildkomposition • die besondere Gewichtung von Einzelheiten • der künstlerische Stil der Darstellung
Welche Grundhaltung hat die Karikatur?	Ist die Karikatur beschreibend, kommentierend, analytisch oder agitatorisch?

Bewertung	
Welche Bedeutung hat die Karikatur für das grundlegende Verständnis der historischen Situation?	• Treffen die Inhalte eine wesentliche Problematik? • Sind typische Personen abgebildet? • Ist die Gestaltung besonders interessant, typisch oder wichtig für den Kontext der Karikatur?
Welche Bedeutung hat die Karikatur über ihren Situationskontext hinaus?	• Bezeichnet die Quelle eine für ihre Zeit besonders wichtige Situation? • Verweist die Karikatur auf eine zentrale Kontinuität oder einen historischen Prozess?

4 Tabellen und Grafiken

In den Abituraufgaben kann neben Textquellen und Karikaturen auch statistisches Material als Tabelle oder Grafik vorkommen. Damit Sie diese Aufgaben aus dem Bereich der Methodenkompetenz erfolgreich lösen können und nichts Wesentliches außer Acht lassen, empfehlen wir Ihnen ein Vorgehen in **drei Schritten**, das allerdings nicht bei allen Operatoren so ausführlich angewandt werden muss.

Formale Analyse

- Welches sind **Thema/Erhebungsgegenstand** und **Zweck** (Überschrift, Begleittext) der Tabelle/Grafik?
- Was ist der **Erhebungsraum** und **Erhebungszeitraum** (Momentaufnahme, Entwicklung, Prognose)?
- Wie und durch wen wurden die **Werte** ermittelt?
- Auf welchen **Quellen** beruht die Tabelle/Grafik?
- Welche **Darstellungsform** wurde gewählt (Tabelle, Kurven-/Linien-, Säulen- oder Balken-, Kreis-, Flächen-, Block- oder Figuren-Diagramm)?
- Was sind die **Bezugsgrößen:** Zahlenarten (absolute Zahlen, Prozent- oder Indexzahlen), Zahlenwerte (gerundet, geschätzt, vorläufig), Maßeinheiten und Intervalle?
- Welche **Kategorien** werden miteinander in Beziehung gesetzt (z. B. bei Tabellen in Kopfzeile, Spalten und Vorspalten)?
- Wie ist die **grafische Gestaltung:** Symbole, Farben, (Hintergrund-)Bilder?

Inhaltliche Analyse

- Welche **Besonderheiten** weist das Material auf? Bestimmen Sie wesentliche Auffälligkeiten!
- Welche **Hauptaussagen** lassen sich formulieren (Trends, Tendenzen)?
- Welche **Teilaussagen** in Bezug auf Einzelaspekte lassen sich machen? (Minima, Maxima, Zunahme, Abnahme, Stagnation, Zahlensprünge, Anomalien, Gleichmäßigkeiten und regelhafte Verläufe, unterschiedliche Phasen, Wechselbeziehungen zwischen verschiedenen Variablen/Merkmalen, …)

Aussageabsicht, Interpretation und Kritik

- Welche **Antwort** gibt die Tabelle/Grafik auf die Fragestellung? Zu welchen Teilbereichen lassen sich keine Aussagen treffen?
- Welche **Aussagen**, Empfehlungen oder Handlungen werden durch die Statistik/Grafik nahegelegt?
- Welche **Fragen** werden durch die Informationen der Tabelle/Grafik aufgeworfen?
- Was sind mögliche **Ursachen** für der Tabelle/Grafik entnommene Sachverhalte?
- Beurteilung der **Aussagekraft** der Tabelle/Grafik:
  - Sind die Daten repräsentativ und korrekt?
  - Ist die Darstellungsform angemessen?
  - Gibt es Unklarheiten in Bezug auf die Daten, Bezugsgrößen, Quellen, …?
  - Fehlen Informationen im Schaubild?
  - Besteht Verdacht auf Interessengebundenheit/Manipulation? (Datenauswahl, Auftraggeber, grafische Darstellung, …)

5 Karten

Unterscheiden Sie „**historische**" und „**wissenschaftliche**" Karten. Achten Sie bei der Auswertung wissenschaftlicher Karten auf die folgenden Aspekte:

- die **geografische Dimension** der Karte: Welcher Raum wird bezeichnet?
- die **chronologische Dimension:** Welcher Zeitraum wird abgedeckt?
- die **politische Dimension:** Welche historischen Entwicklungen oder Strukturen werden sichtbar?
- die eigentliche Auswertung in einem **thematischen Zusammenhang:** Welche Aussagen zur betreffenden Situation sind nach der Karte möglich?

TIPP: Suchen Sie sich aus den folgenden Übungsaufgaben eine heraus und entwickeln Sie dazu die Vorarbeiten, wie sie Ihnen hier empfohlen werden. Sie rekonstruieren dabei das gedankliche Gerüst des Fachaufsatzes und üben dabei, einen Fachaufsatz selbstständig, systematisch und professionell vorzubereiten.

Bewertung

Die Ausführungen zu den **einzelnen Arbeitsanweisungen** werden nach dem in der Oberstufe üblichen Notensystem mit **Punkten zwischen 15 und 0 bewertet**. Aus dieser Bewertung der Teilleistungen wird entsprechend der vorgesehenen Gewichtung die Gesamtpunktzahl ermittelt. Die Gewichtung der einzelnen Aufgaben ergibt sich aus dem Umfang der geforderten Leistung, ihrem gedanklichen Anspruch sowie der Zuordnung zu den Anforderungsbereichen und erfolgt in Prozentangaben (z. B. werden die drei Teilaufgaben einer Abiturklausur im Verhältnis 25 %, 40 % und 35 % gewichtet). Der **Schwerpunkt der Aufgabenstellung** befindet sich deutlich im **AFB II** (siehe Abschnitt 8 Operatoren): Sein Anteil an der Gesamtnote liegt im Bereich zwischen 35 und 50 Prozent. Reproduktive Leistungen (AFB I) sowie Leistungen in den Bereichen Reflexion und Problemlösung (AFB III) haben oft einen Anteil von 20 bis 35 Prozent, wobei in Aufgaben auf erhöhtem Anforderungsniveau der AFB III etwas stärker gewichtet wird als in Aufgaben für das grundlegende Anforderungsniveau.

Ihre Abiturklausur wird nach folgenden Kriterien bewertet:

- fachliche Korrektheit
- Sicherheit im Umgang mit Fachsprache und Methoden des Faches
- Folgerichtigkeit, Logik und Verknüpfung der Ausführungen
- Grad der Problemhaftigkeit, Multiperspektivität bzw. Kontroversität in der Argumentation
- Umfang der Selbstständigkeit
- konzeptionelle Klarheit
- Erfüllung standardsprachlicher Normen und formaler Aspekte; achten Sie darauf, sich sprachlich richtig und präzise zu äußern, sonst kann die Benotung Ihrer Bearbeitung auf zwei Ebenen schlechter ausfallen:
  - Schwerwiegende und gehäufte Verstöße gegen die sprachliche Richtigkeit oder gegen die äußere Form führen zu einem Abzug von einem (in der Regel ab durchschnittlich 5 Verstößen pro Seite) bis zwei Punkten (in der Regel ab durchschnittlich 7 Verstößen pro Seite);
  - undifferenzierte und sprachlich ungenaue oder missverständliche Aussagen mindern die inhaltliche Qualität Ihrer Bearbeitung.

Nach Abschluss der Prüfung wollen Sie Ihre Leistung sicherlich einordnen.

- Nach den in Niedersachsen üblichen Notendefinitionen können Sie mit einem „**ausreichend**“ (5 Punkte) rechnen, wenn Sie mit Ihren Ausführungen die Kenntnis wesentlicher Sachverhalte nachgewiesen haben, zentrale Aussagen und bestimmende Merkmale des vorgelegten Materials von Ihnen in Grundzügen erfasst sind, die Aussagen auf die Aufgabe bezogen und dabei grundlegende fachspezifische Verfahren sowie Begriffe angewendet wurden, Ihre Darstellung im Wesentlichen verständlich ausgeführt und erkennbar geordnet ist.

- Ein mit „**sehr gut**“ beurteiltes Prüfungsergebnis erreichen Sie nur mit Leistungen im AFB III, also mit einer sehr gelungenen Bearbeitung der abschließenden, ein Urteil oder eine Bewertung fordernden Teilaufgabe. Auch ein mit „**gut**“ beurteiltes Prüfungsergebnis verlangt Leistungen im AFB III.

TIPP: Ihre Bearbeitung muss in **Textform** erfolgen. Achten Sie dabei auf die **äußere Form** und die **sprachliche Richtigkeit:**

- die Einhaltung standardsprachlicher Normen
- die stilistische Angemessenheit
- die korrekte Verwendung der Fachsprache

Bei gehäuften **Verstößen** gegen die standardsprachliche Norm und gegen die äußere Form droht sonst der **Abzug von bis zu zwei Punkten** in der Gesamtbewertung der Klausur. Unübersichtliche oder nicht lesbare Textstellen werden nicht bewertet.

Wenn Sie mit Ihrer Reinschrift nicht rechtzeitig fertig geworden sind, können Ihre Vorarbeiten (Entwürfe) ergänzend zur Bewertung nur herangezogen werden, wenn sie zusammenhängend konzipiert sind und die Reinschrift etwa ¾ des erkennbar angestrebten Gesamtumfangs umfasst. Dies mag eine letzte Hilfe sein, aber vermeiden Sie diesen Notfall durch bewusstes Zeitmanagement!

Die mündliche Prüfung in Geschichte

Eine mündliche Prüfung[1] im Fach Geschichte ergibt sich für Sie unter folgenden **Voraussetzungen:**

- Sie haben Geschichte als **fünftes Prüfungsfach** gewählt; in diesem Fall ist im Abitur eine mündliche Prüfung zum Abschluss vorgesehen (AVO-GOFAK § 2.2).
- Geschichte gehört zu Ihrem **ersten bis vierten Prüfungsfach**. Dann kann die Prüfungskommission nach den Ergebnissen der schriftlichen Prüfung beschließen (AVO-GOFAK § 13.1), dass Sie in einem oder mehreren dieser Fächer – also auch in Geschichte – mündlich geprüft werden. (Eine entsprechende Mitteilung erfolgt mit der Bekanntgabe der Ergebnisse, die Sie in den schriftlichen Prüfungsarbeiten erzielt haben; frühestens vier Werktage nach dieser Bekanntgabe kann/darf diese Prüfung stattfinden.)
- Sie haben in Geschichte die **Abiturklausur** geschrieben und kommen nach Bekanntgabe des Prüfungsergebnisses selbst zu der Einsicht, dass eine mündliche Prüfung sinnvoll und/oder notwendig ist, um Ihre Note zu verbessern. Den Antrag haben Sie bis zu einem von der Schule festgesetzten Termin schriftlich zu stellen.

1 Allgemeine Grundsätze

Die mündliche Prüfung ist eine **Einzelprüfung**, die mindestens 20 und höchstens 30 Minuten dauern soll. Die Prüfung kann allerdings auch in einer **Gruppe** durchgeführt werden, wobei die Bewertung der individuellen Leistung zu gewährleisten ist. Die Gruppenprüfung dauert mindestens 50 und höchstens 70 Minuten. Darüber hinaus können Sie sich für eine **Präsentationsprüfung** anmelden (mehr dazu unter Punkt 5).

1 Die wichtigsten Rechtsbestimmungen finden Sie im 1. Abschnitt „Schulrechtliche Vorgaben für die Abiturprüfungen“, die entsprechend auch für die mündliche Abiturprüfung gelten.

Die für die schriftliche Abiturprüfung beschriebenen **Anforderungsbereiche** (AFB I bis AFB III) und Anforderungsunterschiede (s. o. S. IV–VII) gelten entsprechend.
Die mündliche Prüfung darf sich **nicht nur** auf die **Sachgebiete eines Halbjahres** beziehen. Die Ihnen gestellte Aufgabe wird also – bei aller sinnvollen und erforderlichen Schwerpunktbildung – auf fachliche Inhalte und Lernbereiche aus mindestens zwei Semestern zurückgreifen.
Wenn Geschichte zu Ihren schriftlichen Prüfungsfächern gehört, darf eine evtl. mündliche Prüfung keine inhaltliche Wiederholung oder Weiterführung des von Ihnen in der Abiturklausur bearbeiteten Themas sein. In diesem Fall werden Sachbereiche eines anderen Semesters im Mittelpunkt der Prüfung stehen.
Ihre Prüfung findet vor dem **Fachprüfungsausschuss** statt. Dieser besteht aus drei stimmberechtigten Mitgliedern (die über die Lehrbefähigung im Fach Geschichte verfügen sollen): der Fachprüfungsleiterin oder dem Fachprüfungsleiter als Vorsitzendem, der Prüferin oder dem Prüfer (in der Regel die Sie unterrichtende Fachlehrkraft, die auch für die Aufgabenstellung verantwortlich ist) sowie der Protokollführerin oder dem Protokollführer. Als nicht stimmberechtigte Mitglieder können bis zu fünf weitere Lehrkräfte hinzukommen. Anwesend kann auch das vorsitzende Mitglied der Prüfungskommission sein, das das Recht hat, in die Prüfung einzugreifen und den Vorsitz zu übernehmen. Der Fachprüfungsausschuss besteht in diesem Fall aus vier stimmberechtigten Mitgliedern.
Auch **Zuhörerinnen und Zuhörer** sind zu einer mündlichen Prüfung zugelassen. Die Teilnahme von bis zu zwei „Personen, deren Anwesenheit im dienstlichen Interesse liegt", müssen Sie dulden. Weiterhin dürfen zuhören, allerdings nur mit Ihrer Zustimmung (die Sie ohne Angabe von Gründen und ohne dass Ihnen daraus ein Nachteil erwächst, verweigern können): ein Mitglied des Schulelternrates, ein Mitglied des Schülerrates, bis zu zwei Schülerinnen und Schüler des 12. Schuljahrganges. Alle Zuhörerinnen und Zuhörer sind zur Verschwiegenheit über den Prüfungsverlauf verpflichtet. Es wird ihnen für die Dauer der Prüfung die Aufgabenstellung ausgehändigt, Sie dürfen während dieser Zeit aber keine Aufzeichnungen machen. (Bei der anschließenden Beratung des Fachprüfungsausschusses dürfen aus diesem Kreis nur das Mitglied des Schulelternrates und die Personen „mit dienstlichem Interesse" als Zuhörer anwesend sein.)
Zur angemessenen Vorbereitung Ihrer Prüfung erhalten Sie eine **Vorbereitungszeit** von in der Regel **20 Minuten**. Erscheint ein Prüfling aus von ihm zu vertretenden Gründen nicht zum festgesetzten Termin der Vorbereitungszeit, so kann er eine Verschiebung des Beginns der Prüfung nicht beanspruchen. Die Vorbereitung findet unter Aufsicht von Lehrkräften der Schule statt. Während der Vorbereitung dürfen Sie sich Aufzeichnungen als Grundlage für Ihre Ausführungen machen.

2 Aufgabenstellung

Auch die mündliche Prüfung richtet sich nach den Zielen, Inhalten und Methoden der Rahmenrichtlinien sowie den Einheitlichen Prüfungsanforderungen in der Abiturprüfung (EPA) Geschichte. Da es sich hier um eine dezentrale Prüfung handelt, liegt die **inhaltliche Ausgestaltung und Schwerpunktbildung in der Verantwortung der**

prüfenden Fachlehrkraft, die sich mit der Aufgabenstellung sehr wahrscheinlich auf zentrale Kursaspekte beziehen wird. In erster Linie werden das die Kenntnisse und Fähigkeiten sein, die Sie in der Auseinandersetzung mit den Themen der Wahlmodule erworben haben (siehe S. II f.). Als Ausgangspunkt für die mündliche Prüfung erhalten Sie wie bei einer Klausur ein Papier mit Aufgabenstellung (2–3 Arbeitsanweisungen) und Material. Deren Umfang und Schwierigkeitsgrad sollten Ihnen eine angemessene Erarbeitung während der Vorbereitungszeit ermöglichen.
Die Aufgabenstellung wird so gestaltet sein, dass Sie schon im ersten Teil der Prüfung, also in Ihrem selbstständigen Vortrag, **Leistungen in allen drei Anforderungsbereichen** erbringen können. Das **Schwergewicht** wird dabei – wie bei der schriftlichen Prüfung – im **AFB II** liegen. Das setzt voraus – und Ihre Prüferin oder Ihr Prüfer werden darauf achten –, dass die Ihnen vorgelegte Prüfungsaufgabe keiner bereits bearbeiteten so nahesteht oder deren Thematik im Unterricht so vorbereitet wurde, dass sich die Anforderungen im Wesentlichen auf die Wiedergabe von Wissen beschränken und somit zum überwiegenden Teil im AFB I bleiben.

3 Hinweise und Tipps zum Ablauf

Die mündliche Prüfung besteht aus **zwei** vom zeitlichen Umfang her etwa gleichen **Teilen:** dem selbstständigen Prüfungsvortrag und dem Prüfungsgespräch.

- Im **Prüfungsvortrag** stellen Sie Ihr Ergebnis der in der Vorbereitungszeit bearbeiteten Aufgabe dar. Solange Sie aufgabenbezogen, fachlich und sprachlich korrekt vortragen, wird die Prüfungskommission (normalerweise die Sie prüfende Lehrkraft) Sie kaum unterbrechen. Ein Eingriff in diese Phase der Prüfung bleibt die Ausnahme und soll nur dann erfolgen, wenn aus pädagogischen bzw. prüfungspsychologischen Gründen oder zur Klärung des Verständnisses eine Hilfe geboten erscheint. Auf Ihre in der Vorbereitungszeit angefertigten Aufzeichnungen dürfen Sie selbstverständlich zurückgreifen; Sinn und Wesen eines Vortrages werden jedoch verfehlt, wenn Sie sich überwiegend auf das Vorlesen Ihrer Aufzeichnungen beschränken. Benutzen Sie diese als gegliederten Stichwortkatalog und haben Sie den Mut zur freien Darstellung.
- Das **Prüfungsgespräch** mit der Sie prüfenden Lehrkraft geht – an den Vortrag anknüpfend – zunächst auf größere fachliche Zusammenhänge ein, schließlich über die bisher behandelte Thematik hinaus. Es erschließt – soweit möglich unter Wahrung der thematischen Einheit – andere Sachgebiete und Lernbereiche, damit der sog. Kursübergriff gewährleistet ist und sich die Gesamtprüfung nicht nur auf die Inhalte eines Kurshalbjahres beschränkt. Der geforderte Gesprächscharakter verbietet das zusammenhanglose Abfragen von Kenntnissen bzw. den kurzschrittigen Dialog.

Erfahrene Prüferinnen und Prüfer werden mit einer geschickten Fragetechnik Hilfestellung geben und sich mit wertenden Äußerungen zurückhalten. Zur Klärung der Prüfungsleistung kann die Fachprüfungsleiterin/der Fachprüfungsleiter Fragen an den Prüfling stellen.

4 Bewertung

Nach Abschluss der Prüfung berät der Fachprüfungsausschuss über das Ergebnis. Der **Beschluss über die Note** erfolgt – nach Vorschlag der Prüferin oder des Prüfers – mit einfacher Mehrheit der stimmberechtigten Mitglieder. Stimmt das vorsitzende Mitglied der Prüfungskommission mit ab, weil es den Vorsitz übernommen hat, gibt seine Stimme bei Stimmengleichheit den Ausschlag.
Für die Bewertung Ihrer Prüfungsleistung gelten **ähnliche Grundsätze wie für die schriftliche Prüfung**. Die eingeschränkte Vorbereitungs- und Prüfungszeit wird dabei angemessen berücksichtigt.

In der mündlichen Prüfung wird der Fachprüfungsausschuss insbesondere darauf achten, in welchem Maße Sie über die folgenden **allgemeinen Fähigkeiten** verfügen:

- die Fähigkeit, sich **klar**, **differenziert**, **strukturiert** und **verständlich** unter angemessener Verwendung der Fachsprache und auf der Basis sicherer aufgabenbezogener Kenntnisse auszudrücken,
- die Fähigkeit, eigene **sach-**, **themen- und problemgerechte Beiträge** in der mündlichen Prüfung zu formulieren,
- die Fähigkeit zur **begründeten** eigenen mündlichen **Stellungnahme**, **Beurteilung** oder **Wertung**.

In Ihrem selbstständigen **Prüfungsvortrag** sollten Sie um den Nachweis folgender spezifischer Fähigkeiten bemüht sein:

- die Fähigkeit, **anhand von Aufzeichnungen frei**, zusammenhängend und argumentativ überzeugend zu sprechen,
- die Fähigkeit, ein **Ergebnis** für die gestellte Aufgabe in einem **Kurzvortrag in ca. 10–12 Minuten** darzulegen,
- die Fähigkeit, sich **in angemessener mündlicher Form** eigenständig mit historischen Sachverhalten auseinanderzusetzen.

Spezifische Anforderungen für das **Prüfungsgespräch** sind:

- die Fähigkeit, ein **sach-, themen- und problemorientiertes Gespräch** zu führen,
- die Fähigkeit, in einem solchen Gespräch **sicher, sach-, situationsangemessen und flexibel** auf Fragen, Impulse, Hilfen oder Gegenargumente einzugehen,
- die Fähigkeit zur **begründeten Einordnung oder Bewertung eines historischen Sachverhaltes** auch in diskursiver Gesprächssituation.

Bei normalem Prüfungsverlauf werden für die Feststellung des Prüfungsergebnisses **die beiden Prüfungsteile** (Vortrag/Gespräch) **etwa gleich gewichtet**. Wie bei der Bewertung einer Klausurleistung gilt auch für die mündliche Prüfung, dass nicht ausschließlich mit der Wiedergabe von Kenntnissen (AFB I) eine ausreichende Leistung erbracht werden kann. **Gute und bessere Bewertungen** setzen Leistungen voraus, die deutlich über den AFB II hinausgehen und mit einem wesentlichen Anteil dem AFB III zuzuordnen sind.

5 Präsentationsprüfung

Alternativ zur oben beschriebenen mündlichen Prüfung haben Sie sich, als Sie Ende des zweiten Kurshalbjahres **Geschichte als 5. Prüfungsfach** ausgewählt haben, vielleicht für eine **Präsentationsprüfung** entschieden (eine Gruppenprüfung ist hier nicht möglich): In diesem Fall wird von Ihnen im ersten Prüfungsteil eine **Präsentation anstelle des Prüfungsvortrags** verlangt. Sollten Sie letztlich doch eine „normale" mündliche Prüfung bevorzugen, können Sie mit der Anmeldung zur Abiturprüfung noch von der Präsentationsprüfung zurücktreten.

Das **Thema und die Aufgabenstellung** der Präsentationsprüfung legt Ihre Lehrkraft im Fach Geschichte fest, allerdings dürfen Sie dabei auch einen Vorschlag machen. Zwei Wochen vor dem Prüfungstermin bekommen Sie die endgültige Aufgabenstellung ausgehändigt; eine Woche später (also eine Woche vor dem Präsentationstermin) müssen Sie die schriftliche Dokumentation Ihrer Präsentation bei der zuständigen Prüfungskommission abgeben. Deshalb entfällt auch die sonst übliche Vorbereitungszeit unmittelbar vor der Prüfung.

Die Präsentationsprüfung soll insgesamt mindestens 30, höchstens 45 Minuten dauern; dabei sollten die Anteile für Präsentation und Prüfungsgespräch etwa gleich ausfallen. Im **Präsentationsteil** halten Sie den mediengestützten Vortrag, den Sie schon im Vorfeld schriftlich vorbereitet haben. Das folgende **Prüfungsgespräch** geht noch über das konkrete Thema Ihrer Präsentation hinaus: Es muss größere Zusammenhänge beleuchten und dabei auch ein weiteres Wahlmodul (siehe S. II f.) aus einem anderen Schulhalbjahr deutlich miteinbeziehen.

Um Art und Umfang einer Präsentationsprüfung im Fach Geschichte zu verdeutlichen, hat das Niedersächsische Kultusministerium ein konkretes Beispiel (mit Hinweisen) zum Thema „Die Ideen der ‚amerikanischen Revolution' – Leitlinie der Politik der USA im 19. Jahrhundert?" veröffentlicht. Sie finden es unter:
https://nibis.de/uploads/mk-bolhoefer/2021/Praesentationspruefung/20191125_Pr%C3%A4sentationspr%C3%BCfung%20Geschichte_final.pdf

Zur Arbeit mit diesem Buch

Die **Übungsaufgaben** sind – unter Berücksichtigung der offiziellen Vorgaben und vor dem Hintergrund der Erfahrungen mit dem Zentralabitur in Niedersachsen – so konzipiert, dass sie auf die Abituraufgaben vorbereiten, indem sie zur vertieften Beschäftigung mit einzelnen Aspekten der Schwerpunktthemen anleiten.

Um vielfältige Anregungen vermitteln zu können, sind die **Musterlösungen** oft umfangreicher, als unter Abiturbedingungen erstellte Lösungen es sein können. Aus diesem Grund liegt auch das inhaltliche Niveau der Lösungsvorschläge zumeist über dem, was im Abitur erwartet wird. Daher sollten die Musterlösungen Sie nicht entmutigen. Es geht ja nicht darum, zu zeigen, was Lehrkräfte unter Abiturbedingungen zu leisten vermögen. Vielmehr sollen Anregungen zu einer **vertieften Auseinandersetzung mit den Schwerpunktthemen** gegeben werden, die den Abituraufgaben zugrunde liegen werden, damit Sie überdurchschnittlich gut vorbereitet in die Prüfung gehen können.

ÜBUNGSAUFGABEN

Krisen, Umbrüche und Revolutionen
(Rahmenthema 1)
Amerikanische Unabhängigkeit – „American Revolution"
(Verbindliches Wahlmodul)

Die Unabhängigkeitserklärung der USA vom 4. Juli 1776

Aufgabenstellung

1 Fassen Sie die Unabhängigkeitserklärung der USA vom 4. Juli 1776 (M 1) nach einer quellenkritischen Einleitung zusammen.

2 Erläutern Sie die in M 1 geforderten Grundsätze für die staatliche Herrschaftsstruktur sowie die Menschen- und Bürgerrechte.

3 Analysieren Sie, inwiefern die in M 1 geforderten Grundsätze für die staatliche Herrschaftsstruktur sowie die Menschen- und Bürgerrechte in der frühen Republik bis zum Ende der Präsidentschaft George Washingtons umgesetzt wurden. Legen Sie dabei als Maßstab für die Umsetzung das heutige demokratische Verfassungsverständnis an.

4 Beurteilen Sie das Risiko, das die in M 2 genannten Machtbefugnisse des Reichspräsidenten für die Weimarer Demokratie darstellten, und deren Vereinbarkeit mit den in M 1 geforderten Grundsätzen für die staatliche Herrschaftsstruktur.

M 1 Die Unabhängigkeitserklärung vom 4. Juli 1776 (Auszug)

Die Unabhängigkeit
Kongresssitzung vom 4. Juli 1776
Einstimmige Erklärung der dreizehn Vereinigten Staaten von Amerika

Wenn im Gange menschlicher Ereignisse es für ein Volk notwendig wird, die politischen Bande zu lösen, die sie mit einem anderen Volk verknüpft haben, und unter den Mächten der Erde den selbstständigen und gleichen Rang einzunehmen, zu dem die Gesetze der Natur und ihres Schöpfers es berechtigen, so erfordert eine geziemende Rücksicht auf die Meinung der Menschheit, dass es die Gründe darlegt, die es zu der Trennung veranlassen.

Folgende Wahrheiten erachten wir als selbstverständlich: dass alle Menschen gleichgeschaffen sind; dass sie von ihrem Schöpfer mit gewissen unveräußerlichen

Rechten ausgestattet sind; dass dazu Leben, Freiheit und das Streben nach Glück gehören; dass zur Sicherung dieser Rechte Regierungen unter den Menschen eingerichtet werden, die ihre rechtmäßige Macht aus der Zustimmung der Regierten herleiten; dass, wenn irgendeine Regierungsform sich für diese Zwecke als schädlich erweist, es das Recht des Volkes ist, sie zu ändern oder abzuschaffen und eine neue Regierung einzusetzen und sie auf solchen Grundsätzen aufzubauen und ihre Gewalten in der Form zu organisieren, wie es zur Gewährleistung ihrer Sicherheit und ihres Glücks geboten zu sein scheint. Gewiss gebietet die Vorsicht, dass seit langem bestehende Regierungen nicht um unbedeutender und flüchtiger Ursachen willen geändert werden sollten, und demgemäß hat noch jede Erfahrung gezeigt, dass die Menschen eher geneigt sind zu dulden, solange die Übel noch erträglich sind, als sich unter Abschaffung der Formen, die sie gewöhnt sind, Recht zu verschaffen. Aber wenn eine lange Reihe von Missbräuchen und Übergriffen, die stets das gleiche Ziel verfolgen, die Absicht erkennen lässt, sie absolutem Despotismus zu unterwerfen, so ist es ihr Recht, ist es ihre Pflicht, eine solche Regierung zu beseitigen und sich um neue Bürgen für ihre zukünftige Sicherheit umzutun.

Solchermaßen ist das geduldige Ausharren dieser Kolonien gewesen, und solchermaßen ist jetzt die Notwendigkeit, welche sie treibt, ihre früheren Regierungssysteme zu ändern. Die Geschichte des gegenwärtigen Königs von Großbritannien ist die Geschichte wiederholten Unrechts und wiederholter Übergriffe, die alle auf die Errichtung einer absoluten Tyrannei über diese Staaten zielen. Zum Beweise dessen seien Tatsachen einer unparteiischen Welt unterbreitet.

Er hat für die öffentliche Wohlfahrt äußerst nützlichen und notwendigen Gesetzen seine Zustimmung verweigert.

Er hat seinen Gouverneuren verboten, Gesetze von sofortiger und drängender Wichtigkeit zu genehmigen […].

Er hat es abgelehnt, weitere Gesetze zugunsten großer Kreise von Menschen zu genehmigen, wenn diese Menschen nicht auf das Recht der Vertretung in der Legislatur[1] verzichten wollten, ein für sie unschätzbares Recht, das nur Tyrannen furchtbar ist.

Er hat gesetzgebende Körperschaften nach ungewöhnlichen und unbequemen Plätzen einberufen, die von dem Aufbewahrungsort ihrer öffentlichen Akten weit entfernt lagen, und zwar zu dem einzigen Zweck, sie zu willfähriger Unterwerfung unter seine Maßnahme zu bringen.

Er hat wiederholt Volksvertretungen aufgelöst, weil sie mit männlicher Festigkeit seinen Eingriffen in die Rechte des Volkes entgegengetreten sind.

Er hat sich lange Zeit hindurch geweigert, nach solchen Auflösungen neue wählen zu lassen; dadurch ist die gesetzgeberische Gewalt, da sie ja nicht vernichtet werden kann, an das Volk zurückgefallen, dem es nunmehr freisteht, sie auszuüben […].

Er hat sich bemüht, die Bevölkerung dieser Staaten zu hemmen, indem er behufs dessen[2] die Einbürgerungsgesetze für Fremde behindert hat, indem er […] die Bedingungen des Neuerwerbs von Land erschwerte.

Er hat die Rechtsprechung hintertrieben, indem er Gesetzen, die richterliche Befugnisse errichten sollten, seine Zustimmung versagte.

Er hat die Richter betreffs des Verwaltens ihrer Ämter und des Betrags und der Zahlung ihrer Gehälter von seinem Willen allein abhängig gemacht.

Er hat eine große Zahl neuer Ämter eingerichtet und eine Menge von Beamten herübergesandt, um unser Volk zu drangsalieren und von ihm zu leben.

Er hat in Friedenszeiten bei uns stehende Heere unterhalten ohne Zustimmung unserer gesetzgebenden Versammlung.

Er hat danach gestrebt, die militärische Macht von der zivilen Macht unabhängig zu gestalten und sie ihr überzuordnen.

Er hat sich mit anderen zusammengetan, um uns einer Rechtsprechung zu unterwerfen, die unserer Verfassung fremd und von unseren Gesetzen nicht anerkannt war, und seine Zustimmung zu ihren Akten einer angemaßten gesetzgeberischen Tätigkeit erteilt, nämlich:

In betreff der Einquartierung starker Kontingente bewaffneter Truppen bei uns, [...]

In betreff des Abschneidens unseres Handels von allen Teilen der Welt,

In betreff des Auferlegens von Steuern ohne unsere Einwilligung, [...].

Er hat die Regierung hier abgeschafft, indem er uns als außerhalb seines Schutzes stehend erklärt hat, und Krieg gegen uns führt.

Er hat den uns zugehörigen Teil der See geplündert, unsere Küsten verheert, unsere Städte niedergebrannt und das Leben unserer Leute vernichtet.

Er schafft gerade jetzt große Heere fremder Söldner heran, um das Werk des Todes, der Verheerung und der Tyrannei zu vollenden, das er bereits mit Akten der Grausamkeit und des Wortbruchs begonnen hat, die ihresgleichen kaum in den barbarischsten Zeiten finden, und die des Oberhauptes einer zivilisierten Nation völlig unwürdig sind. [...]

Er hat Erhebungen gegen uns in unserem Heimatland veranlasst und versucht, auf unsere Grenzbewohner Indianer zu hetzen, erbarmungslose Wilde, deren Kriegführung bekanntlich in der Niedermetzelung jeglichen Alters, Geschlechtes und Standes ohne Unterschied besteht.

[...] Ein Fürst, dessen Charakter durch jede Handlung in solcher Weise gekennzeichnet ist, kann als ein Tyrann bezeichnet werden, der als Herrscher über ein freies Volk ungeeignet ist. [...]

Daher tun wir, die Vertreter der Vereinigten Staaten von Amerika [...], im Namen und Kraft der Autorität des rechtlichen Volkes dieser Kolonien, feierlich kund und erklären, dass diese Vereinigten Kolonien freie und unabhängige Staaten sind und es von Rechts wegen sein sollen; dass sie von jeglicher Treuepflicht gegen die britische Krone entbunden sind, und dass jegliche politische Verbindung zwischen ihnen und dem Staate Großbritannien vollständig gelöst ist, und es sein soll; und dass sie als freie und unabhängige Staaten Vollmacht haben, Kriege zu führen, Frieden zu schließen, Bündnisse einzugehen, Handel zu betreiben und alle anderen Akte und Dinge zu tun, welche unabhängige Staaten von Rechts wegen tun können.

Fundort: Die Unabhängigkeit, Kongresssitzung vom 4. Juli 1776
Der Text wurde gekürzt und vom Verfasser der Übungsaufgabe behutsam der reformierten Rechtschreibung angepasst.

Anmerkungen

1 Legislatur: Legislative.
2 behufs dessen: zu diesem Zweck.

M 2 Die Verfassung des Deutschen Reiches vom 11. August 1919 (Weimarer Verfassung, Auszug)

ARTIKEL 25

(1) Der Reichspräsident kann den Reichstag auflösen […].

(2) Die Neuwahl findet spätestens am sechzigsten Tage nach der Auflösung statt.

ARTIKEL 48

(1) Wenn ein Land die ihm nach der Reichsverfassung oder den Reichsgesetzen obliegenden Pflichten nicht erfüllt, kann der Reichspräsident es dazu mit Hilfe der bewaffneten Macht anhalten.

(2) Der Reichspräsident kann, wenn im Deutschen Reiche die öffentliche Sicherheit und Ordnung erheblich gestört oder gefährdet wird, die zur Wiederherstellung der öffentlichen Sicherheit und Ordnung nötigen Maßnahmen treffen, erforderlichenfalls mit Hilfe der bewaffneten Macht einschreiten. Zu diesem Zwecke darf er vorübergehend die in den Artikeln 114 *(Freiheit der Person)*, 115 *(Unverletzlichkeit der Wohnung)*, 117 *(Brief-, Post-, Telegrafen- und Fernsprechgeheimnis)*, 118 *(Meinungsfreiheit, Verbot staatlicher Zensur)*, 123 *(Versammlungsfreiheit, Demonstrationsrecht)*, 124 *(Koalitionsrecht: Gründen von Parteien, Vereinen, Gewerkschaften usw.)* und 153 *(Eigentumsrecht)* festgesetzten Grundrechte ganz oder zum Teil außer Kraft setzen.

(3) Von allen gemäß Abs. 1 oder Abs. 2 dieses Artikels getroffenen Maßnahmen hat der Reichspräsident unverzüglich dem Reichstag Kenntnis zu geben. Die Maßnahmen sind auf Verlangen des Reichstags außer Kraft zu setzen.

(4) Bei Gefahr im Verzuge kann die Landesregierung für ihr Gebiet einstweilige Maßnahmen der in Abs. 2 bezeichneten Art treffen. Die Maßnahmen sind auf Verlangen des Reichspräsidenten oder des Reichstags außer Kraft zu setzen.

Fundort: http://www.documentarchiv.de/wr.html (20.03.2022). Zu den Nummern der Artikel, die in Art. 48 (2) aufgezählt werden, hat der Verfasser in Klammern kursiv gedruckte Hinweise eingefügt.

TIPP **Erläuterungen und Bearbeitungshinweise**

Die Aufgabenstellung bezieht sich in ihrem Schwerpunkt auf das erste Kurshalbjahr mit dem Rahmenthema „Krisen, Umbrüche und Revolutionen" und dessen Pflichtmodul 4 „Amerikanische Unabhängigkeit – ‚American Revolution'". Inhaltlich geht es v. a. um das Thema „Unabhängigkeitserklärung und Unabhängigkeitskrieg". Außerdem stellt die vierte Teilaufgabe einen Semesterübergriff zum Rahmenthema 3 „Wurzeln unserer Identität" mit dem verbindlichen Wahlmodul 6 „Zwischen Krise und Modernisierung – Die Gesellschaft der Weimarer Republik" her. Strukturierende Aspekte der Aufgabenstellung sind „Freiheit und Herrschaft" sowie „Individuum und Gesellschaft". Dimensionen der historischen Betrachtung sind die Politik- und Sozialgeschichte; die Perspektiven sind global und national.

Lösungsvorschlag

1 **TIPP** *Anforderungsbereich: I, Gewichtung in Prozent: 20*

Die Aufgabenstellung verlangt die Aufsatzart Inhaltswiedergabe. Einleitend ist die Quelle zu bestimmen: Überschrift/Thema, Textsorte/Quellenart, verabschiedende Volksvertretung, Verabschiedungsdatum, Adressaten, dazu ein knapper Hinweis auf den historischen Kontext. Sie sollen die Quelle kurz in den thematischen Zusammenhang des Aufsatzes einbinden, um Ihre Leserschaft in die Problemstellung Ihrer Bearbeitung einzuführen. Das hilft auch Ihnen, sich von Beginn an auf die Aufgabenstellung und Zielsetzungen des Gesamtaufsatzes zu fokussieren. Der Operator „zusammenfassen" verlangt, Sachverhalte auf wesentliche Aspekte zu reduzieren und sprachlich distanziert, unkommentiert und strukturiert wiederzugeben. Das heißt hier konkret: Sie müssen die Inhalte der Unabhängigkeitserklärung sprachlich und gedanklich eigenständig berichten, wobei Sie sich an der Gliederung der Quelle in drei große Sinnabschnitte orientieren sollten. Wahren Sie dabei sprachliche Distanz zu den zusammengefassten Inhalten durch die Verwendung des Konjunktivs bzw. entsprechender Ersatzformen und übertragen Sie veraltete Begriffe in die (Fach-)Sprache der Gegenwart.

quellenkritische Einleitung

Thema, Verfasser, Datum

Am **4. Juli 1776** proklamierten die Vertreter aus **13 britischen Kolonien in Nordamerika** in einer Kongresssitzung ihre Loslösung von Großbritannien und ihre **Unabhängigkeit**. Damit gründeten sie die Vereinigten Staaten von Amerika.

historischer Kontext, Adressat

Nach dem Ende des Siebenjährigen Kriegs 1763 wollte das Londoner Parlament die Kolonien durch höhere Steuern und Abgaben an den enormen Kriegskosten beteiligen. Diese wehrten sich jedoch dagegen und forderten ihrerseits mit der Parole „**No taxation without representation**", dass sie durch eigene Vertreter **Mitspracherecht** im Londoner Parlament haben müssten. Im Laufe der Jahre verschärften sich die Spannungen durch Protestaktionen der Kolonisten (z. B. Boston Tea Party 1773) und britische Gesetze, welche die Rechte der Kolonisten beschnitten. Die Lage eskalierte und führte schließlich zum offenen Kampf, als im April **1775** mit den Gefechten von Lexington und Concord zwischen Milizen der Kolonisten und britischen Truppen der **Amerikanische Unabhängigkeitskrieg** ausbrach. Die Unabhängigkeitserklärung richtete sich an Großbritannien und an die Bevölkerung der Vereinigten Staaten.

Inhalte der Unabhängigkeitserklärung

Die Unabhängigkeitserklärung ist in **drei große Abschnitte** gegliedert: Das **Bekenntnis zum Naturrecht** in der einleitenden Präambel, die **Vorwürfe** der amerikanischen Kolonisten **gegen die britische Krone** und die daraus resultierende **Schlussfolgerung**, die Unabhängigkeit der Vereinigten Staaten zu erklären, bauen argumentativ aufeinander auf.

Bekenntnis zum Naturrecht

In der Präambel werden die Menschenrechte des Individuums durch das **Naturrecht** begründet. Alle Menschen seien gleichberechtigt und besäßen unveräußerliche Rechte: das Recht auf **Leben, Freiheit und Streben nach Glück**. Zur Sicherung ihrer Rechte hätten die Menschen Regierungen gebildet, deren Aufgabe es sei, ebendiese Rechte zu schützen. Sollte eine Regierung jedoch nachhaltig und fortdauernd gegen diese Bestimmung verstoßen, sei es das Recht und die Pflicht der Menschen, sich von diesem Regime zu befreien und für sich eine neue Regierung bzw. Regierungsform zu schaffen.

Vorwürfe gegen die britische Regierung

Im zweiten Teil wird anhand einer Vielzahl von Beispielen der **Vorwurf gegen die britische Krone** erhoben, die Kolonien einer **Willkürherrschaft** unterwerfen zu wollen und mit diesem Ziel Rechtsbrüche und **Machtmissbrauch** begangen zu haben. In wesentlichen Punkten zusammengefasst wird der britischen Krone Folgendes vorgeworfen: Sie habe die Gesetzgebung der Kolonialparlamente behindert, die Einwanderung in die Kolonien gehemmt, die Rechtsprechung beeinträchtigt, die Kolonialbürokratie aufgebläht und den Handel der Kolonien gestört. Sie habe zudem einen Krieg gegen die eigene Bevölkerung in den Kolonien angefangen und dabei Kolonisten getötet sowie Städte, Land und Küsten verwüstet und geplündert. Sie habe ausländische Söldner in die Kolonien gebracht und „Indianer", die sich unbarmherzig verhielten, zu Kriegszügen angestiftet. Diese schlimmen Verfehlungen würden belegen, dass die britische Krone **völlig ungeeignet** sei, die Kolonien zu regieren.

Erklärung der Unabhängigkeit

Im Schlussteil erklären sich die **13 Kolonien** für **unabhängig** von der britischen Krone. Damit hätten sie gegenüber Großbritannien keine politischen Verbindungen und Verpflichtungen mehr. Die Vereinigten Staaten seien nunmehr souverän und würden über Krieg und Frieden, ihre Bündnisse und ihren Handel sowie alle anderen Angelegenheiten völlig **selbstständig entscheiden**.

2 **TIPP** *Anforderungsbereich: II, Gewichtung in Prozent: 30*

Überleitend sollten Sie darauf hinweisen, dass mit der Unabhängigkeitserklärung der USA erstmals in der Geschichte Grundsätze für einen modernen Verfassungsstaat entworfen und offiziell festgehalten wurden. Der Operator „erläutern" fordert allgemein, Sachverhalte zu erklären und in ihren komplexen Beziehungen anhand von Beispielen und/oder Theorien zu verdeutlichen (aufgrund von Kenntnissen oder Materialanalyse). Um das umzusetzen, sollten Sie methodisch wie folgt vorgehen: Im ersten Arbeitsschritt filtern Sie die Hinweise auf das Völkerrecht, die demokratische Herrschaftsstruktur sowie die Menschenrechte aus der Unabhängigkeitserklärung heraus und ordnen das Gefundene diesen drei Gliederungsaspekten zu. Im nächsten Schritt erklären Sie die Begriffe und legen deren Bedeutung dar. Greifen Sie dabei auf Ihr Wissen über Ihnen bekannte Staats- bzw. Verfassungstheorien und Menschenrechte zurück. Tipp: Leisten Sie alle Vorbereitungsschritte in Stichworten und orientieren Sie sich dabei an den „Gliederungshilfen für Fachaufsatz-Vorarbeiten" (S. XIV).

Überleitung

Erstmals in der Geschichte der Menschheit wurden in der **Unabhängigkeitserklärung** der USA Grundsätze für einen **modernen Verfassungsstaat** formuliert und offiziell festgehalten, die im Gedankengut der **Aufklärung** verwurzelt sind. In ihrer negativen **Kritik** an der britischen Herrschaft haben die Kongressabgeordneten der 13 Kolonien zugleich positiv ein Grundkonzept für einen modernen demokratischen Staat entworfen. Dabei wurden Ideen der Aufklärung in die politische Wirklichkeit übernommen und erste Grundzüge des modernen Völkerrechts und der Menschenrechte formuliert.

in M 1 festgehaltene Grundsätze

Gedanken des Völkerrechts

Der erste Absatz der Präambel der Unabhängigkeitserklärung enthält Grundlegendes für das **moderne Völkerrecht**, das allgemein die Beziehungen zwischen Völkern bzw. Staaten auf Basis der **Gleichrangigkeit** regelt. Die Staatsgründer berufen sich in M 1 auf das Recht eines Volks, sich staatsrechtlich von einem anderen Volk zu lösen, um „unter den Mächten der Erde den **selbstständigen und gleichen Rang** einzunehmen, zu dem die Gesetze der Natur und ihres Schöpfers es berechtigen" (Z. 2–4). Hier werden zwei wesentliche Bestandteile des modernen Völkerrechts in der Begründung des Unabhängigkeitsstrebens angeführt: das **Selbstbestimmungsrecht der Völker** und deren **Gleichrangigkeit**. 1776 waren das revolutionäre Ansprüche in europäisch geprägten Teilen der Welt, in denen die Politik von **absolutistisch-monarchischem Herrschaftsdenken** dominiert wurde und es für Völker, die Selbstständigkeit einforderten, keinen Platz gab. Diese Gedanken werden am Schluss der Unabhängigkeitserklärung wieder aufgenommen. Hier wird von einem „frei[en] Volk" (Z. 81 f.) gesprochen, die „Vereinigten Kolonien [seien] **freie und unabhängige Staaten**" (Z. 85).

Die „Vereinigten Kolonien“ werden vom Volk gegründet und getragen, das **Staatsvolk ist der Souverän:** „Daher tun wir, die Vertreter der Vereinigten Staaten von Amerika [...], im Namen und Kraft der Autorität des rechtlichen Volkes dieser Kolonien, feierlich kund [...]“ (Z. 83 f.). Dieser Anspruch des Volks stellt einen **totalen Bruch** mit bisherigen Staatsverständnissen dar, in denen sich Monarchen als **Souveräne von Gottes Gnaden** betrachteten. Wie entschieden und umfassend die US-Staatsgründer die Souveränität des Volks und seiner Staaten deklarierten, haben sie nochmals am Schluss der Unabhängigkeitserklärung bekräftigt: Das Volk der „Vereinigten Kolonien“ sei „von jeglicher Treuepflicht gegen die britische Krone entbunden“ (Z. 86 f.), „jegliche politische Verbindung zwischen [den amerikanischen Staaten] und dem Staate Großbritannien [sei] vollständig gelöst“ (Z. 87 f.), sodass „sie als freie und unabhängige Staaten Vollmacht haben, Kriege zu führen, Frieden zu schließen, Bündnisse einzugehen, Handel zu betreiben und alle anderen Akte und Dinge zu tun, welche unabhängige Staaten von Rechts wegen tun können“ (Z. 88–91). Damit haben die Staatsgründer Grundsätze des Völkerrechts für die **Souveränität eines neuen, demokratischen Staats** aufgezeigt.

Volkssouveränität

Die Unabhängigkeitserklärung gibt klare Hinweise darauf, dass die USA eine **demokratische Verfassung mit geteilten Staatsgewalten** erhalten würden. So sollen zur Sicherung der Menschenrechte „Regierungen unter den Menschen eingerichtet werden, die ihre rechtmäßige Macht aus der Zustimmung der Regierten herleiten“ (Z. 10 f.). Das heißt, dass die Regierung dem Volk dienen muss und dass das Volk der neue Souverän ist. Das Prinzip der Volkssouveränität und seine Umsetzung in der Staatsform der **Republik** bedeuteten eine für die damalige Zeit revolutionäre, radikale **Abkehr von monarchischen und aristokratischen Herrschaftsverhältnissen**.

demokratische Verfassung

Wie entschieden sich die Staatsgründer für ihre neue demokratische Staatsform aussprechen, lässt sich anhand der Kritik an der alten ablesen, die als „**absolute[r] Despotismus**“ (Z. 22) und „**absolut[e] Tyrannei**“ (Z. 29) scharf abgelehnt wird. Das **moderne, demokratische Selbstverständnis** der Kongressabgeordneten wird auch in den Vorwürfen gegen den britischen König deutlich: „Er hat wiederholt Volksvertretungen aufgelöst, weil sie mit männlicher Festigkeit seinen Eingriffen in die Rechte des Volkes entgegengetreten sind.“ (Z. 42 f.) Die Kolonialparlamente verstehen sich als demokratisch gewählte **Vertretung des Volks**, wie sich aus weiterer Kritik am König herauslesen lässt: „Er hat sich lange Zeit hindurch geweigert, nach solchen Auflösungen neue wählen zu lassen [...].“ (Z. 44 f.)

Dass in den neuen Staaten die **Staatsgewalten geteilt** werden sollen, wird in der Unabhängigkeitserklärung mehrfach angedeutet: Das Volk habe das Recht, „eine **neue Regierung** einzusetzen und sie auf

Gewaltenteilung

solchen Grundsätzen aufzubauen und ihre Gewalten in der Form zu organisieren, wie es zur Gewährleistung ihrer Sicherheit und ihres Glücks geboten zu sein scheint" (Z. 13–16). Neben der **Exekutive** solle es eine **Legislative** geben: Die Menschen hätten „das Recht der Vertretung in der Legislatur" (Z. 36 f.). Die Formulierung „die gesetzgeberische Gewalt [ist] an das Volk zurückgefallen" (Z. 45 f.) belegt, dass die Legislative eine eigenständige staatliche Gewalt sein soll, die vom Volk zu „wählen" (Z. 44) ist und abgewählt werden kann. Ebenfalls wird auf eine **Judikative** in den Vorwürfen gegen den britischen König hingewiesen: „Er hat die Rechtsprechung hintertrieben, indem er Gesetzen, die richterliche Befugnisse errichten sollten, seine Zustimmung versagte." (Z. 50 f.)

Menschenrechte

Auf die **Menschenrechte** wird in der Unabhängigkeitserklärung nur **kurz** eingegangen, was verständlich ist, da die Urkunde das Verhältnis zwischen Staaten thematisiert. Einige Hinweise finden sich in der **Präambel**, in der von den „unveräußerlichen Rechten [...] **Leben, Freiheit und** [...] **Streben nach Glück**" (Z. 8 f.) gesprochen wird. Weitere, eher indirekte Hinweise folgen in den Vorwürfen gegen den britischen König, er habe das **Eigentumsrecht** der Kolonisten verletzt, indem er den Handel beschnitten (vgl. Z. 65), Truppen einquartiert (vgl. Z. 64) und öffentliches und privates Eigentum durch seine Kriegsführung vernichtet habe (vgl. Z. 71–73). Zudem habe er das **Recht auf Leben** und die **Würde des Menschen** durch die Grausamkeit seiner Kriegsführung verletzt, indem er „das Leben unserer Leute vernichtet" (Z. 70) habe und für „Akt[e] der Grausamkeit" (Z. 72 f.) und den Kriegseinsatz von „Indianer[n] [...], deren Kriegführung bekanntlich in der Niedermetzelung jeglichen Alters, Geschlechtes und Standes ohne Unterschied besteht" (Z. 77–79), verantwortlich sei.

Berufung auf das Naturrecht

Einen **großen Einfluss** auf die Grundsätze staatlicher Herrschaftsstruktur, wie sie 1776 in der Unabhängigkeitserklärung formuliert wurden, hatte der englische Philosoph **John Locke**. Als Vordenker der Aufklärung bezieht er sich auf das **Naturrecht** und führt hierzu aus, dass Regierende ihre Position nur dann rechtfertigen könnten, wenn sie die Zustimmung der Regierten besitzen und deren **Leben, Freiheit und Eigentum** schützen würden.

3

TIPP *Anforderungsbereich: II, Gewichtung in Prozent: 20*

Überleitend sollten Sie auf das Problem hinweisen, dass es Unterschiede zwischen formulierten Verfassungsgrundsätzen und der gelebten Verfassungswirklichkeit gibt. Der Operator „analysieren" fordert, Materialien, Sachverhalte oder Räume zu beschreiben, kriterienorientiert oder aspektgeleitet zu erschließen und strukturiert darzustellen. Konkret bedeutet das hier: Nutzen Sie die Liste der Grundsätze für die staatliche Herrschaftsstruktur sowie die Menschen- und Bürgerrechte, die Sie in Stichworten bei Ihren Vorarbeiten zur Teilaufgabe 2 aus der Unabhängigkeitserklärung herausgefiltert haben, und überprüfen Sie, ob diese bis zum Ende der Regierung Washingtons realisiert wurden. Gehen Sie die einzelnen Grundsätze schrittweise durch und überprüfen Sie jeden Aspekt anhand heutiger demokratischer Maßstäbe. Bei den Aspekten, bei denen Sie Unterschiede zwischen den Ansprüchen der Unabhängigkeitserklärung und der Wirklichkeit am Ende der Präsidentschaft Washingtons feststellen, arbeiten Sie diese aus. Begründen bzw. erklären Sie die von Ihnen geschlussfolgerten Unterschiede und belegen Sie sie durch Zitate aus dem Material und/oder historische Fakten (Ihre historischen Kenntnisse sind gefragt!). Tipp: Leisten Sie alle Vorbereitungsschritte in Stichworten und nutzen Sie dabei die Gliederungshilfe für „Fachaufsatz-Vorarbeiten" (S. XIV). Führen Sie Ihre Teilergebnisse in einem Fazit zusammen.

Überleitung

(Verfassungs-) Grundsätze: Anspruch und Wirklichkeit

Dass es Unterschiede gibt zwischen **verfassungsmäßigen Rechtsansprüchen** und der **gelebten Wirklichkeit**, ist historisch eine vielfach belegte Erfahrung. Auch die Ansprüche, die in der Unabhängigkeitserklärung an den neuen Staat erhoben wurden, unterschieden sich in einigen Aspekten von den tatsächlichen Zuständen in den USA unter ihrem ersten Präsidenten **George Washington** (1789–1797), und zwar vor allem dann, wenn man die damalige Realität mit dem **heutigen Verständnis von Demokratie und Menschenrechten** in Beziehung setzt.

Analyse der Grundsätze aus M 1

Volk und Volkssouveränität

Durch den Sieg im Unabhängigkeitskrieg (1775–1783) konnte die in der Unabhängigkeitserklärung 1776 geforderte **Souveränität des Volks** (z. B. Z. 1–6, 83–91) mit der Staatsgründung und einem eigenen Staatsgebiet nach außen gesichert werden, aber die Frage stellt sich: Wer ist das **Volk**? Das **aktive Wahlrecht** ist eine historisch besonders wichtige Grundlage politischer Mitbestimmung. Die **Verfassung der USA**, die **1787** verabschiedet und im Jahr darauf ratifiziert wurde, überließ es den **Bundesstaaten**, das Wahlrecht nach ihren Vorstellungen zu regeln. Allgemein galt während der Präsidentschaft Washingtons, dass nur **weiße Männer** wählen durften, die ein **bestimmtes Alter** erreicht hatten, über **Eigentum** verfügten und/oder **Steuern** zahlten. Die genauen Vorgaben hierfür waren in den einzelnen Bundesstaaten unterschiedlich. Von den Wahlen und **vom politischen Leben ausgeschlossen** waren **Frauen**, die meisten **armen Männer** sowie alle **Schwarzen** und Angehörigen der **indigenen Völker** Amerikas. Wahlberechtigt war damit nur eine Minderheit der in den USA lebenden Bevölkerung, ein aus heutiger Sicht großer, grober **Verstoß** gegen die Menschen- und Bürgerrechte. Entsprechend ist auch die in der Unabhängigkeitserklärung beschworene Volkssouveränität mit **erheblichen Einschränkungen** zu verstehen und mit dem heutigen Verständnis des Begriffs unvereinbar.

Das **Demokratieverständnis** der Unabhängigkeitserklärung war in der politischen Praxis ebenso erheblich **eingeschränkt**. Die Forderung, eine Regierung müsse „ihre rechtmäßige Macht aus der Zustimmung der Regierten herleiten“ (Z. 11), unterlag aus heutiger Sicht denselben Einschränkungen. Denn zu den Regierten zählten auch die Frauen, die armen Weißen sowie alle Schwarzen und Indigenen. Das moderne Demokratieverständnis fordert die **Gleichheit bzw. Gleichberechtigung aller Bürger** und verbietet die Verweigerung von Bürgerrechten wegen des Geschlechts, der Zugehörigkeit zu einer Ethnie oder sozialer Unterprivilegierung. Demokratie

Während die Bedeutung des Volks in der Unabhängigkeitserklärung einen hohen Stellenwert hat, werden die **Menschenrechte** nur knapp angesprochen: die Rechte auf **Leben**, **Freiheit und Eigentum** (vgl. Z. 7–9, 69 f.). Diese Gewichtung ist für eine Unabhängigkeitserklärung naheliegend und sagt zunächst wenig darüber aus, welche verfassungsrechtliche Stellung diese Rechte erhalten sollten. Letztlich galten diese Grundrechte wiederum nur für Männer, die der weißen Mittel- und Oberschicht angehörten. Der Hinweis in der Unabhängigkeitserklärung auf **„öffentliche Wohlfahrt“** (Z. 31) ist völlig unpräzise. In Washingtons Regierungszeit gab es **keine Sozialpolitik** im heutigen Sinne und „Wohlfahrt“ wurde von damaligen Politikern allgemein so gesehen, dass die wirtschaftliche Entfaltung der Mittel- und Oberschichten gefördert werden sollte. Frauen und andere Unterprivilegierte standen dabei nicht im Fokus. Nach heutigem Verständnis steht auch dieses Menschenrecht allen gleichermaßen zu, denn Menschenrechte sind „**unveräußerlich**“, worauf auch die Unabhängigkeitserklärung theoretisch hinweist (vgl. Z. 8): Sie können also nicht aberkannt oder abgetreten werden. Menschenrechte

Die **Bill of Rights**, die 1789 vom Kongress beschlossenen und bis 1791 von den Bundesstaaten ratifizierten Zusätze zur amerikanischen Verfassung, erweiterte die demokratischen und individuellen Rechte derjenigen Bürger, die über das Wahlrecht verfügten, deutlich. Sie änderten aber nichts für Frauen und andere Unterprivilegierte, die politisch unbeachtet und diskriminiert blieben.

Ein Fazit aus heutiger Sicht: Das **Verständnis von Demokratie und Menschenrechten** hat sich seit dem ausgehenden 18. Jahrhundert erheblich **weiterentwickelt**. Die Emanzipation unterdrückter Geschlechter, Ethnien und sozial Unterprivilegierter war und bleibt ein großer demokratischer Anspruch und eine große Aufgabe für Politik und Gesellschaft in den USA – wie auch weltweit in allen anderen Staaten. **Fazit aus heutiger Sicht**

4 **TIPP** *Anforderungsbereich: III, Gewichtung in Prozent: 30*

Weisen Sie einleitend darauf hin, dass trotz zwischenzeitlicher Probleme die US-Demokratie mit einem Präsidenten an der Spitze seit dem späten 18. Jahrhundert funktioniert, die Weimarer Republik als erste deutsche Demokratie aber nach kurzer Zeit katastrophal unterging. Der Operator „beurteilen" fordert, „den Stellenwert von Sachverhalten oder Prozessen in einem Zusammenhang [zu] bestimmen, um kriterienorientiert zu einem begründeten Sachurteil zu gelangen". Gehen Sie methodisch wie folgt vor: (1) Lesen Sie M 2 und listen Sie die Rechte des Reichspräsidenten nach Art. 25 und 48 der Weimarer Verfassung auf. (2) Schlussfolgern Sie mithilfe Ihres Fachwissens, inwiefern diese Machtbefugnisse wesentlich zur Schwächung bzw. Aushöhlung der Demokratie beigetragen haben. (3) Beurteilen Sie die damit zusammenhängenden Risiken für die Stabilität der Weimarer Demokratie. (4) Schlussfolgern Sie, inwiefern die starke Stellung des Reichspräsidenten mit den Grundsätzen der US-Unabhängigkeitserklärung vereinbar war. Auf dieser Basis sollten Sie ein überzeugendes Sachurteil ausarbeiten können.

Einleitung
Verdeutlichung der Problemstellung

1776 markierte die **Unabhängigkeitserklärung der USA** auf amerikanischem Boden den Umbruch von der Monarchie zur **Republik**. In Deutschland war dies erst am 9. November 1918 der Fall, jedoch scheiterte die 1919 gegründete Weimarer Demokratie nach weniger als 15 Jahren mit der Ernennung Adolf Hitlers zum Reichskanzler am 30. Januar 1933. Neben weiteren Faktoren haben die in der **Weimarer Verfassung** (im Folgenden WV) festgeschriebenen **Machtbefugnisse des Reichspräsidenten** (RP) zu dieser Katastrophe beigetragen. Es stellt sich die Frage, warum die in M 2 aufgeführten Rechte des RP (Art. 25, 48) die Republik schwächen konnten und ob diese mit den Grundsätzen einer demokratischen Herrschaftsstruktur aus der US-Unabhängigkeitserklärung vereinbar waren.

Beurteilung
Risiken durch die Rechte des Reichspräsidenten nach Art. 25 und 48 (mit M 2)

Die WV stattete den RP mit einer Machtfülle aus, die dazu gedacht war, in Krisensituationen die Stabilität des demokratischen Staates zu garantieren. Seine starke Stellung lag v. a. im Recht, den **Reichstag aufzulösen** (Art. 25 Abs. 1), **Reichsrecht** mit militärischen Mitteln in den Ländern **durchzusetzen** (Art. 48 Abs. 1) sowie „die zur Wiederherstellung der öffentlichen Sicherheit und Ordnung nötigen Maßnahmen" zu ergreifen und gewisse **Grundrechte außer Kraft zu setzen** (Art. 48 Abs. 2). Insgesamt waren seine Befugnisse denen eines konstitutionellen Monarchen durchaus vergleichbar, weshalb der RP häufig als „**Ersatzkaiser**" bezeichnet wird. Sie haben erheblich dazu beigetragen, in der Krisenphase ab 1929/30 die **Demokratie** abzubauen und schließlich **auszuhebeln**. Was in der Verfassung eigentlich zur Sicherung der Republik eingeführt worden war, sollte sich in der Praxis als **schwerwiegendes Risiko** erweisen.

Gerade an Art. 48 Abs. 2 ist problematisch, dass er sehr **schwammig formuliert** ist und hier nicht präzisiert wird, was mit „Wiederherstellung der öffentlichen Sicherheit und Ordnung" gemeint ist und in welchem Rahmen die „nötigen Maßnahmen" getroffen werden durften. Es wurde nicht geklärt, wann der RP tätig werden und durch „Notverordnungen" mit Gesetzeskraft sogar Grundrechte aufheben konnte. Beide Artikel aus M 2 schränkten zudem die Arbeit des Parlaments ein. Zwar hatte der Reichstag die Möglichkeit, Notverordnungen außer Kraft zu setzen (Art. 48 Abs. 3), was der RP aber verhindern konnte, indem er den Reichstag auflöste (Art. 25 Abs. 1). In diesem Fall mussten spätestens nach 60 Tagen Wahlen stattfinden (Art. 25 Abs. 2); weitere Zeit verging, bis der neue Reichstag zusammentrat und seine legislative Arbeit aufnahm. In dieser Phase fehlte mit der **Volksvertretung als Legislative** ein **wesentlicher Akteur der Gewaltenteilung**, während der Reichskanzler (sofern der RP keinen neuen ernannte) im Amt bleiben und Gesetze per Notverordnung durchbringen konnte. Bis zum Beginn einer neuen Legislaturperiode waren demokratische Grundideen wie die Gewaltenteilung nicht geschützt, womit das Risiko einer Willkürherrschaft bestand.

Risiken der vom RP gestützten Präsidialkabinette (mit Ausblick auf die NS-Zeit)

Die enormen Machtbefugnisse des Reichspräsidenten kamen besonders in der Zeit der **Präsidialkabinette ab 1930** zum Tragen. Nun wurde die Reichsregierung nicht von einer parlamentarischen Mehrheit gestützt, sondern nur von RP Hindenburg. Wenn der Reichstag Notverordnungen aufheben oder den Reichskanzler durch Misstrauensvotum abwählen wollte, drohte der RP ihm mit der Auflösung, was er 1932 zweimal umsetzte. Die Tatsache, dass damals die Zahl der Notverordnungen die vom Reichstag verabschiedeten Gesetze klar überstieg, zeigt, wie die **Bedeutung der Volksvertretung** und der parlamentarischen Demokratie **verfiel** und der RP in erheblichem Umfang legislative Aufgaben übernahm.

Ein Ausblick in die Frühphase des „Dritten Reiches" zeigt, wie die **Nationalsozialisten** die Befugnisse des RP ausnutzten, um das **Weimarer System vollends zu zerstören**. Kurz nach seiner Ernennung zum Reichskanzler am 30. Januar 1933 drängte Hitler Hindenburg, den Reichstag aufzulösen und der NSDAP eine weitere Möglichkeit zum Machtausbau zu verschaffen. Darüber hinaus wurden wesentliche Grundlagen der NS-Diktatur formalrechtlich per Notverordnung des RP umgesetzt; so hob die „**Reichstagsbrandverordnung**" vom 28. Februar 1933 zentrale Grundrechte (u. a. persönliche Freiheit, freie Meinungsäußerung, Presse- und Versammlungsfreiheit) auf.

Zwischenfazit

Die verfassungsrechtlichen Befugnisse nach **Art. 25 und 48** konnten **(aus-)genutzt** werden, um der **Weimarer Demokratie schwer zu schaden**, was man bei der Ausarbeitung der WV nicht beabsichtigt hatte; auch war nicht vorhersehbar, dass mit Hindenburg ein Mann RP werden sollte, der den Parlamentarismus innerlich ablehnte.

In der US-Unabhängigkeitserklärung stellten deren Autoren die **elementaren Grundrechte der Bevölkerung** den Grundsätzen für das politische System voran, da sie betonten, dass Regierungen gebildet werden, um die Gleichheit aller Menschen, die unveräußerlichen Lebens- und Freiheitsrechte sowie das Recht auf Streben nach Glück zu schützen (vgl. M 1, Z. 7–10). Art. 48 Abs. 2 WV zeigt, dass ein solcher **Primat der Grundrechte** in der Weimarer Verfassung fehlte. Stattdessen wurde ein starkes Gewicht auf die Stabilität des Staates gelegt, wofür der RP mit besonderer Machtfülle „**von oben**" sorgen sollte. Dabei durfte er durch Art. 48 **zentrale Grundrechte** wie die Freiheit der Person **einschränken** und sogar **aufheben**.

Vereinbarkeit mit den Grundsätzen aus M 1?

Die Unabhängigkeitserklärung fordert nicht nur, dass die Grundrechte des Volkes jederzeit zu gelten hätten, sondern auch, dass die Regierung „ihre rechtmäßige Macht aus der Zustimmung der Regierten herleiten" (M 1, Z. 11) müsse. Sie betont also die **Rolle des Volkes als Souverän:** Es sei nicht nur dessen Recht, eine Regierung zu legitimieren, sondern auch seine Pflicht, eine Regierung des „absolute[n] Despotismus" (M 1, Z. 22) zu beseitigen und sie um der „zukünftige[n] Sicherheit" (M 1, Z. 23 f.) willen durch eine andere zu ersetzen (vgl. M 1, Z. 10–16, 20–24). Die Sicherung der Demokratie soll laut M 1 „**von unten**" erfolgen, durch die Fähigkeit des Volkes, seine Grundrechte gegen eine falsche Politik zu verteidigen. Art. 48 schrieb hingegen dem RP die Befugnis zu, im Notfall die „öffentliche Sicherheit und Ordnung" zu schützen, auch **auf Kosten der Grundrechte des Volkes** und – durch die Möglichkeit einer Reichstagsauflösung nach Art. 25 – gegen einen Einspruch (Art. 48 Abs. 3) der für die Gesetzgebung zuständigen Volksvertretung.

Fazit mit aktueller Bedeutung

Die hier ermittelten Ergebnisse zeigen, dass **Art. 25 und 48 WV nicht** mit wesentlichen Gedanken der Unabhängigkeitserklärung der USA **vereinbar** sind. Diese Unterschiede könnte man noch ausführlicher im jeweiligen historischen Kontext beleuchten. So wurde die Arbeit der Verfassunggebenden Nationalversammlung 1919 durch die Folgen der Kriegsniederlage 1918 und die schwere innen- und außenpolitische sowie wirtschaftlich-soziale Krise stark geprägt. Im 1949 erlassenen **Grundgesetz** der Bundesrepublik hingegen sind die **Grundrechte** (Art. 1–19 GG) den Festlegungen über Staatsaufbau und Gewaltenteilung (Art. 20 ff. GG) **vorangestellt**. Man hatte diesbezüglich aus dem **Zusammenbruch der Weimarer Demokratie**, in der die Grundrechte zwar aufgeführt, aber nicht geschützt waren, eine Lehre gezogen.

Wechselwirkungen und Anpassungsprozesse in der Geschichte
(Rahmenthema 2)
China und die imperialistischen Mächte
(Verbindliches Wahlmodul)

Chinas Weg in die Moderne

Aufgabenstellung

1 Geben Sie die Kernaussagen von M nach einer quellenkritischen Einführung wieder.

2 Erläutern Sie – ausgehend von M – wesentliche Aspekte der inneren und äußeren Entwicklung Chinas im 19. und frühen 20. Jahrhundert.

3 Charakterisieren Sie die innen- und außenpolitische Situation Deutschlands in der Frühphase der Weimarer Republik.

4 Überprüfen Sie Kang Youweis Sicht auf Deutschland und seine Erwartungen an eine deutsch-chinesische Kooperation (M).

M Beitrag Kang Youweis in der Tageszeitung „Dalu ribao" vom 07.10.1920 (Auszug)

Kurze Zeit nach der Ausrufung der Republik China am 1. Januar 1912 übernahm Yuan Shikai das Präsidentenamt. Er verbot Sun Yatsens Kuomintang und ließ sich, gestützt auf das Militär, zum Präsidenten auf Lebenszeit ernennen. Er verlor aber dessen Unterstützung, als er sich zum Kaiser von China ausrief. Nach seinem Sturz und Tod 1916 zerfiel China in mehrere von Gebietsfürsten (Warlords) regierte Herrschaftsbereiche. Zu dieser Zeit forderten Vertreter verschiedener Gesellschaftsschichten eine kulturelle Erneuerung Chinas, das 1917 aufseiten der Alliierten in den Weltkrieg eintrat. Eine große Protestbewegung gegen den Versailler Vertrag („Bewegung des vierten Mai") bildete sich aus Enttäuschung über die Übertragung der ehemaligen deutschen Sonderrechte in Shandong an Japan 1919. Die zunehmend desolate innere Situation mündete 1927 in einen Feldzug gegen die nördlichen Warlords und einen anschließenden Bürgerkrieg zwischen Kuomintang und Kommunistischer Partei. Kang Youwei, der nach dem Scheitern der von ihm maßgeblich beeinflussten „Hundert-Tage-Reform" ins Exil gegangen war und u. a. Europa bereist hatte, war 1913 nach China zurückgekehrt. Er setzte sich für die Errichtung einer konstitutionellen Monarchie und einen Reformkonfuzianismus ein und geriet in Gegensatz zu den revolutionären Kräften.

Durch die jahrelangen Unruhen hat unser Land große Einbuße erlitten. Das Reich verlässt sich jetzt nicht mehr auf sich selbst, sondern hofft auf den Völkerbund. Es ist eine Schande ohnegleichen, die unser ganzes Volk mit tiefstem Schmerz erfüllen muss und nie vergessen werden darf, dass unser Riesenreich mit seinen 400 Millionen Einwohnern hinter einem kleinen Staat wie Serbien zurücksteht und auf gleiche Höhe wie der Staat 4. Ranges Siam gestellt wird. Wenn wir nicht die größten Anstrengungen machen, um möglichst bald aus dieser Erniedrigung herauszukommen, verdienen wir es nicht, Menschen und Volk genannt zu werden. Die Anstrengungen aber, in denen wir es weit gebracht haben, bestehen lediglich darin, dass wir uns gegenseitig verwunden und abschlachten. Der Anstand ist verschwunden und die Gesetze sind beseitigt. Unser Zustand lässt sich mit einem Satz kennzeichnen: Da die Materie nicht verfeinert wird, ist eine Verfeinerung der Wissenschaften ausgeschlossen. Es bleibt nichts als eine wüste Öde. Unser in Unwissenheit erhaltenes Volk wird in eine Welt voll gegenseitigen Wettbewerbes gestellt. Wehe, muss das nicht zum Untergang führen?

Überdies sind bei dem Wettbewerb zwischen den Völkern streng moralische Grundsätze maßgebend; es ist unberechtigt, wenn ein weniger entwickeltes Volk ein höher entwickeltes unterdrücken will. Das riesige Indien mit seinem hochentwickelten Glauben an Güte und Demut ist der Sklave von England geworden, weil es die Verfeinerung der Materie unterlassen hat. Aber in China ist sogar der Anstand verschwunden, und so ist es in seinen gegenwärtigen beklagenswerten Zustand geraten.

Die Verfeinerung der Wissenschaften ist die Grundlage der Blüte eines Staates. Das ist zwar leicht zu sagen, und doch ist etwas sehr Schweres dabei. Deutschland ist zwar besiegt worden, aber Deutschland vermochte 5 Jahre lang ganz allein in einem furchtbaren Krieg sämtlichen Mächten der Erde energisch Widerstand zu leisten; es ist zwar schließlich besiegt worden, aber mit Ruhm besiegt worden. Das wissen ja alle. Wie konnte Deutschland aber eine derartige Leistung vollbringen? Weil seine Wissenschaft auf der höchsten Stufe steht, und weil es so viele fähige Deutsche gibt. Auch das weiß die ganze Menschheit. Deutschland hat einen entsetzlichen Zusammenbruch erlitten, leidet äußerste Not an allem, und doch stehen die andern Mächte, Deutschland missgünstig beobachtend, daneben, und zittern vor Angst, weil sie fürchten, dass das erloschene Feuer wieder aufflammt, und der Tag der Vergeltung nahe ist. Betrachtet Euch aber unser Riesenreich mit seinen 400 Millionen, in Ruhe dahinlebenden Einwohnern. Die Fremden behandeln es geringschätzig, fast so, als ob es gar nicht da wäre. Was für ein Gegensatz zu Deutschland! Das kann nur daran liegen, dass bei uns Materie und Wissenschaft nicht vervollkommnet ist.

Der heute „Völkerbund“[1] genannte Bund ist nichts als ein Bund von 5 Mächten. Kleine und schwache Nationen zu schützen, vermag er nicht. Das ist sehr traurig, sehr merkwürdig, aber auch sehr klar. Solange es die Welt noch nicht zu einem großen gemeinschaftlichen Staat gebracht hat, ist der einzelne Staat auf sich selbst angewiesen. Ein Staat aber kann nur dann mächtig und nur dann selbstständig werden, wenn er die Materie verfeinert und die Wissenschaften hochhält, damit die Ausbildung fähiger Leute möglich wird. Es gibt kein anderes Mittel.

Das mächtige England war noch im 16. Jahrhundert eine durchaus unzivilisierte, kleine und schwache Nation. Dann aber brach in Deutschland der dreißigjährige Religionskrieg[2] aus, der 18 Millionen Menschen das Leben kostete. Deutsche Adlige,

Großkaufleute, Gelehrte, Künstler hatten durch den Krieg ihre Heimstätte verloren. Diese Deutschen aber nahmen die Engländer in ihre Dienste und dasselbe machten die Engländer mit französischen Adligen, Großkaufleuten, Gelehrten und Künstlern nach der Revolution in Frankreich. Die Folge davon war, dass in England die Materie verfeinert wurde, die Wissenschaften aufblühten, eine Menge fähiger Leute dort lebten, und schließlich England in den letzten 100 Jahren die erste Macht auf der ganzen Erde ist, deren Flagge Sonne und Mond sowohl nach dem Untergang als nach dem Aufgang bescheinen.

Im 9. Jahr der Regierung Tongzhi[3] [1870/71] hat Deutschland Frankreich besiegt. Als sieben Jahre später in Philadelphia die große Ausstellung[4] stattfand, haben die Deutschen nur eine goldene Medaille bekommen, und die für eine Krupp-Kanone. Darüber waren die Deutschen tief beschämt. Unter großen Geldopfern sicherten sie sich in der folgenden Zeit die Dienste berühmter französischer Kunsthandwerker, Leute von hohen Fähigkeiten, vervollkommneten ihre Wissenschaften, verbesserten ihre Fabriken und wurden schließlich eine Macht, die sämtlichen Mächten auf der Erde Widerstand leisten konnte.

Japan hat bereits einen Handelsvertrag mit Deutschland abgeschlossen, und Deutschland hat einen Botschafter nach Japan[5] geschickt. Die Japaner fangen in weitgehendem Maße tüchtige Deutsche für sich ein. Aber wir, wir schrecken immer noch vor einem Vertrag mit Deutschland zurück. Was für ein Gegensatz zu Japan! Gerade ist der Bürgerkrieg im Norden[6] zu Ende, und es wird täglich über große Regierungsangelegenheiten verhandelt. Darf ich fragen, was eigentlich für das Reich von Bedeutung ist?

Die Hoffnung der Regierung und des Volkes richtet sich auf die Schaffung einer Grundlage eines blühenden Reiches. Unserem Reich kann aber nur dadurch geholfen werden, dass die Materie verfeinert und die Wissenschaft vervollkommnet wird. Heute ist Deutschland nach seiner großen Niederlage verarmt; deutsche Erzeugnisse, seit langem aufbewahrt, sind billig zu kaufen. Tüchtige Deutsche mit Fachkenntnissen und erstaunlichen Fähigkeiten irren herum, ohne ihr Brot verdienen zu können. Zu einem gegen früher 100-mal billigeren Preise können wir in großem Maßstab deutsche Erzeugnisse aufkaufen und tüchtige Deutsche anstellen. Diese Gelegenheit, die alle 1 000 Jahre einmal kommt, dürfen wir nicht unbenutzt vorübergehen lassen. Ein weiter Blick ist uns Not. Aber den Leuten, welche uns regieren, fehlt der weite Blick […]. […] Sagt etwa jemand, wir fürchteten uns vor anderen Staaten und wagten nicht, mit Deutschland einen Vertrag […] zu schließen? Wie kann aber ein Reich, das seine Selbstständigkeit hochhält, seine Politik nach dem Stirnrunzeln von Anderen richten? […] Bolivien, Schweden, Norwegen, Polen, alle solche Staaten schicken Gesandte zu uns; nur die Beziehungen zu dem uns durch alle Freundschaft verbundenen, in wissenschaftlicher Beziehung an erster Stelle stehenden Deutschland bleiben abgebrochen, und darum kümmert man sich nicht. Was Deutschland uns bieten kann, kann für uns nur von großem Vorteil sein.

Meine Herren. Ich hoffe, dass Sie Augen und Ohren aufmachen und, mit weitem Blick in die Zukunft, den Abschluss eines Vertrages mit Deutschland unverzüglich ins Werk setzen werden. Meine Herren von der Presse. Sie müssen mit Lebhaftigkeit dafür eintreten, dass die Regierung schnell handelt.

(gez.) Kang Youwei

Fundort: Artikel des Reformers Kang Youwei aus der Dalu ribao vom 07. 10. 1920. Übersetzt von Traut, Peking. Anlage zum Pekingbericht K. No. 41, Borch, 08. 10. 1920. PAA, R85450. Der Text wurde vom Verfasser der Übungsaufgabe gekürzt und der reformierten Rechtschreibung angepasst.

Anmerkungen

1 Der Völkerbund nahm am 10. Januar 1920 als Instrument der internationalen Friedenssicherung seine Arbeit auf. In der Bundesversammlung waren alle Mitglieder vertreten, im Völkerbundrat gab es zu diesem Zeitpunkt vier ständige Mitglieder: Großbritannien, Frankreich, Japan und Italien. Die USA traten dem Völkerbund nicht bei.

2 Der Dreißigjährige Krieg (1618–1648) war ein politisch-religiöser Konflikt, an dem nahezu alle europäischen Mächte in wechselnden Bündnissen beteiligt waren. Er wurde vor allem auf dem Territorium des Heiligen Römischen Reiches deutscher Nation ausgetragen, verursachte enorme Verwüstungen und kostete unzählige Menschen das Leben. Der Krieg endete mit dem Doppelfrieden von Münster und Osnabrück 1648.

3 Tongzhi war 1861–1875 Kaiser von China. Das 9. Jahr seiner Regierung war 1870. Kang Youwei bezieht sich auf den Deutsch-Französischen Krieg 1870/71, der zur Proklamation des Deutschen Kaiserreiches am 18. Januar 1871 im Spiegelsaal von Versailles führte.

4 Gemeint ist die Weltausstellung in Philadelphia 1876. Zwar erhielten deutsche Unternehmen Goldmedaillen für Marzipanartikel und Bier, insgesamt waren die deutschen Produkte qualitativ aber nicht konkurrenzfähig.

5 Kang Youwei überzeichnet hier den positiven Charakter der deutsch-japanischen Beziehungen. Japan verfolgte aus Rücksicht gegenüber Großbritannien und Frankreich eher eine verhaltene Politik. Die deutsche Botschaft wurde erst im Dezember 1920 wieder eingerichtet.

6 Kang Youwei spielt hier wohl auf die sehr instabilen und wechselvollen Verhältnisse nach dem Machtverlust der Zentralregierung 1916 an. In der Folge übten Warlords, die sich untereinander bekämpften, in den verschiedenen Teilen des Reiches die Macht aus.

TIPP **Erläuterungen und Bearbeitungshinweise**

Der Vorschlag bezieht sich auf das Rahmenthema 2 „Wechselwirkungen und Anpassungsprozesse in der Geschichte“ und hier schwerpunktmäßig auf das Wahlmodul 9 „China und die imperialistischen Mächte“. Der Übergriff erfolgt in den Teilaufgaben 3 und 4 auf das Rahmenthema 3 „Wurzeln unserer Identität“ mit dem Wahlmodul 6 „Zwischen Krise und Modernisierung – Die Gesellschaft der Weimarer Republik“. Die Perspektiven sind global und national, die strukturierenden Aspekte sind Kontinuität und Wandel, Gewalt und Gewaltfreiheit sowie Freiheit und Herrschaft. Der Aufgabenvorschlag berührt die Dimensionen Politik-, Sozial-, Kultur- und Ideengeschichte.

Lösungsvorschlag

1 **TIPP** *Anforderungsbereich: I, Gewichtung in Prozent: 30*

Die Aufgabenstellung verlangt zunächst eine quellenkritische Einführung zu M. Dabei sind im Rahmen der äußeren Quellenkritik wesentliche Angaben zum Text wie Verfasser, Erscheinungsdatum und -ort, Adressat(en) und Quellencharakter aufzuführen. Die Wiedergabe zielt darauf ab, alle wesentlichen Aussagen von M eigenständig und sprachlich distanziert darzustellen. Achten Sie auf eine sachorientierte Sprache ohne perspektivische oder wörtliche Übernahmen, benutzen Sie den Konjunktiv und verzichten Sie auf Wertungen und Beurteilungen. Eine besondere Schwierigkeit des Textes ist, dass es sich um eine Übersetzung aus dem Chinesischen handelt. Teils enthält M Formulierungen, die im Deutschen nicht üblich sind und einem anderen kulturellen Hintergrund entstammen (z. B. Konfuzianismus). Hier hilft der inhaltliche Zusammenhang beim Verständnis. Insgesamt stehen methodische Kompetenzen in dieser Teilaufgabe im Vordergrund.

Quellenkritik
Verfasser, Quellenart, Adressaten, Erscheinungsort/-datum, Quellencharakter

Der in deutscher Übersetzung vorliegende **Artikel** des konfuzianisch geprägten Reformers und Mitinitiators der „Hundert-Tage-Reform" **Kang Youwei** stellt eine **Quelle** dar. Er richtet sich an die chinesische **Presse und Regierung** und damit auch an die ganze **chinesische Öffentlichkeit**. Der Text wurde am **7. Oktober 1920** in einer Zeitung publiziert, also rund zwei Jahre nach Ende des Ersten Weltkrieges und Monate nach Inkrafttreten des Versailler Vertrages. Er ist in einer **emotional-appellativen Sprache** verfasst und erhält so den Charakter einer **Mahnung** und eines **Aufrufes**.

Inhalt von M
internationale Erniedrigung Chinas

Kang Youwei beschreibt die **aktuelle Lage Chinas** als innen- und außenpolitisch äußerst **misslich**. Trotz seiner **immensen Größe** werde China international **erniedrigt** und schlechter behandelt als deutlich kleinere Staaten. Die Ursache hierfür sieht Kang Youwei vor allem darin, dass China keine nationalen Anstrengungen unternehme, sich aus dieser **Erniedrigung** zu befreien, sondern sich seit vielen Jahren durch **innere Konflikte und Unruhen** schwäche und seine rechtlichen und moralisch-ethischen Grundlagen verleugne. Vor allem aber beklagt Kang Youwei, dass China nicht versuche, die **Wissenschaften**, das **Bildungsniveau** und die **materielle Produktion** voranzutreiben und seine **Wettbewerbsfähigkeit** zu erhöhen.

Ursache: innere Schwäche durch Konflikte und Rückständigkeit

Von dieser Einschätzung ausgehend führt er Beispiele an, die seine These belegen sollen. Zum einen bezieht er sich auf **Indien**, das zwar noch seine **moralische Überlegenheit** bewahrt habe, aber aufgrund seiner Rückständigkeit völlig von **Großbritannien** abhängig geworden sei. Ein Gegenbeispiel stelle **Deutschland** dar, das wegen seiner **hervorragenden wissenschaftlichen Standards**, der Anwerbung von Fachkräften und des **hohen Ausbildungsniveaus** jahrelang im

Beispiele: Indien, Deutschland, Großbritannien

Weltkrieg einer Übermacht **militärisch standgehalten** habe und seinen Gegnern trotz der Niederlage weiter Furcht einflöße. Auch **England** habe gebildete, hoch qualifizierte Menschen für sich gewinnen können: aus Deutschland nach dem Dreißigjährigen Krieg und aus Frankreich nach der Französischen Revolution. So sei es in kurzer Zeit zur **Weltmacht** aufgestiegen.

Appell zu einem Vertrag mit Deutschland

Kang Youwei schlussfolgert, dass China die günstige Gelegenheit der Nachkriegswirren und wirtschaftlichen Krise in Deutschland für den **Abschluss eines Vertrages** unbedingt ausnutzen müsse, wie es **Japan** bereits vorgemacht habe: Nun könne China **deutsche Produkte, Fachleute und Know-how** bekommen, um Wissenschaft und Produktivität weiterzuentwickeln. Er sieht keine Notwendigkeit, dabei auf andere Nationen Rücksicht zu nehmen, und plädiert dafür, nur den eigenen Interessen zu folgen, zumal vonseiten des Völkerbunds keine Unterstützung zu erwarten sei. Abschließend appelliert er noch einmal eindringlich an Presse und Regierung, unmittelbar zu handeln, um die **Zukunftsfähigkeit Chinas herzustellen**.

2 **TIPP** *Anforderungsbereich: II, Gewichtung in Prozent: 30*

In der Teilaufgabe müssen Sie mit Bezug auf das Material relevante Entwicklungen der chinesischen Geschichte im 19. und frühen 20. Jahrhundert rekonstruieren. Da es hier vor allem um Transformationsprozesse bzw. Kontinuitäten geht, sollten aussagekräftige Ereignisse mit ihren Ursachen, Zusammenhängen und Auswirkungen exemplarisch dargestellt werden. Der Operator „erläutern" fordert entsprechend, Sachverhalte „in ihren komplexen Beziehungen" zu erklären und dabei Beispiele und/oder Theorien einzubeziehen. Gerade weil es sich um einen Aufgabenvorschlag auf erhöhtem Anforderungsniveau handelt, könnten Sie neben relevanten Beispielen theoretische Bezüge zum Kulturkontakt/-konflikt bzw. Erklärungsmodelle zu Transformationsprozessen anführen. Achten Sie auch bei dieser Aufgabe auf eine wertungsfreie, distanzierte, sachorientierte Sprache. Mithilfe einer passenden sprachlichen Gestaltung (Satzbau, sprachliche Verknüpfungen, Wortwahl) können Sie gedankliche Verbindungen, Abgrenzungen oder Gegensätze deutlich machen und Ihre Leserschaft durch den Text leiten.

Ausgangslage

Kang Youwei beklagt in seinem Aufruf die **untergeordnete Stellung Chinas** in der Welt und die **erniedrigende Behandlung** durch ausländische Mächte (vgl. Z. 2–8). Die von ihm kritisierte Schwäche ging auf Entwicklungen im 19. und frühen 20. Jahrhundert zurück.

Stellung und Kulturkontakte des Kaiserreichs China bis ins 18. Jahrhundert

Noch im 18. Jahrhundert galt das **Kaiserreich China** als **vorbildliches und wohlhabendes Land** mit effizienter Verwaltung und hoch entwickelter Wissenschaft, Bildung und Kultur. Anders als das weitgehend abgeschlossene **Japan** unterhielt China schon Beziehungen nach außen, die als **Kulturkontakte** (Bitterli) auch Denkweisen und

Konsumgewohnheiten in Europa beeinflussten („**Chinamanie**"). Durch die Britische Ostindien-Kompanie vertriebene chinesische Produkte wie **Porzellan, Seide und Tee** waren in Europa begehrt und galten als qualitativ hochwertig. Jedoch wurde der Handel von den Kaisern auf wenige Häfen begrenzt. Auch waren die Importe strikt reglementiert, was den Unmut der an China interessierten ausländischen Mächte hervorrief. Mit den Konflikten um dieses **Handelsungleichgewicht** eng verbunden war der allmähliche **Niedergang Chinas** im 19. Jahrhundert, der neben **inneren** auch **äußere Ursachen** hatte: Der Kulturkontakt zwischen China und den europäischen Mächten sowie den USA verwandelte sich in eine Kette von „**Kulturzusammenstößen**" (Bitterli).

Kulturzusammenstöße und Niedergang Chinas

Entwicklung im 19. und frühen 20. Jahrhundert

Erster Opiumkrieg und Vertrag von Nanking

Ausgangspunkt war der **Erste Opiumkrieg** (1839–1842). England war zu diesem Zeitpunkt die führende Handelsmacht der Welt (vgl. Z. 49–53) und unter anderem wegen der **gesteigerten Nachfrage nach Tee** am Handel mit China interessiert. Bezahlt wurden die chinesischen Produkte mit Silber, da China kaum Interesse am Austausch mit englischen Waren und Erfindungen hatte, die als unnütz angesehen wurden. Um den Silberfluss von England nach China umzukehren, exportierten britische Händler in zunehmendem Umfang **Opium** nach China. Der illegale, von Korruption begleitete Opiumhandel **schadete der chinesischen Wirtschaft** enorm und führte zu **Suchtproblemen**, weshalb die Qing-Regierung 1838/39 den Opiumhandel **verbot**, die englischen Opiumvorräte im Hafen von Kanton verbrennen ließ und gegen ausländische und chinesische Händler vorging. Großbritannien nahm die Maßnahmen als Vorwand für eine **militärische Intervention**, die 1842 mit der **Niederlage Chinas** im Ersten Opiumkrieg endete. Der **Vertrag von Nanking** und der Zusatzvertrag von Humen 1842/43 standen am Anfang einer Reihe „**ungleicher Verträge**", die für China neben begrenzten territorialen Verlusten (u. a. Hongkong) vor allem **nachteilige Handelsbedingungen**, eine gewisse Einschränkung seiner Souveränität und Sonderrechte für ausländische Staaten (Extraterritorialität) bedeuteten.

militärische Interventionen fremder Mächte

Der Vertrag von Nanking stellte eine Blaupause für nachfolgende Interventionen Englands, Frankreichs, Russlands, Deutschlands und Japans dar. Insbesondere die **Niederlage gegen Japan** 1894/95 war für China ein Schock: Einst war Japan ein von China abhängiger Tributstaat gewesen, hatte sich aber durch die **Meiji-Reformen** seit den 1860er-Jahren innerhalb kürzester Zeit zum **führenden Staat in Ostasien** entwickelt. Die aus verschiedenen Konflikten resultierenden „ungleichen Verträge", die China mit imperialistischen Mächten abschließen musste, bewirkten neben territorialen Verlusten eine **Schwächung der Zentralgewalt**, die nicht in der Lage war, der Aggression der „Fremden" wirkungsvoll zu begegnen und den Einfluss von Kaufleuten und Missionaren zu unterbinden. Auch nahm die

Schwächung der Zentralgewalt

wirtschaftliche Abhängigkeit von anderen Staaten erheblich zu, da diese die erweiterten Handelsmöglichkeiten zu ihrem Vorteil ausnutzten, sich **Kolonien und Pachtgebiete** sicherten und China nicht erst nach der Niederschlagung des gegen den ausländischen Einfluss gerichteten „**Boxeraufstandes**" („Boxerprotokoll" 1901) hohe Entschädigungssummen auferlegten. Dadurch wurden die Handlungsspielräume der chinesischen Zentralregierung für Reformen und wirtschaftlich-technische Innovation erheblich eingeschränkt.

wirtschaftliche Abhängigkeit

Die Qing-Regierung begegnete der Herausforderung nur sehr zögerlich. China war im 19. Jahrhundert ein **multiethnisches Riesenreich**, in dem die Bevölkerung auf über 400 Millionen Menschen angewachsen war (vgl. Z. 3–5). Das Land wurde nicht nur durch umweltbedingte agrarwirtschaftliche Probleme destabilisiert, sondern auch durch ständige **Aufstandsbewegungen** an der Peripherie. Ein einheitliches chinesisches Nationalbewusstsein war nicht vorhanden. Angesichts der **Schwäche der Qing**, die aus der Mandschurei stammten und bei den Han-Chinesen unbeliebt waren, verschärften sich die Konflikte erheblich (vgl. Z. 1, 8–10). Beispielhaft kann der **Taiping-Aufstand** (1851–1864) genannt werden, der das Kaiserreich militärisch und wirtschaftlich an die Belastungsgrenze brachte, nur mit Mühe niedergeschlagen werden konnte und Millionen Tote forderte. Es handelte sich um einen ursprünglich religiös und sozial motivierten Widerstand entwurzelter Bauern, arbeitsloser Matrosen und Hafenarbeiter, dem sich Angehörige verschiedener ethnischer Gruppen anschlossen und der sich unter dem charismatischen **Hong Xiuquan** rasch ausbreitete. Im Kampf gegen den Kaiser, der als „minderwertiger Usurpator" gesehen wurde, erhielt die Bewegung einen politischen Charakter. Wichtigste Folge des Aufstandes war eine verstärkte Machtverschiebung vom Zentrum in die **Peripherie**.

innere Konflikte im multiethnischen Großreich

Taiping-Aufstand

Zwar gab es anschließend eine Phase relativer **außen- und innenpolitischer Stabilisierung**, die zu mehreren **Reformversuchen** führte, doch war diese Zeit nicht von nachhaltiger Erneuerung geprägt. So versuchte China im Zuge der „**Selbststärkungsbewegung**", **westliches Know-how** (Technik, Bildung, Wissenschaft, Militär, Infrastruktur) zu erlernen, dabei aber grundsätzlich die von **konfuzianischen Prinzipien** geprägte chinesische Kultur zu bewahren. Besonders Kaiser Guangxu war an westlichen Lehren interessiert und erlaubte dem jungen **Kang Youwei** nach der Niederlage gegen Japan die Ausarbeitung umfassender Reformen. Die weitreichende „**Hundert-Tage-Reform**" betraf u. a. die Gesetzgebung und die Beamtenprüfung und sah die Schaffung einer modernen Verwaltung vor. Jedoch ließen einflussreiche konservative Beamte zusammen mit Kaiserinwitwe Cixi den Kaiser entmachten, einige Reformer hinrichten und alle Reformen **annullieren**. Kang Youwei gelang es mit Mühe, nach Japan zu fliehen.

„Selbststärkungsbewegung" und „Hundert-Tage-Reform"

Eine dauerhafte Stabilisierung bewirkte diese **Restauration** nicht, da grundsätzliche Probleme nicht gelöst wurden und der ausländische Einfluss nach wie vor groß war. Um 1900 bildete sich nach einer katastrophalen Dürre aus den sozial unterprivilegierten und an den Rand gedrängten Gruppen die „**Boxerbewegung**", die den Aufstand gegen „die Fremden", insbesondere Missionare und Christen wagte. Anfangs richtete sie sich auch gegen die Qing-Regierung, die die „Boxer" jedoch bald heimlich unterstützte. Ein Blutbad in Beijing und ein Angriff auf das dortige Gesandtschaftsviertel dienten den ausländischen Mächten als Legitimation, mit einer **alliierten Armee gegen die „Boxer"** vorzugehen. Dabei wurden zahlreiche Massaker, gerade auch von deutschen Truppen, an der chinesischen Bevölkerung verübt.

„Boxeraufstand"

Die von der Qing-Regierung ausgerufene „**Neue Politik**" stellte in der Folge den Versuch dar, durch umfassende Reformen nach westlichem Vorbild und den Entwurf einer Verfassung, die **traditionelle Herrschaft** unter Einbeziehung der neuen städtischen Eliten zu erhalten. Allerdings wandte sich die durch den Kontakt mit westlichen Lehren im Ausland sowie an neuen Schulen und Universitäten ausgebildete Intelligenz nun kritisch gegen die Kaiserherrschaft und diskutierte sogar die Schaffung einer Republik. Zu einer wichtigen Figur wurde **Sun Yatsen**, der 1905 in Tokio den „Chinesischen revolutionären **Schwurbund**" gründete. Sun Yatsen war stark von **westlichen Einflüssen** geprägt, hatte in Honolulu und Hongkong Medizin studiert und war zum Christentum übergetreten. Nach einem gescheiterten Aufstand 1895 war er nach Japan geflohen und hatte auch in Europa für seine Ideen – **drei Volksdoktrinen:** Demokratie, Nationalismus und Volkswohlstand – geworben. Im Herbst 1911 brach mehr zufällig als geplant in Wuhan ein Aufstand gegen die Qing-Regierung aus; mehrere Provinzen erklärten ihre Unabhängigkeit. Schließlich wurde die **Republik** ausgerufen, die offiziell am 1. Januar 1912 begann. Sun Yatsen wurde zum **provisorischen Präsidenten** ernannt, übergab das Amt aber bald an den Militärführer Yuan Shikai, dessen Unterstützung die Revolutionäre gebraucht hatten. Die Quing-Regierung konnte der Entwicklung militärisch und ideologisch nichts entgegensetzen, sodass das seit über 2 000 Jahren bestehende **Kaisertum sein Ende** fand. Damit waren die **Transformationsprozesse Chinas** noch keineswegs beendet (vgl. Z. 1). 1914 löste Yuan Shikai das Parlament auf und regierte autoritär. Nach seinem Sturz und Tod 1916 stand China bis Ende der 1920er-Jahre de facto unter der Herrschaft von **Warlords**, die sich ständig gegenseitig bekämpften.

Reform und Revolution

Republik China

3 **TIPP** *Anforderungsbereich: II, Gewichtung in Prozent: 20*

Während es sich in Aufgabe 2 anbietet, die Entwicklung Chinas weitgehend chronologisch zu betrachten, sollen Sie hier die inneren und äußeren Zustände der Weimarer Republik in der Frühphase „charakterisieren", also „in ihren Eigenarten beschreiben": Zeigen Sie „typische Merkmale" auf und beziehen Sie sie auf übergeordnete Kriterien. Es ist zu überlegen, welche Sachverhalte, Ereignisse oder Entwicklungen charakteristisch und bedeutsam für die Republik waren. Beachten Sie, dass Sie sich auf die „Frühphase der Weimarer Republik" konzentrieren. Darunter versteht man in der Regel die krisenhaften Anfangsjahre 1918/19–1923. Hilfreich ist es, bei der Lösung schon die Teilaufgabe 4 im Blick zu haben, da Sie dort einen Zusammenhang zur Quelle aus dem Jahr 1920 herstellen und die Erwartungen Kang Youweis in Bezug auf Deutschland überprüfen müssen.

Die Frühphase der Weimarer Republik

Während der **Transformationsprozess in China** im 19. Jahrhundert in Zeitlupe verlief und erst nach den als schmählich empfundenen Niederlagen gegen Japan 1895 und im „Boxerkrieg" 1901 an Fahrt gewann, führte die **Niederlage des Deutschen Kaiserreiches im Ersten Weltkrieg** zu weitreichenden Veränderungen im Zeitraffer.

Entwicklung und Folgen der Novemberrevolution

Im September 1918 hatte die OHL eine Fortführung des Krieges für aussichtslos erachtet und Waffenstillstandsverhandlungen gefordert. Als dennoch Ende Oktober 1918 die Hochseeflotte zu ihrem ersten und letzten Einsatz auslaufen sollte, rebellierten die **Matrosen** in Kiel und Wilhelmshaven, was als Startschuss der **Novemberrevolution** gilt. Im gesamten Reich kam es in der Folge zur Bildung von Arbeiter- und Soldatenräten. In München rief Kurt Eisner den **„Freistaat Bayern"** aus und mit dem bayerischen König verlor der erste Monarch seinen Thron. Kurz darauf, am **9. November 1918**, fand die Monarchie auch auf Reichsebene ihr Ende: Reichskanzler **Prinz Max von Baden** verkündete eigenmächtig die **Abdankung Kaiser Wilhelms II.** und übergab das Reichskanzleramt an Friedrich Ebert von der MSPD. Am gleichen Tag verkündete **Philipp Scheidemann** (MSPD) die Republik, kurz vor den linken Kräften um Liebknecht.
Im Streit um die **Ausgestaltung der neuen Staatsform** setzte sich die MSPD (parlamentarische Republik) gegen die USPD (sozialistische Räterepublik) durch. Die am 19. Januar 1919 gewählte **verfassunggebende Nationalversammlung** machte Ebert zum Reichspräsidenten, der das Kabinett Scheidemann einsetzte. Im Juni 1919 verabschiedete die Nationalversammlung die **Weimarer Verfassung**, die am **14. August 1919** in Kraft trat.

Umsturzversuche und „Krisenjahr 1923"

Dieser relativ **rasche Umbruch vom Kaiserreich zur demokratischen Republik** war jedoch keine reine Erfolgsgeschichte und darf nicht über die Krisen der Anfangsjahre hinwegtäuschen. **Bürgerkriegsähnliche Auseinandersetzungen** mit der **radikalen Rechten**

und Linken waren innere Zerreißproben, die nur zum Teil durch die Kooperation der Regierung mit den **alten Eliten** in Militär („Ebert-Groener-Pakt"), Justiz, Wirtschaft und Verwaltung entschärft wurden. Beispielhaft lassen sich der „**Spartakusaufstand**" im Januar 1919 und der **Kapp-Lüttwitz-Putsch** im März 1920 nennen. Während beim „Spartakusaufstand" linksextreme Kräfte versuchten, die **sozialistische Räterepublik** gewaltsam durchzusetzen, waren es beim Kapp-Lüttwitz-Putsch rechtsnationale Kräfte in **Reichswehr und Freikorps**, die die Reichsregierung für abgesetzt erklärten. Diese musste aus Berlin fliehen, da die dort stationierten Truppen nicht willens waren, gegen die Putschisten vorzugehen. Anders als der „Spartakusaufstand" wurde der Putsch nicht militärisch niedergeschlagen, sondern durch einen Generalstreik und die Weigerung der Bürokratie zur Zusammenarbeit gebrochen. In der Folge bildete sich im Ruhrgebiet die „**Rote Ruhrarmee**" aus bewaffneten, meist linken Arbeitern, die wiederum durch Reichswehr und Freikorps nach blutigen Kämpfen entwaffnet wurden. Die instabile Lage dauerte noch bis **1923**, dem „**Krisenjahr**" der Weimarer Republik, das durch den Einmarsch französischer und belgischer Truppen in das Ruhrgebiet, den anschließenden „**Ruhrkampf**", die **Hyperinflation** und den **Putschversuch der Nationalsozialisten** in München eine besondere Belastungsprobe darstellte.

Versailler Vertrag und außenpolitische Isolation

Verstärkt wurde die innere Krise durch die **desolate wirtschaftliche Lage** nach dem verlorenen Krieg und die von der Bevölkerung und allen Parteien als maßlos und ungerecht empfundenen **Friedensbedingungen des Versailler Vertrages** („Versailler Diktat"). Neben umfangreichen Gebietsabtretungen und den als zu hoch empfundenen **Reparationszahlungen** führte die festgehaltene Alleinschuld Deutschlands und seiner Verbündeten am Weltkrieg zu breiter **Empörung**. Da der Vertrag zudem eine weitgehende **Demilitarisierung** Deutschlands vorsah, waren die **außenpolitischen Handlungsspielräume** Deutschlands zukünftig begrenzt. Insbesondere Frankreich zielte auf eine dauerhafte Schwächung Deutschlands ab und drohte mehrfach mit der Besetzung des schwerindustriellen Zentrums im Rheinland und Ruhrgebiet. Dass Deutschland **international isoliert** war, zeigte sich auch daran, dass es dem **Völkerbund** bis 1926 nicht beitreten durfte. Dieser übernahm die Verwaltung der ehemaligen deutschen Kolonien, des Saargebietes und Oberschlesiens sowie die Aufsicht über Danzig. 1921 drohten die Alliierten Deutschland mit einem Einmarsch in das Ruhrgebiet, sollte es das „**Londoner Ultimatum**" nicht annehmen. Dieses enthielt u. a. einen konkreten Zahlungsplan für die **Reparationen** und die Durchführung der **Demilitarisierung**.

Der Versailler Vertrag stellte für die Weimarer Republik eine erhebliche innen- und außenpolitische Belastung dar. Der von Politik und Gesellschaft getragene „**Kampf gegen Versailles**" wurde vor allem von der radikalen Rechten zu ständiger, auch gewalttätiger Agitation gegen die Republik genutzt. Politiker, die sich für dic Errichtung der Republik eingesetzt hatten und die Abwicklung des Krieges (Waffenstillstand, Friedensvertrag) übernehmen mussten, wurden u. a. als „**Novemberverbrecher**" verunglimpft. Der radikalen Linken ging die Novemberrevolution dagegen nicht weit genug. Als unsicherer Akteur erwies sich die **Reichswehr:** Einerseits unterstützte sie die Regierung im Kampf gegen linksradikale Umsturzversuche, andererseits weigerte sie sich, gegen rechtsradikale Bestrebungen vorzugehen. Die von der OHL beförderte **Dolchstoßlegende** trug dazu bei, staatstragende Politiker und Parteien zu diskreditieren. Angesichts der **wirtschaftlichen Notlage** und der **begrenzten außenpolitischen Möglichkeiten** sahen die republiktreuen Kräfte ihre Aufgabe zunächst vor allem darin, eine Konsolidierung herbeizuführen und die Ordnung aufrechtzuerhalten. Erst nach dem „**Krisenjahr**" **1923** setzte eine **Stabilisierung** von Politik und Wirtschaft ein.

Fazit: unruhige Anfangsjahre der Weimarer Republik

4 TIPP *Anforderungsbereich: III, Gewichtung in Prozent: 20*

Die Teilaufgabe verlangt zwei eng miteinander verbundene Arbeitsschritte. Zuerst geht es darum, das offen oder implizit geäußerte Deutschland-Bild Kang Youweis herauszuarbeiten. Hier wird vor allem auf Teilaufgabe 1 zurückgegriffen. Überlegen Sie sich auch, welche grundsätzlichen Leitgedanken hinter seinem Bild von Deutschland stehen könnten. Anschließend muss überprüft werden, inwieweit dieses Bild und die daraus gezogenen politischen Folgerungen historisch realistisch waren. Hier kann die Verbindung zu den Ergebnissen aus den Teilaufgaben 2 und 3 hergestellt werden. Der Operator „überprüfen" verlangt eine Untersuchung von „Inhalte[n], Sachverhalte[n], Vermutungen oder Hypothesen" auf „sachliche Richtigkeit" und „innere Logik". Konzentrieren Sie sich auf relevante Aspekte, die Sie argumentativ klar entwickeln und sprachlich sachorientiert ausarbeiten. Beachten Sie für die Entwicklung Chinas nach Gründung der Republik 1911/12 auch die einführenden Hinweise zur Quelle M.

Kang Youwei zeichnet ein grundsätzlich **positives Bild von Deutschland** und seinem vermeintlichen Potenzial. Zwar sieht er dessen derzeitige Lage als durchaus **katastrophal** an (vgl. Z. 28 f., 70–75), doch scheint er davon auszugehen, dass die Deutschen ihre internationale Machtstellung grundsätzlich wiederherstellen könnten (vgl. Z. 30 f.). Trotz der aktuellen Krise war Deutschland für ihn ein vorbildhaftes **Gegenbild zu China**, wodurch er den Chinesen, vor allem der Regierung, den Spiegel vorhält. So redet er mit Blick auf China

Kang Youweis Deutschland-Bild

Gegenbild zu China

von einer „**Schande** ohnegleichen“ (Z. 3), „**Erniedrigung**“ (Z. 7) und dem **Verlust des „Anstand[s]**“ (Z. 10). Dagegen betont er die **Widerstandsfähigkeit** der Deutschen, die im Krieg ruhmreich besiegt worden seien (vgl. Z. 23–25). Diese grundsätzliche Stärke sei auf die Bereitschaft der deutschen Politik zurückzuführen, **von anderen Nationen** zu **lernen**. Deutschland habe nach der Weltausstellung 1876 viel Geld investiert, um die Dienste „französischer Kunsthandwerker“ in Anspruch nehmen, die Wissenschaften „verfeinern“ und Fabriken ausbauen zu können (vgl. Z. 55–61).

dahinterstehende Grundgedanken

Kang Youweis Bild von Deutschland basiert auf **nationalistischen, macht- und interessenpolitischen Vorstellungen** des 19. und frühen 20. Jahrhunderts. Mit seinem Plädoyer für **bilaterale Vereinbarungen**, die nationale Interessen sichern sollten, setzt er sich von Bemühungen um eine internationale Friedensordnung ab, wie sie der Völkerbund darstellte (vgl. Z. 1 f., 36–40). Mithilfe eines Bündnisses mit Deutschland sollte ein **Transformationsprozess** besonders in den Bereichen Technik und Wissenschaft durch die Regierung initiiert werden. Auf soziale und politische Aspekte geht er nicht ein.

Anstoß eines Transformationsprozesses durch Bündnis mit Deutschland

Überprüfung

Transformationskrise und fehlende Geschlossenheit in Deutschland

In seinem Deutschland-Bild und seinen Erwartungen an ein deutsch-chinesisches Bündnis wird Kang Youwei der **Komplexität der politischen Lage** zur damaligen Zeit aber nur ansatzweise gerecht. Der Autor sieht Deutschland grundsätzlich als **einige, starke Nation**, die durch Know-how und hochwertige Produkte Chinas überfällige Transformation voranbringen könnte. Eine nationale Geschlossenheit war aber in der Frühphase der Weimarer Republik nicht gegeben. Zwar lagen die Niederlage im Ersten Weltkrieg, die für einen großen Schock gesorgt hatte, und die Novemberrevolution zum Zeitpunkt der Entstehung von M (1920) schon zwei Jahre zurück, allerdings waren die inneren **Auseinandersetzungen über Ausmaß und Charakter des Umbruchs** noch nicht abgeschlossen: Während der radikalen Linken der politische und sozial-ökonomische Wandel nicht weit genug ging, kämpfte die radikale Rechte für eine autoritäre Regierung. Die Ideen, die das republikanisch-parlamentarische Modell herausforderten, reichten von einer revolutionären Umgestaltung nach sowjetischem Vorbild bis hin zur Restauration der Monarchie. Dabei gingen die **massiven Interessenkonflikte** in der frühen Weimarer Republik mit Streiks, bürgerkriegsähnlichen Auseinandersetzungen und separatistischen Bestrebungen einher.

innen- und außenpolitische Schwäche Deutschlands

Neben diesen innenpolitisch-sozialen Verwerfungen stellte sich die **wirtschaftliche und außenpolitische Situation** des Deutschen Reiches ebenfalls als äußerst schwierig dar. Zumindest im Hinblick auf die Wirtschaft klingt Deutschlands **momentane Schwäche** in M an. So schreibt Kang Youwei, dass Deutschland „verarmt“ (Z. 71) sei und viele Fachkräfte ohne Anstellung seien (vgl. Z. 70–75) – eine große Chance für China. Tatsächlich hatte das Deutsche Reich **immense Schulden** aus der Kriegszeit und enorme **wirtschaftliche Probleme**, die sich bis 1923 noch zuspitzten. Zudem ließen die harten Bedingungen des **Versailler Vertrages**, die für starke Empörung in Deutschland sorgten und die ständige Gefahr einer alliierten Intervention mit sich brachten, **keine großen Handlungsspielräume** zu. Möglicherweise sieht Kang Youwei hier einen Ansatzpunkt für ein Bündnis mit dem **außenpolitisch isolierten Deutschland**, zumal in China ebenfalls gegen die Nachkriegsordnung („Bewegung des vierten Mai") protestiert wurde.

historische Belastung des deutsch-chinesischen Verhältnisses

Es ist aber historisch kaum vertretbar, dass der Autor die **Beziehungen zu Deutschland** als „uns durch alle **Freundschaft** verbunde[n]" (Z. 82) bezeichnet. Das Deutsche Kaiserreich war 1900 maßgeblich an der brutalen **Niederwerfung des „Boxeraufstandes"** beteiligt. Man betrachtete die chinesische Bevölkerung im Rahmen imperialistisch-rassistischer Vorstellungen als **minderwertig**, was sich z. B. in der „Hunnenrede" Wilhelms II. zeigte, und verfolgte eine Politik der „**ungleichen Verträge**" auf Kosten Chinas. Im Ersten Weltkrieg stand China aufseiten der Alliierten und somit gegen Deutschland.

deutsches Interesse an einem Bündnis mit China?

Abgesehen von den historischen Belastungen ist fraglich, ob auf deutscher Seite **Interesse an einem deutsch-chinesischen Vertrag** bestand. In Deutschland besaßen die Aufrechterhaltung der inneren Ordnung, die Revision von Versailles und die wirtschaftliche Konsolidierung absolute Priorität. Die **politisch-wirtschaftlich desolate Lage Chinas**, auf die in M mehrfach angespielt wird, stellte wohl kaum einen Anreiz dar, bilaterale Beziehungen im von Kang Youwei gewünschten Ausmaß zu gestalten. Auch hatte Deutschland – wie in M übertrieben dargestellt – bereits gewisse Beziehungen zu Chinas Konkurrenten Japan aufgenommen (vgl. Z. 62–64) und war womöglich nicht daran interessiert, durch Kontakte zu beiden Staaten in deren Konflikte hineingezogen zu werden.

Fazit

Insgesamt kann festgehalten werden, dass Kang Youwei aus seiner nationalen chinesischen Perspektive heraus den **stark begrenzten Spielraum Deutschlands** nach dem verlorenen Krieg **nicht hinreichend** berücksichtigt. Die Hoffnung auf eine weitreichende Kooperation mit Deutschland und einen raschen Aufstieg Chinas durch deutsches Know-how erscheint auch insofern illusorisch, da die Situation in China – wie Kang Youwei selbst schreibt – **äußerst labil** war, kaum Sicherheit bot und Chinas Attraktivität als Partner schmälerte. Völlig auszuschließen war ein deutsches Interesse an der Aufnahme von Beziehungen zu diesem Zeitpunkt aber nicht.

Wechselwirkungen und Anpassungsprozesse in der Geschichte
(Rahmenthema 2)
China und die imperialistischen Mächte
(Verbindliches Wahlmodul)

Der Erste Opiumkrieg und seine Bedeutung für China

Aufgabenstellung

1 Fassen Sie die Kernaussagen von M – nach einer kurzen Vorstellung des Textes – zusammen.

2 Vergleichen Sie vom Text ausgehend wesentliche Aspekte der inneren Entwicklung Chinas nach dem Ersten Opiumkrieg mit derjenigen Japans nach 1853.

3 Überprüfen Sie, ob und inwieweit die in M, Z. 26–34 vorgenommene Bewertung auf die Folgen der Niederlage im Ersten Weltkrieg für Deutschland übertragbar ist.

M Der Historiker Jürgen Osterhammel über die Folgen des Ersten Opiumkrieges (1989)

Der Opiumkrieg von 1840–42 ist lange Zeit als das wichtigste Ereignis in der Geschichte Chinas im 19. Jahrhundert gesehen worden, als epochaler Neubeginn, Ende einer uralten Selbstabkapselung, Anfang langandauernder Prozesse von Revolution und Modernisierung, entscheidender Schritt hin zum Ende des monarchischen Systems: als der eigentliche Eintritt Chinas in die Weltgeschichte des modernen Zeitalters. Westliche Imperialisten und chinesische Nationalisten sind sich in dieser Bewertung einig gewesen. Für die einen beginnt die Geschichte der außereuropäischen Gesellschaften, der „Völker ohne Geschichte", ohnehin erst in jenem Augenblick, als sie der Zauberstab des Westens berührt. Für die anderen lösen sich an der Nahtstelle der militärischen Kapitulation des feudalen China vor dem kapitalistischen England zwei Gesellschaftsformationen ab. „Unter dem Druck der ausländischen kapitalistisch-imperialistischen Aggression," so heißt es in orthodoxer Sprache bei einem maßgebenden chinesischen Historiker, „wandelte sich die (feudale, J. O.) Gesellschaft Chinas zu einer halbkolonialen-halbfeudalen Gesellschaft."

Solche Urteile bedürfen der Relativierung. Der Opiumkrieg war keine territoriale Invasion Chinas durch eine fremde Macht. Er ist deshalb mit den kolonialen Eroberungskriegen von der Art der britischen Eroberung Indiens zwischen 1757 und 1853 oder dem japanischen Feldzug in China zwischen 1937 und 1945 nicht zu vergleichen. Er war eine ins Kriegerische verlängerte größere Kanonenbootaktion, eine punktuelle

Anwendung von Flottengewalt mit dem Ziel, den angegriffenen Staat zum Abschluß von Verträgen zu zwingen, die er freiwillig nicht eingegangen wäre. Die unmittelbar offenkundigen Auswirkungen des Opiumkrieges waren wenig spektakulär; außer der Abtretung der kleinen Insel Hongkong hatte er keine Gebietsverluste für China zur Folge. Was sich änderte, war der institutionelle Rahmen, innerhalb dessen eine souverän bleibende chinesische Regierung ihre auswärtigen Beziehungen fortan gestaltete. Der Opiumkrieg führte nicht zum Zusammenbruch des politischen Systems in China, nicht einmal zu einer ernsten Krise an der Staatsspitze. Direkte Auswirkungen dramatischer Größenordnung auf Wirtschaft und Gesellschaft im Reich der Mitte hatte er nicht. Auch die kulturelle Schockwirkung blieb begrenzt. Das Ausmaß der Gefahr, in welche das Qing-Imperium durch die hereindrängenden Mächte des Westens zu geraten im Begriffe stand[,] und die Dringlichkeit einer gründlichen Analyse der eigenen Lage vor dem Hintergrund der internationalen Situation wurden vorerst nur wenigen unter den kulturell tonangebenden und politisch einflußreichen Beamten-Gelehrten bewußt.

Wandlungsprozesse auf allen Gebieten kamen nach dem Opiumkrieg in Gang, aber relativ langsam, vergleicht man sie etwa mit der viel rascheren und entschiedeneren Reaktion, die in Japan auf das Auftauchen der Schwarzen Schiffe des Commodore Matthew Perry 1853 in der Bucht von Edo folgte. Erst Chinas Niederlage im Krieg gegen Japan 1895 wurde von den Zeitgenossen weithin als nationale Katastrophe und Fanal für Veränderungen empfunden. Erst sie löste eine spürbare Beschleunigung des politischen und sozialen Wandels aus. Wenn 1895 das wichtigste Datum in der chinesischen Geschichte des 19. Jahrhunderts ist, so folgt 1842 immerhin an zweiter Stelle. Der Opiumkrieg leitete eine fünf Jahrzehnte währende Periode des Übergangs ein, die gekennzeichnet war durch eine allmähliche Öffnung des Landes für die Kräfte des Weltmarktes, durch ein langsames und geographisch begrenztes Vordringen der europäischen Mächte auf dem ostasiatischen Festland, durch Ansätze zu kapitalistischer Entwicklung an der maritimen Peripherie des Reiches, durch die schleichende Infiltration westlicher Ideen in kleine Kreise von Gebildeten und durch zaghafte, meist erfolglose Reformversuche eines ancien régime[1], das nach seinem Sieg über eine Kette großer Aufstandsbewegungen, welche die Dynastie zwischen 1850 und 1878 in beispielloser Weise bedrohten, das Schlimmste überstanden zu haben glaubte. Nicht vor den 1890er Jahren wurde die Aggression durch die fremden Mächte zu einem erstrangigen, vielleicht zu dem ausschlaggebenden Faktor in der Geschichte Chinas.

Der Opiumkrieg war also, betrachtet man seine tatsächlichen Auswirkungen, eine wichtige historische Wegmarke, aber kein Einschnitt von weltgeschichtlicher Tragweite.

Fundort: Jürgen Osterhammel: China und die Weltgesellschaft, vom 18. Jahrhundert bis in unsere Zeit, C.H. Beck'sche Verlagsbuchhandlung: München 1989, S. 125 f.

Anmerkung

1 ancien régime: französisch für „altes Regime, alte Ordnung, frühere Regierung"; bekannteste Verwendung des Begriffs für das absolutistische Frankreich vor der Französischen Revolution 1789.

TIPP **Erläuterungen und Bearbeitungshinweise**

Der Vorschlag bezieht sich auf das Rahmenthema 2 „Wechselwirkungen und Anpassungsprozesse in der Geschichte" mit dem verbindlichen Wahlmodul 9 „China und die imperialistischen Mächte". Er enthält die Dimensionen der Politik-, Wirtschafts- sowie Kultur- und Ideengeschichte. Die Perspektiven sind global und national, die strukturierenden Aspekte sind Kontinuität und Wandel, Gewalt und Gewaltfreiheit sowie Freiheit und Herrschaft. Der Übergriff erfolgt in der 3. Teilaufgabe auf das Rahmenthema 3 „Wurzeln unserer Identität" mit Wahlmodul 6 „Zwischen Krise und Modernisierung – Die Gesellschaft der Weimarer Republik".

Lösungsvorschlag

1 **TIPP** *Anforderungsbereich: I, Gewichtung in Prozent: 30*

Laut Aufgabenstellung müssen Sie zuerst M kurz vorstellen. Gehen Sie auf wichtige äußere Merkmale, den Charakter und das Thema des Textes ein. Der Operator „zusammenfassen" verlangt anschließend die Reduktion von M auf wesentliche Aspekte. Der Gedankengang soll strukturiert, sprachlich distanziert und ohne Kommentare wiedergegeben werden. Da der Text einen recht klaren Aufbau aufweist (These – Gegenthese – Argumentation – Fazit), bietet es sich an, diese Struktur für die Lösung zu übernehmen. Verwenden Sie den Konjunktiv, gerade da M Urteile enthält, die Sie nicht als Ihre Leistung ausgeben dürfen.

Vorstellung von M
Verfasser, Ort/Datum der Veröffentlichung, Adressat, Charakter, Thema

Der vorliegende Ausschnitt M stammt von dem Historiker **Jürgen Osterhammel**, wurde 1989 von der Beck'schen Verlagsbuchhandlung in München veröffentlicht und richtet sich an ein **historisch interessiertes Publikum**. Der Text ist sachorientiert unter Verwendung von **Fachbegriffen** gestaltet und enthält Argumente, die zu einem abschließenden Urteil führen. Er ist Teil einer **wissenschaftlichen Darstellung** zur chinesischen Geschichte und beschäftigt sich mit der Frage, welche Bedeutung der **Erste Opiumkrieg** (1840–1842) für die Entwicklung des Kaiserreiches China hatte.

Inhalte von M
bisherige Deutungen des Opiumkrieges

Osterhammel verweist auf bisherige **Deutungen**, die dem Opiumkrieg eine fundamentale **außen- und innenpolitische Bedeutung** als „wichtigste[s] Ereignis" (Z. 1) im China des 19. Jahrhunderts zuschreiben. Demnach habe das Kaiserreich in der Folge **signifikante Veränderungen** erlebt und sei in die **Moderne** geführt worden. Aus westlich-imperialistischer Sicht sei die Geschichte Chinas erst seit dieser Zeit **greifbar** gewesen. Die chinesisch-nationalistische Perspektive betone dagegen den **sozialen Wandlungsprozess** von einer feudalen zur „halbkolonialen-halbfeudalen Gesellschaft" (Z. 14).

Diese Sichtweisen sind laut Osterhammel **einzuschränken** bzw. **differenzierter** zu betrachten. Er sieht in dem Vorgehen Großbritanniens keine koloniale Invasion, sondern nur eine **begrenzte militärische Operation**, die China gegen seinen Willen zu vertraglichen Regelungen zwingen sollte. Von den Folgen für die künftige Gestaltung der Außenpolitik Chinas abgesehen seien die **direkten Auswirkungen weniger bedeutsam** gewesen: China habe nur geringe territoriale Verluste erlitten und seine Souveränität und sein politisches Herrschaftssystem behalten. Zudem sei es weder in Wirtschaft und Gesellschaft noch im kulturellen Bewusstsein zum Umbruch gekommen. Nur wenige Beamte hätten die Problematik und die Gefahren des Vordringens westlicher Länder erkannt und analysiert.

Relativierung: geringe direkte Auswirkungen, Kontinuität des Bestehenden

Zwar räumt Osterhammel ein, dass die militärische Aktion Großbritanniens gewisse Veränderungen in China angestoßen habe, die sich aber im Vergleich zu den **Entwicklungen in Japan** nach der Bedrohung durch das US-amerikanische Geschwader des Commodore Perry deutlich langsamer und **weniger radikal** vollzogen hätten. Bis in die 1890er-Jahre habe China die schrittweise **Öffnung des chinesischen Marktes**, das begrenzte **Vordringen europäischer Mächte**, Ansätze **kapitalistischer Wirtschaft** in den Küstengebieten und die zaghafte **Aufnahme westlicher Ideen** durch Gelehrte erlebt. Zwar habe es **Reformversuche** gegeben, allerdings nur in **beschränktem Umfang**, zumal die Regierung überzeugt gewesen sei, nach der Niederschlagung der vielen Aufstände Stabilität herbeigeführt zu haben.

Vergleich China – Japan

Als **entscheidenden Katalysator** für die weitere Entwicklung Chinas sieht Osterhammel die **Niederlage gegen Japan** 1895, da diese eine **erhebliche Dynamisierung des politisch-sozialen Wandels** hervorgerufen habe. Erst in der Folge habe die Bedrohung durch ausländische Mächte eine zentrale Rolle gespielt. Daher, so Osterhammel, sei der Opiumkrieg zwar eine „**historische Wegmarke**" (Z. 55) gewesen, habe aber **keine weltgeschichtliche Bedeutung** gehabt.

entscheidendes Ereignis: chinesisch-japanischer Krieg

2 **TIPP** *Anforderungsbereich: II, Gewichtung in Prozent: 40*

Hier geht es um den Vergleich zwischen China und Japan, bei dem Sie „Gemeinsamkeiten, Ähnlichkeiten und Unterschiede […] kriterienorientiert" darlegen müssen; dementsprechend ist die folgende Lösung gegliedert. In Osterhammels Ausführungen zu China sind schon Aspekte zu finden, die Sie untersuchen können, z. B. politisches System, Wirtschaft und Gesellschaft. Die Aufgabe enthält eine zeitliche Einschränkung: Ausgangspunkt soll jeweils die Bedrohung durch westliche Mächte sein. Damit die unterschiedliche Entwicklung verständlich wird, sollten Sie aber auch die Ausgangslage in den Blick nehmen. Beschränken Sie sich insgesamt auf wesentliche Punkte und führen Sie passende Beispiele an.

Osterhammel vergleicht die **Reaktion Chinas** auf die Niederlage im Opiumkrieg mit der **Entwicklung Japans** nach der Bedrohung durch das Geschwader Commodore Perrys 1853 und kommt zu dem Ergebnis, dass letztere durch deutlich **schnellere und radikalere Veränderungen** geprägt gewesen sei (vgl. Z. 35–38). In China habe dagegen eine jahrzehntelange **Übergangsphase** eingesetzt, in der nur ansatzweise und letztlich erfolglos Reformversuche durchgeführt worden seien. Erst die als Katastrophe empfundene Niederlage gegen das erstarkte Japan habe erkennen lassen, dass ein **politisch-gesellschaftlicher Wandel dringend nötig** sei (vgl. Z. 35–41).

Einführung: Vergleich China und Japan in M

Betrachtet man die Ereignisse, die Osterhammel als Ausgangspunkt für die unterschiedliche Entwicklung in Japan und China ansetzt, so lassen sich **Gemeinsamkeiten** feststellen. Beide Staaten erlebten eine **Zwangsöffnung** durch imperialistische Mächte, die in den folgenden Jahrzehnten fortgesetzt wurde. Während der britische Sieg über China im **Ersten Opiumkrieg** 1842 den **Friedensvertrag von Nanking** und weitere **„ungleiche Verträge" mit europäischen Mächten** nach sich zog, war Japan nach Perrys Aktion gezwungen, 1854 den **Vertrag von Kanagawa** mit ähnlichen Bedingungen abzuschließen, der ebenfalls eine Kette „ungleicher Verträge" (u. a. mit Preußen, Großbritannien, Frankreich) zur Folge hatte. Beide Staaten mussten ausländischen Schiffen den Zugang zu ihren Häfen gestatten und akzeptieren, dass Europäer nicht chinesischer Hoheitsgewalt unterlagen (**Exterritorialität**). Auch mussten Handelsvorteile, die anderen Ländern gewährt wurden, rückwirkend auf frühere Verträge übertragen werden (**Meistbegünstigungsklausel**).

Vergleich

Gemeinsamkeit: Zwangsöffnung durch die imperialistischen Mächte

Zuvor war die gesellschaftliche, politische und wirtschaftliche Lage in China und Japan in mancher Hinsicht ähnlich, zum Teil aber auch sehr verschieden. In beiden Ländern war die **feudale Gesellschaft hierarchisch** gegliedert und **konfuzianisch** geprägt, wenn auch in unterschiedlicher Ausgestaltung. Die politische Macht war aber anders verteilt. Während im multiethnischen Großreich China seit über 2000 Jahren ein nahezu allmächtiger **Kaiser** (seit 1644: Qing-Dynastie) **selbst herrschte**, übten im deutlich kleineren Japan seit dem 17. Jahrhundert **Shogune** (Herzöge) mit regionalen Fürsten (Daimyos) die Macht aus. Der **japanische Kaiser** war nur kultisch-religiöses Oberhaupt. Mitte des 19. Jahrhunderts hatte Japan schon eine rund 200-jährige **innere und äußere Friedenszeit** hinter sich: Zwar hatte es auch mit regionalen Aufständen und Umweltkatastrophen zu kämpfen, allerdings weniger als China, das zudem an der Peripherie wiederholt feindlichen Angriffen ausgesetzt war.

Ähnlichkeiten und Unterschiede: Situation in China und Japan vor der Zwangsöffnung

Auch im Bereich der Wirtschaft zeigen sich Ähnlichkeiten und Unterschiede. Japan **schottete sich** weitgehend **von der Außenwelt** (vor allem vom Westen) **ab** und erlaubte nur Holland den Handel über eine künstliche Insel vor Nagasaki. Trotzdem rezipierte man

Informationen über westliche Technik und Wissenschaft. Um 1850 besaß Japan eine relativ weit entwickelte **frühindustrielle Wirtschaft**, die von den Daimyos in ihren Herrschaftsgebieten vorangetrieben wurde, und einen **überregionalen Handel** mit Zentren wie Osaka. In China war der Außenhandel zwar auch begrenzt (z. B. Beschränkung auf gewisse Häfen), jedoch waren chinesische Produkte (z. B. Porzellan, Tee) in Europa sehr gefragt. China erlebte unter den Qing zunächst eine **(agrar-)wirtschaftliche und kulturelle Blüte**, bekam jedoch um 1800 **wirtschaftliche Probleme**, u. a. wegen des enormen Bevölkerungswachstums, das die Landwirtschaft nicht mehr auffangen konnte. Verstärkt wurde die Krise durch den von England forcierten **illegalen Opiumhandel**, der dem Land viel Silber entzog und sich negativ auf Wirtschaft und Finanzen auswirkte. Die größten Unterschiede zeigen sich, wenn man die **Reaktion beider Staaten auf die Zwangsöffnung** durch imperialistische Mächte betrachtet. In Japan verlor das Shogunat nach 1853 an Reputation, da es nicht in der Lage schien, der Bedrohung durch die „Fremden" wirkungsvoll zu begegnen. 1868 wurde es nach inneren Auseinandersetzungen **zerschlagen**. Stattdessen wurde eine Regierung rund um **Kaiser Mutsuhito (Meiji** = „Erleuchtete Regierung") gebildet. Die Institution des Kaisers (**Tenno**) wurde im Rahmen einer konstitutionellen Monarchie zur symbolischen, kultisch verehrten Grundlage der verbindenden **nationalen Kokutai-Ideologie**. Vorrangiges Ziel war es, **Japan** umfassend zu **modernisieren** und zu stärken, um die „**ungleichen Verträge**" **revidieren** und selbst die Vormachtstellung im asiatischen Raum erreichen zu können. Es wurden **durchgreifende Reformen** auf den Weg gebracht: Es entstand ein starker Zentralstaat mit einer Verfassung, während die feudale Ständegesellschaft ein Ende fand. Neu eingeführt wurde die Wehr- und Schulpflicht. Auch trieb die Regierung die **Industrialisierung** voran, u. a. durch eine Währungs- und Grundsteuerreform, den Ausbau der **Infrastruktur** (z. B. Telegrafen, Eisenbahn) und staatliche Industrieprojekte, die später privatisiert wurden. Dabei orientierte man sich an **westlichen Vorbildern**, sandte Studenten an ausländische Universitäten und lud westliche Fachkräfte und Wissenschaftler ein. Die Verfassung und Armee wurden nach preußischem Vorbild strukturiert, die Flotte nach englischem, das Zivilrecht nach französischem. Die weitreichenden Reformen **modernisierten** Japan **politisch, militärisch und wirtschaftlich**. So erreichte man das Ziel, die Bestimmungen der „ungleichen Verträge" (z. B. Exterritorialität) aufzuheben und seine Autonomie wiederzuerlangen. Zudem schuf man die Grundlage für den **Aufstieg Japans zur Großmacht** im asiatischen Raum durch die Siege gegen China 1894/95 und Russland 1904/05.

Unterschied: Reaktion auf die Zwangsöffnung

– Japan: umfassende Reformen in Politik, Wirtschaft und Militär …

– … mit außenpolitischem Erfolg

In China wurden in den 1860er-/1870er-Jahren im Zuge der **„Selbststärkungsbewegung"** Reformen angestoßen, aber nicht annähernd so durchgreifend wie in Japan und ohne Erfolg. Die Regierung versuchte, **Modernisierungen nach westlichem Vorbild** in Wissenschaft, Technik und Militär (z. B. Bau von Werften, Rüstungsanlagen, Eisenbahnen und Dampfschiffen) durchzuführen, was aber u. a. an fehlendem Kapital scheiterte. Zudem wurden das politische System und der Absolutheitsanspruch des Kaisers nicht infrage gestellt. Viel weitreichender angelegt war die **„Reform der hundert Tage"** 1898 nach der **schmerzhaften Niederlage gegen Japan** 1894/95 (vgl. Z. 38–40). Neben der wirtschaftlichen Weiterentwicklung und Reorganisation der Verwaltung sah sie nun auch die **Modernisierung des politischen Systems** vor, **scheiterte** aber am Widerstand der konservativen Eliten und der Kaiserinwitwe Cixi. Zusätzlich geschwächt wurde China durch mehrere schwere innere Unruhen. Beispielhaft sei der **Taiping-Aufstand** (1850–1864) genannt. Aufgrund der hohen Steuern und sozialen Ungleichheit fand die religiös-politische Bewegung enormen Zulauf und richtete sich gegen die aus der Mandschurei stammenden Qing-Herrscher, die in Teilen der chinesischen Bevölkerung als Fremdherrscher betrachtet wurden. Die jahrelangen Kämpfe forderten **viele Opfer**, verursachten **immense Kosten** und schadeten der Stellung des Kaisertums.

– China: gescheiterte Reformen in einem unruhigen Land …

Anders als Japan konnte sich China **nicht von fremder Beeinflussung befreien**, im Gegenteil: Um 1900 fanden die militärischen Interventionen der europäischen Großmächte und der USA im „Boxerkrieg" ihren Höhepunkt, was das Kaisertum weiter schwächte und **Chinas Abhängigkeit noch verstärkte**. Modernisierungsimpulse vor allem an den Küsten wurden hauptsächlich durch die imperialistischen Mächte organisiert und finanziert. Die in Japan erfolgreiche Verbindung von Offenheit gegenüber westlichem Know-how und Bewahrung eigener Kultur konnte sich in China unter dem schwachen, bei den Han-Chinesen verhassten mandschurischen Kaisertum nicht entwickeln. Erst die Niederlage gegen Japan erzeugte ein tiefergehendes Bewusstsein für die Notwendigkeit umfassender Veränderung. Die dadurch losgetretene **Dynamik** stärkte aber nicht das Kaisertum, sondern führte China 1911/12 zur **Republik**.

– … bei zunehmender Beeinflussung durch die imperialistischen Mächte

3 **TIPP** *Anforderungsbereich: III, Gewichtung in Prozent: 30*

Abschließend müssen Sie „überprüfen", ob sich Osterhammels Einschätzung zur historischen Bedeutung des Opiumkrieges für China auf die Situation Deutschlands nach dem Ersten Weltkrieg übertragen lässt. Laut Operator gilt es zu untersuchen, ob einzelne „Inhalt[e], Sachverhalt[e], Vermutungen oder Hypothesen" sachlich richtig und stimmig sind. Beachten Sie, dass es in Ihrer Lösung nicht um China gehen soll, sondern um die Frage, ob die Bewertung aus M auf die Verhältnisse in Deutschland nach dem Ersten Weltkrieg übertragbar ist. Nutzen Sie im Text genannte Aspekte (z. B. „Zusammenbruch des politischen Systems", „Auswirkungen […] auf Wirtschaft und Gesellschaft"), um die Überprüfung zu strukturieren. Ein Vergleich mit der Situation in China nach dem Opiumkrieg ist nicht verlangt. Dennoch können Sie kurze Hinweise an relevanter Stelle einfließen lassen, um Ihr Urteil im Hinblick auf Deutschland zu stärken. Am Ende Ihrer Ausführungen sollte eine sachliche, differenzierte Beurteilung stehen.

Ausgangspunkt und Kriterien der Überprüfung

Osterhammel untersucht, inwiefern sich der **Opiumkrieg** auf die **gesellschaftlichen, wirtschaftlichen und politischen Verhältnisse** in China sowie die Bewusstseinslage der dortigen Elite in Politik und Kultur auswirkte. Der Historiker kommt zu dem Ergebnis, dass die Veränderungen eher marginal waren (vgl. Z. 26–34). Die von ihm einbezogenen Aspekte können Grundlage für eine Überprüfung der **Lage Deutschlands nach der Kriegsniederlage 1918** sein.

Überprüfung

„Zusammenbruch des politischen Systems" und „ernste Krise an der Staatsspitze"?

Deutschland erlebte 1918 eine **folgenschwere Niederlage** in einem Konflikt, der weitaus gravierender war als der militärisch und geografisch begrenzte Opiumkrieg. Diese Entwicklung löste tatsächlich eine „**ernst[e] Krise an der Staatsspitze**" (Z. 27) aus und führte zum „**Zusammenbruch des politischen Systems**" (Z. 26).
Obwohl die Oberste Heeresleitung die Reichsregierung angesichts des drohenden Zusammenbruchs der Front im Herbst 1918 zu Waffenstillstandsverhandlungen drängte, bekamen die **Matrosen in Kiel und Wilhelmshaven** noch den Auftrag, zu einer selbstmörderischen Großoffensive auszulaufen – ein Befehl, dem sich die Soldaten **verweigerten**. Ihr Aufstand weitete sich rasch auf weitere Städte aus. Im ganzen Deutschen Reich übernahmen **Arbeiter- und Soldatenräte** die Macht. In München rief Kurt Eisner (USPD) den „Freistaat Bayern" aus, sodass die erste deutsche **Monarchie** ihr **Ende** fand. Am **9. November 1918** erreichte die Revolution die Reichshauptstadt **Berlin**. Dort verkündete Reichskanzler Max von Baden eigenmächtig die **Abdankung des Kaisers**. Am gleichen Tag rief Philipp **Scheidemann** (MSPD) eine **demokratische Republik** aus und kam somit der Proklamation einer sozialistischen Räterepublik durch Karl **Liebknecht** (Spartakusbund) nur knapp zuvor. Der Zerfall des obrigkeitsstaatlichen Kaiserreiches in der Novemberrevolution 1918 führte zu einem (bisweilen sogar gewaltsam ausgetragenen) **Machtkampf** zwischen radikal linken und demokratisch orientierten Kräften, die zur Verhinderung einer sozialistischen Revolution ein Bündnis mit den **alten Eliten** vor allem im Militär („Ebert-Groener-Pakt") eingingen. Im Dezember 1918 fiel auf dem ersten Reichskongress

der Arbeiter- und Soldatenräte die Entscheidung zugunsten der **verfassunggebenden Nationalversammlung**, die im Januar 1919 tatsächlich gewählt wurde. Friedrich **Ebert** von der MSPD wurde erster Reichspräsident, die erste Regierung bestand aus MSPD, DDP und Zentrum („Weimarer Koalition"). Im August trat die von der Nationalversammlung erarbeitete Weimarer Reichsverfassung in Kraft, die Deutschland als **föderative, parlamentarische Republik** konstituierte. Somit war der politische Umbruch **formal abgeschlossen:** Deutschland hatte einen **revolutionären Systemwechsel** erlebt – anders als China nach dem Opiumkrieg, wo die Monarchie noch bis 1911/12 erhalten blieb. Allerdings waren die **Errungenschaften** der Novemberrevolution **nicht gesichert**, was sich in der krisenhaften Anfangszeit (vor allem im „Krisenjahr" 1923) und in der Endphase der Republik nach dem Ausbruch der Weltwirtschaftskrise zeigte. Insgesamt herrschte in breiten Teilen der Gesellschaft weiterhin ein **obrigkeitsstaatliches Denken** vor, besonders unter den **alten Eliten** des Kaiserreichs, die weiter entscheidende Positionen in Justiz, Verwaltung und Militär besetzten.

„Auswirkungen dramatischer Größenordnung auf [die] Wirtschaft"?

Der Erste Weltkrieg und die Bestimmungen des Versailler Vertrages hatten **erhebliche Auswirkungen auf die Wirtschaft**, die zunächst am Boden lag. Neben der Aufrechterhaltung der öffentlichen Ordnung hatte es für die Regierungen der frühen Republik Priorität, die katastrophale ökonomische Lage zu verbessern. Das **Wirtschaftssystem** an sich wurde jedoch **nicht revolutionär** im Sinne sozialistischer Vorstellungen verändert, sodass die Niederlage zumindest in dieser Hinsicht **keine „Auswirkungen dramatischer Größenordnung"** (Z. 27 f.) hatte. Ein paar Veränderungen gab es jedoch schon: So wurden im **„Stinnes-Legien-Abkommen"** zwischen Unternehmern und Gewerkschaften **arbeitsrechtliche und soziale Verbesserungen** wie die Einführung des Achtstundentages, die Bildung von Arbeiterausschüssen in größeren Betrieben und die gegenseitige Anerkennung als **gleichberechtigte Tarifpartner** zugestanden.

„Auswirkungen dramatischer Größenordnung auf [die] Gesellschaft" und „kulturelle Schockwirkung"?

Im Hinblick auf die **Gesellschaft** kann man dagegen durchaus von „Auswirkungen **dramatischer Größenordnung**" (Z. 27 f.), womöglich von einer **„kulturelle[n] Schockwirkung"** (Z. 29) sprechen. Die Kriegsniederlage und der unter Zwang unterzeichnete Versailler Vertrag führten zu einem **kollektiven nationalen Bewusstseinsschock**, der eine öffentliche **Kultur der Niederlage** nach sich zog. Aufgrund der offiziellen Propaganda hatte man so sehr an einen **„Siegfrieden"** geglaubt, dass der Zusammenbruch für die Bevölkerung völlig überraschend kam. Zudem ging man bis zuletzt von der Möglichkeit aus, einen Frieden auf der Basis der **14 Punkte** von US-Präsident Wilson zu erreichen. Die tatsächlichen Friedensbedingungen des **Versailler Vertrages** waren für die Weimarer Republik eine erhebliche äußere und innere **Belastung**. Zwar behielt Deutschland seine **Souveränität**, musste aber neben bedeutsamen **territorialen Verlusten** wesentliche Beschränkungen wie die **militärische Entmachtung**, die Zahlung von **Reparationen** und (mit seinen Verbündeten) die Zuweisung der **Alleinschuld am Kriegsausbruch** akzeptieren. In Europa verschoben sich die Machtgewichte erheblich.

„gründlich[e] Analyse der eigenen Lage"?

Eine „gründlich[e] **Analyse der eigenen Lage** vor dem Hintergrund der internationalen Situation" (Z. 31 f.) in Form einer **rationalen, tiefergehenden Auseinandersetzung** mit den Kriegsursachen und Gründen für die Niederlage fand im öffentlichen Bewusstsein kaum statt. Vielmehr verbreitete sich – von rechtsnationalen Kreisen losgetreten – die **Dolchstoßlegende:** Deutschland sei im „Felde **unbesiegt**" geblieben, allerdings durch revolutionäre und linke Kräfte („**Novemberverbrecher**") in der Heimat „**erdolcht**" worden. Auch wurde die durch den Versailler Vertrag zugesprochene Schuld am Weltkrieg vehement zurückgewiesen („Kriegsschuldlüge"). Ein entsprechendes **nationalistisches Bewusstsein** prägte das Denken nicht nur rechter Kreise, sondern weiter Bevölkerungsteile während der ganzen Weimarer Republik. Alle Parteien sahen die **Revision des „Schandfriedens**" als wesentliches Ziel an, das bis zum Ende der Republik außenpolitisch verfolgt werden sollte. Gerade unter Vertretern der **alten Eliten** des Kaiserreiches, die im Krieg eine wichtige Rolle gespielt hatten (v. a. hochrangige Militärs wie Paul von Hindenburg), fand oft keine (selbst-)kritische Auseinandersetzung mit der Vergangenheit statt.

Fazit: Kontinuität und Wandel in Deutschland

Insgesamt kann die Einschätzung Osterhammels in Bezug auf China **nur teilweise** auf die Entwicklung in Deutschland **übertragen** werden. In Deutschland fand mit der Novemberrevolution zumindest im Hinblick auf das politische System ein **radikaler Umbruch** statt. Zudem hatte der **Versailler Vertrag** gravierende Auswirkungen auf die deutsche machtpolitische und wirtschaftliche Stellung, was in der Bevölkerung als großer Schock erlebt wurde. Eine **tiefergehende Analyse** der Ursachen wurde vor allem durch die **Selbststilisierung als Opfer** verhindert, sodass es andererseits keine breite Veränderung des schon im Deutschen Kaiserreich vorhandenen nationalistischen Denkens gab. Darüber hinaus waren weitere **Kontinuitäten** zu beobachten, die gegen einen umfassenden, radikalen Wandel sprechen, z. B. die **traditionellen Eliten des Kaiserreiches**, die wesentliche Einflussmöglichkeiten behielten, und das **Wirtschaftssystem**, das **keine tiefgreifende Transformation** erlebte.

Wechselwirkungen und Anpassungsprozesse in der Geschichte
(Rahmenthema 2)
China und die imperialistischen Mächte
(Verbindliches Wahlmodul)

Der deutsche Imperialismus in China

Aufgabenstellung

1 Fassen Sie nach einer quellenkritischen Einleitung die Grundlinien der deutschen Chinapolitik am Ende des 19. Jahrhunderts aus der Quelle M 1 zusammen.

2 Ordnen Sie die Quellen M 1 und M 2 in den historischen Zusammenhang der Beziehungen Chinas zu den imperialistischen Staaten ein.

3 Vergleichen Sie M 1 und M 2 hinsichtlich der jeweiligen Perspektiven und der deutlich werdenden Grundauffassungen.

4 Beurteilen Sie im Vergleich mit der Situation von M 1, ob mit der Außenpolitik Stresemanns in den Jahren 1923–1929 eine grundsätzliche Neuausrichtung in der deutschen Außenpolitik eingetreten ist.

M 1 Aufzeichnung des Staatssekretärs im Auswärtigen Amt des deutschen Kaiserreichs, Bernhard von Bülow, für den Chef des Ostasiatischen Kreuzergeschwaders, Prinz Heinrich von Preußen, vom 14. März 1899

Ganz geheim — Berlin, 14. März 1899

Die ostasiatische Frage in ihrer gegenwärtigen Gestalt beruht auf der militärischen Schwäche des Chinesischen Reiches und der Unfähigkeit seiner Zentralregierung, welche dieses reiche Ländergebiet oder doch einzelne Stücke desselben allen stärker organisierten Staaten als leichte und lohnende Beute erscheinen lassen. Der Machtzuwachs, welchen sich einzelne europäische Staaten durch territoriale Erwerbungen in China holen könnten, würde aber unausbleiblich auf das bestehende europäische Gleichgewicht eine fühlbare Rückwirkung ausüben. Deshalb sehen sich mehr oder weniger alle zivilisierten Nationen daran interessiert, den Zersetzungsprozeß des Chinesischen Reiches aus nächster Nähe zu beobachten, um einzugreifen, sobald es ihre Interessen zu erheischen scheinen. Nachdem schon früher Rußland von Norden, England vom Süden her in das Chinesische Reich eingedrungen waren, hat sich später Frankreich in

Tonking auf Kosten Chinas ein eigenes Kolonialreich geschaffen; Japan hat sich vorläufig mit der Absprengung Formosas begnügen müssen. Deutschland kontrolliert von Kiautschou aus die Provinz Schantung, und eben ist auch Italien im Begriff vermittelst der Gründung einer Station in der Sanmunbucht, sich die wirtschaftliche Ausbeutung der Provinz Tschekiang zu sichern. Die Vereinigten Staaten von Amerika haben ihr steigendes Interesse an den chinesischen Dingen bis jetzt nur durch lebhaftere Beteiligung an dem Wettbewerb um chinesische Anleihen und Eisenbahnen betätigt. Die von Japan her drohende Gefahr einer Aufrollung der chinesischen Frage ist durch die Intervention der drei Mächte nach dem Frieden von Schimonoseki[1] zunächst noch beschworen worden. Im Interesse des Weltfriedens, aber auch weil unsere Position in Ostasien sich stetig verbessert, vor allem aus marinetechnischen Gründen muß uns vorläufig daran liegen, daß der Prozeß der weiteren Aufteilung Chinas noch hinausgeschoben wird. Wir werden kommerziell immer stärker, da unser ostasiatischer Handel schon jetzt in stärkerer Progression zunimmt als z. B. derjenige Englands, und die Lücken unserer infolge der Umtriebe einer verblendeten Opposition in der Entwicklung zurückgebliebenen maritimen Rüstung werden mit jedem Jahre mehr ausgefüllt.

Durch diese Sachlage ist die Grundrichtung für unsere gegenwärtige Politik in Ostasien bestimmt. Wir suchen, soweit es sich mit unserer Würde verträgt und ohne Einbuße an unserer Stellung möglich ist, Konflikte zu vermeiden und bei Konflikten zwischen dritten Mächten uns wenigstens freie Hand zu bewahren. Dies gilt namentlich von dem großen englisch-russischen Interessengegensatz. [...]

Neben dieser mehr negativen Seite unserer Politik darf natürlich auch die positive Seite nicht vernachlässigt werden, die Befestigung unseres wirtschaftlichen Einflusses in China. Hier fällt die Hauptaufgabe den deutschen Kaufleuten, überhaupt dem deutschen Privatkapital und den deutschen Missionaren zu. Voran steht die Nutzbarmachung unserer Eisenbahn- und Bergwerkskonzessionen in Schantung. Der deutschen Kriegsmacht, repräsentiert durch das in den chinesischen Gewässern versammelte Kreuzergeschwader und durch die Garnison in Tsingtau, fällt die wichtige Aufgabe zu, der Tätigkeit des deutschen Schantung-Syndikats, welches mit den Vorarbeiten zum Eisenbahnbau bereits beschäftigt ist, den Rücken zu decken, um den chinesischen Mandarinen und der chinesischen Bevölkerung, die offenbar nur für präsente Machtentfaltung empfänglich sind, den Druck der deutschen Waffen beständig vor Augen zu halten. Ebenso dürften wir nicht aufhören, den deutschen Missionaren als den Pionieren der deutschen Kultur sowohl im Interesse des deutschen Ansehens als auch aus Gründen der inneren deutschen Politik gegen Vergewaltigung festen Schutz fort und fort angedeihen zu lassen. Fremdenfeindliche Bewegungen im Süden der Provinz Schantung, die bis nahe an die deutsche 50-Kilometer-Zone in Schantung heranreichen, nötigen uns, der dort wirkenden katholischen Mission des Bischofs Anzer unsere besondere Fürsorge zuzuwenden, wenn auch seit dem Überfall auf Pater Stenz glücklicherweise neue Gewalttaten gegen unsere Landsleute nicht gemeldet sind. Die Ausbrüche der chinesischen Sekten scheinen sich bisher nur gegen die einheimischen Christen gerichtet zu haben. Diese unterstehen als chinesische Untertanen nicht direkt unserm Schutz. Wir können aber insofern indirekt für sie eintreten, als durch Angriffe auf sie die Tätigkeit der Missionare gestört wird, die China vertragsmäßig verpflichtet ist, frei gewähren zu lassen.

Auszug aus: Aufzeichnung Bülows für den Chef des Ostasiatischen Kreuzergeschwaders, Prinz Heinrich von Preußen, in: Michael Behnen (Hg.): Quellen zur deutschen Außenpolitik im Zeitalter des Imperialismus 1890–1911 (Ausgewählte Quellen zur deutschen Geschichte der Neuzeit. Freiherr vom Stein-Gedächtnisausgabe), Wissenschaftliche Buchgesellschaft: Darmstadt 1977, S. 202–205.

Anmerkung

1 Die Intervention von Shimonoseki 1895 war eine gemeinsame diplomatische Mission Russlands, Deutschlands und Frankreichs in Tokio. Die drei Mächte versuchten damals, Japan zur Rückgabe der Halbinsel Liaodong, die es nach dem Chinesisch-Japanischen Krieg 1894/95 (Frieden von Shimonoseki) erhalten hatte, an China zu zwingen.

M2 Ein Mitglied der I-ho-tuan[1] teilt der englischen Zeitung „Daily Express“ (um 1900) mit:

Die westliche Zivilisation ist in unseren Augen […] wie ein Ding von gestern. Die chinesische Zivilisation dagegen ist ungezählte Jahrtausende alt […]. Und nun kommt ihr, aus eurer westlichen Welt, zu uns mit dem, was ihr eure „neuen Ideen“ nennt. Ihr bringt uns eure Religion – ein Kind von neunzehnhundert Jahren; ihr fordert uns auf, Eisenbahnen zu bauen […]. Ihr wollt Fabriken bauen und dadurch unsere schönen Künste und Gewerbe verdrängen […]. Gegen alles das erheben wir Einspruch. Wir wollen allein gelassen werden, wir wollen die Freiheit haben, unser schönes Land und die Früchte unsrer alten Erfahrung zu genießen. Wenn wir euch bitten wegzugehen, so weigert ihr euch und bedroht uns gar, wenn wir euch nicht unsere Häfen, unser Land, unsere Städte geben. Daher sind wir Mitglieder der Gesellschaft der sogenannten „Boxer“ nach reiflicher Überlegung zu der Erkenntnis gekommen, daß die einzige Möglichkeit euch los zu werden, darin liegt, daß wir euch töten.

Auszug aus: Interview des „Daily Express“ mit einem Mitglied der „Boxerbewegung“, zitiert in: Wolfgang Keller u. a.: China im Unterricht. Modelle und Materialien zur Fächerkooperation im gesellschaftswissenschaftlichen Aufgabenfeld, Verlag Ploetz: Freiburg/Würzburg 1980, S. 58.

Anmerkung

1 Für die chinesische Bezeichnung der „Boxerbewegung“ findet man in der Fachliteratur verschiedene Schreibweisen. So ist die Fassung „Yihetuan“ („in Rechtschaffenheit vereinte Milizen“) verbreitet. In der folgenden Lösung wird die Schreibweise aus der Materialvorlage verwendet.

TIPP **Erläuterungen und Bearbeitungshinweise**

Die Aufgabe bezieht sich schwerpunktmäßig auf das Rahmenthema 2 „Wechselwirkungen und Anpassungsprozesse in der Geschichte“ mit dem verbindlichen Wahlmodul 9 „China und die imperialistischen Mächte“. Übergriffe erfolgen auf das Rahmenthema 3 „Wurzeln unserer Identität“ mit dem Wahlmodul 6 „Zwischen Krise und Modernisierung – Die Gesellschaft der Weimarer Republik“.

Lösungsvorschlag

1 **TIPP** *Anforderungsbereich: I, Gewichtung in Prozent: 25*

Nach einer quellenkritischen Einleitung zu M 1, in der Sie wesentliche Informationen zum Material wie z. B. den Anlass, den Autor, die Adressaten, den Ort und Zeitpunkt der Entstehung, die Quellengattung, das Publikationsdatum, die Hauptaussage, den Quellenwert und die Intention des Verfassers bestimmen, geben Sie wesentliche Aspekte des Textes klar strukturiert, vollständig, aber inhaltlich reduziert sowie sprachlich eigenständig, distanziert und unkommentiert wieder. Die Aufgabe hat einen reproduktiven Charakter.

Vorstellung von M 1
Autor, Adressat, Quellenart, Entstehungszeitpunkt/-ort, Hauptaussage, Quellenwert, Intention

Im vorliegenden Auszug aus einer sehr **vertraulichen, geheimen Aufzeichnung**, die am **14. März 1899** in Berlin entstanden ist, legt der Staatssekretär im Auswärtigen Amt des Deutschen Kaiserreichs, **Bernhard von Bülow**, die **Grundlinien der deutschen Chinapolitik** dar. Bülows damalige Position als Chef des Außenministeriums war vergleichbar mit dem Amt eines heutigen Außenministers. In M 1 wendet er sich an den Chef des Ostasiatischen Kreuzergeschwaders, Prinz **Heinrich von Preußen**, um diesem die von Deutschland angestrebte **kontrollierte Expansion im chinesischen Raum** zu verdeutlichen. Zeitlich fällt die Quelle in eine Phase, in der die imperialistischen Staaten ihren Einfluss in China zunehmend ausbauten, um ihre jeweiligen machtpolitischen und wirtschaftlichen Ansprüche zu erfüllen. Diesem Vorgehen hatte sich 1898 auch das Deutsche Reich angeschlossen. Die für den **internen Gebrauch** bestimmte Aufzeichnung hat einen **hohen Quellenwert**, da sie Einblick in die Intentionen und Vorgehensweisen der imperialistischen deutschen Außenpolitik um 1900 gibt.

zentrale Aussagen zur deutschen Chinapolitik
noch Zurückhaltung, bis eigene Position gestärkt ist

Grundlinie deutscher Chinapolitik ist es laut Bülow, im **imperialistischen Wettlauf** um Einflussgebiete im politisch und militärisch schwachen China die eigene **Interessensphäre kontrolliert auszubauen**. Aktuell hält er eine **abwartende Haltung** des Kaiserreichs noch für ratsam, bis man die Position Deutschlands durch den Ausbau von Marine und Handel weiter gestärkt habe. Daraus ergebe sich auch eine **Zurückhaltung in Auseinandersetzungen** zwischen den Großmächten (z. B. im Konflikt Großbritanniens und Russlands in der Region), um den allgemeinen Frieden nicht durch Streitigkeiten in China zu gefährden.

trotzdem: aktive Rolle in China

Doch befürwortet Bülow durchaus eine **aktivere Rolle deutscher Außenpolitik** in China. Diese sollte einerseits durch die **Stärkung des wirtschaftlichen Einflusses** durch deutsche Kaufleute und Investoren erfüllt werden, z. B. im Berg- und Eisenbahnbau in Shantung. Andererseits sollte die **deutsche Kultur** insbesondere durch die – grundsätzlich mit Gefahren verbundene – **Missionstätigkeit** expandieren. Beide Aktivitäten sollten Bülow zufolge **militärisch abgesichert** werden.

2 **TIPP** *Anforderungsbereich: II, Gewichtung in Prozent: 25*

Die Einordnung setzt umfassende Kenntnisse über die Inhalte des Rahmenthemas 2 zu den Beziehungen zwischen China und den imperialistischen Mächten im 19. Jahrhundert voraus. Greifen Sie die für Ihre Lösung wichtigen Aspekte der Textquellen M 1 und M 2 heraus, ordnen Sie diese sinnvoll strukturiert in den historischen Hintergrund ein und bringen Sie zusätzliche Informationen ein, sodass die Leser*innen Ihrer Lösung die in beiden Materialien angedeuteten Aspekte der Beziehungsgeschichte zwischen China und den imperialistischen Staaten besser verstehen können. Die textbezogene Anwendung und Verknüpfung von Wissen fällt in den AFB II.

Chinas Beziehungen zu den imperialistischen Mächten

Auseinandersetzung mit Großbritannien um Handelsprivilegien

Im 19. Jahrhundert erschien das Kaiserreich **China** den imperialistischen Mächten zunehmend als „**leichte und lohnende Beute**" (M 1, Z. 5). Ausgangspunkt für die immer stärkere imperialistische Durchdringung war der **Erste Opiumkrieg** zwischen Großbritannien und China 1839–1842, in dem England **alte Handelsbeschränkungen beseitigen** und Handelsprivilegien erringen wollte. Seit 1759 war **Kanton** der einzige Anlaufhafen für britische Schiffe. 1793 hatte der chinesische Kaiser die im Rahmen der **Macartney-Mission** aufgestellten britischen Forderungen u. a. nach **Handelsliberalisierung** und einem **englischen Handelsplatz** auf chinesischem Boden mit eigener Exekutive und Judikative noch zurückweisen können.
Das zentrale Problem der Engländer – ein immer größer werdendes **Handelsdefizit** – blieb somit ungelöst: In Großbritannien herrschte ein hoher Bedarf an **Tee, Seide und Porzellan aus China**, die chinesische Seite zeigte allerdings kein Interesse an britischen Handelsgütern. Daher erfolgte die Bezahlung fast ausschließlich mit **Silber**. Um das massive Handelsdefizit auszugleichen und Silber zurückzuerlangen, intensivierten britische Händler im Verbund mit chinesischen Kaufleuten den **Opiumschmuggel** nach China. Zu Beginn des 19. Jahrhunderts und vor allem zwischen 1820 und 1835 stieg der illegale Opiumexport nach China enorm. Das führte zu Millionen von **Drogenabhängigen** im Land und hatte gravierende wirtschaftliche Folgen: So stieg durch den **Silberabfluss** die **Inflation** in China. Selbst Staatsbeamte konnten nicht mehr voll entlohnt werden.
Daher ging der kaiserliche Kommissar **Lin Zexu** 1838/39 entschieden gegen die Rauschgifthändler vor und ließ Opium beschlagnahmen und vernichten sowie Verantwortliche verhaften. Dies war der Auslöser des **Ersten Opiumkriegs**, in dem die militärisch-technisch

völlig überforderten Chinesen einer relativ kleinen Anzahl britischer Soldaten unterlagen. Im **Vertrag von Nanking** erwirkte Großbritannien 1842 die Öffnung von fünf Vertragshäfen und das Recht zu freiem Handel.

zunehmende wirtschaftliche Durchdringung durch die imperialistischen Mächte

Folgeverträge – ebenfalls **„ungleiche Verträge"** genannt – mit anderen imperialistischen Mächten (z. B. 1844 USA und Frankreich, 1861 Preußen stellvertretend für den Deutschen Zollverein, vgl. M 1, Z. 8 f.) zementierten die **erzwungene Öffnung Chinas**. Die neuen Handelsbedingungen wirkten sich für das Kaiserreich nachteilig aus, außerdem büßte es die **staatliche Souveränität** in Hafenstädten ein (Exterritorialität). Die Zahl der Vertragshäfen stieg bis zum Ende des 19. Jahrhunderts auf 39. Imperialistische Mächte weiteten ihren Einfluss immer stärker aus, so auch seit 1898 das **Deutsche Reich** in der Provinz **Schantung** (vgl. M 1, Z. 14 f.). Die **Vereinigten Staaten von Amerika** setzten seit 1899 auf die **Open-Door-Policy** und einen gleichberechtigten Freihandel in China (vgl. M 1, Z. 17–19). Darüber hinaus expandierten **Russland** (vgl. M 1, Z. 11 f.) und **Japan** (vgl. M 1, Z. 13 f.) um 1900 in den chinesischen Machtbereich. Diese zwei Mächte standen in Konkurrenz zueinander, weil sie **Korea** zu ihren Interessensphären zählten. Als Japan 1894 im **Japanisch-Chinesischen Krieg** die strategisch wichtige chinesische Hafenstadt Porth Arthur erobert und unter der Zivilbevölkerung ein Massaker angerichtet hatte, intervenierte Russland in den folgenden Friedensverhandlungen, sodass Japan den Hafen nicht zugesprochen bekam.

steigende kulturelle Einflussnahme der imperialistischen Mächte

Aufgrund dieser imperialistischen Durchdringung befand sich China zum Zeitpunkt von Bülows Aufzeichnung in einem **Zustand großer Schwäche** (vgl. M 1, Z. 2–5). Aber nicht nur politisch-wirtschaftlich, sondern auch **kulturell** nahmen ausländische Mächte immer größeren Einfluss. So wurde die **christliche Mission** in den „ungleichen Verträgen" gesichert. Sie brachte zwar durchaus Vorteile für die chinesische Bevölkerung durch den **Ausbau der sozial-karitativen Infrastruktur** (z. B. Schulen und Krankenhäuser), verschärfte aber den **kulturellen Gegensatz** zwischen Chinesen und Europäern, sodass sich Übergriffe auf Missionare häuften (vgl. M 1, Z. 45–57).

chinesischer Widerstand

Gegen die zunehmende ausländische Fremdbestimmung entwickelten sich in China mehrere Formen der **Gegenreaktion**. Die in M 2 genannte nationalistische Bewegung der **I-ho-tuan**, auch abwertend **„Boxerbewegung"** genannt, setzte auf eine gewaltsame Vertreibung der Ausländer (vgl. M 2, Z. 11 f.), auf die Bekämpfung des Christentums (vgl. M 2, Z. 4) und auf einen chinesischen **Patriotismus** (vgl. M 2, Z. 1 f., 7 f.). Ihre Mitglieder – vor allem Bauern und durch die wirtschaftlichen Auswirkungen des Imperialismus geschädigte Kleinhandwerker (vgl. M 2, Z. 5 f.) – erwirkten zeitweise die Gunst des Kaiserhauses. Ihre Truppen rückten 1900 nach **Peking** vor. Nach der Belagerung des Gesandtschaftsviertels und der Ermordung des deutschen Gesandten Clemens von Ketteler erklärte Kaiserinwitwe Cixi den imperialistischen Mächten den **Krieg**. Auch diese militärische Auseinandersetzung, nun gegen eine Allianz aus acht westlich-imperialistischen Staaten, **verlor China**. Im „Boxerkrieg" gingen gerade **deutsche Truppen äußerst gewalttätig** vor, was sich in Bülows Aufzeichnungen bereits andeutet (vgl. M 1, Z. 38–44).

3 **TIPP** *Anforderungsbereich: II, Gewichtung in Prozent: 25*

Beim Operator „vergleichen" sind „Gemeinsamkeiten, Ähnlichkeiten und Unterschiede von Sachverhalten kriterienorientiert dar[zu]legen". Stellen Sie kurz die Perspektiven aus M 1 und M 2 in wesentlichen Grundzügen einander gegenüber und konkretisieren Sie die gegensätzlichen Positionen dann durch den Vergleich bestimmter Grundauffassungen: Benennen Sie Kriterien, die hierfür infrage kommen (z. B. Selbstbild, Einstellung zum Christentum), und beurteilen Sie jeweils, ob eine Gemeinsamkeit, eine Ähnlichkeit oder ein Unterschied vorliegt. Diese textbezogene Anwendung und Verknüpfung von Wissen fällt in den AFB II.

Vorstellung der beiden Perspektiven aus M 1 und M 2

Die zwei Perspektiven vermitteln eine **deutsche** (M 1) und eine **chinesische** (M 2) Sicht auf die **Entwicklungen in China um 1900**. Sie verdeutlichen die **steigende Spannung** zwischen den **imperialistischen Mächten** mit ihren wachsenden **territorialen Ansprüchen** auf der einen Seite und Teilen der **chinesischen Bevölkerung**, in denen ein erwachender **Nationalismus** zu beobachten war, auf der anderen Seite. Während Bülow die chinesische Kultur offenbar nicht als zivilisiert wahrnimmt (vgl. M 1, Z. 8–10), betont das I-ho-tuan-Mitglied die **Überlegenheit der alten chinesischen Kultur** gegenüber der „jungen" westlichen Zivilisation (vgl. M 2, Z. 1 f., 6–8).

Vergleich der Grundauffassungen

grundsätzliches Selbstbild

– umfassender Überlegenheitsanspruch der industrialisierten Länder …

Dieser wesentliche Unterschied in der Bewertung der chinesischen Kultur kommt in vollkommen **gegensätzlichen Grundauffassungen** zum Tragen: Bülow geht wie selbstverständlich von der unter Imperialisten vertretenen Überzeugung aus, dass die **industrialisierten Länder** weniger entwickelten Staaten und Völkern militärisch-technisch und kulturell überlegen seien. Die Überzeugung, dass die eigene Zivilisation andere dominiere, war nicht selten gepaart mit **Rassismus und Sozialdarwinismus**. Aus diesen Denkmustern leiteten die industrialisierten Staaten das Recht ab, **fremde Gebiete zu erobern** und imperialistisch zu durchdringen.

– … vs. chinesisches Überlegenheitsgefühl wegen alter Hochkultur

Diametral anders ist die Auffassung des I-ho-tuan-Mitglieds: China sei eine **uralte Hochkultur**, die der Technik, Industrialisierung und ganzen „**westliche[n] Zivilisation**" (M 2, Z. 1) **nicht bedürfe**. Hier spiegelt sich das chinesische Weltbild des „**Reichs der Mitte**" wider: Der chinesische Kaiser habe das **Mandat des Himmels**, das ihn dazu ermächtige, über China und darüber hinaus zu herrschen. Je weiter man sich von **China als kulturellem Zentrum** entferne, desto unzivilisierter und barbarischer seien die Menschen. Andere Staaten und Völker könnten sich – so die chinesische Vorstellung – durch Tributzahlungen der chinesischen Überlegenheit beugen. Wer dies nicht tue, kennzeichne sich selbst als Barbar. Dieses Selbstverständnis war gegen Ende des 19. Jahrhunderts noch weit verbreitet.

Rolle der Religion: Propagierung vs. Ablehnung des Christentums

Während Bülow den **christlichen Missionaren** eine wichtige Rolle für die Ausbreitung deutschen Ansehens und deutscher Kultur zuweist und deren Schutz propagiert (vgl. M 1, Z. 45–52), lehnt der Chinese die vergleichsweise junge christliche Religion ab (vgl. M 2, Z. 3 f.). Hier zeigt sich die grundlegend unterschiedliche Wahrnehmung der beiden Kulturen speziell **auf religiöser Ebene:** Für Bülow stellt das **Christentum** offenbar die **Speerspitze deutscher kultureller Hegemonie** in China dar, die die machtpolitisch-wirtschaftliche Durchdringung begleiten solle. Das Mitglied der „Boxer" sieht die stark vom Christentum geprägte westliche Kultur als der chinesischen Zivilisation unterlegen an. Hier bezieht es sich vermutlich auch auf die Jahrhunderte ältere **Lehre des Konfuzius**, auf dessen Wertvorstellungen das chinesische Selbstverständnis beruhte.

wirtschaftliche Interessenunterschiede

Während Bülow die **wirtschaftliche Expansion in einem fremden Land** durch Kaufleute, Investoren sowie mit militärischen Mitteln vorantreiben will (vgl. M 1, Z. 36–44), betont das Mitglied der I-ho-tuan nicht in erster Linie die allgemeine Ausbeutung Chinas, sondern verweist besonders auf die **Zerstörung der chinesischen Künste und des Kleingewerbes** (vgl. M 2, Z. 5 f.). Insgesamt werden unterschiedliche wirtschaftliche Interessen und Ziele beider Seiten deutlich, die den Blick auf die Gegenwart prägen.

Fazit

Die **divergenten Perspektiven** aus M 1 und M 2 sind jeweils durch gewisse **Grundauffassungen** bestimmt. Bülow redet einer für westliche Protagonisten typischen **imperialistischen Position** das Wort: Es geht um den **Wettlauf** der westlichen Mächte um Einfluss in der Welt, die vermeintliche **kulturelle Überlegenheit** der imperialistischen Staaten und die Ausweitung ihrer politisch-wirtschaftlichen Interessen speziell in China. Die Äußerungen des I-ho-tuan-Mitglieds stehen hingegen stellvertretend für die **patriotischen Ziele** einer wachsenden **Gruppe fremdenfeindlicher Chinesen**, die die Ausländer vertreiben und das Christentum bekämpfen wollte, da sie ihre **Kultur** und **wirtschaftliche Existenzgrundlage bedroht** sah. Dass es vor diesem Hintergrund tatsächlich zu kriegerischen Auseinandersetzungen kam („**Boxerkrieg**"), verwundert deshalb nicht.

4 **TIPP** *Anforderungsbereich: III, Gewichtung in Prozent: 25*

Eine Beurteilung verlangt ein Sachurteil, das sich auf relevante Kriterien stützt. Untersuchen Sie hier die sachbezogene Triftigkeit folgender Fragestellung: Stellte die Außenpolitik Stresemanns 1923–1929 eine grundsätzliche Neuausrichtung deutscher Außenpolitik im Gegensatz zum nationalistisch-imperialen Vorgehen des Kaiserreichs um 1900 (siehe M 1) dar? Benennen Sie zu Beginn Ihrer Ausführungen, was genau beurteilt werden soll, und überlegen Sie anschließend, wo/inwiefern es Kontinuitäten bzw. Brüche gibt. Diese Aufgabe gehört in den AFB III. Wie Ihr Urteil ausfällt, ist offen: Es sind andere Lösungen als der vorgestellte Vorschlag möglich. Wichtig ist in jedem Fall, dass Sie Ihr Ergebnis mit Argumenten gut begründen.

Beurteilung: Neuausrichtung der Außenpolitik unter Stresemann?

neue Grundvoraussetzungen (Machtmittel)

Wenn man die **deutsche Außenpolitik ab 1884/85** in den **Imperialismus der Großmächte** einordnet und darunter eine nationalistische, interventionistische Expansionspolitik versteht, die nationale und kontinentale Grenzen überschreitet, Krieg riskiert und Frieden diktiert (vgl. z. B. Jürgen Osterhammel), so fällt auf, dass die **Außenpolitik Gustav Stresemanns** (DVP) **zwischen 1923 und 1929** diesen Prämissen gar nicht mehr entsprechen konnte: Dazu **fehlten** Deutschland nach der Niederlage im Ersten Weltkrieg und den enormen Einschränkungen des **Friedensvertrages von Versailles** allein schon die **militärischen Mittel**. Fortan war man stark von den Siegermächten des Ersten Weltkriegs abhängig. Durch den Verlust der Kolonien war die Außenpolitik auch nicht mehr weltgeschichtlich-global orientiert, sondern richtete ihr **Augenmerk auf Europa**. Ob dies aber bedeutet, dass sich dahinter eine **grundsätzliche konzeptionelle Neuausrichtung** verbarg, verlangt eine genauere Betrachtung der Außenpolitik Stresemanns. Diese wird in der geschichtswissenschaftlichen Forschung von manchen als **Verständigungspolitik**, von anderen als **nationale Machtpolitik** bewertet.

grundsätzliche konzeptionelle Ausrichtung
- zwar immer noch Verfolgung nationaler Ziele, …

Unstrittig ist, dass Stresemann als Außenminister ehrgeizige **nationale Ziele** verfolgte, auch wenn es sich aufgrund der oben genannten Grundvoraussetzungen um andere handelte als in M 1: die **Revision des Versailler Vertrages**, dessen Bestimmungen (u. a. der Verlust der Kolonien und der Flotte) in Deutschland für Empörung gesorgt hatten, das Ende der außenpolitischen Isolation, die Rückgewinnung der eigenen Handlungsfähigkeit und den **Wiederaufstieg Deutschlands zur europäischen Großmacht**. Hier spielt das immer noch vorhandene **Selbstverständnis** hinein, dass das Deutsche Reich eine wichtige Rolle in der Welt einzunehmen habe.

- … aber neue Methode: Ausgleich statt Konfrontation

Eine erneute Rivalität bis hin zu einer militärischen Konfrontation der Großmächte war aber nicht gewünscht; vielmehr suchte Stresemann den **Ausgleich**. Zu diesem Zweck verfolgte er – anders als weitere nationalliberale bis konservative Politiker seiner Zeit – die

Verständigung mit dem langjährigen Rivalen und vermeintlichen „Erbfeind" **Frankreich**. Dies war tatsächlich ein **neuer Aspekt** deutscher Außenpolitik. In den **Verträgen von Locarno** von 1925, die unter maßgeblicher Beteiligung von Stresemann und seinem französischen Amtskollegen Aristide Briand ausgearbeitet worden waren, kam das Deutsche Reich **französischen Sicherheitsbedürfnissen** entgegen und erkannte die **Westgrenze** sowie die Entmilitarisierung des Rheinlands an. Die Frage nach einer Revision der **Ostgrenze**, die mit den Gebietsabtretungen an Polen verbunden war, ließ Stresemann dagegen offen. Im Berliner Vertrag von 1926 näherte sich Deutschland der Sowjetunion an, die infolge des Ersten Weltkrieges ebenfalls territoriale Streitigkeiten mit Polen hatte.

Deutschland erreichte durch die Verständigung mit Frankreich 1926 die **Aufnahme in den Völkerbund** und konnte fortan wieder auf Augenhöhe mit den anderen Großmächten verhandeln. Auf diesem Wege hoffte Stresemann, **friedlich** und mit französischer Unterstützung verschiedene **Bestimmungen** des Versailler Vertrages **rückgängig** zu machen. So ging es in der Frage der Ostgrenze um die Wiedergewinnung Danzigs, des „polnischen Korridors" in Westpreußen und der verlorenen Gebiete in Oberschlesien.

Fazit

Stresemanns Außenpolitik war grundsätzlich von dem **Gedanken** bestimmt, Deutschland zu **stärken** und seine **Macht auszubauen**. Hier findet sich eine klare **Gemeinsamkeit** mit der Ausrichtung deutscher Außenpolitik um 1900, wie sie Bülow in M 1 formuliert. Der Weg dahin war jedoch unterschiedlich: Dem **gewaltbereiten**, durch ein deutliches Überlegenheitsgefühl geprägten **Imperialismus Bülows** (vgl. M 1, Z. 38–44) stand wegen fehlender militärischer Möglichkeiten nach 1919 zunächst ein **friedlicher Weg der Verständigung** gegenüber: Als „Vernunftrepublikaner" bezog Stresemann zwischen 1923 und seinem Tod 1929 die Realität in seine Politik ein. Daher lässt sich in erster Linie von einer **grundlegenden Neuausrichtung** im Hinblick auf die **außenpolitischen Methoden** sprechen.

Wie viele Deutsche hegte Stresemann die Hoffnung, dass Deutschland auf lange Sicht wieder zu einer **Großmacht in Europa** werden würde. In diesem Sinne war er durchaus ein **Repräsentant seiner Zeit:** Er verwarf das Alte nicht vollständig, sondern verbarg es vorläufig, um Deutschlands außenpolitische Isolation zu beenden und dann langfristig weitergehende Ziele erreichen zu können. Ähnlich reagierten auch andere **Vertreter der alten Eliten**, die die Weimarer Republik überwiegend ablehnten. In ihren Kreisen und in der ganzen Bevölkerung stieß daher die **aggressive imperiale Ausrichtung der Nationalsozialisten** auf immer mehr Zustimmung, vor allem infolge der ersten außenpolitischen Erfolge der Nationalsozialisten nach der Machtübernahme 1933.

Wurzeln unserer Identität
(Rahmenthema 3)
Zwischen Krise und Modernisierung – Die Gesellschaft der Weimarer Republik
(Verbindliches Wahlmodul)

Die erste deutsche Demokratie – Bestandteil einer gegenwärtigen Erinnerungskultur?

Aufgabenstellung

1 Fassen Sie die Kernaussagen von M 1 nach einer kurzen Vorstellung des Materials zusammen.

2 Erläutern Sie, inwieweit die in M 1 benannten strukturellen Probleme der Revolutionsphase im Jahr 1923 besonders zum Tragen kamen.

3 Analysieren Sie M 2 im Hinblick auf Gestaltung und Funktion.

4 Der Historiker Justus H. Ulbricht fordert in einem Beitrag zur „Republikanischen Erinnerungskultur“ eine „demokratische Erinnerungskultur“ für die Gegenwart und Zukunft, bei der es darum gehe, die Geschichte der ersten deutschen Demokratie „kritisch zu befragen“.
Erörtern Sie, inwieweit das Osnabrücker Denkmal (M 2) ein Beitrag zu einer solchen „demokratischen Erinnerungskultur“ sein könnte. Berücksichtigen Sie dabei auch Ihre bisherigen Ergebnisse sowie theoretische Aspekte zur Erinnerungskultur.

Justus H. Ulbricht: Republikanische Erinnerungskultur. Leerstellen im kollektiven Gedächtnis zwischen 1918 und 2018, unter: https://www.slpb.de/fileadmin/media/Themen/Geschichte/1918-1933/00_Ulbricht_Republikanische_Erinnerungskultur.pdf, S. 11 (letzter Aufruf: 18. 07. 22).

M 1 Die Historikerin Ursula Büttner über die Revolutionsphase der Weimarer Republik

Unklar ist nach wie vor, ob das in den Räten zweifellos vorhandene demokratische Potential genügend Rückhalt für eine radikale Demokratisierungspolitik bot. Die Räte der ersten Phase der Revolution verstanden sich überwiegend genau wie die führenden SPD-Politiker als Nothelfer in einer Übergangszeit und mehr als Konkursverwalter des alten denn als Gründer eines neuen Staates. Sie hatten für die grundlegenden Veränderungen zudem nur wenige Wochen Zeit. In den Räten der zweiten Phase kam vor allem sozialer Protest, aber nicht der Wille zu politischer Neugestaltung zum Ausdruck. Von der Sozialisierung erhofften sich viele, die nach ihr riefen, die unmittelbare Verbesserung ihrer bedrückten Lage. Damit war jedoch nicht zu rechnen. Ob bescheidene Ansätze zur Sozialisierung in Teilbereichen der Wirtschaft, die in der Nachkriegskrise allenfalls möglich waren, dennoch genügt hätten, um die Radikalisierung von Teilen der Arbeiterschaft zu verhindern, ist wissenschaftlich nicht zu klären.

Auch auf die Frage, mit wieviel Widerstand von seiten des Bürgertums und der ländlichen Produzenten bei einer weniger auf Integration und Ausgleich bedachten Politik zu rechnen war, gibt es bisher keine zuverlässige Antwort. [...] Anzeichen wie die Übergriffe heimkehrender Truppen gegen die Räte, wie die Übernahme von Kampfformen der Arbeiterbewegung, etwa der Demonstration, des Streiks und des Boykotts, wie die bewußte Instrumentalisierung des Antisemitismus für die Massenagitation oder wie die brutale Abrechnung der Freikorps mit politischen Gegnern, sprechen für die Entschlossenheit des Bürgertums, sich mit allen Mitteln zu behaupten. In Städten und Regionen, in denen die Linken zur Mitarbeit bereite bürgerliche Kräfte rigoros ausschalteten, hatten rechte und rechtsradikale Organisationen den Nutzen. Die Zusage, eine von allen Schichten des Volkes gewählte Nationalversammlung alsbald über die politische Zukunft entscheiden zu lassen, entsprach den alten Grundsätzen der SPD. Sie war aber auch in der aktuellen Situation sinnvoll, um das Bürgertum und die Landbevölkerung zu beruhigen und die Eskalation gesellschaftlicher Konflikte zum Bürgerkrieg zu verhindern.

Zu den Grenzen, die der Rat der Volksbeauftragten zu beachten hatte, gehörte die außenpolitische, wirtschaftliche und finanzielle Abhängigkeit des Deutschen Reichs von den Siegern. Wie sie im diplomatischen Verkehr immer wieder zu verstehen gaben [...], waren sie entschlossen, ein bolschewistisches Regime in Mitteleuropa zu verhindern. Dieses Ziel deckte sich allerdings mit den Wünschen der großen Mehrheit der Deutschen. Eine wirkliche Einschränkung der politischen Optionen ergab sich nicht aus der Rücksicht auf die Alliierten.

Schwerer wiegt deshalb das Argument, daß die Notsituation nach dem verlorenen Krieg zu größter Vorsicht bei Eingriffen in den mühsam funktionierenden Staats- und Wirtschaftsapparat zwang. Angesichts der Schwere der anstehenden Aufgaben und der Abhängigkeit eines Großteils der Bevölkerung in der arbeitsteiligen Industriegesellschaft von staatlichen Leistungen war die Furcht der verantwortlichen Politiker vor dem „Chaos“ sehr berechtigt. Sie brauchten in dieser Situation die sachliche Mitarbeit der bürgerlichen Fachleute. Richard Löwenthal[1] hat die Frage aufgeworfen, ob ein Austausch der Eliten, wie er in klassischen Revolutionsmodellen gefordert wird, in modernen Gesellschaften überhaupt noch möglich ist. Dieser Gedanke spricht dafür, bei der näheren Charakterisierung der deutschen Revolution Zurückhaltung zu üben. Bezeichnungen wie „unvollendete“, „steckengebliebene“, „gebremste Revolution“ beziehen sich auf die Norm einer Revolution in vorindustriellen Gesellschaften und werden den Bedingungen in Deutschland im Jahr 1918 vielleicht nicht gerecht.

Dies gilt dann auch für die Kritik an der SPD-Führung, der in der „revisionistischen“[2] Forschung seit dem Ende der sechziger Jahre mehr oder weniger hart Versagen vorgeworfen wird: Versagen aus übergroßer Vorsicht, legalistischer Bedenklichkeit oder einem Mangel an Machtwillen. Solche Einstellungen spielten sicher eine Rolle; aber die persönlichen Faktoren sollten gegenüber den strukturellen Bedingungen nicht überschätzt werden. […] Neuerdings hat Conan Fischer[3] der deutschen Revolution und der SPD als ihrer wesentlichen Trägerin sogar ein ausgesprochen gutes Zeugnis ausgestellt und die Chancen für die Stabilisierung des neuen Staates im Zusammenwirken mit kooperationsbereiten Teilen der militärischen, bürokratischen und wirtschaftlichen Elite betont; erst im weiteren Verlauf, vor allem in der schweren politischen und ökonomischen Krise des Sommers 1923, seien viele verheißungsvolle Ansätze wieder vernichtet worden.

Die Revolution hatte weitreichende Veränderungen zur Folge: die endgültige Beseitigung der Monarchien in allen deutschen Einzelstaaten und die politische Gleichberechtigung aller Bevölkerungsschichten. Vielen Angehörigen der früher privilegierten Kreise erschienen sie als unerträglich. Hinter den Erwartungen der meisten Arbeiter blieben sie dagegen zurück. Die Verteilung der gesellschaftlichen Macht änderte sich zu wenig, um der Demokratie eine sichere Grundlage zu geben. Aber konnte und mußte die solide Fundierung der Weimarer Republik in den wenigen Monaten vor dem Zusammentritt der Nationalversammlung unter Ausschaltung großer Teile des Volkes geschehen? Oder wurden später Chancen vertan, die in der Revolution möglich erscheinende Zusammenarbeit mit reformbereiten bürgerlichen Kräften zur Demokratisierung der Gesellschaft zu nutzen?

Fundort: Ursula Büttner: Weimar. Die überforderte Republik 1918–1933, Leistung und Versagen in Staat, Gesellschaft, Wirtschaft und Kultur; Klett-Cotta: Stuttgart 2008, S. 62–64.

Anmerkungen

1 Richard Löwenthal (1908–1991), deutscher Politikwissenschaftler.
2 „revisionistisch“: hier: Neu- bzw. Umdeutung historischer Ereignisse oder Entwicklungen durch die Geschichtswissenschaft.
3 Conan James Fischer, britischer Historiker.

M2 „Ebert-Erzberger-Rathenau-Denkmal“ in Osnabrück

Das ursprüngliche Denkmal wurde 1928 nach einem Entwurf des Osnabrücker Architekten Justus Haarmann errichtet. Auftraggeber war das „Reichsbanner Schwarz-Rot-Gold“, ein 1924 gegründeter Wehrverband der Parteien der „Weimarer Koalition“, der sich den Schutz der Weimarer Demokratie zur Aufgabe gemacht hatte. Die Grundsteinlegung am 1. Juli 1928 und die Einweihung am 29. Juli 1928 erfolgten unter massiven Protesten rechtsnationaler, rechtskonservativer und nationalsozialistischer Kräfte. Der Magistrat von Osnabrück blieb der Veranstaltung fern und lehnte zudem die Pflege des Denkmals durch die Stadt ab. Am 15. Mai 1933 wurde das Denkmal durch die SA auch wegen seiner als „entartet“ angesehenen Gestaltung abgerissen. 1983 wurde das Denkmal auf einen einstimmig durch den Rat der Stadt Osnabrück angenommenen Antrag der CDU rekonstruiert und zwar am Originalplatz von 1928 – ein Standort (nahe des heutigen Erich-Maria-Remarque-Rings), an dem das Monument laut Haarmann mitten im Leben stehe und gleichzeitig auch geschützt sei. Es besteht aus verschiedenen Materialien wie Beton, Naturstein, Klinker und Marmor. Vor dem Denkmal ist eine Tafel mit wesentlichen Informationen angebracht.

Fotos: Klaus Eilert.

Hinweis: Farbabbildungen der beiden Fotografien zum Download finden Sie unter: https://www.stark-verlag.de/mystark (Zugangscode vgl. Umschlaginnenseite).

TIPP **Erläuterungen und Bearbeitungshinweise**

Die Aufgabe bezieht sich schwerpunktmäßig auf das Rahmenthema 3 „Wurzeln unserer Identität“ mit dem verpflichtenden Wahlmodul 6 „Zwischen Krise und Modernisierung – Die Gesellschaft der Weimarer Republik“. Die Perspektive ist „national“, strukturierende Aspekte sind „Individuum und Gesellschaft“ und „Kontinuität und Wandel“. Zudem liegt der Fokus auf der Politik- und Sozialgeschichte. Der geforderte Semesterübergriff erfolgt in den Teilaufgaben 3 und 4 auf das Rahmenthema 4 „Geschichts- und Erinnerungskultur“ und die verpflichtenden theoretischen Inhalte des dortigen Kernmoduls.

Lösungsvorschlag

1 **TIPP** *Anforderungsbereich: I, Gewichtung in Prozent: 20*

Die erste Teilaufgabe verwendet den Operator „zusammenfassen“. Beachten Sie unbedingt, dass es nicht um eine ausführliche Wiedergabe des gesamten Textes, sondern um eine Reduktion auf die wesentlichen Aspekte von M 1 geht. Dabei ist erforderlich, dass die verwendete Sprache sachlich distanziert bleibt, Ihre Lösung eine klare Struktur aufweist und keine Kommentierungen und Wertungen enthält. Besonderes Augenmerk sollte auf die verbindlichen Regelungen für die indirekte Wiedergabe von Texten (z. B. die Verwendung des Konjunktivs) gelegt werden. Die „kurze Vorstellung des Materials“ muss formale Merkmale wie Autor, Adressaten, Quellenart, Erscheinungsjahr/-ort sowie einen Hinweis auf den formalen und sprachlichen Charakter des Textes enthalten.

Vorstellung von M 1
Autorin, Adressat, Quellenart, Erscheinungsjahr/-ort, Charakter

Der Text **M 1** der **Historikerin Ursula Büttner** stammt aus einer Gesamtdarstellung der Weimarer Republik mit dem Titel „**Die überforderte Republik 1918–1933**“ und wurde im Jahr **2008** veröffentlicht. Er ist **sachorientiert und fachsprachlich** verfasst und setzt sich mit verschiedenen Forschungspositionen auseinander. M 1 kann somit als **wissenschaftlicher Fachtext** charakterisiert werden, der sich an ein **thematisch interessiertes Publikum** wendet.

Inhalt von M 1
Thema

Der Auszug beinhaltet eine **zusammenfassende Beurteilung der Revolution von 1918/19**, die zur Gründung der Weimarer Republik geführt hat. Dabei erläutert Büttner **strukturelle Probleme**, aber auch **Errungenschaften** dieser Zeit.

Haltung der Räte und SPD-Politiker

Ausgehend von der Leitfrage, ob in der Revolution eine „**radikale Demokratisierungspolitik**“ (Z. 2) denkbar gewesen wäre, thematisiert die Autorin zunächst die **Haltung der Räte und der führenden SPD-Politiker**. Aufgrund der akuten Notsituation habe damals die

Bewältigung und Verbesserung der allgemeinen Zustände Vorrang vor der langfristigen Neugestaltung von Staat und Gesellschaft gehabt. Im weiteren Verlauf der Revolution hätten sich die Räte als wichtige Vertreter der Arbeiterschaft dann mehr auf **soziale Fragen** und die **Forderung nach Sozialisierung** als auf einen umfassenden politischen Neuanfang konzentriert.

gesellschaftliche Zerklüftung

In der Frage nach einer deutlicheren Demokratisierung geht Büttner auf verschiedene **gesellschaftliche Schichten und Gruppen** ein. Sie verweist auf eine **extreme gesellschaftliche Zerklüftung** und deutliche Interessengegensätze, u. a. zwischen **(radikalen) Arbeitern** auf der einen, den Agrariern und dem privilegierten **Bürgertum** auf der anderen Seite. Letzteres habe zum Teil **entschlossen** und auch – wie die rechten Freikorps – **gewaltsam** gegen tiefgreifendere Veränderungen und gegen die Räte agitiert. Vor diesem Hintergrund sei die **politische Neugestaltung über eine gewählte Nationalversammlung** notwendig gewesen, um unterschiedlichen Positionen eine Stimme zu geben und die Lage nicht eskalieren zu lassen.

außenpolitische und wirtschaftliche Bedingungen

Büttner berücksichtigt zudem die **außenpolitische und wirtschaftlich-finanzielle Abhängigkeit Deutschlands** von den alliierten Siegermächten, gewichtet diese aber mit Blick auf die konkrete politische Neugestaltung weniger schwer.

notwendige Zusammenarbeit mit alten Eliten

Angesichts der **politischen, sozialen und ökonomischen Herausforderungen** nach dem verlorenen Krieg kommt die Historikerin zu dem Ergebnis, dass ein behutsames Vorgehen, die Unterstützung des Bürgertums und die Zusammenarbeit der verantwortlichen Politiker mit den **traditionellen Eliten in Militär, Wirtschaft und Verwaltung** notwendig gewesen seien. Auf diese Weise habe man die vielen Probleme lösen und einen Bürgerkrieg verhindern wollen.

Rolle der SPD

In diesem Zusammenhang **weist** sie auch die in der älteren Forschung erhobene **Kritik an der SPD zurück**, diese hätte die eigentlich nötige radikale Veränderung der gesellschaftlichen Verhältnisse versäumt. Stattdessen führt sie eine neuere, positivere Forschungsmeinung zur Kooperation der SPD mit den alten Eliten an.

Büttners Fazit zur Revolution: Leistungen und Grenzen

Abschließend betont Büttner bedeutsame **Errungenschaften der Revolutionsphase:** die **Abschaffung der Monarchien** und die **politische Gleichberechtigung** der gesamten Bevölkerung. Die Revolution habe aber auch auf allen Seiten **Unzufriedenheit** hervorgerufen und der Weimarer Demokratie viel Unsicherheit hinterlassen. Allerdings, so merkt sie kritisch an, sei es fraglich, ob ohne das ganze Volk und in der Kürze der Zeit überhaupt eine solide Grundlage hätte geschaffen werden können oder ob man die Chance auf eine weitergehende Demokratisierung nicht eher später vertan habe.

2 **TIPP** *Anforderungsbereich: II, Gewichtung in Prozent: 30*

Hier wird der Operator „erläutern" verwendet. Er verlangt, dass auf der Grundlage eigenen Wissens historische Sachverhalte erklärt und in ihren komplexen Beziehungen verdeutlicht werden. Beachten Sie den Bezug zur Teilaufgabe 1: Es geht nicht darum, alle Kenntnisse über das „Krisenjahr 1923" detailliert zu reproduzieren. Vielmehr sollten Aspekte mit explizitem Bezug auf die in M 1 genannten Probleme in ihrem wechselseitigen Zusammenhang erläutert werden. Daher ist es sinnvoll, diese Punkte eingangs noch einmal gebündelt aufzuführen. Zu beachten ist ferner, dass der Begriff „strukturelle Probleme" nicht auf das Verhalten einzelner Personen abzielt, sondern auf dahinterstehende umfassendere Konflikte.

Probleme der Revolutionsphase

Notlage der Bevölkerung

Zusammenarbeit mit alten Eliten

Rolle des Bürgertums sowie radikaler rechter und linker Kräfte

Büttner benennt in M 1 **zentrale Probleme der Revolutionsphase**, die letztlich eine tiefergehende demokratische Neuorientierung nach der Kriegsniederlage und dem Ende der Monarchie erschwert hätten. So habe die Notwendigkeit, rasch eine Verbesserung der **sozialen Notlage der Bevölkerung** herbeizuführen und chaotische Zustände zu verhindern, zur Zusammenarbeit der verantwortlichen Politiker mit den **alten Eliten** in Politik, Wirtschaft und Gesellschaft geführt (vgl. Z. 1–5, 35–41). Das **Bürgertum** hätte eine weiterreichende Demokratisierung und Sozialisierung vermutlich nicht mitgetragen. Es sei teilweise sogar bereit gewesen, den Status quo **gewaltsam** zu verteidigen, was sich z. B. in den Übergriffen von Kriegsheimkehrern auf Räte und der **Agitation rechtsradikaler Organisationen** gezeigt habe (vgl. Z. 13–20). Die **Linke** hingegen sei gegen reformwillige Bürgerliche vorgegangen, was die Situation verschärft und dem rechten Lager genutzt habe (vgl. Z. 20–22). Eine weitere, wenn auch in dieser Zeit weniger gravierende Belastung sieht Büttner in der außenpolitischen und wirtschaftlich-finanziellen Abhängigkeit des Reichs nach der Kriegsniederlage (vgl. Z. 28–34).

Abhängigkeit von den Alliierten

Vorbehalte und Enttäuschung

Letztendlich habe die Revolution unterschiedliche Reaktionen in der Bevölkerung ausgelöst: **Vorbehalte** bis hin zu **offener Ablehnung** bei denjenigen, die keine Neuerungen wünschten, darunter viele bürgerliche Vertreter; **Enttäuschung** bei denjenigen, denen die Veränderungen nicht weit genug gegangen waren, v. a. bei linken Kräften und in weiten Teilen der Arbeiterschaft (vgl. Z. 62–64).

Krisenjahr 1923

Einordnung in den Kontext der Weimarer Republik

Die in M 1 genannten **strukturellen Probleme** sollten im Verlauf der Republik wiederholt zum Tragen kommen, nicht nur im Jahr 1923, das gemeinhin als „**Krisenjahr**" **der Weimarer Demokratie** bezeichnet wird. So kam es schon vor 1923 (v. a. Kapp-Lüttwitz-Putsch 1920, Aufstandsversuche der KPD in Mitteldeutschland, Hamburg und im Ruhrgebiet 1921, politische Attentate) und auch danach in den vermeintlich „Goldenen Zwanzigern" zu zahlreichen Konflikten. Allerdings verdichteten sich – neben der Endphase und dem Scheitern der Weimarer Republik – gerade im **Jahr 1923** die in M 1 benannten Probleme zu einer **existenzbedrohenden Krise**.

Besetzung des Ruhrgebiets und „Ruhrkampf“

Ausgangspunkt war die **Besetzung des Ruhrgebiets** durch französische und belgische Truppen im Januar 1923, nachdem Deutschland mit den **Reparationslieferungen** in Rückstand geraten war. Hier kam Deutschlands Abhängigkeit von den Alliierten zum Tragen. Die „Politik der produktiven Pfänder“ löste in der deutschen Bevölkerung **breite Entrüstung** aus. Die Regierung Cuno rief den **passiven Widerstand** aus: Man verweigerte die Leistung weiterer Reparationen und jedwede Zusammenarbeit mit den Besatzungskräften. Der Konflikt verschärfte sich durch Anschläge und Sabotageakte **rechtsradikaler nationalistischer Gruppen**; die Besatzer antworteten mit harten Repressionen.

Hyperinflation

Der „Ruhrkampf“ belastete die durch die Kriegsfinanzierung und die Folgen der Niederlage bereits **desaströse wirtschaftlich-finanzielle Lage** des Reichs erheblich, da die Kosten für den passiven Widerstand vom Staat getragen wurden. Im Sommer 1923 entwickelte sich die Inflation zur **Hyperinflation**, was zu **breiter Verarmung** führte. Vom Verfall der Währung waren v. a. Angehörige der Mittelschichten betroffen, die ihr Geld in der Hoffnung auf hohe Renditen in Kriegsanleihen angelegt hatten und/oder als Empfänger von Lohn und Rente vom Geldwert abhängig waren. Gewinner der Krise waren dagegen Besitzer von Sachwerten sowie Schuldner, darunter der Staat, der durch die Kriegskredite enorme Schulden hatte. Insgesamt verstärkte sich die **Alltagsnot der Bevölkerung**; der Mangel an lebensnotwendigen Konsumgütern nahm dramatische Ausmaße an. Letztlich **verschärfte** die wirtschaftliche Lage die **Ablehnung des Weimarer Systems**, die in Teilen der Bevölkerung ohnehin von Anfang an vorhanden war.

rechtskonservative Entwicklung in Bayern und Hitler-Putsch in München

Profiteure dieser Entwicklung waren die **Kräfte am rechten und linken Rand des politischen Spektrums**, die im Herbst 1923 **Umsturzversuche** wagten und aus der wirtschaftlichen eine gesamtgesellschaftliche Krise machten. Ein Schauplatz war **Bayern:** Aus Protest gegen den Abbruch des kostspieligen „Ruhrkampfes“ durch die Reichsregierung Stresemann machte die bayerische Regierung den rechtskonservativen **Gustav Ritter von Kahr** (BVP) zum Generalstaatskommissar mit quasi-diktatorischen Befugnissen. Zusammen mit Reichswehrkommissar Otto von Lossow und dem Chef der Landespolizei Hans von Seißer plante Kahr einen „Marsch auf Berlin“ und die Errichtung einer „nationalen Diktatur“. Im Konflikt mit Bayern rief Reichspräsident Friedrich Ebert (SPD) den Ausnahmezustand für das Reich aus, konnte aber für ein gezieltes Vorgehen gegen Bayern nicht auf die Reichswehr unter General Hans von Seeckt zurückgreifen („Truppe schießt nicht auf Truppe“).

Der Führer der NSDAP, **Adolf Hitler**, versuchte die chaotische Lage für seine Pläne zu nutzen: Am 8. November 1923 rief er mit dem als „Sieger von Tannenberg“ gefeierten **Erich Ludendorff** im Münchner Bürgerbräukeller die „**nationale Revolution**“ aus und erklärte die bayerische und die Reichsregierung für abgesetzt. Tags darauf wurde der „**Marsch auf Berlin**“ von der bayerischen Landespolizei aufgehalten und der Putsch brach zusammen. Hitler und Ludendorff wurden verhaftet, die NSDAP wurde vorübergehend verboten.

kommunistische Bestrebungen in Sachsen und Thüringen

Auf der linken Seite des politischen Spektrums entstanden im Oktober 1923 in **Sachsen und Thüringen** „Arbeiterregierungen“ aus SPD und KPD, die paramilitärische Verbände („**Proletarische Hundertschaften**“) aufstellten. Die KPD wurde maßgeblich durch die Komintern in Moskau beeinflusst und hielt trotz aller bislang gescheiterten Versuche an dem Ziel eines **gewaltsamen Umsturzes** fest. Allerdings gelang es der KPD auch dieses Mal nicht, die Revolution loszutreten. Im Fall von Sachsen verlangte die Reichsregierung die Auflösung der „proletarischen Hundertschaften“ und die Entlassung der kommunistischen Kabinettsmitglieder. Als sich die Landesregierung weigerte, wurde sie nach Art. 48 der Verfassung durch Verordnung des Reichspräsidenten abgesetzt; außerdem marschierte die Reichswehr in Sachsen ein (Reichsexekution). In Thüringen beendete die SPD daraufhin freiwillig die Zusammenarbeit mit der KPD.

Separatismus im Rheinland und in der Pfalz

Zu diesen Belastungen kamen **Unabhängigkeitsbestrebungen im Rheinland und in der bayerischen Pfalz** hinzu. Mit französischer Unterstützung gründeten die Separatisten **autonome Republiken**, die Anfang 1924 gewaltsam aufgelöst wurden.

Fazit

Zwar gelang es bis Ende 1923, die **wesentlichen Krisenherde einzudämmen** und die **wirtschaftliche Lage** durch die Einführung einer neuen Währung zu **stabilisieren**. Doch waren die **strukturellen Probleme** der Republik, die wesentlich mit der Kriegsniederlage und der Revolutionsphase zusammenhingen, in den vorangegangenen Monaten deutlich geworden. Viele Konfliktherde hatten noch nach 1923 Bestand: Die **Gegnerschaft der nationalistischen Rechten und der radikalen Linken** gegen das parlamentarische System blieb virulent, die Reparationsfrage war nicht gelöst, die wirtschaftlichen Belastungen waren nach wie vor hoch. Zudem hatte sich mit der **Reichswehr** ein wesentlicher Teil der **alten Eliten** als unsicherer Akteur und nicht als verlässliche Stütze der Verfassung erwiesen.

3 **TIPP** *Anforderungsbereich: II, Gewichtung in Prozent: 30*

Diese Teilaufgabe verlangt eine Analyse des Denkmals M 2 unter den Aspekten Gestaltung und Funktion. Zuerst gilt es, das Denkmal anhand zweier Fotografien ohne jegliche Bewertung zu beschreiben. Im nächsten Schritt soll die Bedeutung der Gestaltung erfasst und die Funktion des Monuments im historischen Kontext bestimmt werden. Natürlich kann nicht von Ihnen erwartet werden, dass Sie das Denkmal und seine Geschichte kennen. Deshalb ist es wichtig, die Hinweise im Informationstext aufmerksam zu lesen und sinnvoll in die Ausführungen einzubinden. Beachten Sie zudem, dass es sich bei M 2 um eine Rekonstruktion von 1983 handelt, die wie das Original von 1928 im öffentlichen Raum aufgestellt wurde. Somit hat das Denkmal eigentlich eine doppelte Funktion: nämlich die Funktion, die das Monument 1928 hatte, und die Funktion, die ihm mit Blick auf die Wiedererrichtung 1983 sowie in der Erinnerungskultur der Gegenwart zugewiesen werden kann. Da die Geschichte der Bundesrepublik in den 1970er-/1980er-Jahren nicht Teil des Prüfungsstoffs für das Abitur 2024 ist, können keine Details erwartet werden. Dennoch ist es möglich, ein paar Gedanken einzubringen, falls Sie hierzu Wissen haben. Falls nicht, konzentrieren Sie sich ganz allgemein auf die heutige Funktion des Denkmals. Insgesamt ist in dieser Teilaufgabe noch keine Beurteilung bzw. Bewertung verlangt; dies ist erst in Teilaufgabe 4 der Fall.

Analyse von M 2
kurze Vorstellung

Bei **M 2** handelt es sich um ein **Denkmal**, das ursprünglich **1928** nach einem Entwurf des Architekten **Justus Haarmann** gebaut und 1933 durch die Nationalsozialisten **zerstört** worden ist. Konkret zeigen die zwei Fotografien das **1983** am **Originalstandort** rekonstruierte Denkmal, das offensichtlich an einer belebten Straße aufgestellt wurde, aber durch die umgebende Bepflanzung ein geschützter Ort zu sein scheint.

Beschreibung des Denkmals

Das Denkmal besteht aus **unterschiedlichen Materialien**, ist **geometrisch-abstrakt** gestaltet und setzt sich aus mehreren Teilen zusammen. Über drei Stufen gelangt man auf eine Plattform, über die sich ein **gemauerter, säulenartiger Baukörper** erhebt. Darin eingelassen ist eine schwarze Tafel, die in senkrechten Großbuchstaben die drei Namen **Rathenau, Ebert und Erzberger** enthält. Darüber befinden sich eine viereckige **Betonplatte**, die wie ein Dach über dem darunter liegenden Teil des Denkmals hinausragt, sowie eine weitere, an der Vorderseite wie ein Bogen abgerundete Platte, die die Grundlage für einen zweiten gemauerten Abschnitt bildet. In der Seitenansicht zeigt sich, dass die beiden gemauerten Bestandteile auf der Rückseite nach unten hin abfallen und immer breiter werden.

Deutung

Der schlichte, abstrakte, aber dennoch eindrucksvolle Charakter des 1928 errichteten Denkmals erinnert an den **innovativen Bauhaus-Stil der 1920er-Jahre**, der für den künstlerisch-kulturellen Aufbruch in Deutschland stand. Die Betonung des Handwerklichen

(z. B. durch die gemauerten Teile) und die in der Seitenansicht deutlich werdende aufstrebende Gestaltung des Denkmals stehen für einen **dynamischen Arbeitsprozess** und im übertragenen Sinn für die **Weimarer Republik**. Es wird angedeutet, dass die Entwicklung der Demokratie **nicht abgeschlossen** ist und dass auf den bereits fertiggestellten Abschnitten aufgebaut werden kann, ja dass zur Vollendung des Werks sogar weitergearbeitet werden muss.
Das **schützende Dach** und die **Tafel mit den drei Namen** dagegen mahnen, die Republik nicht nur auszubauen, sondern sie auch vor Gefährdungen zu schützen. Dies wird besonders klar, wenn man sich näher mit den verewigten Personen beschäftigt: Die prominenten Politiker der Weimarer Zeit, die bis heute als **Symbolfiguren der ersten parlamentarischen Demokratie** gelten, waren Republikgegnern ein Dorn im Auge und wurden als „Novemberverbrecher" mit Gewalt und Hass konfrontiert. **Friedrich Ebert** (SPD) war als erster Reichspräsident bis zu seinem Tod 1925 ständiges Ziel von „Schmutzkampagnen" durch rechte Nationalisten sowie Kommunisten. **Matthias Erzberger** (Zentrum), der 1918 den Waffenstillstand unterzeichnet hatte, wurde von rechtsnationalen Kreisen verunglimpft und im August 1921 von rechtsradikalen Attentätern getötet. Ebenfalls ermordet wurde **Walther Rathenau** (DDP), der als Reichsaußenminister 1922 den Vertrag von Rapallo mit der Sowjetunion ausgehandelt hatte und sowohl als deutscher Jude als auch als angeblicher „Erfüllungspolitiker" zahlreichen Angriffen der Presse ausgesetzt war. Die drei Männer stehen nicht nur beispielhaft für all diejenigen, die sich tatkräftig und z. T. unter Lebensgefahr für die Republik eingesetzt haben, sondern repräsentieren auch die republiktreuen Parteien der „**Weimarer Koalition**" und das „**Reichsbanner Schwarz-Rot-Gold**", den Auftraggeber des Denkmals. Interessant ist, dass die Politiker nur namentlich genannt und nicht bildlich dargestellt sind. Dies deutet darauf hin, dass es um einen **übergeordneten, zeitlosen Wert** gehen soll: die **Demokratie**.

Funktion im historischen Kontext
Original von 1928

Insofern ist das Denkmal nicht bloß als Erinnerung an wichtige Politiker zu betrachten, sondern betrifft die Weimarer Republik insgesamt. Dies wird auch deutlich, wenn man den **historischen Kontext** einbezieht. Das Original-Monument wurde **1928** errichtet, in einer Zeit, die oft als „**Goldene Zwanziger**" bezeichnet wird. Angesichts der stürmischen Anfangszeit der Republik handelte es sich um eine **Phase relativer Ruhe**, in der sich aber durchaus innenpolitische, wirtschaftliche und gesellschaftliche Probleme zeigten. So gab es trotz **außenpolitischer Erfolge in der Reparationsfrage** (v. a. Dawes-Plan von 1924) noch immer viele Arbeitslose, zudem **verringerte** sich das **Wirtschaftswachstum**. Innenpolitisch kam nach den Reichstagswahlen 1928 eine stabile Regierung nur noch durch eine **Große Koalition aus fünf Parteien** unter Hermann Müller

(SPD) zustande. Die **Gegner der Demokratie aus dem links- und rechtsradikalen Spektrum** agitierten weiter gegen die Republik. Gerade rechte Kreise sahen die durch das Denkmal geehrten Staatsmänner als „**Novemberverbrecher**“ und den Weimarer Staat als „**Judenrepublik**“ an und störten auch die Einweihungsfeier des Denkmals am 29. Juli 1928 massiv. 1928 hatte das Denkmal also zum einen eine **mahnende Funktion**, da es an die Hetze, die Morde und die Opfer extremistischer Gewalt der Frühphase der Republik **erinnerte**. Zum anderen war es aber auch ein **symbolischer Appell**, die Demokratie und das Vermächtnis der genannten Politiker zu bewahren und weiter auszubauen.

Rekonstruktion von 1983

Da es sich bei dem Denkmal um eine **1983** errichtete **Rekonstruktion des Originals von 1928** handelt, ist seine Funktion auch im Kontext der **offiziellen Erinnerungskultur der Bundesrepublik** zu verorten. Im Sinne einer kollektiven **demokratischen Traditions- und Identitätsbildung** appelliert es an die Bürger, sich weiter für die **Bewahrung und den Ausbau der bundesdeutschen Demokratie** einzusetzen, zu deren wesentlichen Fundamenten die Weimarer Republik gehört. Angesichts der links- und rechtsterroristischen Gewalttaten der 1970er- und frühen 1980er-Jahre (Anschläge der Roten Armee Fraktion, Bombenattentat auf das Oktoberfest in München 1980) war möglicherweise auch die **Erinnerung an politische Gewalt** ein wesentlicher Grund für die Rekonstruktion des Denkmals. Bis in die heutige Gegenwart ist das Monument also ein **zeitloses Mahnmal für Demokratie und Gewaltlosigkeit**.

4 **TIPP** *Anforderungsbereich: III, Gewichtung in Prozent: 20*

In dieser Teilaufgabe wird eine Erörterung verlangt. Sie müssen sich reflektiert mit einem gegebenen Problem auseinandersetzen und ein Sach- und Werturteil erarbeiten. Klären Sie zunächst, welche Fragestellung sich hinter der zitierten Forschungsmeinung verbirgt. Hier empfiehlt es sich, die verlangten theoretischen Aspekte zur Erinnerungskultur einzubringen und sich konkret auf die Anforderungen einer demokratischen Erinnerungskultur in Deutschland zu beziehen. Die abwägende Auseinandersetzung erfordert dann nicht einfach eine unreflektierte Meinungsäußerung, sondern eine durch die vorgestellten Theorien, Ihr historisches Fachwissen und die schon zum Denkmal erarbeiteten Aspekte gut begründete Urteilsbildung. Dies sollte auf der Sachurteilsebene erfolgen, aber auch verdeutlichen, welche Wertmaßstäbe dem eigenen Standpunkt zugrunde liegen. Essenzielle Basis ist hier die demokratische Grundordnung der Bundesrepublik.

Der Historiker Justus Ulbricht ruft dazu auf, die Weimarer Republik **kritisch** in die **„demokratische Erinnerungskultur“** der Bundesrepublik einzubeziehen. Diese Forderung muss im Zusammenhang mit der noch immer andauernden Diskussion um eine angemessene **deutsche Erinnerungskultur** gesehen werden. Der Begriff „Erinnerungskultur“ zielt dabei nicht auf die Erinnerung einzelner Individuen ab, sondern auf das **kollektive Gedächtnis** einer Gemeinschaft im Sinne von **Maurice Halbwachs**. Zudem lässt sich hier das **kulturelle Gedächtnis** nach **Jan und Aleida Assmann** einbringen, das auf die gemeinsame Erinnerung an besondere historische Ereignisse und Entwicklungen (z. B. durch Feste, Traditionen, **Denkmäler**) abzielt. In diesem Zusammenhang bezieht das auf Gegenwart und Zukunft ausgerichtete **„Funktionsgedächtnis“** Impulse aus dem umfangreicheren „Speichergedächtnis“, z. B. den Erkenntnissen der Geschichtswissenschaft.

Erinnerungskultur in Deutschland

Begriffe und Grundlagen

Speziell in Deutschland ist die Diskussion um eine angemessene Erinnerungskultur seit den 1980er-Jahren stark mit der **Erinnerung an die NS-Verbrechen und besonders den Holocaust** verknüpft. Der Gedanke einer dauerhaften **ethischen Verpflichtung** und Mahnung im Sinne des **„Nie wieder!“** ist in Deutschland auf nationaler, regionaler und lokaler Ebene durch zahlreiche Veranstaltungen und Initiativen (z. B. Gedenktafeln, Stolpersteine) präsent. Nicht nur bei Gegnern einer derartigen Erinnerungskultur (v. a. im rechten politischen Spektrum), die die NS-Zeit als bewältigt ansehen wollen, gibt es aber auch ein gewisses Unbehagen an einer zu **„opferzentrierten Erinnerungskultur“** (A. Assmann), der zudem der Vorwurf des nicht authentischen, staatlich angeordneten Erinnerns gemacht wird.

Erinnerung an den Holocaust

Darüber hinaus stellt sich die Frage, wie sich der durch die NS-Verbrechen bedingte **„negative Gründungsmythos“** der Bundesrepublik mit einer **positiveren, identitätsstiftenden Erinnerungskultur** verbinden lässt. Eine **„demokratischen Erinnerungskultur“**, in die die Weimarer Republik laut Ulbricht kritisch eingebunden werden soll, kann sich auf **Errungenschaften**, Leistungen und Fortschritte der deutschen Demokratiegeschichte beziehen, aber auch die Erinnerung an **Rückschritte** in der demokratischen Entwicklung und die dunklen Kapitel der deutschen Geschichte (v. a. die NS-Verbrechen) umfassen. Im Rahmen eines kritischen, pluralistischen Dialogs ließe sich dann die Frage aufwerfen, warum sich aus der Weimarer Republik mit ihren innovativen demokratischen Ansätzen eine menschenverachtende Diktatur entwickelt hat. Dadurch könnte ein wertvoller Beitrag zu einem **vertieften, identitätsstiftenden Demokratie-, Verfassungs- und Werteverständnis** geleistet werden, ohne den „Zivilisationsbruch“ (Dan Diner) der NS-Herrschaft auszublenden.

Geschichte der Demokratie in Deutschland

Vor diesem Hintergrund lässt sich ein **klareres Bild des Osnabrücker Denkmals und seiner Sinnhaftigkeit für eine demokratische**

Einordnung des Denkmals

Erinnerungskultur entwickeln. Das Denkmal zeigt den Stolz auf die **erste parlamentarisch-demokratische Republik in Deutschland**, würdigt den Einsatz prägender Staatsmänner und drückt die Hoffnung auf die weitere Ausgestaltung der Demokratie aus. Gleichzeitig ist es **Mahnmal und warnende Erinnerung** an die Gewalt und den Hass der frühen Republik, denen führende Repräsentanten der Demokratie zum Opfer fielen. Es appelliert daran, sich **für die Demokratie einzusetzen** und ihren Gegnern Einhalt zu gebieten.
Die Rekonstruktion von 1983 eröffnet einen weiteren Ansatzpunkt für eine kritische Erinnerungskultur, nämlich durch das **Wissen um das Ende der Republik sowie um das Schicksal des Denkmals**. Dessen Zerstörung durch die SA 1933 verweist darauf, dass sich die Hoffnungen von 1928 (zunächst) nicht erfüllten, sondern eine verbrecherische Diktatur folgte, die alle Spuren der Weimarer Demokratie und ihre Vertreter beseitigen wollte. Somit eröffnet das Denkmal die Chance, die Fortschritte der Weimarer Zeit zu würdigen, ohne das dunkelste Kapitel deutscher Geschichte auszublenden.
Schließlich ermöglichen die modern-abstrakte, schlichte Gestaltung, der öffentlich zugängliche Standort und das Fehlen einer engen zeitbezogenen Symbolik dem heutigen Betrachter die Möglichkeit, eine **Verbindung zwischen Vergangenheit und Gegenwart** herzustellen. Ihm wird verdeutlicht, dass unsere gegenwärtige Demokratie **nicht zwingend das Ende der Geschichte** bedeutet, sondern immer wieder verteidigt und gestaltet werden muss. Geschichte ist, so betont es z. B. Aleida Assmann, **zwar vorbei, aber nicht vorüber**.
Insgesamt kann das Osnabrücker Denkmal durchaus als **sinnvoller Beitrag** zu einer kritischen Betrachtung der Weimarer Republik als Teil einer demokratischen Erinnerungskultur aufgefasst werden, wie von Ulbricht gefordert. Gerade auch durch seine eigene Geschichte steht das Mahnmal nicht im Gegensatz zur Erinnerung an den Holocaust und an weitere dunkle Phasen in der deutschen Geschichte und eröffnet bis heute die Möglichkeit, **sich kritisch mit** positiven und negativen Aspekten **unserer Vergangenheit auseinanderzusetzen**.

Ergebnis

Wurzeln unserer Identität
(Rahmenthema 3)
Zwischen Krise und Modernisierung – Die Gesellschaft der Weimarer Republik
(Verbindliches Wahlmodul)

Die Präsidialregierung und die Rettung der Demokratie

Aufgabenstellung

1 Fassen Sie M 1 nach einer quellenkritischen Vorstellung zusammen.

2 Analysieren Sie, inwiefern die in M 2 angekündigten Maßnahmen und die Schaffung einer Präsidialregierung darauf abzielten, die in der Denkschrift (M 1) dargestellten Probleme zu vermindern bzw. zu lösen.

3 Beurteilen Sie, ob die Aufgabe, eine funktionstüchtige Demokratie zu erhalten, von einem präsidialen Regierungssystem nach US-amerikanischem Vorbild besser hätte gelöst werden können als von einem Präsidialkabinett.

M 1 Denkschrift eines Referenten[1] des preußischen Innenministeriums, Mai 1930 (Auszug)

Das rasche und stetige Anwachsen der nationalsozialistischen Bewegung hat mit in erster Linie seine Ursache in der katastrophalen Verschlechterung der wirtschaftlichen Lage weitester Kreise der Bevölkerung. Mehr und mehr verbreitet sich die Auffassung, dass nur eine grundlegende Veränderung der politischen und wirtschaftlichen Basis dieser Entwicklung Einhalt bieten könne […].

Es ist bezeichnend, dass gerade die unter der herrschenden wirtschaftlichen Not am meisten leidenden Bevölkerungskreise, der durch die Not der Landwirtschaft auf der einen Seite, durch die teuren Kredite und das Übergewicht der Großbetriebe auf der anderen Seite allmählich verelendende Mittelstand in den kleineren Städten, die kleinen Handel- und Gewerbetreibenden, ferner die von der Arbeitslosigkeit betroffenen oder bedrohten Angestellten und schließlich die bei dieser Wirtschaftslage jeder Aussicht auf späteren Broterwerb baren Kreise des akademischen Nachwuchses, die Studenten und Hochschüler, das Gros der nationalsozialistischen Anhängerschaft bilden. Dazu kommt neuerdings auch eine nicht unerhebliche Zahl von unteren und mittleren Beamten […]. Im Gegensatz zum Arbeiter, der in dieser Lage eher den Parolen des Kommunismus zuneigt, wollen jene Kreise sich mit allen Mitteln vor dem Absinken in das „Proletariat“ retten und sehen ihr Heil daher in dem anderen, „nichtmarxistischen“ Radikalismus, wie er sich im Nationalsozialismus verkörpert.

Einen nicht zu unterschätzenden Auftrieb erhält der Nationalsozialismus, besonders auf dem flachen Lande, durch seine Kampfansage gegen Auswüchse der sog[enannten] Großstadtkultur in Theater, Kino und Presse, von denen auch viele ernsthafte Kreise eine gefährliche Bedrohung wertvoller Kulturgüter befürchten.

Schließlich findet der Nationalsozialismus bei der Bekämpfung des parlamentarischen Systems einen Bundesgenossen in der sich gerade in den letzten Jahren verbreitenden Idee von der politischen Unfruchtbarkeit von Parteien und Parlamenten [...]. Insbesondere wirken sich diese Erscheinungen auf jugendliche Personen aus, die vermöge geringerer Schulung und Erfahrung nur die Nachteile sehen und daher nur zu leicht für andere Gedankengänge gewonnen werden. Es kann daher nicht verwundern, dass die große Masse der nationalsozialistischen Parteigänger Personen zwischen 15 und 30 Jahren umfasst, die ihrerseits der Bewegung eine ganz besondere Stoßkraft und Initiative geben und ihren Fanatismus erklären. Unterstützt wird diese Entwicklung teilweise durch die Einstellung der alten Parteien, die es nicht immer verstanden haben, den seelischen Regungen auch der jüngeren Generation Rechnung zu tragen.

[...] Dazu kommt mit als wichtigster Faktor Art und Umfang der Parteipropaganda. Durch eine planmäßig und geschickt aufgezogene Werbung in Wort und Schrift und eine Versammlungstätigkeit, die an Rührigkeit auch nicht entfernt von irgendeiner anderen Partei oder Bewegung erreicht wird, werden die für die Propaganda ausersehenen Bezirke mit einem förmlichen Netz dieser Einwirkungsmittel überzogen und bearbeitet.

Aus: Niedersächsisches Staatsarchiv Hannover, Hann. 80 Hann. II Nr. 777, zitiert in: Herbert Michaelis, Ernst Schraepler (Hrsg./Bearb.) unter Mitwirkung von Günter Scheel: Ursachen und Folgen. Vom Deutschen Zusammenbruch 1918 und 1945 bis zur staatlichen Neuordnung Deutschlands in der Gegenwart. Eine Urkunden- und Dokumentensammlung zur Zeitgeschichte, Bd. 8, Die Weimarer Republik. Das Ende des parlamentarischen Systems. Brüning – Papen – Schleicher. 1930–1933, Sonderausgabe für die Staats- und Kommunalbehörden sowie für Schulen und Bibliotheken, Dokumenten-Verlag Dr. Herbert Wendler & Co.: Berlin [1963], S. 328 f. (mit leichten Anpassungen an die neue Rechtschreibung)

Anmerkung

1 Ein Referent in einem Ministerium war ein höherer Beamter mit wissenschaftlichem Studium, der in einem bestimmten Sachgebiet höherwertige Aufgaben übernahm und z. B. Denkschriften, in diesem Fall für das preußische Innenministerium, verfasste.

M 2 Regierungserklärung des Reichskanzlers Heinrich Brüning im Reichstag am 1. April 1930 (Auszug)

Am 31. März 1930 ernannte Reichspräsident Paul von Hindenburg Heinrich Brüning zum Reichskanzler. Am Tag darauf gab Brüning vor dem Reichstag eine Regierungserklärung ab, die hier in wesentlichen Auszügen vorliegt.

Das neue Reichskabinett ist entsprechend dem mir vom Herrn Reichspräsidenten erteilten Auftrag an keine Koalition gebunden. [...] Das Kabinett ist gebildet mit dem Zweck, die nach allgemeiner Auffassung für das Reich lebensnotwendigen Aufgaben in kürzester Frist zu lösen. Es wird der letzte Versuch sein, die Lösung mit diesem Reichstag durchzuführen. [...] Einen Aufschub der lebensnotwendigen Arbeiten kann niemand verantworten. Die Stunde fordert schnelles Handeln. [...]

Die Reichsregierung fühlt sich stark genug, mit den Mitteln, welche das Grundgesetz unserer staatlichen Ordnung, die Weimarer Verfassung, der deutschen Republik zur Verfügung stellt, allen gefahrvollen Bedrohungen entgegenzuwirken. (Lebhafte Rufe: Bravo! in der Mitte. – Zurufe von den Kommunisten: Artikel 48!) [...]

Alle infolge der langwierigen Verhandlungen über den Young-Plan noch nicht erledigten finanziellen und wirtschaftlichen Maßregeln müssen sofort durchgeführt werden. Sanierung der **Finanz- und Kassenlage**, Unterstützung der Länder und Gemeinden in ihrer schwierigen finanziellen Lage ist das dringendste. Ohne eine schnelle Ordnung der Kassen- und Finanzlage fehlt die Gewähr der dringend notwendigen Entlastung der Wirtschaft und der Milderung der Arbeitslosigkeit. [...]

Die Reichsregierung wird an diesen Vorschlägen und an ihrer schnellsten Durchführung unter allen Umständen festhalten. Sie ist gewillt und in der Lage, alle verfassungsmäßigen Mittel hierfür einzusetzen. Das Werk des versöhnenden Ausgleichs zwischen den einzelnen Berufsständen und Schichten der Bevölkerung verträgt keinen Verzug. Diesem Gedanken muß auch der Reichstag in seiner Stellungnahme zur neuen Reichsregierung Rechnung tragen. Parteipolitische Erwägungen müssen in dieser Stunde in den Hintergrund treten. [...] Sachliche Einstellung zu diesem Programm des Kabinetts allein sichert die Zukunft des deutschen Volkes. [...]

Fundort: Reichstagsprotokolle, 1928/30, 5, S. 4728–4730.

TIPP **Erläuterungen und Bearbeitungshinweise**

Die Aufgabenstellung bezieht sich vor allem auf das dritte Kurshalbjahr mit dem Rahmenthema „Wurzeln unserer Identität", Pflichtmodul 6 „Zwischen Krise und Modernisierung – Die Gesellschaft der Weimarer Republik". Inhaltlicher Schwerpunkt ist der Teilaspekt „Abstiegsängste und politische Radikalisierung (u. a. Folgen der Weltwirtschaftskrise, Aufstieg der NSDAP)". Zudem stellt die dritte Teilaufgabe den geforderten Semesterübergriff her, und zwar zum Rahmenthema 1 „Krisen, Umbrüche und Revolutionen" mit dem Wahlmodul 4 „Amerikanische Unabhängigkeit – ‚American Revolution'". Die Perspektiven sind national und global, strukturierende Aspekte sind „Individuum und Gesellschaft" sowie „Kontinuität und Wandel". Dimensionen der historischen Betrachtung sind die Politik- und Sozialgeschichte.

Lösungsvorschlag

1 **TIPP** *Anforderungsbereich: I, Gewichtung in Prozent: 30*

Die Aufgabenstellung verlangt eine Inhaltsangabe (siehe S. X–XII) von M 1. Einleitend informieren Sie Ihre Leserschaft über den Autor, die Art der Quelle, Zeit und Ort ihrer Entstehung/Publikation, ihr Thema und die Schreibabsicht des Verfassers; auch weisen Sie kurz auf den historischen Kontext hin. Diese Angaben helfen Ihnen, sich auf Aufgabe und Zielrichtung Ihres Fachaufsatzes zu fokussieren. Das Attribut „quellenkritisch" verlangt, dass Sie eine distanzierte Haltung zum Autor sowie zu seinen Aussagen und seiner Position einnehmen. Der Operator „zusammenfassen" bedeutet, dass Sie „Sachverhalte auf wesentliche Aspekte reduzieren und sprachlich distanziert, unkommentiert und strukturiert wiedergeben" sollen. Das heißt: Sie müssen über die Inhalte des Materials gedanklich und sprachlich eigenständig berichten. Ihre Darstellung sollten Sie in mehrere Sinnabschnitte (Absätze) gliedern, was die Einträge in der Randspalte verdeutlichen. Verwenden Sie den Konjunktiv bzw. entsprechende Ersatzformen und übertragen Sie veraltete Begriffe in die (Fach-)Sprache der Gegenwart.

Einleitung
wirtschaftlich-soziale und politische Problemlage

Der Ausbruch der **Weltwirtschaftskrise** Ende **1929** verschlechterte die wirtschaftliche Lage in Preußen wie im gesamten Reichsgebiet erheblich, die Zahl der Arbeitslosen stieg steil an. Viele in Not Geratene und vom Abstieg Bedrohte vergrößerten sprunghaft die Anhängerschaft Adolf Hitlers und seiner NSDAP. Ebendiese Entwicklung wurde offensichtlich im **preußischen Innenministerium** in **Berlin** genau und kritisch beobachtet, wie die **Denkschrift** M 1 eines nicht namentlich bekannten **Referenten** vom **Mai 1930** belegt.

Bestimmung des Materials

Der Autor sieht eine **Hauptursache des Aufschwungs der NSDAP** in der sich gravierend **verschlechternden wirtschaftlichen Lage** großer Bevölkerungsteile. Immer stärker greife die Ansicht um sich, dass diese desaströse Entwicklung nur durch einen **grundlegenden politisch-wirtschaftlichen Umbruch** gestoppt werden könne.

Inhalt

zentrale Ursache des Aufschwungs der NSDAP

Vor diesem Hintergrund rekrutiere sich die **neue Anhängerschaft der NSDAP** vor allem aus Handwerkern und Inhabern von Kleinbetrieben, die der Konkurrenz großer Unternehmer nicht gewachsen seien, arbeitslosen Angestellten sowie vermehrt unteren und mittleren Beamten, dazu Studenten und Hochschulabsolventen, die wegen der wirtschaftlichen Misere geringe Berufseinstiegschancen hätten. Um sich vor dem **Absinken in die soziale Unterschicht** zu bewahren, würden sie Zuflucht im **nationalistischen Radikalismus** suchen. Hingegen würde sich die **Arbeiterschaft** eher der **kommunistischen Ideologie** zuwenden.

soziale Zusammensetzung und Motive der neuen NSDAP-Wähler

Insgesamt seien gerade solche Teile der Bevölkerung anfällig für den Nationalsozialismus, die **antikommunistisch** orientiert seien und sich vom Fortschritt bedroht fühlen sowie zu **radikalen Positionen** neigen und in **nationalistischen Ideen** Halt suchen würden. Besonders auf dem Land gebe es viele, die ihr traditionelles Werteverständnis durch die **moderne Kultur in den Metropolen**, geprägt von Theatern, Kinos und vielfältigen Presseerzeugnissen, in Gefahr sähen. Unter den Unterstützern der Nationalsozialisten seien zudem diejenigen, die den **demokratischen Parlamentarismus ablehnten** und Parteien und Parlamente für **untauglich** hielten, die akuten Probleme zu lösen. Laut M 1 wurden die Dynamik, mit der die NSDAP expandiert, und der **Fanatismus** der Partei durch das **jugendliche Alter ihrer Anhängerschaft** verstärkt; der Großteil sei zwischen 15 und 30 Jahre alt. Merkmale dieser jungen Parteigänger seien ihre hohe persönliche Einsatzbereitschaft, politische Unerfahrenheit und Zukunftsängste.

ideologische Orientierung und Alter der NSDAP-Wählerschaft

Auftrieb bekomme die NS-Bewegung auch durch eine sehr **effektive Propaganda:** Die Partei konzentriere sich auf ausgewählte Wohnbezirke, deren Bewohner sie intensiv, systematisch und umfassend mithilfe von Druckerzeugnissen und Versammlungen „bearbeiten" würde. Zudem trügen die **alten Parteien** eine Mitschuld am Aufstieg der NSDAP, da sie gerade auf junge Menschen **zu wenig Anziehungskraft ausüben** und sie kaum ansprechen würden.

Unterstützung durch effektive Propaganda sowie Defizite der alten Parteien

Insgesamt beschreibt die Denkschrift in der noch **frühen Phase der Weltwirtschaftskrise** die politischen Folgen, die die wirtschaftlich prekäre Lage hatte: Laut M 1 verloren viele Bürger und besonders junge Menschen den Glauben und die Hoffnung, dass demokratische Institutionen und Parteien die Probleme lösen könnten, und drifteten in den **von der NSDAP vertretenen Rechtsradikalismus** ab.

Fazit

2 **TIPP** *Anforderungsbereich: II, Gewichtung in Prozent: 40*

Einleitend sollten Sie M 2 kurz bestimmen, den Zusammenhang zu M 1 herstellen und die Problemfrage formulieren. Auf diese Weise geben Sie Ihrer Leserschaft und sich selbst die Bearbeitungsrichtung vor; das hilft Ihnen, zielorientiert zu arbeiten. Verzichten Sie aber auf eine Inhaltswiedergabe von M 2. Der Operator „analysieren" fordert allgemein, „Materialien, Sachverhalte oder Räume [zu] beschreiben, kriterienorientiert oder aspektgeleitet [zu] erschließen und strukturiert dar[zu]stellen". Ihre Analyse baut auf den in M 1 dargestellten Problemen auf, über die Sie in Teilaufgabe 1 informiert haben. Ziehen Sie Schlussfolgerungen, ob a) die in M 2 versprochenen Maßnahmen und b) die durch die Präsidialregierung geänderten Machtverhältnisse zur Lösung bzw. Linderung der Krise beitragen konnten. Ihre Ergebnisse müssen Sie möglichst präzise und differenziert 1. formulieren, 2. erläutern bzw. erklären, 3. durch Zitate aus den Quellen und historische Fakten belegen und 4. in einem Fazit zusammenfassen.

Einleitung
Quellenbestimmung, Problemerfassung, Zielrichtung der Analyse

Die **Denkschrift vom Mai 1930** (M1) beschreibt wirtschaftliche, soziale und politische Verwerfungen, die seit Beginn der Weltwirtschaftskrise vorangeschritten waren und wirksamer Lösungskonzepte dringend bedurft hätten. Kurz zuvor, am **1. April 1930**, hatte der gerade erst von Reichspräsident Paul von Hindenburg ernannte Reichskanzler, der Zentrumspolitiker **Heinrich Brüning**, seine erste **Regierungserklärung** (M 2) abgegeben und den Anspruch erhoben, mit seinem Programm im Rahmen einer Präsidialregierung die wirtschaftliche und politische Notlage zu überwinden. Konnte er mit seinem Vorhaben die anstehenden Probleme lösen?

Analyse
Schaffung einer Präsidialregierung und Aushebelung des Parlamentarismus

Eingangs stellt Brüning fest, dass sein Kabinett „entsprechend dem mir vom Herrn Reichspräsidenten erteilten Auftrag **an keine Koalition gebunden**" (M 2, Z. 1 f.) sei. Sein Regierungsanspruch beruhte nicht auf einer parlamentarischen Mehrheit, sondern auf den besonderen **Machtbefugnissen des Reichspräsidenten**, v. a. dem Recht, Notverordnungen mit Gesetzeskraft zu erlassen (Art. 48 Abs. 2) und den Reichstag aufzulösen, was nach spätestens 60 Tagen zu Neuwahlen führen musste (Art. 25). Um die **aktuelle Krise zu lösen**, sei die Reichsregierung „gewillt und in der Lage, alle verfassungsmäßigen Mittel [...] einzusetzen" (M 2, Z. 18 f.). Dabei konnte Art. 25 als **Drohung gegenüber den demokratischen Parteien** angewandt werden, Misstrauensvoten zu unterlassen und Entscheidungen des Präsidialkabinetts – wenn auch widerwillig – zu unterstützen. Angesichts der schlimmen Notlage großer Bevölkerungsteile waren bei Neuwahlen nämlich Stimmengewinne für Kommunisten und v. a. Nationalsozialisten zu erwarten. In diesem Sinne ist Brünings Aussage zu deuten, es werde „der letzte Versuch sein, die **Lösung mit diesem Reichstag durchzuführen**" (M 2, Z. 4 f.).

Vor diesem Hintergrund wirkten die Vertreter der demokratischen Parteien, v. a. der oppositionellen SPD mit ihrer Tolerierungspolitik, in der Folge oft wie **willensschwache Politiker**, die nichts gegen die harten Sparmaßnahmen der Regierung unternahmen. Dieses Verhalten verstärkte in der Bevölkerung das Gefühl, dass sich die republiktreuen Kräfte nicht wirksam gegen die wirtschaftliche Not stemmen konnten. Dieser Eindruck passt zur „sich gerade in den letzten Jahren verbreitenden Idee von der **politischen Unfruchtbarkeit von Parteien und Parlamenten**" (M 1, Z. 24 f.), wie der Ministeriumsreferent kurz darauf in M 1 vermerken sollte.

Brünings Machtposition als Kanzler eines Präsidialkabinetts wirkte sich **verheerend auf Demokratie und Parlamentarismus** aus, was im Interesse **autoritär gesinnter, rechtsorientierter Kräfte** gelegen haben dürfte; dazu gehörten v. a. Reichspräsident **Hindenburg** und seine Kamarilla sowie Personen mit großem Einfluss auf die öffentliche Meinung wie DNVP-Chef und Medienmogul Alfred **Hugenberg**. Die Denkschrift verdeutlicht, dass es auch in der Bevölkerung viele Befürworter dieser antiparlamentarischen Richtung gab (vgl. M 1, Z. 17 f., 23–25), denen die Konstruktion des Präsidialkabinetts zugesagt haben dürfte. Politisch hat die Ausschaltung des Parlamentarismus Hitler wesentlich den Weg in die NS-Diktatur geebnet.

Brünings Deflationspolitik gegen die Wirtschaftskrise

In seiner Regierungserklärung versprach Brüning, die „**lebensnotwendigen** Aufgaben in kürzester Frist zu **lösen**" (M 2, Z. 3 f.). Nicht nur mit der Aussage „Einen **Aufschub** der lebensnotwendigen Arbeiten kann **niemand verantworten**" (M 2, Z. 5 f.) fordert er eine Handlungsvollmacht, ohne zu konkretisieren, in welche Richtung und zu wessen Lasten dies gehen sollte. Da die wirtschaftlich-soziale Krise zu tiefgreifend war, als dass rasche Abhilfe kurzfristig möglich gewesen wäre, könnte man kritisch anmerken, dass es v. a. um einen vom Reichspräsidenten gedeckten Machtanspruch ging.

In der Bevölkerung dürften Brünings Aussagen durchaus Hoffnung geweckt haben. Die **Nichterfüllung des Versprechens**, die allgemeine Notlage schnell abzuwenden, musste daher die **Politikverdrossenheit** vieler Menschen auf lange Sicht verstärken. Auch das hat mit zum Untergang der Weimarer Demokratie beigetragen. Brünings Ankündigungen mögen die in der Denkschrift beschriebenen Ängste vieler Bürger psychologisch kurzfristig gemildert haben, mittel- und längerfristig aber haben sie die Misere verschärft.

In Brünings Ankündigungen zur **Wirtschafts- und Finanzpolitik** hat die „Sanierung der **Finanz- und Kassenlage**" (M 2, Z. 13) Priorität, wie auch die Hervorhebung durch Fettdruck unterstreicht. Ein solches Ziel schließt weitere Verschuldung aus, also mussten Einnahmen erhöht und Ausgaben gesenkt werden. Da durch die Wirtschaftskrise die Staatseinnahmen sanken und Brüning die „dringend notwendig[e] Entlastung der Wirtschaft" (M 2, Z. 15 f.) versprach,

so blieben im Wesentlichen die **Erhöhung verschiedener Steuern** sowie die **Kürzung staatlicher Ausgaben – mit schwerwiegenden Folgen:** Der Staat vergab weniger Aufträge an die Wirtschaft, was zu weiteren Entlassungen führte und zur rasant steigenden Arbeitslosigkeit beitrug. Rentenzahlungen, Arbeitslosenhilfe und andere **Sozialleistungen** sowie die Löhne im öffentlichen Dienst wurden **gekürzt**. Insgesamt sorgten Regierung und Reichsbank dafür, dass weniger Geld im Umlauf war und Löhne sowie Preise fielen (**Deflation**). Zu den großen Verlierern von Brünings Maßnahmen gehörten zahlreiche Arbeitnehmer, aber auch viele Unternehmen, da sie für ihre Waren keine Abnehmer mehr fanden oder wegen der Kapitalknappheit von den Banken keine Kredite mehr erhielten.
Brünings Sparpolitik sollte den **Staatsbankrott verhindern**; allerdings verschlechterte sie die Leistung der deutschen Wirtschaft und die allgemeine Krise. Die in M 2 angekündigten Pläne und die anschließend als Notverordnungen verabschiedeten Maßnahmen **verschärften die Notlage** besonders der Mittel- und Unterschichten, da diese stark unter Lohnkürzungen und Arbeitslosigkeit litten. Viele sanken in bittere Armut herab und mussten ein Leben am Existenzminimum führen. Zahlreiche Menschen fühlten sich **vom Staat verlassen**. All das verstärkte die in M 1 beschriebene soziale Notlage und war wesentlicher Grund für den **Zulauf**, den die **NSDAP** aus den in wachsende Not geratenen Bevölkerungsteilen erhielt.

Brünings Sparpolitik und die Reparationslasten

1930 trat der **Young-Plan** in Kraft, der Deutschlands Zahlungsverpflichtungen an die alliierten Siegermächte des Ersten Weltkriegs final regeln sollte. Gegen diesen **Reparationsplan** hatten die DNVP und, auf besonders populistisch-aggressive Weise, die NSDAP einen **Volksentscheid** herbeigeführt, der aber wegen zu geringer Beteiligung erfolglos blieb. Dennoch konnten die Nationalsozialisten einen erheblichen **Propagandaerfolg** in der Öffentlichkeit verbuchen.
In M 2 forderte Brüning: „Alle infolge der langwierigen Verhandlungen über den Young-Plan noch nicht erledigten finanziellen und wirtschaftlichen Maßregeln müssen sofort durchgeführt werden." (M 2, Z. 11–13) Aus Sicht des Reichskanzlers gab es zur **Erfüllung der alliierten Vorgaben** keine Alternative und er wollte durch Vertragstreue ein Entgegenkommen der Siegermächte erreichen, was aber eine Entlastung der Bevölkerung erschwerte. Dass Deutschland von den Reparationen befreit wurde, lag an der durch Brünings Sparpolitik verschlimmerten wirtschaftlichen, finanziellen und sozialen Notl im Deutschen Reich: Im **Hoover-Moratorium** wurden 1931 alle Zahlungsverpflichtungen infolge des Ersten Weltkrieges auf Initiative von US-Präsident Hoover zunächst für ein Jahr außer Kraft gesetzt und 1932 auf der **Konferenz von Lausanne** ganz aufgehoben. Dieser außenpolitische Erfolg war aber **teuer erkauft** durch das Massenelend und den in M 1 aufgezeigten Aufstieg der NSDAP.

Als Brüning im Frühjahr 1930 Reichskanzler wurde, war die **wirtschaftliche, soziale und politische Lage** sehr **angespannt**, was die kurze Zeit später entstandene Denkschrift aus dem preußischen Innenministerium verdeutlicht. **Brünings rabiate Sparpolitik**, die am Parlament vorbei mit Notverordnungen durchgesetzt wurde, war in der Bevölkerung **unbeliebt**, ließ die demokratischen Institutionen schwach aussehen und verstärkte den Eindruck, die Republik sei unfähig, schwere Krisen zu lösen. Von dieser negativen Stimmung **profitierten** die **Nationalsozialisten** mit ihrer aggressiv-populistischen Propaganda, was der Autor von M 1 im Mai 1930 genau beschrieb.

Fazit

3 **TIPP** *Anforderungsbereich: III, Gewichtung in Prozent: 30*

Einleitend sollten Sie das zu beurteilende Problem kurz erläutern und den Untersuchungsgegenstand eingrenzen: Beschränken Sie sich auf Organe und Kompetenzen, die mit Blick auf die Fragestellung relevant sind. Der Operator „beurteilen“ bedeutet, „den Stellenwert von Sachverhalten oder Prozessen in einem Zusammenhang [zu] bestimmen, um kriterienorientiert zu einem begründeten Sachurteil zu gelangen“. Gehen Sie wie folgt vor: 1. Stellen Sie vorbereitend wesentliche Schwachstellen in der Konstruktion eines Präsidialkabinetts, die die Stabilität der Weimarer Demokratie gefährdeten, zusammen. 2. Erschließen Sie aus Ihren Kenntnissen zur US-Verfassung, ob es ähnliche Aspekte in den Regularien für den US-Präsidenten gibt. Beurteilen Sie jeweils die Risiken. 3. Stellen Sie in der schriftlichen Ausarbeitung Ihre Schlussfolgerungen (= Beurteilungen = Teilergebnisse) dar, indem Sie diese formulieren und erläutern. Ihre Teilergebnisse sollten Sie in einem begründeten Fazit zusammenfassen. Ein Verfassungsvergleich ist durchaus anspruchsvoll. Lassen Sie sich nicht entmutigen und nutzen Sie die folgende Lösung dazu, die beiden politischen Systeme und ihre Unterschiede zu wiederholen bzw. noch genauer zu verstehen.

In der **Spätphase der Weimarer Republik** hat die Konstruktion der vom Reichspräsidenten gestützten **Präsidialkabinette erhebliche Risiken** für den Bestand der Demokratie offenbart. Sind derartige Schwachstellen, die der Weimarer Demokratie letztendlich massiv geschadet haben, auch im präsidialen Regierungssystem nach US-amerikanischem Vorbild aufzufinden? Ausgangspunkt der Untersuchung sind die betroffenen Institutionen der Weimarer Republik: Die Beurteilung soll sich auf verfassungsrechtliche Befugnisse der **Exekutive**, besonders des **Reichspräsidenten**, beschränken, die die Voraussetzung für letztlich folgenreiche Eingriffe in die Kompetenzen der **Legislative** schufen. Bei der Weimarer Gesetzgebung soll der Blick auf den **Reichstag** gerichtet werden, nicht auf den Reichsrat, der hier eine nachgeordnete Rolle spielt.

Einleitung
Erläuterung der Problemstellung, Eingrenzung des Untersuchungsfeldes

Mit der Ernennung Brünings zum Reichskanzler am 31. März 1930 **verschoben** sich in der Weimarer Republik die **Kräfteverhältnisse** zwischen den Gewalten **zugunsten der Exekutive**, die in der Weimarer Republik – anders als in den Vereinigten Staaten – **zweigeteilt** war: in den Reichspräsidenten und in den Reichskanzler mit seinem Kabinett. Der Reichspräsident konnte nach Art. 48 Abs. 2 „**Notverordnungen**" mit Gesetzeskraft erlassen, wodurch er **Kompetenzen der Legislative** übernahm. Dieser Artikel war ursprünglich, als die Weimarer Verfassung 1919 verabschiedet wurde, dazu gedacht, die Stabilität der Demokratie in einem außerordentlichen Ausnahmezustand zu bewahren, und sollte z. B. angewandt werden, um die Einheit des Reiches zu retten oder den Zusammenbruch von Staatsorganen zu verhindern. Mit Brüning ernannte Hindenburg nun einen Reichskanzler, der nur von seinem Wohlwollen und seiner Unterstützung und nicht mehr von einer Mehrheit des Reichstags getragen wurde. Ein solches **Präsidialkabinett** wurde zum Herrschaftsinstrument zur Durchsetzung einer **autoritären, rechtsorientierten Politik** und ermöglichte es dem Reichspräsidenten im Zusammenspiel mit dem Reichskanzler, an dem von ihm ungeliebten Parlament vorbeizuregieren. Was eigentlich zur Sicherung der Republik gedacht war, wirkte sich in der Endphase von Weimar **zerstörerisch und verhängnisvoll** auf die Stabilität und das Funktionieren der Demokratie aus.

Beurteilung

Gewaltenteilung zwischen Exekutive und Legislative im Bereich der Gesetzgebung (Art. 48)

Blickt man vergleichend auf die **1787** in den **USA** erlassene **Verfassung**, so zeigt sich, dass der US-Präsident nicht über solche Befugnisse verfügt. Die **gesetzgebende Gewalt** ist klar dem **Kongress** zugewiesen. Exekutive und Legislative sind so **ausbalanciert**, dass sie sich **gegenseitig kontrollieren** und einander nicht übergehen können („checks and balances"). Der US-Präsident ist zwar befugt, gegen Gesetzesvorschläge des Kongresses ein **suspensives** (= aufschiebendes) **Veto** einzulegen; dies kann der Kongress aber nach erneuter Beratung mit Zweidrittelmehrheit aufheben, woraufhin das Gesetz sofort in Kraft tritt. Eine Übernahme legislativer Gewalt, wie sie laut Art. 48 Abs. 2 der Weimarer Verfassung dem Reichspräsidenten zumindest zeitweise zustand, ist nicht möglich.

Zwar durfte der Reichstag als gesetzgebende Gewalt Notverordnungen des Reichspräsidenten außer Kraft setzen, jedoch verfügte der Reichspräsident nach Art. 25 über die Kompetenz, das **Parlament aufzulösen**. Somit bestand die Möglichkeit, eine drohende Aufhebung von Notverordnungen und Misstrauensvoten gegen die Reichsregierung zu verhindern. Tatsächlich griff Hindenburg in der Endphase von Weimar mehrfach auf dieses Verfahren zurück.

Auflösung des Parlaments (Art. 25)

Das **Ungleichgewicht zwischen Reichspräsident und Parlament** wurde durch die Folgen der Reichstagsauflösung noch **verschärft**. Da nach Art. 25 der Weimarer Verfassung Neuwahlen innerhalb von

60 Tagen erfolgen mussten und der Reichstag sich erst danach neu konstituieren konnte, gab es etwa zwei Monate lang eine unkontrollierte Machtkonzentration aufseiten der exekutiven Gewalt, die eine **diktatorische Dimension** hat. Dies war in der Endphase von Weimar wiederholt der Fall und wirkte sich auch kurz nach der Ernennung Hitlers zum Reichskanzler am 30. Januar 1933 katastrophal aus: Nachdem Hindenburg den Reichstag aufgelöst hatte, nutzte Hitler die Zeit bis zu den Neuwahlen am 5. März 1933, um wesentliche Grundlagen für die NS-Diktatur zu legen, politische Gegner brutal zu bekämpfen und die Bevölkerung massiv einzuschüchtern. Dabei griff er auch auf Notverordnungen des Reichspräsidenten zurück. Ein wichtiges Beispiel ist die „**Reichstagsbrandverordnung**" vom **28. Februar 1933**, durch die zentrale Grundrechte der Bürger außer Kraft gesetzt wurden.

Weder **Repräsentantenhaus** noch **Senat**, die beiden Kammern des Kongresses, können in den USA vom Präsidenten aufgelöst werden, wie es der Reichspräsident mit dem Reichstag tun konnte. Die **Legislative** ist also vor derartigen **Übergriffen der Exekutive** geschützt. Dadurch werden auch Zwischenphasen mit diktatorischer Machtkonzentration wie in der Endphase von Weimar verhindert. Eine vergleichbare Absicherung hat der Weimarer Demokratie gefehlt, was letztlich – neben weiteren Gründen – zu ihrem Untergang beitrug.

Fazit

Bei der Gegenüberstellung der Kompetenzen eines vom Reichspräsidenten gestützten Präsidialkabinetts und den Befugnissen des US-Präsidenten stellt sich heraus, dass die **Teilung der Gewalten** in den USA konsequenter und stabiler ausbalanciert ist, was die **Entstehung diktatorischer Herrschaftsstrukturen** systematisch **verhindern** soll. In der Weimarer Verfassung **hebeln Art. 25 und 48 diese Balance aus**, indem sie dem Reichspräsidenten als Teil der Exekutive außerordentliche Machtkompetenzen sowie legislative Rechte einräumen. Dies war ursprünglich dazu gedacht, in schwersten Krisen den **Staat zu stabilisieren**, wurde am Ende aber dazu genutzt, die **Demokratie auszuhebeln und sogar zu zerstören**.

Niedersachsen Geschichte
Erhöhtes Anforderungsniveau ▪ Übungsaufgabe 7

Wurzeln unserer Identität
(Rahmenthema 3)
Zwischen Krise und Modernisierung – Die Gesellschaft der Weimarer Republik
(Verbindliches Wahlmodul)

Politische Gewalt in der Weimarer Republik

Aufgabenstellung

1 Fassen Sie das Material nach einer kurzen quellenkritischen Einleitung zusammen.

2 Ordnen Sie die im Material geschilderten Ereignisse in den historischen Kontext der Endphase der Weimarer Republik ein.

3 Erläutern Sie ausgehend vom Material Formen und Funktionen politischer Gewalt in der Weimarer Republik.

4 Der Historiker Dirk Schumann vertritt die These, dass politische Gewalt in der späten Weimarer Republik (wie der „Altonaer Blutsonntag") vor allem ein Kampf um öffentliches Terrain gewesen sei. Ihre Bedeutung habe sich dabei weniger aus den Opfern als aus der Wahrnehmung in der Öffentlichkeit ergeben. Überprüfen Sie, ob sich diese Einschätzung auf die politische Gewalt der amerikanischen Kolonisten im Vorfeld des Unabhängigkeitskrieges übertragen lässt.

Dirk Schumann: Politische Gewalt in der Weimarer Republik 1918–1933. Kampf um die Straße und Furcht vor dem Bürgerkrieg, Klartext Verlag: Essen 2001, S. 359.

M Auszug aus dem Artikel „Der Blutsonntag von Altona" in der Zeitung „Hamburgischer Correspondent"[1] vom 18. Juli 1932

Der Blutsonntag von Altona

Bisher 12 Tote und 60 Verletzte in Altona – Dachschützen – Polizei mit Panzerwagen – Barrikaden

Was sich am gestrigen Sonntag an politischen Ereignissen in Altona abspielte, übertrifft buchstäblich alles, was in den letzten Jahren des verschärften politischen Kampfes in Groß-Hamburg gewesen ist. Es erinnert an den Oktoberaufstand von 1923, der für Hamburg das bisher größte Geschehen des Bürgerkrieges in der jungen Republik war. Im Verlaufe eines Aufmarsches der Nationalsozialisten entwickelten sich blutige Straßenkämpfe, bei denen 12 Personen von Revolver- und Gewehrgeschossen tödlich getroffen wurden und mehr als 60 zum Teil schwer Verletzte in den Krankenhäusern darniederliegen.

Die Nationalsozialisten planten einen großen Aufmarsch ihrer SA-, SS- und Marinesturm-Formationen durch Altona. Gemäß der letzten politischen Notverordnung[2] konnten sämtliche Teilnehmer uniformiert sein. Die Stärke des Zuges betrug etwa 10 000 Mann, und zwar aus Groß-Altona, Hamburg und verschiedenen Kreisen Schleswig-Holsteins.

Um 3 Uhr nachmittags setzte sich der außerordentlich lange Zug – man ging meist zu dreien statt wie üblich zu vieren – nach Ottensen in Bewegung. Nachdem man Ottensen passiert hatte, sollte gegen 5 Uhr das östliche Altona durchzogen werden, das nördlich und südlich der Gr[oßen] Bergstraße und Königstraße ein ausgesprochenes Arbeiterviertel ist. Die dort wohnenden Nationalsozialisten haben schon seither einen schweren Stand gehabt. Dort gelten nur die drei Pfeile der Eisernen Front[3] und der Sowjetstern, was schon äußerlich durch die Beflaggung, Transparente, Plakate und sonstige Wahlpropaganda kenntlich ist.

Von der Prügelei zur Schießerei

Als die Spitze des Zuges durch die Kleine Papagoyenstraße marschierte[,] entstand zwischen den dort zusammengeballten Kommunisten – kenntlich war übrigens niemand, da man während des ganzen Tages keine Abzeichen sah – einerseits und Teilnehmern und Begleitern des Zuges andererseits eine Reiberei, die sofort in eine *wüste Prügelei* ausartete. Man schlug mit allen möglichen Gegenständen aufeinander ein, Schlagringe wurden benutzt, Koppelriemen, auch das Messer wurde gezückt.

Plötzlich knallten Schüsse, woher zuerst, weiß niemand, vermutlich wurde aus dem Fenster geschossen. Die Polizei erschien schnell mit einem Mannschaftswagen, machte sofort die Pistolen frei und erwiderte das Feuer auf die Fenster und die Dächer.

Der Kriegsschauplatz im südlichen Altona pflanzte sich durch den ganzen Zug nach vorwärts fort. Als die Nationalsozialisten weitermarschierten, und zwar durch die Langestraße, Kleine Freiheit kam[en] sie in die Schauenburger Straße, die mit ihren Nebenstraßen schon oft der Schauplatz blutiger Kämpfe gewesen ist. Lange konnten die Nazis nicht ungestört marschieren, aus den Fenstern flogen allerhand Wurfgeschosse, Steine, Selterflaschen und ähnliches, bis auch hier aus den Höfen, aus den Fenstern und von den Dächern die Revolver-Geschosse sausten. Mehrere Nationalsozialisten brachen getroffen zusammen. Die Polizei raste herbei, nahm den ersten Teil des Zuges aus der Straße und bremste den weit größeren Teil hinten ab. […]

Von allen Ecken beschossen

Inzwischen war nördlich der Gr[oßen] Bergstraße der Bürgerkrieg entfesselt. An allen Ecken flogen die Projektile. Die Polizei gibt an, dass sie weiterhin aus den Häusern beschossen wurde. Von der Altonaer Polizei ist allerdings kein Beamter durch Schüsse verletzt worden. Die Hamburger Beamten haben zwei Verwundete, und zwar einen Rückenschuss und einen Fußsteckschuss.

Die Polizei ging nunmehr mit Handgranaten und Panzerwagen vor. Planmäßig wurden mehrere Straßenzüge besetzt, wo sich irgendeiner an der

Ecke sehen ließ, wurde ohne Anruf geschossen. Im ganzen Kampfgebiet war ein fortwährendes Getöse, Handgranateneinschläge, Schnellfeuergewehre und Gebrüll von Menschengruppen. Die Straßenbahn konnte oft nicht über die Kreuzungen fahren, da besonders die Bürger- und Blücherstraße zum Zweck der Säuberung ständig unter Feuer gehalten wurde. […]

In der Großen Freiheit hatten Demonstranten das Pflaster gelockert und aus zwei über die Straße gelegten Lastwagen Barrikaden gebaut. Lange Zeit war die Polizei in anderen Straßen festgehalten. Die Kommunisten waren in dem Grenzviertel sich selbst überlassen und bauten in aller Ruhe ihre Barrikaden.

Um 7 3/4 Uhr erschien Oberst Danner, der Chef der Hamburger Ordnungspolizei, mit seinem Stabe auf dem Kampfplatz. Kurze Zeit später setzte dann der Endkampf ein. Die Barrikaden wurden im Sturm genommen.

Erst um 9 Uhr beruhigte sich die Lage. Hin und wieder knallte noch ein Schuss. Um 10 Uhr war es ganz ruhig geworden. Die Polizei konnte zurückgezogen werden. Allerdings fuhren noch während der ganzen Nacht die Polizeiflitzer durch die gefährdeten Straßen.

Großarbeit in den Krankenhäusern

Inzwischen hatten die Krankenhäuser in Hülle und Fülle zu tun. Fünf Personen waren sofort tot, als sie auf den Straßen zusammenbrachen. Bauchschüsse, Brustschüsse, furchtbare Schädelverletzungen und andere Verletzungen: Besonders groß war auch die Zahl der Querschläger; die Schüsse prallten von den Häusern ab und irrten in der Gegend umher. So wurde einer Person der ganze Unterschenkel abgerissen. Die meisten Toten und Verletzten sind älter als 30 Jahre, besonders handelt es sich bei den Frauen um ältere Personen, die in den Tumulten zu Schaden gekommen sind. Von den Nationalsozialisten sind, soweit bisher feststeht, zwei zu Tode gekommen. Eine Schwester vom National-Sozialistischen Frauenorden soll ebenfalls unter den Toten sein.

Die Ausschreitungen waren zu erwarten

Der Zug der Nationalsozialisten war wohl von der Polizei stark geschützt. An der Spitze, am Ende und in der Mitte des Zuges war berittene Schutzpolizei. Mannschaftswagen kreisten in der Umgebung und etwa 50 Kriminalbeamte in Zivil begleiteten den Zug. Trotzdem kann man dem Altonaer Polizeipräsidium nicht den Vorwurf ersparen, dass ein Unglück in diesen Ausmaßen hätte verhindert werden können, wenn es von seinem Recht Gebrauch gemacht hätte, den nationalsozialistischen Zug nicht durch diese gefährdeten Gegenden zu lassen. Es musste der Polizei bekannt gewesen sein, dass die „Antifaschistische Aktion" durch Flugblätter und hektographierte Zettel ihre Anhänger aufgefordert hatte, den Durchzug der Nazis durch die Proletarierviertel zu verhindern. Es musste der Polizei auch bekannt sein, dass ein Widerstand geplant war. Dass man trotzdem den Marsch durch die erwähnten Straßen plante, war der Grund dafür, dass sich das Blutbad derart ausweitete, bei dem eine so große Anzahl unschuldiger Menschen zum Opfer wurde.

Aus: Hamburgischer Correspondent, Abendausgabe vom 18. Juli 1932 (Nr. 332, 202. Jahrgang). Hervorhebungen folgen der Vorlage; leichte Anpassung des Textes an die neue Rechtschreibung.

Anmerkungen

1 Hamburgischer Correspondent: Der „Hamburgische Correspondent“ wurde im 18. Jahrhundert gegründet und war die älteste Tageszeitung in Hamburg. In der Weimarer Republik wurde er von der Hamburger Börsenhalle GmbH herausgegeben und stand politisch der Deutschen Volkspartei (DVP) nahe.

2 „letzte politische Notverordnung“: Gemeint ist die „Verordnung des Reichspräsidenten gegen politische Ausschreitungen“ vom 14. Juni 1932, durch die das Verbot der militärähnlichen Organisationen der NSDAP vom April desselben Jahres wieder aufgehoben wurde.

3 Eiserne Front: Die „Eiserne Front“ war ein 1931 ins Leben gerufenes Bündnis mehrerer Parteien und Organisationen (u. a. SPD, Reichsbanner Schwarz-Rot-Gold) zur Verteidigung der Weimarer Verfassung. Ihr Symbol waren drei schwarze Pfeile auf rotem Grund.

TIPP **Erläuterungen und Bearbeitungshinweise**

Die Aufgabe bezieht sich im Wesentlichen auf das verbindliche Wahlmodul „Zwischen Krise und Modernisierung – Die Gesellschaft der Weimarer Republik“, das im 3. Kurshalbjahr unterrichtet wird (Rahmenthema: „Wurzeln unserer Identität“). Materialgrundlage ist ein Zeitungsbericht über die Ausschreitungen im Juli 1932 in Altona, die als „Altonaer Blutsonntag“ in die Geschichte eingegangen sind. Dementsprechend liegt ein Schwerpunkt der Aufgabe auf der politischen Gewalt in der Weimarer Republik, die in der Schule behandelt worden sein muss. Die Betrachtung der „American Revolution“ (Übergriff auf das verbindliche Thema des 1. Kurshalbjahres) unter dem Aspekt der politischen Gewalt in Teilaufgabe 4 ist im Unterricht vermutlich nicht erfolgt und stellt eine Transferleistung dar.

Lösungsvorschlag

1 **TIPP** *Anforderungsbereich: I, Gewichtung in Prozent: 25*

Als Quellenkritik wird in der Regel eine Einschätzung der Quelle auf Grundlage ihrer äußeren Daten erwartet, also Verfasser, Datum, Ort usw. (beachten Sie hierzu auch die zusätzlichen Informationen in den Anmerkungen). Da wir es mit einer Traditionsquelle zu tun haben (es wird über ein historisches Ereignis berichtet), stellt sich vor allem die Frage nach der Glaubwürdigkeit: Will bzw. kann der Verfasser die Wahrheit sagen? Die Zusammenfassung sollte gerade bei dieser Quelle auch wirklich zusammenfassend sein und nicht alle Einzelheiten wiedergeben. Insbesondere die zahlreichen Straßennamen sind hier kaum relevant. Außerdem sollte die Textwiedergabe nicht linear, also Satz für Satz erfolgen, sondern die Informationen nach sinnvollen inhaltlichen Kategorien neu strukturieren.

quellenkritische Einleitung

Bei dem vorliegenden Material handelt es sich um einen **Artikel** der **Zeitung „Hamburgischer Correspondent“** über die gewaltsamen Auseinandersetzungen zwischen SA- und SS-Trupps, Kommunisten und der Polizei am **17. Juli 1932** in den Straßen von **Altona** (heute ein Bezirk von Hamburg). Der Bericht erschien einen Tag später am **18. Juli 1932**, also in unmittelbarem zeitlichen Zusammenhang zu den Ereignissen. Darüber hinaus handelt es sich um eine Hamburger Zeitung, die **räumlich dicht am Geschehen** war. Da sie zudem von der Hamburger Börsenhalle GmbH herausgegeben wurde und politisch der **Deutschen Volkspartei** nahestand, ist eine **bürgerlich-liberale Position** zu erwarten, die weder für die Kommunisten noch für die Nationalsozialisten Partei ergreift. All dies spricht für eine **hohe Glaubwürdigkeit der Quelle**.

Inhalte von M
NS-Aufmarsch in Altona

Der Zeitungsartikel berichtet von einem Demonstrationszug von ca. **10 000 uniformierten Nationalsozialisten** durch das überwiegend **von Kommunisten und Sozialdemokraten geprägte Altona** am Nachmittag des **17. Juli 1932**, bei dem es zu **zahlreichen Gewalttaten** und regelrechten Straßenkämpfen gekommen sei.

viele Gewalttaten und Opfer

Zuerst habe es schwere **Prügeleien** zwischen Kommunisten und den Teilnehmern des NS-Zuges gegeben. Dann seien die Nationalsozialisten und auch die Polizei von Dächern und Fenstern aus mit Gegenständen beworfen und **beschossen** worden. Zudem seien **Barrikaden** errichtet worden. Die Polizei habe zurückgeschossen und mit massivem Gewalteinsatz die chaotische Lage bis zum Abend unter Kontrolle gebracht. Insgesamt habe es zwölf **Tote** und rund 60 **Verletzte** gegeben.

Beurteilung der Vorgänge durch die Zeitung

Die Zeitung bezeichnet die Ausschreitungen als „**Blutsonntag**“ und Bürgerkrieg; es handle sich um die **schlimmste Eskalation politischer Gewalt** im Großraum Hamburg seit 1923. In diesem Zusammenhang erhebt sie **schwere Vorwürfe gegen die Polizei**, die die Entwicklungen hätte vorhersehen und durch das Verbot eines NS-Zuges durch das kommunistisch dominierte Altona verhindern können. Somit trage sie eine Mitschuld an den tragischen Ereignissen.

2 **TIPP** *Anforderungsbereich: II, Gewichtung in Prozent: 25*

Die Einordnung der Geschehnisse sollte deutlich auf das Material bezogen sein und nicht einfach nur ein chronologischer Abriss der Ereignisgeschichte ohne erkennbaren Materialbezug, da dies dem AFB II der Aufgabe nicht gerecht werden würde. Der nicht näher bestimmte Begriff „Endphase“ lässt etwas Spielraum bei der zeitlichen Eingrenzung, die meisten Darstellungen sehen aber die historischen Entwicklungen ab der Weltwirtschaftskrise 1929 als letzte Phase der Weimarer Republik an. Da Teilaufgabe 3 den Fokus auf die politische Gewalt legt, empfiehlt es sich, diesen Aspekt hier noch nicht zu sehr zu vertiefen.

Die Geschehnisse, über die im Material berichtet wird, lassen sich in eine Phase der Weimarer Republik einordnen, die geprägt war durch die **Radikalisierung der deutschen Innenpolitik**, auch infolge der **Weltwirtschaftskrise**. Sie ging einher mit der **Aushöhlung der parlamentarischen Demokratie** durch die **Präsidialkabinette** und der Verlegung der politischen Auseinandersetzung vom Parlament auf die Straße. Diese Entwicklung mündete schließlich in die **Ernennung Adolf Hitlers zum Reichskanzler**.

historische Einordnung der Ereignisse aus M

Straßenkämpfe wie in Altona waren im **Sommer 1932** eine schon fast normale Erscheinung. Maßgeblich daran beteiligt waren **militante Verbände**, die Parteien nahestanden, in der Regel Uniformen trugen und zum Teil über geheime Waffenlager verfügten. Die „**Sturmabteilung**" (SA) und die „**Schutzstaffel**" (SS) **der Nationalsozialisten**, die mit ihrem Marsch durch Altona die Ausschreitungen provoziert hatten, zählten zusammen rund eine halbe Million Mitglieder. Hinzu kamen etwa ebenso viele Mitglieder des „**Stahlhelm**", der der **DNVP** zuzurechnen war. Diesen rechten Gruppierungen stand auf der extremen Linken der „**Rote Frontkämpferbund**" **der KPD** gegenüber. Die Republiktreuen hingegen, v. a. die **SPD**, verfügten mit dem mitgliederstarken „**Reichsbanner Schwarz-Rot-Gold**" über einen Wehrverband, der im Unterschied zu den anderen für die Weimarer Verfassung eintrat. Als Reaktion auf den Zusammenschluss rechtsradikaler Gruppen in der „**Harzburger Front**" 1931 hatten sich das „Reichsbanner", die SPD und weitere Organisationen zur antifaschistischen „**Eisernen Front**" vereinigt, die laut der Quelle neben den Kommunisten in Altona stark präsent war (vgl. Z. 19–21).

Wehrverbände und drohender Bürgerkrieg

In den häufigen Auseinandersetzungen der paramilitärischen Verbände sahen viele Beobachter einen **beginnenden Bürgerkrieg**, der politische Entscheidungen massiv beeinflusste. Oft wurde dabei die Gefahr, die besonders von den Nationalsozialisten ausging, unterschätzt. Die Regierung unter Heinrich Brüning (Zentrum) hatte versucht, die Gewalt einzudämmen, u. a. durch ein **Verbot von SA und SS**, jedoch hob Brünings Nachfolger Franz von Papen diese Bestimmung kurz vor dem „Altonaer Blutsonntag" wieder auf (vgl. Z. 10, Anmerkung 2), womit er die Gewalteskalation ermöglichte.

Mit der Radikalisierung auf den Straßen war eine **Radikalisierung bei den Reichstagswahlen** verbunden, denen jeweils die Auflösung des Parlaments durch Reichspräsident Hindenburg vorausgegangen war. Schon im September 1930 war die **NSDAP klarer Wahlsieger:** Sie konnte ihre Abgeordnetenzahl fast verneunfachen und stellte nach der SPD die zweitstärkste Fraktion im Reichstag. Noch deutlicher waren die Ergebnisse der **Reichstagswahlen Ende Juli 1932**, also kurz nach dem „Blutsonntag", der im Zusammenhang mit der Wahl zu sehen ist. So erwähnt M die überwiegend kommunistische

Reichstagswahlen

und sozialdemokratische „Wahlpropaganda“ in den Straßen von Altona (vgl. Z. 19–21). Zusammen erhielten die radikalen Parteien KPD und NSDAP über die Hälfte der Stimmen und konnten nun sämtliche Entscheidungen im **Reichstag blockieren:** Das Parlament war endgültig **funktionsunfähig**.
Jetzt stellte die NSDAP, die ihre Abgeordnetenzahl erneut mehr als verdoppeln konnte, die mit Abstand **stärkste Fraktion**. Da Hitler Regierungschef werden wollte, lehnte er eine Beteiligung am Kabinett Papen ab. Allerdings schloss Reichspräsident Hindenburg eine Ernennung Hitlers zum Reichskanzler noch kategorisch aus, was für Frustration und Enttäuschung bei den Nationalsozialisten sorgte. Aus Sorge, Hitler könnte sich mithilfe des Zentrums zum Kanzler wählen lassen, ließ Papen den Reichstag bald auflösen. Bei den **Neuwahlen im November 1932** verlor die NSDAP zwar ein paar Prozentpunkte, blieb aber stärkste Kraft und hatte zusammen mit DNVP und KPD erneut mehr als die Hälfte der Reichstagssitze inne, sodass eine parlamentarische Regierung weiter so gut wie ausgeschlossen war.

Präsidialkabinette

Die erschwerte Regierungsbildung durch den Stimmenzuwachs der republikfeindlichen Parteien führte zur **Phase der Präsidialkabinette**. Es handelte sich um Regierungen, die vom Reichspräsidenten eingesetzt und von dessen Befugnissen, v. a. dem Notverordnungsrecht gemäß **Artikel 48** der Verfassung, abhängig waren. Bereits im Frühjahr 1930 scheiterte die 1928 gebildete **Große Koalition** unter Hermann Müller (SPD), die sich nicht über eine – wegen der hohen Arbeitslosigkeit infolge der Weltwirtschaftskrise nötige – Reform der Arbeitslosenversicherung verständigen konnte. Damit zerbrach die letzte demokratisch legitimierte Regierung der Weimarer Republik, die sich auf eine Reichstagsmehrheit gestützt hatte. Die als Ausnahme gedachte Möglichkeit, per **Notverordnung** zu regieren, wurde nun zur Regel. Durch die **faktische Entmachtung des Parlaments** verschob sich das politische System deutlich nach rechts.

– Brüning

Die erste Präsidialregierung wurde angeführt vom Zentrumspolitiker **Heinrich Brüning**, der die **Folgen der Weltwirtschaftskrise** mit einer **Deflationspolitik** bekämpfte und eine Verschärfung der Lage in Kauf nahm, um Zugeständnisse der Siegermächte in der **Reparationsfrage** zu erzwingen. Zur Konsolidierung der Staatsfinanzen wollte er – trotz steigender Arbeitslosenzahlen – die Beiträge zur Arbeitslosenversicherung erhöhen, staatliche Sozialleistungen und Beamtengehälter kürzen sowie weitere Steuern einführen. Als sich für diese Politik keine Parlamentsmehrheit fand, löste Hindenburg im Sommer 1930 den Reichstag auf Bitten Brünings auf und setzte die geplanten Maßnahmen mit Notverordnungen durch.

– Papen und Schleicher

Nach **Brünings Entlassung** aus politischen und persönlichen Gründen ernannte Hindenburg im Juni 1932, also wenige Wochen vor dem „Altonaer Blutsonntag“, den politisch eher unerfahrenen **Franz**

von Papen zum Reichskanzler. Dieser bildete ein „**Kabinett der Barone**“ aus überwiegend adligen Ministern, ohne jede Bindung an den Reichstag. Er strebte die **Errichtung eines autoritären „Neuen Staates**“ mit klarer Machtverschiebung zugunsten der Regierung an, sodass der Reichstag weniger Einfluss gehabt hätte als im Kaiserreich vor 1918. In diesem Sinne trieb Papen die Aushöhlung der Verfassung weiter voran. So nutzte er die Ausschreitungen in Altona (damals Preußen) als Vorwand für den „**Preußenschlag**“: Gemeinsam mit Hindenburg ließ er per Notverordnung vom **20. Juli 1932** die geschäftsführende **preußische Regierung unter Otto Braun (SPD)** absetzen und sich selbst zum Reichskommissar in Preußen ernennen. Das verfassungsrechtlich grenzwertige Vorgehen wurde nachträglich vom **Staatsgerichtshof** in Leipzig mit dem Hinweis auf eine Gefährdung der öffentlichen Ordnung gebilligt.
Schließlich verlor Papen aber die Unterstützung der für die Umsetzung seiner Pläne benötigten Reichswehr unter Reichswehrminister **Kurt von Schleicher**. Der General, der als „graue Eminenz“ hinter Papen galt, wurde Ende 1932 selbst zum Kanzler ernannt. Er wollte als „**sozialer General**“ vor allem die wirtschaftlich-soziale Lage verbessern, scheiterte aber mit dem Vorhaben, hierfür die SPD und den linken Flügel der NSDAP zu gewinnen. Am **30. Januar 1933** ernannte Hindenburg schließlich **Hitler zum Reichskanzler** einer Koalitionsregierung aus NSDAP und DNVP, was den endgültigen Untergang von Weimar bedeutete.

Fazit

Letztlich gehört der „Altonaer Blutsonntag“ zu den einschneidenden Ereignissen in der Endphase der Republik und trug in mehrfacher Hinsicht zur **Aushöhlung der parlamentarischen Verfassung** und zum **Ende von Weimar** bei.

3 **TIPP** *Anforderungsbereich: II, Gewichtung in Prozent: 25*

Die Formulierung „ausgehend vom Material“ bedeutet, dass – anders als in der zweiten Teilaufgabe – kein durchgehender Textbezug gefordert bzw. dass dieser auch gar nicht möglich ist. Erläutert werden soll nicht das Material selbst, sondern ein historischer Sachverhalt; trotzdem muss die Quelle grundsätzlich einbezogen werden. Die Konkretisierung „Formen und Funktionen“ ist eine Hilfestellung für die Auswahl der Inhalte und für die Struktur der Erläuterung.

politische Gewalt in der Weimarer Zeit

Das Phänomen der **politischen Gewalt** prägte die **Weimarer Republik** von Anfang an, wobei es **große Unterschiede** hinsichtlich der **Formen und Funktionen** sowie der **Akteure** gab.

Formen

linke Aufstandsversuche

Bereits **Ende 1918** kam es in der bis dahin weitgehend friedlichen Revolution zu **blutigen Auseinandersetzungen in Berlin**, als sich die **Volksmarinedivision** gegen die Anweisung wehrte, aus der

Stadt abzuziehen und ihre Truppenstärke zu reduzieren. Gemäß **Ebert-Groener-Pakt** schickte die Oberste Heeresleitung Soldaten, um die Meuterei der Matrosen zu beenden, was jedoch nicht gelang. Daraufhin wurde dem Berliner Polizeipräsidenten Emil Eichhorn (USPD) vorgeworfen, die Volksmarinedivision unterstützt zu haben. Seine Absetzung führte Anfang 1919 zum **Januaraufstand linker Kräfte** (v. a. USPD, Spartakusbund) in Berlin, der von Regierungstruppen und Freikorps **brutal niedergeschlagen** wurde.
Vergleichbare **bewaffnete Aufstände** von KPD-Anhängern gab es 1919–1921 in **Berlin**, im **Ruhrgebiet** und in **Mitteldeutschland**, häufig verbunden mit **(General-)Streiks** und immer wieder niedergeschlagen von Reichswehr, Freikorps und Polizei. Auch im Herbst **1923** kam es angesichts der Staatskrise nach der Ruhrbesetzung auf Drängen Moskaus zu einem Umsturzversuch von Kommunisten und linken Sozialdemokraten in Thüringen und in Sachsen („**deutscher Oktober**"). Als sich die dortigen SPD-/KPD-Regierungen weigerten, die aufgestellten bewaffneten Kampfverbände („Proletarische Hundertschaften") aufzulösen, marschierte die Reichswehr in Sachsen ein, die thüringische Regierung löste sich selbst auf. In diesem Zusammenhang kam es in Hamburg zu Unruhen, die unter Kommunisten und der Polizei Tote forderten. Dieses Ereignis bezeichnet der „Hamburgische Correspondent" als „das bisher größte Geschehen des Bürgerkriegs in der jungen Republik" (Z. 4) in Hamburg.

rechte Putschversuche

Teilweise standen linke Aufstände in direktem Zusammenhang mit **politischer Gewalt von rechts**. So war der Märzaufstand 1920 eine unmittelbare Reaktion auf den **Kapp-Lüttwitz-Putsch**. Da gemäß den Bestimmungen des Versailler Vertrages die deutsche Truppenstärke reduziert und die Freikorps aufgelöst werden mussten, ordnete Reichswehrminister Gustav Noske im Februar 1920 die **Auflösung der Marinebrigade Ehrhardt** an. Diese besetzte unter Führung von General **Walther von Lüttwitz** das Berliner Regierungsviertel und machte den DNVP-Politiker **Wolfgang Kapp** zum neuen Reichskanzler. Da sich die **Reichswehr** weigerte, gegen den Staatsstreich vorzugehen („Truppe schießt nicht auf Truppe."), mussten Reichspräsident Ebert und die Reichsregierung aus Berlin fliehen. Der **Putschversuch** scheiterte dennoch nach wenigen Tagen, da sich die Regierungsbeamten weigerten, Kapps Anordnungen auszuführen, und weite Teile der Arbeiterschaft in den Generalstreik traten.
Im Herbst 1923 nutzte der Vorsitzende der NSDAP, **Adolf Hitler**, die durch Hyperinflation, Abbruch des Ruhrkampfes und kommunistische Umsturzversuche in Thüringen und Sachsen chaotische Lage für seine Zwecke aus. Am 8./9. November 1923 rief er in München die „**Nationale Revolution**" aus und erklärte die bayerische und die Reichsregierung für abgesetzt. Anschließend versuchte er, gemeinsam mit dem Weltkriegsgeneral **Erich Ludendorff** und etwa

2 000 bewaffneten Anhängern, die bayerische Hauptstadt unter Kontrolle zu bringen. Der Marsch wurde jedoch an der Feldherrenhalle gewaltsam beendet, 16 Demonstranten, die später zu „**Märtyrern der Bewegung**" verklärt wurden, starben durch Schüsse der Polizei.

politische Morde

Neben den Putschversuchen aus dem rechtsextremen Spektrum kam es in der Frühphase der Republik zu **politischen Morden**. Kurz nach dem Januaraufstand 1919 in Berlin wurden die Spartakistenführer **Rosa Luxemburg und Karl Liebknecht** bei antirevolutionären „Säuberungsaktionen" durch Freikorps-Mitglieder ermordet. Ein weiteres prominentes Opfer war **Matthias Erzberger** (Zentrum), der im November 1918 in Compiègne den Waffenstillstand unterzeichnet hatte – ein wesentlicher Grund, weshalb Rechtsradikale ihn als „Novemberverbrecher" und „Volksverräter" verunglimpften. 1921 wurde er von zwei Mitgliedern der „**Organisation Consul**", einem nationalistisch-antisemitischen, terroristischen Geheimbund, erschossen. Im Jahr darauf verübten Angehörige dieser Vereinigung ein erfolgloses Attentat auf den SPD-Politiker **Philipp Scheidemann** und ermordeten Außenminister **Walther Rathenau**, der als Jude und Unterzeichner des Rapallo-Vertrags mit der Sowjetunion als Verkörperung der von Rechten verhassten „**Judenrepublik**" galt. Insgesamt kam es in den Anfangsjahren der Republik zu Hunderten politischen Morden, die überwiegend von **Tätern aus dem rechtsextremen Spektrum** begangen wurden; die meisten blieben **ungesühnt**. Nach Rathenaus Tod wurden zwar mehrere Verordnungen und Gesetze zum Schutz der Republik erlassen, die sogar das Verbot extremistischer Organisationen ermöglicht hätten; allerdings ging die Justiz fast ausschließlich gegen die revolutionäre Linke vor.

Straßenschlachten

Während der **Stabilisierung der Republik** 1924–1929 lässt sich ein **Rückgang** politisch motivierter Gewalttaten feststellen, wenn man z. B. vom „**Blutmai**" **1929** absieht. Trotz eines Demonstrationsverbots folgten Tausende Arbeiter dem Aufruf der KPD, am 1. Mai 1929 ins Berliner Stadtzentrum zu ziehen und friedlich zu demonstrieren. Dort kam es zu dreitägigen gewaltsamen Auseinandersetzungen mit der Polizei, die auf beiden Seiten, aber auch unter Unbeteiligten, zu Todesopfern und Verletzten führten. Erst in der Endphase der Weimarer Republik kam es zu Ausschreitungen wie dem „Altonaer Blutsonntag" und zu **bürgerkriegsähnlichen Zuständen mit Saal- und Straßenschlachten**, bei denen insbesondere die verschiedenen Wehrverbände eine maßgebliche Rolle spielten.

Funktionen

Diese Formen politischer Gewalt hatten teilweise ganz **unterschiedliche Ziele** und erfüllten daher auch **verschiedene Funktionen**.

linke Aufstandsversuche

Die oft kaum geplanten und organisierten Generalstreiks und kommunistischen Aufstände sollten zunächst **das in der Revolution von 1918 Erreichte** gegen die rechtsautoritär-monarchistische Reaktion **absichern**. Bald ging es aber auch darum, die **Revolution**, die aus marxistischer Sicht auf halbem Weg bei einer bürgerlich-parlamentarischen Demokratie stehen geblieben war, **weiterzuführen und zu vollenden**. In einer proletarischen Revolution nach russischem Vorbild (1917) wollte man die Bourgeoisie entmachten, das **Rätesystem** einführen und die **Diktatur des Proletariats** errichten. Dabei sollten die Produktionsmittel wie Grund und Boden, Fabriken usw. vergesellschaftet werden.

politische Morde

Bei den zahlreichen politischen Morden, die von der extremen Rechten besonders in der Anfangsphase der Weimarer Republik verübt wurden, ging es zum einen um **Rache an den angeblichen „Novemberverbrechern“**, die Deutschland 1918/19 durch die Novemberrevolution, die Kapitulation und die Annahme des „Schandfriedens“ von Versailles verraten hätten und letztlich an allen politischen, wirtschaftlichen, sozialen und militärischen Problemen des Deutschen Reiches schuld seien. Zum anderen sollten die Attentate zur **Schwächung und Destabilisierung der von den Rechten gehassten Republik** führen.

rechte Putschversuche

Dementsprechend zielten die rechten Putschversuche von 1920 und 1923 auf eine **direkte Machtübernahme** sowie den **Sturz des ganzen Systems**. Anders als bei den kommunistischen Aufständen, deren Akteure meist aus den Reihen der „**proletarischen Massen**“ kamen, standen mehr oder weniger charismatische Führerfiguren im Vordergrund, die eine **autoritäre Staatsform** anstrebten: Während sich **Kapp** dabei am Preußen der Vorkriegszeit orientierte, sah **Hitler** das faschistische Italien Mussolinis als Vorbild.

Straßenschlachten

Zielte der Einsatz politischer Gewalt zunächst oft **unmittelbar** auf den **Sturz** der parlamentarischen Demokratie, erfüllte er in der Endphase der Weimarer Republik eine **andere Funktion**, gerade bei den Nationalsozialisten. Infolge des gescheiterten Putsches von 1923 war es bei **Hitler** und der 1925 neu gegründeten **NSDAP** zu einem **Strategiewechsel** gekommen: Die Republik sollte zwar weiterhin ausgeschaltet werden, nun jedoch auf „**legalem**“ **Weg** durch Wahlerfolge. Als sich diese Erfolge ab 1930 tatsächlich einstellten, **blockierte** die NSDAP (gemeinsam mit der KPD) die Arbeit im Reichstag und schwächte das parlamentarische System erheblich. Darüber hinaus verlagerte sich die politische Auseinandersetzung zunehmend vom Parlament **auf die Straße**. Da hier traditionell eher linke Akteure dominierten, mussten die rechten Wehrverbände wie SA und „Stahlhelm“ den **öffentlichen Raum** erst mit Aufmärschen und Straßenkämpfen **erobern**. Dabei ging es aber mehr um die **Zurschaustellung von Macht** sowie um die Einschüchterung und die Provokation des Gegners als um die unmittelbare gewaltsame Übernahme der Macht im Staat. Auch der Marsch von SA und SS durch den Arbeiterstadtteil Altona, der im Juli 1932 zum „Blutsonntag“ führte, war letztlich eine solche **Machtdemonstration**.

4 **TIPP** *Anforderungsbereich: III, Gewichtung in Prozent: 25*

Da das Thema „politische Gewalt“ im Zusammenhang mit der „American Revolution“ im ersten Semester sehr wahrscheinlich nicht explizit behandelt worden ist, stellt diese Verknüpfung eine anspruchsvolle Transferleistung dar. Auch löst sich die Teilaufgabe vom Material, sodass Sie darauf nicht zurückgreifen können. Dementsprechend sind Sachkenntnisse hier nicht im selben Umfang zu erwarten wie in den Aufgaben 2 und 3. Achten Sie allerdings darauf, dass Sie über die in der Aufgabenstellung zitierte These ein ausdrückliches Sachurteil formulieren und dieses gut begründen, damit der Anforderungsbereich III erreicht wird.

politische Gewalt in der „American Revolution“

Einführung

Auch im **Vorfeld des amerikanischen Unabhängigkeitskrieges** kam es zu politisch motivierten Gewalttaten, die sich in erster Linie an der **britischen Steuer- und Zollgesetzgebung** infolge des French and Indian War entzündeten, in der Stamp-Act-Krise ab 1765 einen ersten Höhepunkt erreichten und anlässlich der Townshendgesetze von 1767 erneut und stärker aufflammten. Vor diesem Hintergrund stellt sich die Frage, ob **Schumanns These**, die Bedeutung politischer Gewalt in der späten Weimarer Republik habe mehr in der **öffentlichen Wahrnehmung** als in den Opfern gelegen, auch auf die Vorgeschichte der amerikanischen Unabhängigkeit anwenden lässt.

Formen der Gewalt

– tatsächliche …

Vor 1775 richtete sich Gewalt in den nordamerikanischen Kolonien oft **gegen Steuereintreiber und Zollbeamte**, die verprügelt oder gedemütigt wurden, indem man sie z. B. teerte und federte. Zu wirklichen Todesfällen kam es dabei aber nur sehr selten. Häufiger waren **symbolische Hinrichtungen** von britischen Beamten und Politikern (wie Premierminister Grenville, dem Urheber der Stempelsteuer) mithilfe von Strohpuppen, die an Bäumen aufgehängt oder verbrannt wurden. Auch König Georg III. war Zielscheibe solcher symbolischer Gewalttaten, indem z. B. Statuen vom Sockel gestoßen wurden.

– … und symbolische Gewalt gegen Beamte und Politiker

– Zerstörung von Eigentum

Teils richtete sich die Gewalt gegen **fremdes Eigentum:** So wurden die Häuser von britischen Beamten geplündert oder zerstört. Besonders aufsehenerregend war die berühmte „**Boston Tea Party**“ 1773, bei der als Mohawks verkleidete Bostoner mehrere Schiffsladungen Tee der britischen East India Company in das Hafenbecken kippten.

– Widerstand v. a. in Boston

Gerade **Boston** spielte bei diesen gewaltsamen politischen Aktionen von Anfang an eine zentrale Rolle, da es als wichtige Hafenstadt von den Zollgesetzen unmittelbar betroffen war und zudem durch große Klassengegensätze und soziales Konfliktpotenzial geprägt war. Von hier aus breiteten sich die Proteste nach und nach aus, vor allem in größere Städte wie New York und Philadelphia. Getragen wurden sie zunächst von den städtischen Unterschichten, von Handwerksgesellen, Matrosen, Werft- und Manufakturarbeitern, dann zunehmend von den **Sons of Liberty:** Diese Organisation aus Mitgliedern der lokalen Eliten und Mittelschichten wurde im Zuge der Stamp-Act-Krise 1765 in Boston gegründet und koordinierte die antibritischen Proteste vor Ort, aber auch überregional.

Die politisch motivierte Gewalt, die im Vorfeld des amerikanischen Unabhängigkeitskrieges verübt wurde, war in ihrem Ausmaß eher **begrenzt** und zielte nicht auf einen politischen Umsturz ab. Vielmehr diente sie dazu, Zollbeamte und Steuereintreiber psychisch, körperlich und materiell so sehr **unter Druck zu setzen**, dass sie ihre Tätigkeit aufgaben, was durchaus gelang. Zusammen mit den Protesten der „**assemblies**" oder neuer Einrichtungen wie dem **Stempelsteuerkongress** und unterstützt durch eine entsprechende **Publizistik sowie Warenboykotte** trugen die gewaltsamen Proteste dazu bei, dass Gesetze von der britischen Regierung wieder zurückgenommen wurden (Stamp Act, Townshend Acts). In dieser Hinsicht war die **Auswahl der konkreten Opfer** tatsächlich von einer gewissen Bedeutung für die politische Entwicklung, unterstützte aber auch die öffentliche Wahrnehmung der Ereignisse.

Funktion und Wirkung
- Druck auf Beamte und die britische Regierung

Sofern es sich um geplante, zum Teil sorgfältig inszenierte Aktionen (z. B. der Sons of Liberty) handelte, spielte die **erhoffte propagandistische Wirkung** eine große Rolle. Um den Protest gegen Großbritanniens Steuer- und Zollpolitik überregional, ja sogar international bekannt zu machen und zu koordinieren, wurden „**committees of correspondence**" gegründet. Im 18. Jahrhundert entstand zudem mit der **Presse** eine neue Form der Öffentlichkeit: Auf Flugblättern und in Zeitungen wurde der Widerstand der Kolonisten dokumentiert. Andere Aktionen wie die „Boston Tea Party" scheinen ganz auf ihre **mediale Wirkung** hin geplant und durchgeführt worden zu sein, wofür u. a. die symbolische Verkleidung der beteiligten Kolonisten als amerikanische Ureinwohner spricht. Zeitungen wie die Boston Gazette berichteten ausführlich und weltweit über das Ereignis. Die britische Regierung hingegen reagierte scharf mit dem Erlass der „Coercive Acts" (von den Kolonisten als „Intolerable Acts" empfunden) und auch in der englischen Öffentlichkeit, wo es zuvor durchaus Sympathien für die Kolonien gegeben hatte, wandelte sich die Stimmung.

- propagandistische Bedeutung: Kampf um Deutungshoheit

Insgesamt waren sich die Siedler sowie die britische Regierung bewusst, dass die öffentliche Wahrnehmung für das **Erlangen der Deutungshoheit** in ihrer Auseinandersetzung von Bedeutung war. Somit fand tatsächlich ein „**Kampf um öffentliches Terrain**" statt. Die damals beabsichtigte Wirkung hält bis heute an: So spielt die „Boston Tea Party" in der **US-amerikanischen Geschichts- und Erinnerungskultur** nach wie vor eine sehr große Rolle und gilt allgemein als der eigentliche Beginn der „American Revolution".

Letztlich zielte der (inszenierte) Einsatz politischer Gewalt nicht nur auf die allgemeine Deutungshoheit über die Ereignisse, sondern auch auf die **eigene Anhängerschaft** und auf die restliche Gesellschaft in den Kolonien ab. Gerade die Sons of Liberty, deren Mitglieder vor allem aus der städtischen Mittel- und Oberschicht stammten, waren darum bemüht, mit symbolischen Aktionen die Kontrolle über die innerlich nicht geschlossene Protestbewegung zu erlangen, sie in ihrem Sinne zu steuern und im Kampf gegen den gemeinsamen Gegner zu einen. Dabei sollten die Angehörigen der Unterschichten zufriedengestellt und von weitaus radikaleren Protestaktionen sowie sozialrevolutionären, egalitären Zielen abgehalten werden. Darüber hinaus übte man Druck auf die **Loyalisten** innerhalb der Kolonialgesellschaft aus, die weiterhin das Mutterland unterstützten.

– Einfluss auf die eigene Anhängerschaft und die Gesellschaft in den Kolonien

Insgesamt lässt sich also feststellen, dass sich **Schumanns These**, es sei bei der politischen Gewalt der späten Weimarer Republik vor allem auf die **öffentliche Wahrnehmung und weniger auf die konkreten Opfer** angekommen, **weitgehend** auf die Auseinandersetzungen im Vorfeld des amerikanischen Unabhängigkeitskrieges **übertragen** lässt – umso mehr, je länger die Konflikte zwischen den Kolonisten und dem britischen Mutterland andauerten und je mehr die Sons of Liberty die Kontrolle übernahmen und an die Stelle spontaner Aufstände und Aktionen **symbolische Protestformen** setzten, die gezielt als Medienereignisse geplant waren.

Fazit

Geschichts- und Erinnerungskultur
(Rahmenthema 4)
Nationale Gedenk- und Feiertage in verschiedenen Ländern
(Verbindliches Wahlmodul)

Der 9. November als Gedenk- und Jahrestag

Aufgabenstellung

1 Fassen Sie M 1 nach einer quellenkritischen Einleitung zusammen.

2 Erläutern Sie den historischen Hintergrund der von Steinmeier in M 1 als „Errungenschaften" bezeichneten Aspekte der Weimarer Republik (M 1, Z. 15–22).

3 Erklären Sie, warum die Revolution von 1918 nach Steinmeiers Wahrnehmung „kaum Spuren im Gedächtnis" der deutschen Nation hinterlassen hat (M 1, Z. 23).

4 Überprüfen Sie, inwiefern Steinmeiers Rede (M 1) zur Funktion von Jahrestagen passt, die der Geschichtsdidaktiker Klaus Bergmann in M 2 beschreibt.

M 1 Rede von Bundespräsident Frank-Walter Steinmeier am 9. November 2018 im Rahmen der Gedenkstunde des Deutschen Bundestags in Erinnerung an den 9. November 1918 in Berlin (Auszug)

„Es lebe die deutsche Republik!"

Was war das für ein gewaltiger Umbruch, den Philipp Scheidemann am 9. November 1918 den Menschen auf den Straßen Berlins verkündete, hier an diesem Ort, von einem Fenster des Reichstags aus: der Zusammenbruch des Kaiserreichs, das Ende einer jahrhundertealten monarchischen Ordnung, der Beginn einer demokratischen Zukunft für Deutschland.

Was für ein Ausruf in den letzten Tagen des Weltkriegs. Welche Botschaft für müde, ausgemergelte Männer und Frauen, für ein vom Krieg gezeichnetes Land, für die Städte, Kasernen, Betriebe, in denen Meutereien und Massenstreiks wie ein Lauffeuer um sich griffen, in dieser explosiven Stimmung aus Protest, Hunger, Ungewissheit.

Endlich Frieden, endlich politische Selbstbestimmung und soziale Gerechtigkeit – das war die Verheißung jener Worte. Ein Lichtblick an einem trüben Novembertag!

Die Revolution, so ungeplant und improvisiert sie auch war, steht für eine tiefgreifende Zäsur in der deutschen Geschichte, für einen Aufbruch in die Moderne.

Viele ihrer Errungenschaften prägen heute unser Land, auch wenn uns das nicht jeden Tag bewusst ist. Die Revolution brachte allen deutschen Parlamenten das allgemeine und gleiche Wahlrecht – endlich, zum ersten Mal auch für die Frauen! Sie bahnte den Weg zur Weimarer Nationalversammlung, zu einer republikanischen Verfassung, zur parlamentarischen Demokratie, der ersten in der Geschichte unseres Landes. Auch Grundsteine des modernen Sozialstaats legte diese Revolution: Achtstundentag, Tarifpartnerschaft, Mitbestimmung durch Betriebsräte – all das steht für den sozialen Fortschritt, der damals inmitten der Nachkriegswirren begann.

Aber trotz alledem hat die Revolution bis heute kaum Spuren im Gedächtnis unserer Nation hinterlassen. Der 9. November 1918 ist auf der Landkarte der deutschen Erinnerungsorte zwar verzeichnet, aber er hat nie den Platz gefunden, der ihm eigentlich zusteht. Er ist ein Stiefkind unserer Demokratiegeschichte – eben auch, weil der 9. November tatsächlich ein ambivalenter Tag ist, weil er für Licht und für Schatten steht, weil wir jene Demokratie, die damals begann, fast nie von ihrem Anfang, sondern meist von ihrem Ende her denken.

Manchmal scheint mir, als sei jene Zeitenwende auf ewig überschattet vom Scheitern der Republik, als sei der 9. November 1918 diskreditiert und entwürdigt durch den 30. Januar 1933. Ja, das Ende der Weimarer Republik führte hinab ins furchtbarste Kapitel der deutschen Geschichte. Aber: Historisch gescheitert ist nicht die Demokratie – historisch gescheitert sind die Feinde der Demokratie. Der übersteigerte Nationalismus, die Diktatur, die menschenverachtende Ideologie der Nationalsozialisten haben Europa mit Krieg und abscheulichen Verbrechen überzogen, sie haben dieses Land politisch und moralisch ruiniert. Zu unser aller Glück erhielten wir eine neue Chance auf Selbstbestimmung in Einheit und Freiheit – und diese Chance ist Wirklichkeit geworden: Sie, die Republik, hat sich historisch behauptet! Das dürfen wir hundert Jahre später für uns festhalten und ich füge hinzu: auch feiern.

Dabei bleibt natürlich richtig: Jene Revolution war vom ersten Tag an auch eine paradoxe, eine widersprüchliche Revolution. Ihre Geschichte lässt sich nicht geradlinig erzählen. Doch welche deutsche Geschichte lässt sich das schon?

Die Widersprüchlichkeit der Revolution zeigte sich bereits am selben 9. November, als Karl Liebknecht, der Führer des Spartakusbundes, ein zweites Mal die Republik ausrief – nur zwei Stunden nach Philipp Scheidemann. Friedrich Ebert wollte zuvörderst Chaos, Bürgerkrieg und ein militärisches Eingreifen der Siegermächte verhindern; er war getrieben von dem Wunsch, den Menschen Arbeit und Brot zu geben. Der Rat der Volksbeauftragten sah seine Handlungsspielräume eng begrenzt in diesen ungewissen Monaten, im Strudel radikalerer Kräfte von rechts wie von links.

Und doch hätten die Volksbeauftragten wohl mehr Veränderung wagen müssen, als sie aus ihrer damaligen Sicht für verantwortbar hielten. Zu viele geschworene Gegner der jungen Republik behielten ihre Ämter in Militär, Justiz und Verwaltung. Sicher: Gegen den Versuch der radikalen Linken, die Wahlen zur Nationalversammlung mit Gewalt zu verhindern, mussten die Volksbeauftragten um Friedrich Ebert sich zur Wehr setzen. Aber es gab keinerlei Rechtfertigung dafür, der Brutalität nationalistischer Freikorps faktisch freie Hand zu lassen. Viele wurden damals ermordet, unter ihnen Rosa Luxemburg und Karl Liebknecht. Auch der vielen Opfer jener Tage wollen wir heute gedenken. [...]

Berlin ist nicht Weimar und wird es nicht werden. Die Gefahren von gestern sind nicht die Gefahren von heute. Wer immer nur vor der Wiederkehr des Gleichen warnt, droht neue Herausforderungen aus den Augen zu verlieren. Aber: Erinnerung kann den Blick schärfen für neue Anfechtungen. Und die gibt es gewiss.

So wenig der Demokratie am 9. November 1918 ihr Scheitern schon vorherbestimmt war, so wenig ist heute, einhundert Jahre später, ihr Gelingen garantiert. Wir beobachten ein wachsendes Unbehagen an der Parteiendemokratie, bis hinein in die Mitte unserer Gesellschaft. Wir erleben, wie manche die Parlamente gar nicht mehr als Orte für politische Lösungen ansehen wollen. Nicht alle diese Menschen sind Gegner der Demokratie – aber sie fehlen der Demokratie. Gerade die Geschichte der Weimarer Republik zeigt doch, wie sehr wir Bürgerinnen und Bürger brauchen, die bereit sind, Verantwortung zu übernehmen, die sich den Mühen demokratischer Politik aussetzen – weil sie an ihren Wert glauben.

Ich wünsche mir, dass heute, an ihrem 100. Geburtstag, möglichst viele Menschen in unserem Land dem Wert der parlamentarischen Demokratie nicht nur nachspüren – sondern dass sie daraus die Kraft schöpfen, den Mut fassen, sich in und für diese Demokratie zu engagieren. Denn: Mut, den braucht es dafür auch heute. Aber: Ihn zu haben, ist heute zum Glück doch so viel leichter als in der ersten deutschen Demokratie nach 1918! […]

Fundort: https://www.bundespraesident.de/SharedDocs/Reden/DE/Frank-Walter-Steinmeier/Reden/2018/11/181109-Gedenkstunde-Bundestag.html?nn=9042544 (27.03.2022)

M2 Der angesehene Geschichtsdidaktiker Klaus Bergmann über die Verwendung von Gedenktagen/-jahren (1996)

„Kalender-Geschichte", das ist Geschichte, mit der an Gedenktagen und in Gedenkjahren an Personen, Ereignisse und Verläufe erinnert werden soll und erinnert wird. Der Kalender gibt so scheint es, die Erinnerung vor; Erinnerung ist fällig, wenn der Kalender es so bestimmt. […] Und dann entstehen die eigentümlichen, eher pseudohistoriographischen Konstruktionen, die ich hier im Kollektivsingular „Kalender-Geschichte" nenne. […] „Kalender-Geschichte" enthält in aller Regel überaus problematische Sinnbildungen über Vergangenheit.

Aus: Klaus Bergmann: „Kalender-Geschichte". Ein geschichtsdidaktischer Problemfall, in: Grete Anzengruber u. a.: Verordnete Feiern – gelungene Feste. Überlegungen und Anregungen zur Festkultur in der Schule (Schulheft 84), Wien 1996, S. 7–21, hier S. 7 f.

TIPP **Erläuterungen und Bearbeitungshinweise**

Die Aufgabenstellung bezieht sich schwerpunktmäßig auf das Rahmenthema 4 „Geschichts- und Erinnerungskultur“ (Wahlmodul 2: „Nationale Gedenk- und Feiertage in verschiedenen Ländern“) mit mehreren Übergriffen auf das Rahmenthema 3 „Wurzeln unserer Identität“ (Wahlmodul 6: „Zwischen Krise und Modernisierung – Die Gesellschaft der Weimarer Republik“).

Lösungsvorschlag

1 **TIPP** *Anforderungsbereich: I, Gewichtung in Prozent: 25*

Nach einer quellenkritischen Einleitung zu M 1, in der Sie die Quellengattung, den Anlass, den Autor, die Adressaten, den Ort, die Zeit, das Publikationsdatum, den historischen Kontext, die Hauptaussage, den Quellenwert und die Intention des Verfassers bestimmen, geben Sie die wesentlichen Aspekte des Textes klar strukturiert, sprachlich eigenständig und distanziert, vollständig und inhaltlich reduziert sowie unkommentiert wieder. Die Aufgabe hat einen reproduktiven Charakter.

quellenkritische Einleitung
Quellengattung, Autor, Zeit, Ort, Anlass, Adressaten, Intention, Publikation, Quellenwert

Im Auszug M 1 aus der **öffentlichen Rede** vom **9. November 2018** begründet der damalige Bundespräsident und frühere Außenminister **Frank-Walter Steinmeier** bei einer **Gedenkstunde des Deutschen Bundestags** in **Berlin**, warum der 9. November 1918 für die deutsche Demokratie eine enorme Bedeutung habe und zu Unrecht teilweise in Vergessenheit gerate. Dabei geht er am **100. Jahrestag der Revolution in Berlin** auf die Ereignisse im Jahr 1918 und der Folgezeit zurück und verortet sie in der deutschen Geschichte. Er richtet sich auch an ein **internationales Publikum**, hat vor allem aber die Mitglieder des Bundestages sowie die **deutsche Bevölkerung** als Adressaten vor Augen, um für die **bundesrepublikanische Demokratie als Erbin der Weimarer Republik** zu werben. Die Rede, die vermutlich zeitnah auf der Internetseite des Bundespräsidialamtes veröffentlicht wurde, hat einen **hohen Quellenwert**, da der Bundespräsident mit der öffentlich wahrgenommenen Ansprache eine **hohe Reichweite** erzielte und sie die Probleme einer deutschen Identitätsbildung im Jahr 2018 widerspiegelt.

Inhalte von M 1
moderne Errungenschaften der Weimarer Republik

Steinmeier nimmt zunächst Bezug auf den Umbruch am 9. November 1918, der den historischen **Übergang von der Monarchie zur demokratischen Republik** eingeleitet habe. Damals habe **Philipp Scheidemann** von einem Fenster des Reichstagsgebäudes aus den vom Krieg gezeichneten Massen eine **friedliche, selbstbestimmte und gerechtere Zukunft** vor Augen geführt. Der Redner betont die wegweisenden Maßnahmen, die während der Entstehung der Republik umgesetzt wurden: das **allgemeine und gleiche Wahlrecht**, das nun auch Frauen zugesprochen wurde, eine moderne **parlamentarisch-demokratische Verfassung** und die Verwirklichung grundlegender **sozialer Forderungen** der Arbeiterschaft.

Im Vergleich zu seiner Bedeutung werde der 9. November 1918 aber im öffentlichen Erinnern viel **zu wenig beachtet**. Den Grund sieht Steinmeier im **vieldeutigen Charakter des 9. November** und darin, dass dieses Datum aus der Retrospektive auch immer mit der **Herrschaft der Nationalsozialisten** ab dem 30. Januar 1933 in Verbindung gebracht werde. Allerdings seien auf Dauer nicht die Träger, sondern die nationalistischen und faschistischen Gegner der Demokratie gescheitert. Es sei ein Erfolg, dass nach den gewaltigen Verbrechen der NS-Diktatur und den Schrecken des Krieges **wieder eine Republik** eingerichtet worden sei und bis heute Bestand habe.

kaum Beachtung des 9. November 1918 in der Erinnerungskultur

Beim positiven Blick auf den 9. November 1918 verhehlt Steinmeier aber nicht, dass der Beginn der parlamentarischen Demokratie auch **von Problemen überschattet** gewesen sei. Die kommunistischen Politiker um **Karl Liebknecht** hätten eine radikal linke Republik im Blick gehabt, während der „Rat der Volksbeauftragten" um **Friedrich Ebert** angesichts der chaotischen Lage zu mutlos gewesen sei und es deshalb unterlassen habe, Gegner der Demokratie in Verwaltung, Militär und Justiz auszutauschen. Bei der Niederschlagung eines linken Aufstands sei es zur politisch motivierten **Ermordung von Rosa Luxemburg und Liebknecht** durch rechts gesinnte Freikorps gekommen, was der Bundespräsident bedauert.

Schattenseiten der Novemberrevolution

Abschließend erklärt Steinmeier, dass es **Unterschiede zwischen der Weimarer Republik und der Bundesrepublik** gebe und sich die Probleme der damaligen Zeit nur bedingt mit der Gegenwart vergleichen ließen. Allerdings könnte das Bewusstsein für die Vergangenheit bei der Analyse aktueller Herausforderungen der Demokratie helfen. Angesichts der in der Bevölkerung vorhandenen **Demokratiemüdigkeit** solle man die richtigen Schlüsse aus der Weimarer Republik ziehen und die Mitbürger für den **aktiven Einsatz für die Erhaltung der Demokratie** gewinnen.

Unterschied Weimarer Republik – Bundesrepublik

2 **TIPP** *Anforderungsbereich: II, Gewichtung in Prozent: 25*

Die Erläuterung setzt umfassende Kenntnisse über die Entstehung und Ausgestaltung der Weimarer Republik (Rahmenthema 3) voraus. Sie sollten wichtige Aspekte des Textes herausgreifen, sinnvoll strukturieren und dann vor dem historischen Hintergrund erklären, sodass Ihrer Leserschaft durch zusätzliche Informationen die in M 1 genannten Errungenschaften vor Augen geführt werden. Diese textbezogene Anwendung und Verknüpfung von Wissen fällt in den AFB II.

Steinmeier sieht im **allgemeinen und gleichen Wahlrecht** (vgl. M 1, Z. 16 f.) einen wesentlichen Erfolg der Revolution von 1918, der bis in die Gegenwart seine Wirkung entfalte. Besonders positiv hebt er das **Frauenwahlrecht** hervor und verweist somit auf eine jahrzehntelange Forderung der **Frauenbewegung**, die nun umgesetzt wurde: Bei der Wahl der Nationalversammlung im Januar 1919 durften auch Frauen ihre Stimmen abgeben. Zwar hatte die **Verfassung des Kaiserreiches** schon ein allgemeines Wahlrecht ab 25 Jahren festgehalten; Frauen waren davon aber noch ausgeschlossen gewesen. Verschiedene Frauenverbände, allen voran der Dachverband **Bund Deutscher Frauenvereine** (BDF), hatten im Kaiserreich die **demokratische Gleichberechtigung** gefordert und dabei Hunderttausende Frauen mobilisiert. Während des Ersten Weltkriegs hatten Frauen oft die Arbeitsplätze der an die Front geschickten Männer übernommen und eine **tragende Rolle im Produktionsprozess** gespielt, sodass 1918 ihr Anliegen nicht mehr überhört werden konnte. Vor allem die **Sozialdemokraten**, die die Revolution über den „Rat der Volksbeauftragten" und die Arbeiter- und Soldatenräte entscheidend mitgestalteten, hatten die Forderung nach dem Frauenwahlrecht schon vor 1918 unterstützt. Auch die liberal bürgerliche **DDP**, die ab 1919 mit SPD und Zentrum die Stütze der Weimarer Verfassung („Weimarer Koalition") bilden sollte, schloss sich an. Zudem wurde nun das **Dreiklassenwahlrecht**, das im Kaiserreich v. a. im größten Reichsteil **Preußen** für eine **steuerbedingte Ungleichgewichtung** der Stimmen gesorgt hatte, beseitigt, was die **umfassende Gleichbehandlung der Wählerschaft** gewährleistete.

Erläuterung: Errungenschaften der Weimarer Republik

allgemeines, gleiches Wahlrecht (v. a. Frauenwahlrecht)

Als weitere wesentliche Errungenschaft bezeichnet Steinmeier die **demokratisch-republikanische Verfassung** mit dem **Parlament als wesentlichem Machtfaktor** (vgl. M 1, Z. 18 f.). In den ersten Wochen der Revolution war zunächst nicht klar, in welche politische Zukunft Deutschland gehen würde: So forderten die USPD und der kommunistisch ausgerichtete **Spartakusbund** eine **Räterepublik**, während die MSPD unter Friedrich Ebert eine **parlamentarische Demokratie** präferierte. Auf dem 1. Reichsrätekongress vom 16. bis 21. Dezember 1918, zu dem die **Arbeiter- und Soldatenräte** Delegierte geschickt hatten, setzte sich die MSPD durch: Eine von der Bevölkerung gewählte **Nationalversammlung** sollte über die Neuordnung Deutschlands entscheiden und eine Verfassung ausarbeiten. Die am **19. Januar 1919** nach allgemeinem Wahlrecht abgehaltene Wahl bescherte MSPD, DDP und der katholischen Zentrumspartei eine solide Mehrheit.

demokratische, republikanische Verfassung

Die daraufhin einsetzenden Verfassungsdiskussionen zeigten das **große Meinungsspektrum in der Gesellschaft**, da die verschiedenen Parteien von der Rückkehr zur Monarchie bis zur Etablierung einer Räteherrschaft sehr unterschiedliche Ideen vertraten. Die am

11. August 1919 von Reichspräsident Ebert unterzeichnete Verfassung enthielt daher einige Kompromisse. Zwar wurde die jahrhundertealte Staatsform der **Monarchie abgeschafft** und eine **Republik fest installiert**. Allerdings hatte der **Reichspräsident** eine herausgehobene Stellung und weitreichende Kompetenzen, weshalb ihn Zeitgenossen kritisch als „**Ersatzkaiser**" bezeichneten: Er wurde alle sieben Jahre direkt vom Volk gewählt, durfte den Reichskanzler ernennen und das Parlament auflösen und konnte gemäß Artikel 48 **Notverordnungen** erlassen und bestimmte Grundrechte aussetzen. Der Legislative, dem Reichstag, sollte so in der Exekutive ein **starkes Gegengewicht** gegenübergestellt werden, da viele Verfassungsväter eine zu große Macht des Parlaments misstrauisch betrachteten. Das Parlament war zwar im Vergleich zum Kaiserreich durch das Recht auf Gesetzesinitiative mit mehr Befugnissen ausgestattet, aber besonders. durch die umfangreichen Rechte des Reichspräsidenten auch eingeschränkt. In der Endphase von Weimar wurden diese Aspekte von Feinden der Republik ausgenutzt, was wesentlich zu ihrem Ende beitrug.

soziale Fortschritte

Schließlich hebt Steinmeier die **sozialen Fortschritte** der Revolution hervor (vgl. M 1, Z. 20–22). Bereits am 15. November 1918 wurde durch das „**Stinnes-Legien-Abkommen**" zwischen Vertretern von Arbeitgebern und Arbeitnehmern der Achtstundentag eingeführt und der Grundstein für eine **Sozialpartnerschaft** gelegt, die zur Anerkennung von **Tarifverträgen** führte und die Verhandlungsposition der **Gewerkschaften** verbesserte. 1919 schlossen sich die freien Gewerkschaften in Nürnberg zum **Allgemeinen Deutschen Gewerkschaftsbund** zusammen. In Unternehmen wurden **Betriebsräte** eingerichtet. Die Weimarer Verfassung von 1919 hielt in ihrem Grundrechtekatalog nicht nur Menschen- und Bürgerrechte, sondern auch **soziale Grundrechte und -pflichten** fest. 1927 wurden die seit dem Kaiserreich existierenden Versicherungen durch die Arbeitslosenversicherung und die Einführung von **Arbeitslosengeld** ergänzt. Diese Maßnahmen stärkten die soziale Ausrichtung der Demokratie, an die laut Steinmeier auch die Bundesrepublik angeknüpft habe.

3 **TIPP** *Anforderungsbereich: II, Gewichtung in Prozent: 25*

Beim Operator „erklären" sind Sachverhalte so darzustellen, dass Bedingungen, Ursachen, Gesetzmäßigkeiten und/oder Funktionszusammenhänge der Aussage, dass die Revolution von 1918 „kaum Spuren im Gedächtnis" der deutschen Nation hinterlassen habe, verständlich werden. Berücksichtigen Sie dabei Inhalte aus dem Kernmodul des Rahmenthemas 3 („Die Frage nach der deutschen Identität") sowie aus dem Rahmenthema 4 („Geschichts- und Erinnerungskultur").

Indem Bundespräsident Steinmeier die **Ambivalenz des 9. November** (vgl. M 1, Z. 27) hervorhebt, nennt er einen wesentlichen Grund für die **geringe Bedeutung** der Revolution 1918 **im deutschen kollektiven Gedächtnis**. Tatsächlich steht der 9. November wie kein anderer Tag „für **Licht** und für **Schatten**" (M 1, Z. 27) der deutschen Demokratiegeschichte.

Rezeption der Revolution 1918 und des 9. November

Ein erster Erklärungsansatz ist in der **Weimarer Republik** selbst zu suchen, deren Entstehung maßgeblich auf den **9. November 1918** zurückzuführen ist. Schon früh wurde die Novemberrevolution durch die **wirkmächtige Dolchstoßlegende**, die besonders der spätere Reichspräsident Hindenburg propagierte, **diffamiert:** Die beteiligten Arbeiter, Soldaten und Politiker seien dem unbesiegten Heer in den Rücken gefallen. Dass Hindenburg als Chef der Obersten Heeresleitung die militärische Situation im Herbst 1918 als aussichtslos eingeschätzt und sich selbst zurückgezogen hatte, hinderte ihn nach dem Krieg nicht daran, die Legende in deutschnationalen Kreisen zu verbreiten und die **Akzeptanz der Revolution und der gesamten Republik zu schmälern**. Wie ambivalent der Umgang mit dem 9. November damals war, zeigt auch die Debatte um einen **Nationalfeiertag** der Republik. Zwar sprachen sich linke Kräfte für den 9. November aus, allerdings wählte eine Parlamentsmehrheit den Tag der **Unterzeichnung der Verfassung**, den **11. August**.

Rezeption in der Weimarer Republik

Ein weiteres Ereignis der Weimarer Zeit überlagerte den 9. November 1918 zusätzlich: der **Hitler-Putsch** vom **8./9. November 1923** in München, der auf die Beseitigung der Weimarer Ordnung zielte. Die NSDAP führte 1933 den „**Blutorden**" als „Ehrenzeichen des 9. November 1923" ein und ehrte die Gefallenen alljährlich. Von diesen Gedenkfeierlichkeiten aus initiierte die NS-Führung **1938** die brutalen **Pogrome gegen die jüdische Bevölkerung** („Reichskristallnacht"). In der **Erinnerungspolitik der Nationalsozialisten** war der 9. November 1918 durch die bewusste ideologische Vereinnahmung des Datums überlagert. Daher war dieser Tag nach 1945 nicht besonders geeignet, um damit die deutlich positivere Erinnerung an die Novemberrevolution 1918 zu verbinden.

Bedeutung des Nationalsozialismus (mit 9. November 1923 und 1938)

Tatsächlich ist der Rückblick auf die Weimarer Geschichte stets mit dem **Scheitern der ersten deutschen Republik** am 30. Januar 1933 und den Verbrechen der NS-Diktatur 1933–1945 verbunden (vgl. M 1, Z. 30–33). Dies gilt für die Geschichtswissenschaft wie für die bundesdeutsche Erinnerungskultur. Als in der Bundesrepublik der 1950er-/1960er-Jahre langsam die Aufarbeitung der NS-Vergangenheit begann, wurde am 9. November v. a. der **Pogrome von 1938** und somit der **Verfolgung und Vernichtung der jüdischen Bevölkerung** Europas gedacht. Die **Scham** über die Verantwortung der Deutschen für den Genozid an den Juden überlagerte den Stolz auf ein Stück gelungener „Demokratiegeschichte" (M 1, Z. 26).

Schließlich ereignete sich noch ein weiteres bedeutendes Ereignis an einem 9. November: **1989** wurde nach der jahrzehntelangen Teilung Deutschlands die **Berliner Mauer geöffnet** – eine Entwicklung, die mit dem 9. November 1918 nichts zu tun hatte und in dieser Hinsicht zufällig an diesem Datum eintrat. Nun legte sich eine **neue Schicht symbolisch aufgeladener Erinnerung** auf den 9. November, zumal die damaligen Geschehnisse Spuren im Leben und im Gedächtnis vieler noch lebender Bürgerinnen und Bürger hinterlassen haben. Der 9. November 1989 stellte die **Weichen für die deutsche Wiedervereinigung** am 3. Oktober 1990, die große Freude auslöste, die Bundesrepublik aber bis heute vor Herausforderungen stellt.

Fall der Berliner Mauer am 9. November 1989

Dass der **9. November 1918 als „Stiefkind unserer Demokratiegeschichte"** (M 1, Z. 26) wahrgenommen wird und somit auch die Revolution von 1918 „kaum Spuren im Gedächtnis unserer Nation hinterlassen" (M 1, Z. 23 f.) hat, liegt also daran, dass viele **andere bedeutungsschwere Ereignisse** mit diesem Datum verbunden sind. Darüber hinaus wurde dieser Tag bereits in der Weimarer Republik von deutschnationalen und nationalsozialistischen Kreisen **systematisch entwertet**.

Fazit

4 **TIPP** *Anforderungsbereich: III, Gewichtung in Prozent: 25*

Eine Überprüfung verlangt die Untersuchung eines Sachverhaltes auf sachliche Richtigkeit/Triftigkeit oder innere Logik. Benennen Sie am Anfang, was konkret überprüft werden soll. In diesem Falll müssen Sie klären, inwiefern Bergmanns Aussagen zur Funktion von Gedenktagen und -jahren (M 2) zu Art und Charakter der Rede des Bundespräsidenten in Erinnerung an den 9. November 1918 (M 1) passen. Diese Teilaufgabe fällt in den AFB III; wie das abschließende Urteil ausfällt, ist offen. Es sind daher auch andere als die folgende Lösung möglich.

Der Geschichtsdidaktiker **Klaus Bergmann** kritisiert die **Erinnerungskultur an Gedenktagen und in Gedenkjahren** und hält diese für sehr problematisch (vgl. M 2, Z. 1 f., 6 f.). Für eine solche Art des Erinnerns führt er den polemisch aufgeladenen Begriff **„Kalender-Geschichte"** ein, weil hier der Kalender die Fälligkeit von Erinnerung vorgebe (vgl. M 2, Z. 3–6).

Einführung
Bergmann und die „Kalender-Geschichte"

Rein **äußerlich** scheint dieser Vorwurf auf die Rede des Bundespräsidenten (M 1) im Rahmen der Gedenkstunde des Deutschen Bundestags in Erinnerung an den 9. November 1918 **zuzutreffen**, zumal Steinmeier den Anlass für „Kalender-Geschichte" nicht nur nennt, sondern auch intensiv für diesen wirbt (vgl. M 1, Z. 1–14) . Zudem könnte man vermuten, mit **„pseudohistoriographischen Konstruktionen"** (M 2, Z. 4 f.) konfrontiert zu werden, da der Bundespräsident kein ausgewiesener Historiker ist, sondern als Staatsoberhaupt

Überprüfung
äußere Aspekte (Anlass, Redner)

repräsentative Funktionen ausübt, die eine **Ansprache zur Identitätsbildung** von Amts wegen **erwartbar** macht. Diese Vermutung muss allerdings anhand von Steinmeiers konkreten Aussagen belegt werden. Dabei ergibt sich ein **nicht so eindeutiges Bild**, da der Bundespräsident manche **Ergebnisse der Geschichtswissenschaft** aufgreift, andere jedoch nicht einbezieht.

Bergmanns Position wird in M 1 dadurch gestützt, dass Steinmeier den 9. November 1918 euphorisch als Tag einer „**tiefgreifende[n] Zäsur in der deutschen Geschichte**" und eines „**Aufbruch[s] in die Moderne**" (M 1, Z. 13 f.) herausstellt: Er betont die großen Hoffnungen der kriegsmüden Bevölkerung und unterstützt dies sprachlich z. B. mit der aussagekräftigen Metapher und Antithese „**Ein Lichtblick an einem trüben Novembertag!**" (M 1, Z. 12), um die Stimmung in Deutschland am Ende des Ersten Weltkriegs zu veranschaulichen. Dabei findet er für weite Teile der **Arbeiter und Soldaten** sicherlich die richtigen Worte. Er verschweigt aber, wie verbreitet die **Beharrungskräfte** damals auch unter Soldaten und vor allem im **Bürgertum** waren, und dass es insgesamt auch viele Menschen gab, die die Monarchie nicht zugunsten einer Republik aufgeben wollten. Steinmeier deutet zwar die Gewalttaten der **Freikorps** an, die im Januar 1919 die Unruhen des **Spartakusbundes** niederschlugen und die **politischen Morde** an Luxemburg und Liebknecht begingen (vgl. M 1, Z. 56–59). Wie entschieden sie die Neuordnung jedoch noch bekämpfen sollten (z. B. Kapp-Lüttwitz-Putsch 1920), wird – zumindest im vorliegenden Auszug – nicht deutlich. Auch die Bedrohung der Republik durch **völkische und nationalistische Gruppierungen** wird in M 1 nicht thematisiert. In diesem Dunstkreis entstand die **NSDAP**, die die Weimarer Demokratie massivst bekämpfte und 1933 tatsächlich zu Fall brachte.

inhaltliche Aspekte, Umgang mit Geschichte

Ein ähnliches Bild zeigt sich, wenn man auf die **Wirtschaft** blickt: So handelte der Unternehmer **Hugo Stinnes**, der als Arbeitgebervertreter die „Sozialpartnerschaft" zwischen Arbeitnehmern und Arbeitgebern begründete, sehr ambivalent. Er stimmte Zugeständnissen wie dem Achtstundentag (vgl. M 1, Z. 20 f.) nur zu, um **radikalere Forderungen der Arbeiterschaft abzumildern**, und kämpfte fortan in der nationalliberalen **DVP** entschieden für eigene Interessen. Steinmeier überzeichnet also an mehreren Stellen **undifferenziert und euphemistisch**, um die positive Rolle des 9. November 1918 und der Novemberrevolution hervorzuheben. Hier handelt es sich daher um **pseudohistoriographische Konstruktionen**.

Andererseits könnte Klaus Bergmann im Falle von Steinmeiers Rede entgegengehalten werden, dass „**Kalendergeschichte**" dann **nicht problematisch** ist, wenn sie **verantwortungsvoll** und ohne zu übertriebene historische Vereinfachung erfolgt. Indem der Bundespräsident die **Ambivalenz des Datums** und dessen **Überlagerung durch**

die nachfolgende NS-Herrschaft, die das Scheitern der Weimarer Republik bedeutete, hervorhebt (vgl. M 1, Z. 24–37), weist er auf einen wichtigen erinnerungskulturellen Sachverhalt hin, der in der Geschichtswissenschaft anerkannt ist und daher **keine „problematische Sinnbildun[g]"** (M 2, Z. 6 f.) darstellt. An verschiedenen Stellen zeigt sich, dass es unpassend wäre, die ganze Rede als „pseudohistoriographisch[e] Konstruktio[n]" (M 2, Z. 4 f.) darzustellen. Zu Recht verweist der Bundespräsident auf die „**Widersprüchlichkeit der Revolution**" (M 1, Z. 44) und die **begrenzten Handlungsspielräume** des „Rats der Volksbeauftragten", die nur eine bedingte Veränderungsbereitschaft bewirkt hätten (vgl. M 1, Z. 44–52). Die **Kritik am fehlenden Wagemut**, die durch das Beispiel der **alten Eliten** unterstrichen wird, ist nachvollziehbar: Viele Historikerinnen und Historiker betrachten die **zu große antidemokratische Kontinuität** in staatstragenden Institutionen (Militär, Justiz, Verwaltung) als **großes Problem der Weimarer Republik** (vgl. M 1, Z. 51–53). Indem Steinmeier zudem der **Opfer der politischen Morde** durch die Freikorps gedenkt (vgl. M 1, Z. 54–59), distanziert er – immerhin selbst Mitglied der SPD – sich klar von bestimmten damaligen **Fehlern der Sozialdemokratie**.

Fazit

Im Sinne von Bergmanns „Kalender-Geschichte" nutzt Steinmeier den 100. Jahrestag des 9. November 1918, um der deutschen Bevölkerung die Errungenschaften der Weimarer Republik ins Gedächtnis zu rufen und für das **entschiedene Eintreten für die Demokratie in der Gegenwart** zu werben (vgl. M 1, Z. 60–78). Das entspricht allerdings der Funktion des Bundespräsidenten, sodass diese Instrumentalisierung erwartbar, aber vor dem **Wertekanon des Grundgesetzes** als **nicht problematisch** zu sehen ist.

PRÜFUNGSAUFGABEN

„AMERICAN REVOLUTION" UND ERINNERUNGSKULTUR

(Rahmenthema 1 mit Übergriff auf Rahmenthema 4)

Aufgabenstellung

1 Fassen Sie das Material M 1 nach einer kurzen Vorstellung zusammen.

2 Erläutern Sie – nach einer kurzen Vorstellung von M 2 und M 3 – die historischen Hintergründe der in den beiden Arnautoff-Gemälden enthaltenen Kritik auf der Grundlage Ihrer Kenntnisse zu Ideal und Realität der „American Revolution".

3 Nehmen Sie vor dem Hintergrund Ihrer Kenntnisse zur Geschichts- und Erinnerungskultur Stellung zur im Artikel wiedergegebenen Diskussion.

M 1 Christoph Drösser: Soll Geschichte ausgelöscht werden? (Frankfurter Allgemeine Zeitung vom 15. 08. 2019)

San Francisco hält sich gern für die toleranteste Stadt der Welt. Hier nahm die Hippiebewegung ihren Ausgang, hier wagten es Homosexuelle erstmals, öffentlich zu ihrer sexuellen Orientierung zu stehen. Wenn im Schwulen-Stadtteil Castro am helllichten Tag ein splitternackter Mann in der Sonne flaniert, dann schaut kaum ein Passant von seinem Smartphone auf. Was nicht so viele wissen: Schon vor dem Sommer der Liebe[1] gab es in San Francisco radikale politische Bewegungen. In den dreißiger Jahren war die Stadt eine Hochburg der Arbeiterbewegung. Und ein Kunstwerk aus dieser Zeit hat nun angeblich eine derart verstörende Wirkung auf Jugendliche, dass es dem Blick der Öffentlichkeit entzogen wird. Zeitweise sollte es sogar übermalt und damit zerstört werden.

Der Stein des Anstoßes ist eine Serie von Wandgemälden, die der Künstler Victor Arnautoff[2] 1936 an der George Washington High School schuf. […] [Er] bekam den Auftrag, in dreizehn Fresken das Leben George Washingtons darzustellen, des ersten amerikanischen Präsidenten und Namenspatrons der Schule. Der linksgerichtete Künstler begnügte sich nicht mit hagiographischer Erhöhung[3], sondern zeigte auf zwei Bildern auch die Schattenseiten des Säulenheiligen der Nation. […]

Die Figuren sind realistisch, aber stilisiert dargestellt, erinnern an Werke der italienischen Renaissance. Die Gewalt der historischen Ereignisse wird nicht in blutrünstigen Details präsentiert, sie formt sich im Kopf des Betrachters, der um die Geschichte weiß. Trotzdem sagen nun indianische und afroamerikanische Elternverbände: Wir können es unseren Kindern nicht zumuten, Tag für Tag mit der Unterdrückung ihrer Vorfahren konfrontiert und zu Opfern degradiert zu werden. Die Schulbehörde griff den Protest auf und beschloss im Juni einstimmig, die Kunstwerke zu übermalen –

abmontieren und woanders wieder aufbauen lassen sich die in den feuchten Putz gemalten Bilder nicht.

Vielleicht war der Anlass für den Protest gegen Arnautoffs Bilder die Debatte um Statuen von Führern der konföderierten Staaten[4], die seit 2017 vor allem im Süden Amerikas geführt wird. Die stellen für viele eine Glorifizierung der Sklavenhalter dar, sie möchten sie im öffentlichen Raum nicht mehr sehen. Das Paradoxe an der Debatte in San Francisco: Hier geht es gegen Kunst, die zu ihrer Zeit eine äußerst fortschrittliche Interpretation der Geschichte darstellte.

Die geplante Zerstörung der Bilder stieß ihrerseits auf Protest und entfachte einen politischen Streit [...]. Der Graben verläuft häufig entlang der Generationengrenze. Für die Älteren, die noch in einer muffigen, konservativen Welt aufwuchsen, war Kunst ein Mittel der Rebellion, sie sollte schockieren und aufrütteln. Die jungen Identitätspolitiker von heute, die sich vor allem als Anwälte benachteiligter Gruppen sehen, beurteilen Kunst nach ihrer politischen Weltsicht. Eine ganze Menge Linke sitzen ratlos in der Mitte, in der Schnittmenge dieser beiden Fraktionen. „Und die sind plötzlich ganz still geworden", sagt der Soziologe Peter Richardson von der San Francisco State University. Längst wird der Streit nicht mehr nur mit Argumenten ausgetragen. Als Robert Cherny im Juli einen akademischen Vortrag über Arnautoff und seine Bilder hielt, wurde das Podium von Aktivisten gestürmt, die gegen die vermeintlich „rassistische" Kunst protestierten. Ein absurder Vorwurf, findet Cherny: „Die Absicht des Künstlers war es eindeutig, die Sklaverei und den Genozid an den amerikanischen Indianern zu kritisieren. Aber diejenigen, die diese Bilder nun zerstören wollen, sagen, dass die Absichten des Künstlers unwichtig seien."

Vor einem halben Jahrhundert gab es an der George-Washington-Schule schon einmal einen Streit über die Arnautoff-Bilder. Im Zuge der Black-Power-Bewegung[5] schlossen sich schwarze Schüler 1968 zusammen und protestierten gegen die nach ihrer Meinung klischeebeladene und unwürdige Darstellung ihrer Vorfahren. Man befragte die Schülerschaft, und die sprach sich mehrheitlich für eine kreative Lösung aus: Der afroamerikanische Künstler Dewey Crumpler malte ein ergänzendes Triptychon[6] mit seiner Version der schwarzen Geschichte. Damals war das ein gelungener Kontrapunkt zu Arnautoffs Fresken, heute bietet für manche nur noch die komplette Auslöschung Genugtuung. Die Schüler als die wirklich Betroffenen wurden nicht befragt. Ob sie sich wirklich traumatisiert fühlen, ist daher schwer zu beurteilen, aber hinter vorgehaltener Hand sagt so mancher Kritiker, dass sie in ihren Computerspielen erheblich mehr menschenverachtende Gewalt zu sehen bekommen als auf den eher naiven Gemälden.

Der stadtweite Protest gegen die Bilderstürmerei, der sich viele Prominente angeschlossen haben, unter anderen der schwarze ehemalige Bürgermeister Willie Brown, blieb nicht wirkungslos. Am Dienstag dieser Woche beschloss der Schulausschuss mit der denkbar knappen Mehrheit von vier gegen drei Stimmen, die Fresken mit Paneelen zu verdecken. Die sollen dann mit Bildern bemalt werden, die „inspirierend" auf die jungen Menschen wirken. Für Peter Richardson ist das ein Rezept für eine weichspülende Kunst – „oder überhaupt keine Kunst".

Robert Cherny, der Arnautoff-Experte, hatte noch bis zur letzten Minute versucht, auch diese Variante zu verhindern, weil sie die Kunstwerke zwar nicht zerstören, aber ebenfalls dauerhaft dem öffentlichen Blick entziehen wird. Er favorisierte eine Lösung mit Vorhängen oder verschiebbaren Blenden vor den Fresken, sodass man sie zumindest zeitweise einem sittlich gefestigten Publikum präsentieren könnte. Das letzte Wort in dieser Posse werden wohl die Gerichte haben.

Fundort: Christoph Drösser: Soll Geschichte ausgelöscht werden? Frankfurter Allgemeine Zeitung vom 15. 08. 2019, https://www.faz.net/aktuell/feuilleton/debatten/streit-ueber-victor- arnautoffs-george-washington-fresko-16333463.html. Letzter Zugriff: 29. 10. 2019.

Anmerkungen

1 Sommer der Liebe: Höhepunkt der Hippiebewegung im Sommer 1967.
2 In San Francisco bekannt für seine z. T. kontroversen Fresken, die sich vor allem mit menschlichen Themen wie Arbeit, sozialer Stellung und/oder Macht auseinandersetzen.
3 hagiographische Erhöhung: Verherrlichung im Sinne eines Heiligen.
4 Die „Konföderierten Staaten von Amerika" entstanden 1861 durch Abspaltung von elf südlichen Staaten der USA.
5 Black-Power-Bewegung: Ende der 1960er-Jahre entstandene Bürgerrechtsbewegung der Afroamerikaner in den USA.
6 Triptychon: dreiteiliges Gemälde.

M 2 „George Washington auf seiner Plantage" von 1936. Fresko aus der George-Washington-Serie von Victor Arnautoff (Hintergrund der Diskussion in M 1)

Abbildung GA 2020-4 links

M 3 „George Washington und der Zug gen Westen" von 1936. Fresko aus der George-Washington-Serie von Victor Arnautoff (Hintergrund der Diskussion in M 1)

Abbildung GA 2020-4 rechts

Hinweis: Farbabbildungen der beiden Fresken zum Download finden Sie unter: https://www.stark-verlag.de/mystark (Zugangscode vgl. Umschlaginnenseite).

Hilfsmittel: Keine

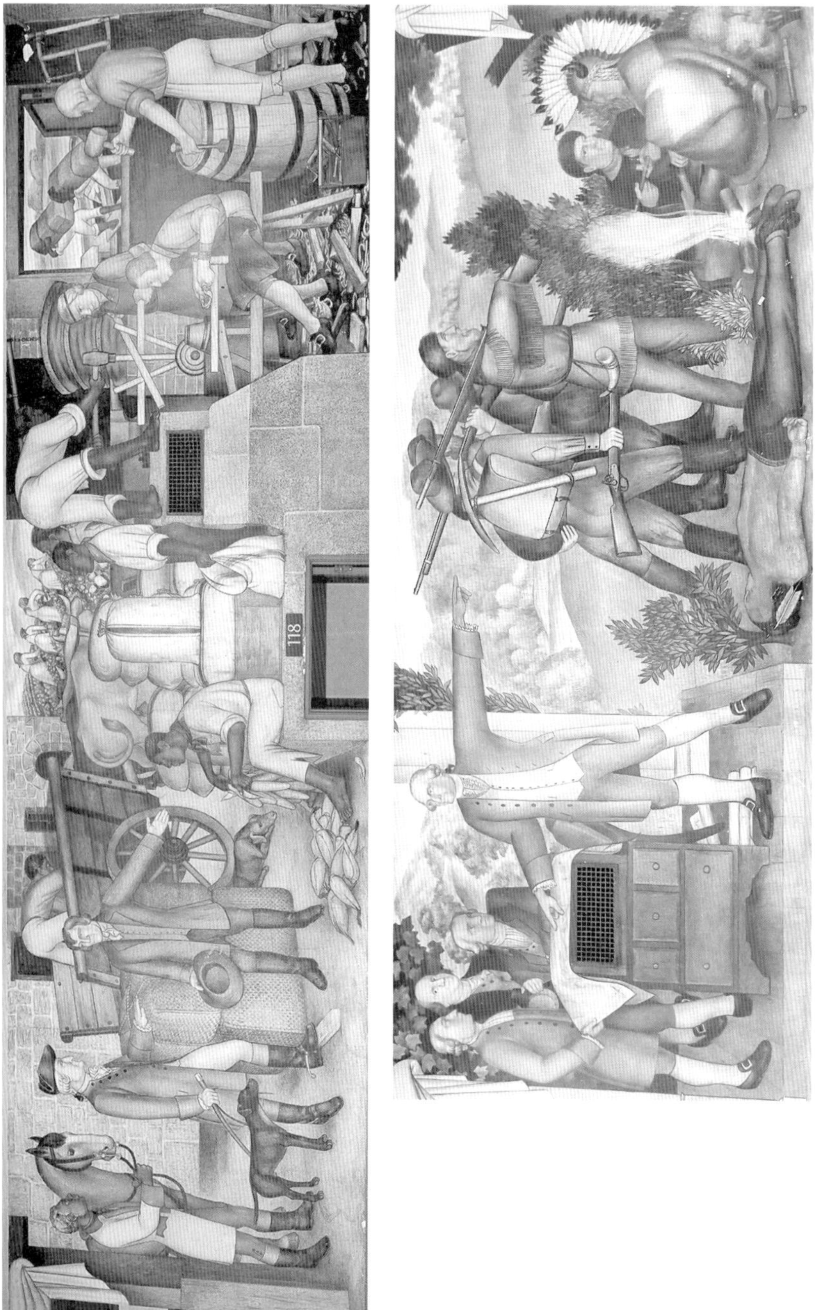

GA 2020-4

TIPP **Erläuterungen und Bearbeitungshinweise**

Hinweis: Die Aufgabenstellung bezieht sich auf die verbindlichen Wahlmodule der Abiturprüfung 2020 und das damals gültige Kerncurriculum, überschneidet sich aber inhaltlich deutlich mit den im Abitur 2024 verlangten Themen. Daher stellen wir Ihnen diese Aufgabe als zusätzliche Übungsmöglichkeit zur Verfügung.

Schwerpunktmäßig geht es um das Kernmodul „Geschichts- und Erinnerungskultur“ (Rahmenthema 4) und das damalige Wahlmodul 3 „‚American Revolution‘ – Geburt eines modernen Staates“ (Rahmenthema 1: „Krisen, Umbrüche und Revolutionen“), das mittlerweile als Wahlmodul 4 „Amerikanische Unabhängigkeit – ‚American Revolution‘“ im aktuell gültigen Kerncurriculum aufgeführt ist.

Lösungsvorschlag

1 **TIPP** *Anforderungsbereich: I, Gewichtung in Prozent: 25*

Beginnen Sie Ihre Ausführungen mit einer quellenkritischen Einleitung zu M 1. Berücksichtigen Sie den Autor, die Adressaten, die Quellengattung, Zeitpunkt, Ort und Anlass der Entstehung bzw. Veröffentlichung sowie die Hauptaussage inklusive der Intention des Verfassers. Anschließend geben Sie die wesentlichen Aussagen des Textes klar strukturiert, sprachlich eigenständig und distanziert wieder. Verzichten Sie dabei auf eigene Kommentierungen.

quellenkritische Einleitung

Der **Artikel** „Soll Geschichte ausgelöscht werden?“ von **Christoph Drösser** ist am 15. August **2019** auf der Homepage der **Frankfurter Allgemeinen Zeitung** erschienen und richtet sich an die allgemeine **Öffentlichkeit**. Ausgangspunkt ist die damals noch andauernde Kontroverse in San Francisco um **zwei Wandgemälde**, die der Künstler **Victor Arnautoff** über das Leben von **George Washington** geschaffen hat. In M 1 regt der Autor dazu an, sich mit der Frage auseinanderzusetzen, ob historische Kunst mit umstrittenen Inhalten im Kontext einer **adäquaten Erinnerungskultur** beizubehalten oder zu entfernen sei. Eine eigene Lösung präsentiert Drösser nicht.

Zusammenfassung von M 1
Entstehung und Inhalte der umstrittenen Fresken

Zwei der 13 Fresken, die Arnautoff **1936** an der **George Washington High School** in San Francisco gemalt hat, zeigen den Umgang des ersten US-Präsidenten mit der afroamerikanischen bzw. der „indianischen“ Bevölkerung. Beide Bilder soll der Künstler bewusst angefertigt haben, um auch ein **kritisches Licht** auf den in den USA bis heute hochverehrten Washington zu werfen, dessen übermenschliche Erhöhung an der Titulierung „**Säulenheilige[r] der Nation**“ Z. 16) in M 1 klar wird. Umso bemerkenswerter sei die differenzierte, für die Entstehungszeit fortschrittliche Position von Arnautoff.

Laut M 1 führten gerade diese zwei Fresken 2019 zu **Beschwerden** von indigenen und afroamerikanischen Elternverbänden: Man könne es ihren Kindern nicht zumuten, täglich **rassistische Bilder** ansehen zu müssen, die ihnen das schlimme **Schicksal ihrer Vorfahren** vor Augen führen würden; dies sei eine zu starke seelische Belastung. Die Schulbehörde reagierte: Die Bilder sollten **übermalt** werden.

Elternbeschwerde gegen die Fresken

Dieser Beschluss habe eine **Gegenbewegung** hervorgerufen, sodass sich die Angelegenheit zu einem regelrechten **Politikum** entwickelt habe. Für die Gegenseite zitiert der Autor den Arnautoff-Experten **Robert Cherny**; dieser kritisiert, dass die **Intention des Künstlers**, Kritik an Washington, der Sklaverei und der Ermordung der amerikanischen Urbevölkerung zu üben, **irrelevant** für die Entscheidung gewesen sei. Für die Befürworter einer Zerstörung der Bilder sei nur die Wirkung der Abbildungen auf die Jugend, v. a. die der betroffenen Gruppen, von Bedeutung. Dabei zeigt laut Drösser der Frontverlauf in der Auseinandersetzung einen **Generationenkonflikt:** Während sich gerade jüngere Beteiligte aus politischen Gründen gegen den Erhalt der Bilder aussprechen und keine Kompromisslösung wie 1968 akzeptieren wollen, sehen Ältere **Kunst als Mittel der Kritik**. Die Schülerinnen und Schüler habe man im Übrigen nicht befragt.

Gegenbewegung und Generationenkonflikt

In Reaktion auf die **hitzige öffentliche Debatte** habe der Schulausschuss kurz vor der Veröffentlichung von M 1 beschlossen, die **Fresken dauerhaft** mithilfe von Paneelen zu **verstecken**. Dieses Vorgehen verhindere zwar ihre Zerstörung, befriede die Fürsprecher der Bilder jedoch nur bedingt. So habe sich Cherny dafür eingesetzt, die Wandbilder so abzuschirmen, dass eine **temporäre Sichtbarmachung** und somit der **Zugang zur Kunst** möglich wären.

Kompromiss der Schulbehörde und Chernys Gegenvorschlag

2 **TIPP** *Anforderungsbereich: II, Gewichtung in Prozent: 40*

Zu Beginn sollten Sie M 2 und M 3 vorstellen und die Kritik herausarbeiten, die Arnautoff in seinen Fresken untergebracht hat; dabei ist es hilfreich, wesentliche Inhalte der Abbildungen zu beschreiben. Beachten Sie, dass Sie Farbversionen der Bilder bei MyStark herunterladen können. Im Rahmen der Erläuterung müssen Sie die Kritik des Künstlers dann in Beziehung zu Ihrem historischen Wissen zur „American Revolution“ setzen. Auf das Thema Erinnerungskultur brauchen Sie noch nicht einzugehen. Vergessen Sie aber nicht, Ihre Kenntnisse zu Realität und Idealisierung der US-amerikanischen Historie einfließen zu lassen. Ein Rückbezug auf M 1 ist nicht gefordert, aber möglich, z. B. im abschließenden Fazit. Ein Hinweis zum Begriff „Indianer“, der in M 1 verwendet wird: Dieser ist umstritten, da es sich um einen zusammenfassenden Fremdbegriff für die heterogenen indigenen Völker Amerikas handelt. In der folgenden Lösung wurden Alternativen (indigene Bevölkerung, „Native Americans“) oder Anführungszeichen benutzt.

M 2 und **M 3** sind **Fotografien** der beiden umstrittenen Fresken aus der **George-Washington-Serie** von **Victor Arnautoff** (1936). Wie schon in M 1 angesprochen, beinhalten sie Kritik daran, wie der erste US-Präsident Washington mit afroamerikanischen und indigenen Bevölkerungsgruppen der USA umgegangen ist.

formale Quelleneinordnung

Die Abbildung **M 2** trägt den Titel „**George Washington auf seiner Plantage**" und zeigt den vermeintlichen, auf den ersten Blick recht idyllisch dargestellten Alltag auf einer Farm. Im linken Bilddrittel steht **Washington**, der sich durch noble Kleidung, Perücke, Peitsche, Sporen an den Reitstiefeln und aufrechte Körperhaltung merklich von den weiteren Personen **abhebt**. Er unterhält sich mit einem weißen Mann in einfacherer Kleidung, vermutlich ein **Vorarbeiter**, der aus Respekt vor seinem Dienstherrn den Hut abgenommen hat. Am linken Bildrand hält ein **Afroamerikaner** in weiß-roter Dieneruniform und Reitstiefeln Washingtons Pferd am Zügel. Die Kleidung der anderen **Schwarzen** ist sauber, aber einfach. Die Männer im Vordergrund kümmern sich um Säcke voller Mais und beladen einen Lastkarren. Zwei weitere schleppen im Hintergrund schwere Kisten bzw. Ballen, während vier Frauen in gebückter Haltung auf dem Feld Baumwolle pflücken. Zu erwähnen sind noch drei **weiße Männer**, die in der rechten Bildhälfte Holzfässer herstellen und besser gekleidet sind als die schwarzen Personen (z. B. mit Schuhen).

M 2: Inhalte und Kritik

Der **Plantageninhaber** Washington scheint die ordnungsgemäße Arbeitsausführung zu **überwachen** und sich von seinem Vorarbeiter die Arbeit seiner zwölf **Sklaven** (schwarze Personen) und drei Angestellten (weiße Arbeiter) präsentieren zu lassen. Die Szenerie wirkt friedlich, alle scheinen einmütig ihren jeweiligen Aufgaben nachzugehen. Bei näherem Hinsehen zeigt sich jedoch, dass es eine **klare Rangordnung** unter den Beteiligten gibt: So verrichten die meisten schwarzen Sklaven **schwerere körperliche Arbeit** als die drei weißen Handwerker; eine Ausnahme bildet der ältere Schwarze am linken Bildrand, der anscheinend **Dienste im Haushalt** des Plantagenbesitzers verrichtet. Ob die Peitsche in Washingtons Hand zum Einsatz gegen Pferde, Hunde oder sogar Menschen kommt, bleibt offen; es könnte darauf angespielt werden, dass Sklaven oft hart gezüchtigt wurden. Auf jeden Fall ist ersichtlich, dass Washingtons Wohlstand v. a. auf die **körperliche Arbeit von Sklaven** zurückzuführen ist.

Das zweite Fresko **M 3** hat den Titel „**George Washington und der Zug gen Westen**". Auch hier trägt Washington vornehme Kleidung und Perücke, was als Statussymbol und Zeichen von Wohlstand galt. Auf einer gepflasterten Terrasse erklärt er drei weiteren gut gekleideten weißen Männern sein Vorhaben mithilfe einer Karte. Ohne in die gleiche Richtung zu blicken, deutet er mit dem linken Zeigefinger in die rechte Bildhälfte, welche im Kontrast zur vermeintlich zivilisierten Welt als **weite Naturlandschaft** dargestellt wird. Im

M 3: Inhalte und Kritik

Bildvordergrund liegt dort ein „**Native American**“ am Boden; es ist davon auszugehen, dass er **tot** ist. Ein weiterer „Indianer“ sitzt in der rechten Bildecke und raucht eine (Friedens-)Pfeife mit einem weißen **Trapper**. Es ist auffällig, dass die **vier weißen Männer** in der Bildmitte nicht bunt, sondern in Grautönen abgebildet sind. Sie tragen Trapperkleidung bzw. eine Art Uniform sowie Gewehre und scheinen dem Weg zu folgen, den Washington vorgibt.

Wie bereits der Titel nahelegt, geht es um die **Ausdehnung des amerikanischen Einflusses und der Zivilisation** in den vermeintlich wilden Westen. Dabei wurde keine Rücksicht auf die **Siedlungsgebiete der indigenen Bevölkerung** genommen. Wo es keine friedliche Regelung gab, wurde mit **Gewalt** vorgegangen, was zahlreiche Opfer forderte. Der tote „Native American“ in M 3 soll deutlich machen, dass Washington eine **Mitverantwortung** trägt. Die farblose Gestaltung der vier bewaffneten Männer „entmenschlicht“ diese im Vergleich zu den anderen Personen.

historische Hintergründe: Ideal und Wirklichkeit der „American Revolution“

In den zwei Fresken stellt Arnautoff zwar den von vielen US-Amerikanern **verehrten Washington** in den Mittelpunkt, konfrontiert das weitverbreitete **Idealbild der Gründerzeit** aber mit der Realität: Weder die Tatsache, dass Washington Sklavenhalter war, noch sein Anteil an der mit viel Gewalt verbundenen Ausdehnung nach Westen passen zur **heute überhöhten, glorifizierenden Sicht** auf den ersten US-Präsidenten. Tatsächlich muss sein Verhalten nicht nur in der historischen Rückschau, sondern auch im Kontext seiner Zeit und der damaligen Werte und Normen kritisch betrachtet werden. Dabei zeigt sich, dass sich **Ideal und Wirklichkeit der amerikanischen Unabhängigkeit** in wesentlichen Aspekten unterschieden.

Gedanken der Aufklärung

Die „American Revolution“ und führende Vertreter wie Washington waren von den **Gedanken der Aufklärung** beeinflusst, was sich in den amerikanischen Kolonien besonders in der Schrift „**Common Sense**“ (1776) von **Thomas Paine** widerspiegelte: Darin forderte der Autor nicht nur die **Loslösung von der britischen Monarchie**, sondern auch die Einführung eines **demokratischen Regierungssystems**, gegründet auf dem Prinzip der **Menschenrechte**. Sein Werk hatte prägenden Einfluss auf die maßgeblich von Thomas Jefferson formulierte **Unabhängigkeitserklärung vom 4. Juli 1776**. Der Idee der Menschenrechte nach sind alle Menschen von Geburt an **gleich** und besitzen unveräußerliche, universelle **Freiheits- und Autonomierechte**. Zwar bekannten sich die Gründerväter grundsätzlich zu diesen Gedanken, allerdings wurde in der Wirklichkeit deutlich zwischen **weißen Männern** auf der einen, der **indigenen Bevölkerung** und **afroamerikanischen Sklaven** auf der anderen Seite differenziert. Zudem hatten **weiße Frauen** nicht die gleichen Rechte wie weiße Männer. Letztere profitierten also am meisten von der Betonung der Menschenrechte.

Diese **Widersprüchlichkeit zwischen Theorie und Praxis** ist auch bei der **Gestaltung der Verfassung und des politischen Systems** der Vereinigten Staaten von Amerika zu beobachten. Auf der einen Seite nahm die **Unabhängigkeitserklärung** vom 4. Juli 1776 mit Aussagen wie „all men are created equal" klar Bezug auf allgemeine Menschenrechte. Darauf aufbauend wurde 1787 die **Verfassung der USA**, u. a. mit der Unterschrift von Washington, verabschiedet, womit die Forderungen aus „Common Sense" in einen verfassungsrechtlichen Rahmen gegossen wurden. 1789 wurde die Verfassung durch die **Bill of Rights** mit einer Reihe **unveräußerlicher Grundrechte** ergänzt. Auf der anderen Seite blieben aber auch in der politischen Praxis bestimmte Bevölkerungsgruppen **ausgeschlossen:** Wären die Gründerväter den Gedanken der Aufklärung konsequent gefolgt, hätten sie sich gegen die Sklaverei und die Unterdrückung der amerikanischen Ureinwohner und stattdessen **für die gleichberechtigte Behandlung der Betroffenen** aussprechen müssen. Nicht nur während Washingtons Präsidentschaft waren afroamerikanische Sklaven und „Native Americans" sowie sämtliche Frauen klar **benachteiligt und diskriminiert**, ja zum Teil sogar völlig **unfrei**. Darüber hinaus konnten anfangs viele männliche Weiße nicht vollständig am politischen Leben teilnehmen, da das Wahlrecht in den einzelnen Bundesstaaten häufig an den Besitz geknüpft war.

Verfassungsrecht

Wie es auch Cherny in M 1 betont, **kritisiert** Arnautoff in M 2 und M 3 Washingtons Verhalten gegenüber afroamerikanischen Sklaven und amerikanischen Ureinwohnern, das im Widerspruch zu den in der „American Revolution" vertretenen Idealen stand, und zeigt: Anders als durch die Menschenrechte postuliert, waren damals eben **nicht alle Menschen** politisch und gesellschaftlich **gleich**.

Fazit

3 **TIPP** *Anforderungsbereich: III, Gewichtung in Prozent: 35*

Bei der Stellungnahme sollen Sie sich am Beispiel der Kontroverse aus M 1 mit dem gesellschaftlichen Umgang mit Geschichte und mit spezifischen Formen der Erinnerung auseinandersetzen. Dabei gilt es auch, die Beweggründe der betroffenen Parteien multiperspektivisch zu reflektieren. Fällen Sie unter Rückgriff auf die drei Materialien, Ihr Wissen zur „American Revolution" und zur „Erinnerungskultur" sowie heutige Wertmaßstäbe ein fundiertes, überzeugendes Sach- und Werturteil; gerade Letzteres kann individuell unterschiedlich ausfallen.

Ausgangspunkt der Stellungnahme ist die von **Drösser** in **M 1** aufgebrachte Frage, ob **historische Kunst** im Kontext **adäquater Erinnerungskultur** bei kritischen bzw. sensiblen Inhalten zu **entfernen** sei. Die Debatte um die Verhüllung von Arnautoffs Fresken ist ein geeignetes Beispiel für eine solche Auseinandersetzung.

Einleitung

Im ersten Schritt müssen **zentrale Fachbegriffe** definiert werden, wie „Geschichtsbewusstsein", „kulturelles Gedächtnis" und „Erinnerungskultur", die auf bekannte Wissenschaftler wie Maurice Halbwachs oder Jan und Aleida Assmann zurückgehen.

theoretisches Fundament

Unter **Geschichtsbewusstsein** versteht man das Bewusstsein von der Geschichtlichkeit des Menschen und der von ihm geschaffenen Erinnerungen und Erkenntnisse. Es ist eng verbunden mit dem **kulturellen Gedächtnis**, das sich u. a. in Kunst- und Kulturgegenständen äußert. Bei „**Erinnerungskultur**" geht es um den funktionalen, sinnstiftenden Rückgriff auf die Vergangenheit. Hier kommt das **kollektive Gedächtnis** ins Spiel, das über den Einzelnen hinaus auf den Umgang einer Gemeinschaft mit Geschichte abzielt. Im Fall der umstrittenen Fresken rückt Arnautoff in seiner Kunst die historische Persönlichkeit des „Säulenheiligen" (Z. 16) der USA, Washington, kritisch ins Bewusstsein der Öffentlichkeit.

Die Debatte aus M 1 zeigt, wie **intensiv, differenziert und pluralistisch** man sich mit Geschichte beschäftigen muss. Auch geht es darum, inwiefern **Vergangenheit** durch eine gesellschaftlich dominierende Gruppe zur Identitätsstiftung **vereinnahmt** werden kann. Zudem wird die Frage aufgeworfen, wie man im Sinne einer „**ethischen Erinnerungskultur**" kritisch mit sensiblen Themen umgehen und z. B. Rücksicht auf die Opfer von Verbrechen nehmen sollte.

Stellungnahme zur Problematik in M 1

Intensivierung und Pluralisierung des Umgangs mit Geschichte

Vor diesem theoretischen Hintergrund lässt sich der erinnerungskulturelle Streit um die zwei Fresken unter **verschiedenen Gesichtspunkten** betrachten. Durch die Ausstellung an einer Schule tragen Arnautoffs Kunstwerke dazu bei, dass sich eine **breitere Öffentlichkeit** abseits des wissenschaftlichen Bereichs **kritisch** mit dem Leben des stark idealisierten George Washington auseinandersetzen kann. Bei der Schaffung der beiden Bilder hat Arnautoff keine einseitige, sondern eine **multiperspektivische Sicht** auf den ersten US-Präsidenten eingenommen: Dieser wird nicht nur glorifiziert, sondern auch hinterfragt, was zu einer **differenzierten** Beschäftigung mit der US-amerikanischen Geschichte und ihren **Schattenseiten** (Sklaverei, Umgang mit der indigenen Bevölkerung) einlädt.

identitätsstiftende Wirkung

Trotzdem fordern afroamerikanische und indigene Eltern die Zerstörung der Bilder. Hier scheint die Auseinandersetzung mit den Fresken eine **identitätsstiftende Wirkung** entfaltet zu haben. Obwohl Arnautoff in M 2 und M 3 bewusst Kritik an Washington eingebaut hat, fühlen sich die beiden Minderheiten nicht gewürdigt. Für sie sind die Fresken vielmehr ein weiteres **schmerzhaftes Zeichen** für ihre Unterdrückung, zumal die Überhöhung Washingtons bis heute wesentlicher Bestandteil der US-amerikanischen Erinnerungskultur ist und regelmäßig zur nationalen Identitätsbildung benutzt wird.

ethische Erinnerungskultur

Angesichts der ethnischen Minderheiten, die in der US-Geschichte Opfer großer Verbrechen geworden sind, geht es auch um die Frage einer **ethischen Erinnerungskultur**. Aus der Sicht der Betroffenen handelt es sich bei den Wandbildern um eine unsensible Zurschaustellung von Praktiken, unter denen ihre Vorfahren heftig zu leiden hatten. Eine völlige Entfernung der Bilder sei besser, als täglich mit der eigenen Vergangenheit konfrontiert zu werden. Ein Grund für diese Forderung, so deutet es Drösser in M 1 an, könnte in der öffentlichen Debatte um die Entfernung von Statuen, die Anführer der Konföderierten im Bürgerkrieg glorifizieren, liegen (vgl. Z. 26–29). Der Vergleich ist inhaltlich nicht unproblematisch, da diese Monumente, anders als die Fresken, wegen der gänzlich unkritischen Darstellung dieser Personen nur einen **einseitigen, nicht reflektierten Beitrag** zur Geschichts- und Erinnerungskultur leisten. Im Gegensatz dazu sind Arnautoffs Bilder bewusst multiperspektivisch angelegt und vermitteln eine für ihre Entstehungszeit „äußerst fortschrittliche Interpretation der Geschichte“ (Z. 30 f.).

rechtliche Legitimation: Kunst-/Meinungsfreiheit, Persönlichkeitsrechte

Stellt sich noch die Frage nach der **rechtlichen Legitimation der Forderungen:** Wie Drösser in M 1 berichtet, fühlen sich konkrete Bevölkerungsgruppen durch M 2 und M 3 angegriffen. Hier wäre zu prüfen, ob Arnautoffs Werk durch die **Kunst- und Meinungsfreiheit** abgesichert ist oder ob es sich um eine **Persönlichkeitsverletzung** und die **Diskriminierung von Minderheiten** handelt, was eine Form der Zensur rechtfertigen könnte. Um ein eindeutiges Urteil fällen zu können, müsste man aber die Rechtslage in den USA ausführlicher in den Blick nehmen.

Sachurteil

Bei den zwei umstrittenen Wandbildern handelt es sich um ein Stück **Erinnerungskultur**. Washington wird **nicht einseitig** idealisiert; vielmehr ist Chernys in M 1 zitierte Aussage zu unterstreichen: „Die Absicht des Künstlers war es eindeutig, die Sklaverei und den Genozid an den amerikanischen Indianern zu **kritisieren**.“ (Z. 43–45) Die Fresken leisten einen **Beitrag zum kulturellen Gedächtnis und Geschichtsbewusstsein der USA**. Die Verhüllung der Bilder würde in diesem konkreten Fall eine kritische Auseinandersetzung mit den dunklen Kapiteln der US-amerikanischen Vergangenheit verhindern. Vor diesem Hintergrund ist die Forderung der Kritiker zurückzuweisen: Die Bedeutung der Fresken ist groß, da an ihrem Beispiel die US-Geschichte an sich und die **Rezeptionsgeschichte der „American Revolution“** beleuchtet werden können.

Werturteil

In **moralisch-ethischer** Hinsicht ist der Beschluss der Schulbehörde dagegen durchaus zu verstehen, besonders wenn man dem **Minderheitenschutz** hohe Priorität einräumt. Durch die Fresken fühlen sich Angehörige der afroamerikanischen und indigenen Bevölkerungsgruppe diskriminiert. Betrachtet man die Angelegenheit unter diesem Gesichtspunkt, so stellt die **Verhüllung eine geeignete Maßnahme** dar, die gleichzeitig die **völlige Vernichtung von Arnautoffs Werk verhindert**.

Da allerdings die Abdeckung mit festen Paneelen einer Zerstörung der Fresken recht nahe kommt, wäre Chernys Vorschlag, die Bilder mit Vorhängen **mobil und temporär zu verstecken**, ein Kompromiss, der beide Seiten und ihre Argumente stärker berücksichtigen würde. Hierbei könnte man aber die **kritische Auseinandersetzung** mit den dargestellten Inhalten noch **deutlich verstärken**. So wäre es möglich, alle Fresken – nicht nur M 2 und M 3 – mit ergänzenden Schrifttafeln zu versehen sowie Informationsveranstaltungen und Projekttage zum Namenspatron der Schule zu organisieren. Zudem könnte man die Schülerinnen und Schüler selbst zu diesem Thema befragen und sie Vorschläge machen lassen. All dies trüge zu einer **Pluralisierung der Erinnerungskultur** bei und könnte sich positiv auf ein **differenzierteres Geschichtsbewusstsein** auswirken.

eigener Kompromissvorschlag

REZEPTION DER GRÜNDUNGSPHASE DER USA
(Rahmenthema 1 mit Übergriff auf Rahmenthema 4)

Aufgabenstellung

1 Fassen Sie das Material nach einer kurzen Vorstellung zusammen.

2 Erläutern Sie diejenigen historischen Sachverhalte zur „American Revolution“, auf die sich Trump bezieht.

3 Beurteilen Sie Trumps Umgang mit Geschichte und Erinnerung im vorliegenden Material.

M Rede des US-Präsidenten Donald Trump am 3. Juli 2020 vor dem Mount-Rushmore-Monument[1] (Auszug)

Wir kommen heute Abend zusammen, um den wichtigsten Tag in der Geschichte der Nationen, den 4. Juli 1776, einzuläuten. Bei diesen Worten sollte jedes amerikanische Herz vor Stolz anschwellen, jede amerikanische Familie vor Freude jubeln, und jeder amerikanische Patriot sollte mit Freude erfüllt sein, denn jeder von Ihnen lebt in dem großartigsten Land der Weltgeschichte, und es wird bald größer sein als je zuvor.

Unsere Gründer starteten nicht nur eine Revolution in der Regierung, sondern auch eine Revolution im Streben nach Gerechtigkeit, Gleichheit, Freiheit und Wohlstand. Keine Nation hat mehr für den Fortschritt der Menschheit getan als die Vereinigten Staaten von Amerika, und kein Volk hat mehr für den Fortschritt der Menschheit getan als die Bürger unserer großen Nation. Dies alles wurde durch den Mut von 56 Patrioten ermöglicht, die sich vor 244 Jahren in Philadelphia versammelten und die Unabhängigkeitserklärung unterzeichneten. […]

1776 stellte den Höhepunkt von Tausenden von Jahren westlicher Zivilisation und den Triumph nicht nur des Geistes, sondern auch der Weisheit, Philosophie und Vernunft dar. Und doch wächst bei unserem Treffen heute Abend die Gefahr, die jeden Segen bedroht, für den unsere Vorfahren so hart gekämpft und geblutet haben, um ihn zu sichern. Unsere Nation wird Zeuge einer erbarmungslosen Kampagne, die darauf abzielt, unsere Geschichte auszulöschen, unsere Helden zu diffamieren, unsere Werte auszulöschen und unsere Kinder zu indoktrinieren. Wütende Mobs versuchen, die Statuen unserer Gründer niederzureißen, unsere heiligsten Denkmäler zu verunstalten und eine Welle von Gewaltverbrechen in unseren Städten auszulösen.[2] Viele dieser Menschen haben keine Ahnung, warum sie das tun, aber einige wissen, was sie tun. Sie denken, das amerikanische Volk sei schwach und weich und unterwürfig, aber nein, das amerikanische Volk ist stark und stolz, und es wird nicht zulassen, dass unser Land mit all seinen Werten, seiner Geschichte und Kultur von ihnen genommen wird. […]

Von Kopf bis Fuß repräsentierte George Washington die Stärke, Anmut und Würde des amerikanischen Volkes. Aus einer kleinen freiwilligen Truppe von Bürgerbauern schuf er aus dem Nichts die Kontinentalarmee und scharte sie um sich, um sich gegen das mächtigste Militär der Welt zu stellen. Acht lange Jahre lang, durch den brutalen Winter in Valley Forge[3], durch Rückschlag um Rückschlag auf dem Schlachtfeld, führte er diese Patrioten zu ihrem endgültigen Triumph. Als die Armee zu Weihnachten 1776 auf einige tausend Mann geschrumpft war, als eine Niederlage absolut sicher schien, nahm er den Rest seiner Truppen mit auf eine gewagte nächtliche Überquerung des Delaware River. Sie marschierten durch neun Meilen eisiger Dunkelheit, viele ohne Stiefel an den Füßen, und hinterließen eine Blutspur im Schnee. Am Morgen errangen sie den Sieg in Trenton[.] [N]achdem sie in Yorktown die Kapitulation des mächtigsten Reiches der Welt erzwungen hatten[,] [beanspruchte] General Washington […] nicht die Macht, sondern kehrte einfach als Privatmann nach Mount Vernon zurück.

Als er erneut aufgerufen wurde, leitete er den Verfassungskonvent in Philadelphia und wurde einstimmig zu unserem ersten Präsidenten gewählt. Als er nach zwei Amtszeiten zurücktrat, nannte ihn sein früherer Gegner, König George, den größten Mann seiner Zeit. Er ist bis heute der erste in unseren Herzen, denn solange die Amerikaner dieses Land lieben, werden wir den Vater unseres Landes, George Washington, ehren und schätzen. Er wird niemals entfernt, abgeschafft und vor allem wird er niemals vergessen werden.

Thomas Jefferson, der große Thomas Jefferson, war 33 Jahre alt, als er in den Norden nach Pennsylvania reiste und mit Bravour einen der größten Schätze der Menschheitsgeschichte verfasste, die Unabhängigkeitserklärung. Er entwarf auch die Verfassung von Virginia und konzipierte und schrieb das Virginia-Statut für Religionsfreiheit, ein Modell für unseren geschätzten Ersten Verfassungszusatz. Nachdem er zunächst als erster Außenminister und dann als Vizepräsident gedient hatte, wurde er in das Präsidentenamt gewählt. […]

Diejenigen, die versuchen, unser Erbe auszulöschen, wollen, dass die Amerikaner unseren Stolz und unsere große Würde vergessen, so dass wir uns selbst oder Amerikas Schicksal nicht mehr verstehen können. Indem sie die Helden von 1776 stürzen, versuchen sie, die Bande der Liebe und Loyalität aufzulösen, die wir für unser Land empfinden und die wir füreinander empfinden. Ihr Ziel ist nicht ein besseres Amerika, ihr Ziel ist es, Amerika zu beenden. […]

Wir werden die Ideale der Unabhängigkeitserklärung verkünden, und wir werden den Geist, den Mut und die Sache des 4. Juli 1776 niemals aufgeben. Auf diesem Boden werden wir fest und unerschütterlich stehen. Im Angesicht der Lügen, die uns spalten, demoralisieren und schmälern sollen, werden wir zeigen, dass die Geschichte Amerikas uns eint, uns inspiriert, uns alle einschließt und alle frei macht. […]

Fundort: Rede des US-Präsidenten Donald Trump am 3. Juli 2020 vor dem Mount-Rushmore-Monument (Auszug), https://www.weltwoche.ch/ausgaben/2020-28/ausland/wir-stehen-aufrecht-die-weltwoche-ausgabe-28-2020.html (letzter Aufruf am 07. 10. 2021).

Anmerkungen

1 Monumentaldenkmal mit vier Präsidentenporträts, die in den Berg Mount Rushmore eingehauen wurden (u. a. Washington und Jefferson).
2 In den USA wurden im Sommer 2020 im Zuge der „Black Lives Matter"-Protestbewegung mehrere Denkmäler beschädigt, die in den Augen der Demonstranten eine rassistische Vergangenheit verherrlichen.
3 Winterlager der Kontinentalarmee George Washingtons von 1777 bis 1778.

Hilfsmittel: Keine

TIPP **Erläuterungen und Bearbeitungshinweise**

Die Aufgabe bezieht sich schwerpunktmäßig auf das Rahmenthema 1 „Krisen, Umbrüche und Revolutionen" (Wahlmodul 4: „Amerikanische Unabhängigkeit – ‚American Revolution'"). Der geforderte Übergriff erfolgt auf das Kernmodul des Rahmenthemas 4 „Geschichts- und Erinnerungskultur".

Lösungsvorschlag

1 **TIPP** *Anforderungsbereich: I, Gewichtung in Prozent: 25*

Nach einer kurzen Vorstellung des Materials, in der Sie den Anlass, den Autor, die Adressaten, die Quellengattung, das Thema und die Intention des Redners präzise bestimmen, fassen Sie die wesentlichen Positionen Trumps klar strukturiert, vollständig sowie inhaltlich reduziert und korrekt zusammen. Formulieren Sie sprachlich eigenständig und kommentieren Sie die Aussagen nicht. Die Aufgabe hat einen reproduktiven Charakter.

Vorstellung des Materials

Das Material ist ein Auszug aus einer **Rede** des damaligen republikanischen **US-Präsidenten Donald Trump**, die dieser am **3. Juli 2020**, also am Tag vor dem **Unabhängigkeitstag** (4. Juli), vor dem US-amerikanischen Monumentaldenkmal **Mount Rushmore** gehalten hat. Mit seiner Ansprache, in der er die Geschichte, Größe und Bedeutung der Vereinigten Staaten ausführlich rühmt, richtet er sich v. a. an die **US-amerikanische Öffentlichkeit**, um das Nationalbewusstsein in der Bevölkerung zu stärken.

Inhalte von M

Glorifizierung der Unabhängigkeitserklärung

Trump betont zuerst die welthistorische, revolutionäre Bedeutung der **Unabhängigkeitserklärung vom 4. Juli 1776**, deren liberale Ideen und menschenrechtliche Prinzipien er als entscheidende Motoren des **Fortschreitens** nicht nur der USA, sondern **der gesamten Menschheit** deklariert. Er appelliert an den **Patriotismus und Stolz** der US-Amerikaner auf die Gründerväter und deren Werte, die angeblichen Folgen der Unabhängigkeitserklärung und die eigene, von Trump als besonders großartig hervorgehobene Nation. Die Leistungen der Vereinigten Staaten und ihrer Gründer sieht er zum Zeitpunkt der Rede durch die Demonstrationen und Protestaktionen der **„Black Lives Matter"-Bewegung** gefährdet. Diese diffamiere die Taten der großen Männer der US-amerikanischen Geschichte und trete die nationalen Werte und Errungenschaften mit Füßen.

deutliche Kritik an „Black Lives Matter"

Als einen vorbildhaften Helden hebt Trump den ersten Präsidenten der USA, **George Washington**, hervor, der sich durch sein mutiges, entschlossenes Wirken als **Oberbefehlshaber** im Unabhängigkeitskrieg ausgezeichnet habe. So habe er im Winter 1776 in aussichtsloser Lage und unter widrigsten Umständen einen waghalsigen Angriff auf die gegnerischen Truppen in Trenton unternommen und tatsächlich den Sieg davongetragen. Anschließend habe er auch große **politische Verantwortung** übernommen. Washington habe aber weder als Oberbefehlshaber noch als Präsident an seiner Macht gehangen, sondern sei immer wieder freiwillig zurück ins Privatleben getreten.

Präsentation von Helden: George Washington …

Ein weiterer Held ist laut Trump der maßgebliche Verfasser der Unabhängigkeitserklärung und spätere Präsident **Thomas Jefferson**, der u. a. auch für die Aufnahme der Religionsfreiheit in das Virginia-Statut und später in die US-Verfassung verantwortlich zeichne.

… und Thomas Jefferson

Abschließend wendet sich Trump noch einmal deutlich **gegen die Demonstrant*innen**, die seiner Meinung nach versuchen würden, die **nationale Identität und den Stolz der US-Amerikaner** durch Angriffe auf die Gründerväter und die amerikanische Geschichte zu **zerstören**. Dies werde ihnen jedoch nicht gelingen.

Angriff auf die Demonstranten

2 **TIPP** *Anforderungsbereich: II, Gewichtung in Prozent: 40*

Die Erläuterung setzt umfassende Kenntnisse über die „American Revolution" voraus. In Ihrer Lösung sollen Sie wichtige Aspekte (z. B. Ereignisse, Personen) aus Trumps Rede herausgreifen, sinnvoll strukturieren und vor dem historischen Hintergrund erklären. Führen Sie Ihren Leserinnen und Lesern also durch zusätzliche Informationen und Beispiele die in M nur angedeuteten Inhalte vor Augen. Verweisen Sie dabei auch auf die entsprechenden Passagen der Rede. Diese textbezogene Anwendung und Verknüpfung von Wissen fällt in den AFB II.

Einleitung

In seiner Rede nennt Präsident Trump wesentliche **Wegmarken und Persönlichkeiten der „American Revolution":** die Unabhängigkeitserklärung vom 4. Juli 1776, den Unabhängigkeitskrieg 1775–1783, die US-Verfassung von 1787 mit der Bill of Rights sowie die Gründerväter und Präsidenten George Washington und Thomas Jefferson.

Am **4. Juli 1776** nahm der in Philadelphia tagende Zweite Kontinentalkongress mit seinen 56 Abgeordneten aus 13 Kolonien die **Unabhängigkeitserklärung** ohne Gegenstimmen an (vgl. Z. 10–12). Sie wurde vor allem von Thomas Jefferson verfasst und war maßgeblich vom **Gedankengut der europäischen Aufklärung** beeinflusst, besonders von denjenigen Philosophen, die die **Gleichheit der Menschen** im **Naturrecht** begründet sahen (vgl. Z. 7, 13–15). So vertrat der in den Kolonien viel rezipierte **John Locke** die Auffassung, dass die Gleichheit der Menschen schon in der Schöpfungsgeschichte von Gott angelegt sei, weshalb alle an der Herrschaft partizipieren müssten. Diese Überlegung stieß bei den oft sehr gläubigen Kolonisten, die seit den 1740er-Jahren noch durch eine Erweckungsbewegung in ihren religiösen Grundüberzeugungen bestärkt wurden, auf offene Ohren. Daher fand die Idee bereits in der Präambel der Unabhängigkeitserklärung ihren direkten Niederschlag. Allerdings stimmte der Anspruch auf Gleichheit nicht mit der **gesellschaftlichen Wirklichkeit** überein: Abgesehen davon, dass Frauen nicht als gleich(wertig) angesehen wurden, war vor allem in den südlichen Kolonien eine **Sklavenhaltergesellschaft** fest verankert, die wesentlich auf Ungleichheit fußte. Dieser Widerspruch war z. B. Jefferson durchaus bewusst, wurde aber in Kauf genommen, um den inneren Zusammenhalt im gemeinsamen Kampf gegen die Briten nicht zu gefährden.

Erläuterung: Etappen und Persönlichkeiten der „American Revolution“

Unabhängigkeitserklärung vom 4. Juli 1776

Als die Unabhängigkeitserklärung unterzeichnet wurde, befanden sich die Kolonisten nämlich schon seit über einem Jahr in **kriegerischen Auseinandersetzungen** mit dem Mutterland. Zunächst verlief der **Unabhängigkeitskrieg** für die amerikanische Sache unvorteilhaft; so nahmen britische Truppen 1776 New York und 1777 Philadelphia ein. Gleichzeitig mussten die sich widersetzenden Kolonisten einen bürgerkriegsähnlichen Kampf mit den etwa 100 000 **Loyalisten** führen, die treu zu Großbritannien standen. Der symbolische Sieg der Truppen Washingtons in Trenton in schier auswegloser Lage 1776, auf den in M verwiesen wird, hob dagegen die Stimmung unter den Kolonisten (vgl. Z. 30–36). Nach dem amerikanischen Sieg in Saratoga/New York im Herbst 1777 erkannte Frankreich die Vereinigten Staaten als unabhängiges Land diplomatisch an und erklärte England 1778 sogar den Krieg. Weitere Unterstützung erhielten die USA 1779, als Spanien und die Niederlande auf ihrer Seite in das Kampfgeschehen eintraten. Am 19. Oktober 1781 **kapitulierten** die britischen Truppen in Yorktown/Virginia (vgl. Z. 36 f.). Der **Pariser Frieden** vom September 1783 garantierte die **Souveränität der Vereinigten Staaten** dauerhaft.

Unabhängigkeitskrieg 1775–1783

Innenpolitisch stand der sich ausbildenden Nation noch die Entwicklung vom lockeren Staatenbund, der 1777 vom Kontinentalkongress durch die „Artikel der Konföderation“ eingeleitet worden war, zum **Bundesstaat** bevor. Dieser nahm erst 1787 mit der Ausarbeitung

US-Verfassung 1787 mit „Bill of Rights“

einer **gemeinsamen Verfassung für die 13 Einzelstaaten** festere Formen an. Der 1789 verabschiedeten Konstitution stellten die US-Amerikaner die „**Bill of Rights**" voran, die auf der 1776 in Virginia verfassten Menschenrechtserklärung fußte und bestimmte Grundrechte wie **Religions-, Meinungs- und Pressefreiheit** enthält (vgl. Z. 49 f.). Die Verfassung selbst beruhte wesentlich auf der ebenfalls von Staatsdenkern der Aufklärung propagierten **Gewaltenteilung:** Durch die Einrichtung von Institutionen, die sich gegenseitig kontrollieren und regulieren sollen, wurde ein System der Machtbalance („Checks and Balances") geschaffen, das noch immer die Grundlage der US-amerikanischen Demokratie darstellt.

Gründerväter: Washington und Jefferson

Der Unabhängigkeitsprozess wurde durch **Männer** geprägt, die bis heute einen festen Platz in der **Erinnerungskultur** der Vereinigten Staaten einnehmen. Dabei verehren die US-Amerikaner besonders die **Gründerväter George Washington und Thomas Jefferson**, nicht nur am Mount Rushmore (vgl. Z. 26–52). Washington besaß als Oberbefehlshaber im Unabhängigkeitskrieg und erster Präsident der USA eine bereits zu Lebzeiten ungemein **hohe Reputation**, die nach seinem Ableben sogar noch zunahm. Auch Thomas Jefferson, der wesentliche Autor der Unabhängigkeitserklärung und dritte US-Präsident, genießt weiterhin **großes**, fast schon kultisches **Ansehen** in der US-amerikanischen Öffentlichkeit. Die bei ihnen durchaus vorhandenen, besonders aus heutiger Sicht dunkleren Aspekte werden allerdings häufig ausgeblendet, so ihre ambivalente Haltung zur Sklavenfrage und die Tatsache, dass sie beide zahlreiche Sklaven besaßen.

3 **TIPP** *Anforderungsbereich: III, Gewichtung in Prozent: 35*

Eine Beurteilung verlangt die Untersuchung eines Sachverhalts auf seine sachliche Richtigkeit bzw. innere Logik oder seinen Stellenwert in Bezug auf eine historische Sinnbildung. Dabei soll am Anfang benannt werden, was genau überprüft werden soll. In diesem Fall müssen Sie untersuchen, wie Trump in seiner Rede M mit der amerikanischen Geschichte umgeht, wofür er sie einsetzt und ob seine Aussagen triftig sind. Beziehen Sie dabei Theorien bzw. Begriffe der Geschichts- und Erinnerungskultur ein.

Überhöhung der USA und ihrer Geschichte

Hier gilt es herauszuarbeiten, wie **Trumps Umgang mit Geschichte und Erinnerung** in M aussieht und welche Funktion bzw. welcher Stellenwert diesen zukommen. Der damalige US-Präsident **glorifiziert** die USA als das „**großartigst[e] Land** der Weltgeschichte" (Z. 5), preist die Errungenschaften der amerikanischen Geschichte und stellt Personen wie Washington und Jefferson als **Helden und Vorbilder** heraus. Der Bezug auf eine gemeinsame, **als glorreich**

propagierte Vergangenheit soll den **Stolz** auf die eigene Nation und das Zusammengehörigkeitsgefühl fördern und das **kollektive Gedächtnis beeinflussen**, nicht nur unter Trumps Anhängern, sondern in der breiten US-Bevölkerung.

Die **Überhöhung der US-amerikanischen Geschichte** verstärkt die zweite Funktion der Ansprache: Trump **instrumentalisiert** den bevorstehenden Unabhängigkeitstag nämlich auch, um die **„Black Lives Matter"-Bewegung**, die gegen den strukturellen Rassismus in der US-amerikanischen Gesellschaft protestiert, **zu diskreditieren**. Dabei führt er die angebliche Zerstörung von Statuen der Gründerväter durch Demonstranten an, was er als **Angriff auf die Werte der USA** insgesamt **verurteilt**. Er behauptet sogar, dass damit beabsichtigt sei, die **US-amerikanische Geschichte auszulöschen** (vgl. Z. 19–25). Diese Darstellung ist nicht triftig: Im Zentrum der Proteste standen nicht die Gründerväter; attackiert wurden hauptsächlich Denkmäler, die mit **Kolonialismus, Rassismus und/oder Sklaverei** in Verbindung gebracht werden, z. B. Statuen des Eroberers Christoph Kolumbus oder von Südstaaten-Generälen aus dem Amerikanischen Bürgerkrieg. Nur vereinzelt rückte man Jefferson als Sklavenhalter in den Fokus. Trump übertreibt hier bewusst und lenkt vom wahren Anliegen und Thema der Bewegung ab. Zudem greift er die „Black Lives Matter"-Proteste **einseitig** auf und erwähnt nicht den Auslöser der Unruhen, den Fall des im Mai 2020 von einem weißen Polizisten getöteten **George Floyd**. Er ignoriert damit die Tatsache des **historischen strukturellen Rassismus**, der bis heute in der US-amerikanischen Gesellschaft (u. a. der Polizei) weit verbreitet ist, gerade auch, um im laufenden Wahlkampf die Bevölkerung zu **polarisieren**.

falsche Darstellung der „Black Lives Matter"-Bewegung und ihrer Geschichtskritik

Insgesamt nutzt er die Feierlichkeiten zum **US-Nationalfeiertag** vor der eindrucksvollen Bühne des Mount Rushmore, einem **Erinnerungsort** amerikanischer Geschichte, dazu, die Demonstrantinnen und Demonstranten als „[w]ütende Mobs" (Z. 19) zu verunglimpfen, während seine Aussagen über den Gründungsprozess und die Gründerväter von einer **Sakralisierung** geprägt sind, die jegliche **Kritik** kategorisch **ausschließt** (vgl. z. B. Z. 26–29, 46–48). So werden die **Widersprüche** zwischen der proklamierten Gleichheit und den tatsächlichen Zuständen, die Jefferson selbst schon 1776 wahrgenommen hat, von Trump **bewusst ausgeblendet** (vgl. Z. 7, 47 f.). Der US-Präsident möchte vielmehr einen für möglichst viele Menschen **leicht zugänglichen Nationalismus** propagieren, der die USA als das führende und „großartigst[e] Land der Weltgeschichte" (Z. 5) heraushebt. Sein **Umgang mit Geschichte** ist sehr **fragwürdig**, weil er sie als eindeutig und nicht als deutungsoffen versteht (vgl. Z. 1 f.). Dabei setzt er auf eine **Objektivation der Geschichtskultur**, also

vereinfachender und daher fragwürdiger Umgang mit Geschichte auf eine aktuelle Darstellung von Geschichte (vgl. den Geschichtsdidaktiker Hans-Jürgen Pandel), die mit einfachen, aber polarisierenden rhetorischen Mitteln das Geschichtsbewusstsein und die kollektive Erinnerung in eine klare Richtung lenken will. So versteht er z. B. den Prozess der Loslösung der Kolonisten vom britischen Mutterland als „**Revolution**" (Z. 6 f.), ohne die umstrittene Verwendung des Begriffs zu thematisieren. Dabei hätte er nämlich konkretisieren müssen, dass die von ihm als hervorragend gerühmten Leistungen der Kolonisten (vgl. Z. 6–12) gar nicht so fundamental umwälzend und umfassend fortschrittlich waren: Teile der Bevölkerung durften nicht am „Streben nach Gerechtigkeit, Gleichheit, Freiheit und Wohlstand" (Z. 7) teilhaben; die Sklaverei als gesellschaftliches System wurde in den Südstaaten nach 1776 keineswegs angetastet und war zentraler Streitpunkt im Amerikanischen Bürgerkrieg.

Fazit

Indem Trump die Vergangenheit der USA **überhöht**, **Kritikpunkte** bewusst **verschweigt** und die antirassistischen **Proteste verurteilt**, wird deutlich, dass seine Aussagen nicht nur **erinnerungskulturell**, sondern sogar **erinnerungspolitisch** klar in eine von ihm gewünschte Richtung lenken sollen. Auf diese Weise möchte er im laufenden Wahlkampf seine Anhänger an sich binden, deren Selbstgefühl stärken und noch über diesen Kreis hinaus Wählerinnen und Wähler für sich gewinnen.

VORGESCHICHTE DER „AMERICAN REVOLUTION“

(Rahmenthema 1 mit Übergriff auf Rahmenthema 3)

Aufgabenstellung

1 Fassen Sie das Material nach einer quellenkritischen Einleitung zusammen.

2 Ordnen Sie das Material in den Kontext des amerikanischen Kampfes für Freiheit und Unabhängigkeit ein.

3 Analysieren Sie das im Material deutlich werdende Selbstverständnis des Verfassers. Beziehen Sie hierbei Kenntnisse zum Nationenbegriff mit ein.

4 Überprüfen Sie die Darstellung der britischen Kolonialmacht im Material.

M Artikel aus der Zeitung „The Constitutional Courant“ (Philadelphia, 21. September 1765), veröffentlicht unter dem Pseudonym „Philoleutherus“[1]

In einer Zeit, in der uns unsere liebsten Privilegien geraubt werden und die Grundlage all unserer Freiheit untergraben wird, muss jeder, der auch nur den geringsten Funken Liebe zu seinem Land hat, die tiefste Besorgnis über unser nahendes Schicksal empfinden. Die Herzen aller, die die Freiheit wertschätzen, müssen in ihrem Inneren brennen, wenn sie die Ketten der elenden Sklaverei sehen, die kurz davor sind, um unseren Hals gelegt zu werden.

Die verschiedenen Autoren, die es gewagt haben, das Anliegen dieser verletzten Kolonien aufzuzeigen, haben unbestreitbar bewiesen, dass den Prinzipien unserer Verfassung folgend ein Engländer nur mit seiner eigenen Zustimmung besteuert werden kann, die entweder von ihm selbst oder von seinen Vertretern erteilt wird; dass diese Kolonien aber in keiner Weise im britischen Parlament repräsentiert sind; dass den ersten Abenteurern, die in diese unkultivierte Wildnis eindrangen, in jeder Kolonie entweder durch königliche Urkunden oder durch königliche Konzessionen ganz ausdrücklich zugesichert wurde, dass ihnen alle ihre Rechte und Privilegien als britische Untertanen unangetastet erhalten bleiben sollten; dass diese ursprünglichen Konzessionen von der Krone wiederholt bestätigt und bis zu dieser denkwürdigen Zeit nie angefochten wurden. Die Argumente, durch die diese Punkte über jeden Zweifel erhaben sind, brauche ich nicht zu wiederholen. Die Beweisführung ist so überzeugend, dass sie allen außer den abscheulichen Lakaien der Tyrannei und der Willkürherrschaft einleuchten muss. Daher drängt sich uns die ungeheure Schlussfolgerung auf, dass die Verlässlichkeit der Nation, der wir bisher meinten, uns sicher anvertrauen zu können, verletzt wird und wir durch das zuletzt erlassene Gesetz, das hier bei uns ein Stempelamt errichtet hat, unserer teuersten Rechte beraubt werden.

Was ist dann zu tun? Sollen wir uns ruhig hinsetzen, während sich das Joch der Sklaverei um unsere Hälse legt? Wer dumm genug ist, dafür zu plädieren, verdient es, ein Sklave zu sein. Können wir noch hoffen, dass unser König etwas Wohlwollen und Güte für uns übrig hat? Wir haben das Glück, von einem der besten Könige regiert zu werden, der unser gemeinsamer Vater ist, und der nicht der Versuchung erliegen darf, die Rechte eines Teils seiner Untertanen der Willkür eines anderen zu opfern. [...] Dies, meine Landsleute, ist unser unglückliches Los: Dieselben Prinzipien, auf Basis derer die gemeinen Lakaien der Tyrannei die aktuelle Steuer rechtfertigen, werden auch die unterdrückerischsten Gesetze rechtfertigen. Sie brauchen nur kühn zu versichern, dass wir eigentlich im britischen Parlament vertreten sind, dass sie am besten beurteilen können, welche Summen erhoben werden müssen und welche wir bezahlen können. Deshalb sei eine solche Steuer in jedem Fall gerecht, auch wenn sie neun Zehntel von uns zu Bettelkindern reduziert. Wenn wir Petitionen gegen sie einbringen, brauchen sie nur zu sagen: „Es ist gegen die bekannten Regeln dieses Hauses, Petitionen gegen Steuern zuzulassen". Damit verwehren sie uns für immer die Möglichkeit, gehört zu werden. Wurde jemals eine breitere Tür für den Eintritt willkürlicher Macht mit all ihrem Schrecken geöffnet? [...] Sogar dort, wo die Tyrannei schon lange ihren düsteren Thron errichtet hat, wird den Untertanen oft die Freiheit zugestanden, sich über Missstände zu beschweren. Und sie nutzen diese Freiheit oft mit Erfolg. Armes Amerika! Das uns zustehende Privileg der Beschwerde, welches dem schlimmsten Kriminellen gewährt wird, wird dir verweigert.

Niemand soll diese freien Gedanken als Verrat tadeln: Ich weiß, dass sie von denen so genannt werden, die diese blühenden Kolonien gerne in die elenden Sitze von Knechtschaft und Elend verwandeln würden. Aber die Meinungen solcher Schurken sind wenig zu beachten. Wir hegen die unerschütterlichste Loyalität gegenüber unserem rechtmäßigen Souverän. Wir verehren das britische Parlament sehr. Wir betrachten es als die erhabenste Versammlung auf Erden. Aber die weisesten Könige können irregeführt werden. Sie müssen einigen Personen hinsichtlich der erhaltenen Informationen vertrauen. Diese Personen sind im Allgemeinen solche, deren Interesse es ist, den Königen alle Dinge in falschem Licht darzustellen; so dass es eher zu bewundern ist, dass diese nicht öfter irregeführt werden als ohnehin schon. Auch Parlamente können Fehler begehen, ja, sie verfallen manchmal in schwere Irrtümer und formulieren Gesetze, die für den Untertanen außerordentlich repressiv sind. Ja, sie ergreifen sogar manchmal Maßnahmen, die letztlich die ganze Verfassung aus den Angeln heben würden. Unsere Geschichte birgt unzählige Beweise dafür, dass dies wahr ist. Es kann kein Verrat sein, auf solche Fehler und ihre Folgen hinzuweisen, ja, sie ins grellste Licht zu rücken, um die Untertanen wachzurütteln.

Indem sie nach diesem Prinzip gehandelt haben, haben unsere Vorfahren uns unsere Privilegien unbeschädigt übertragen; lasst uns daher dieselben glorreichen Prinzipien verfolgen. Lasst uns das britische Parlament mit allem möglichen Respekt behandeln, solange es uns wie gleichberechtigte Untertanen behandelt. Aber wenn es die Grenzen überschreitet, die ihm die Verfassung vorschreibt, wenn es eine Rechtsprechung an sich reißt, auf die es kein Recht hat, wenn es unsere Freiheiten verletzt und solche

Maßnahmen verfolgt, die zweifellos in einer türkischen Willkür[2] enden, wenn es das öffentliche Vertrauen verletzt und unser Vertrauen in die königlichen Versprechen zerstört, dann lehnen wir mutig all solche widerrechtlich angeeigneten Rechtsprechungen ab [...].

[...] Werdet ihr widerspruchslos die Ausführung eines Gesetzes erdulden, das euch auf den abscheulichen Zustand von Sklaven reduziert und das von allen echten Söhnen der Freiheit verabscheut wird? Lasst den Elenden, der jetzt noch immer schläft, als Feind seines Landes gebrandmarkt werden.

Philoleutherus.

Fundort: Philoleutherus. In: The Constitutional Courant: Containing Matters Interesting to Liberty, and No Wise Repugnant to Loyalty. Number 1 (Sept. 21, 1765). [eigene Übersetzung]

Anmerkungen

1 „Philoleutherus" bedeutet sinngemäß „Freund der Freiheit". Die Identität des Verfassers ist jedoch unbekannt.

2 Der Begriff „türkische Willkür" wird hier abschätzig für alle Formen der Allein- und Willkürherrschaft verwendet.

Hilfsmittel: Keine

TIPP **Erläuterungen und Bearbeitungshinweise**

Hinweis: Die Aufgabenstellung bezieht sich auf die verbindlichen Wahlmodule der Abiturprüfung 2021, ist aber weitgehend auch für das Abitur 2024 relevant. Daher stellen wir sie Ihnen als zusätzliche Übungsmöglichkeit zur Verfügung.

Der Schwerpunkt liegt im Wahlmodul 4 „Amerikanische Unabhängigkeit – ‚American Revolution'" (Rahmenthema 1 „Krisen, Umbrüche und Revolutionen"). Die 3. Aufgabe bezieht sich semesterübergreifend auch auf das Kernmodul „Die Frage nach der deutschen Identität" (Rahmenthema 3 „Wurzeln unserer Identität"). Strukturierende Aspekte sind „Freiheit und Herrschaft", „Gewalt und Gewaltfreiheit" sowie „Individuum und Gesellschaft". Unter globaler und europäischer Perspektive geht es um die Dimensionen Kultur-, Ideen- und Politikgeschichte.

Lösungsvorschlag

1 **TIPP** *Anforderungsbereich: I, Gewichtung in Prozent: 25*

Die Aufgabe verlangt die Aufsatzart Inhaltswiedergabe. Einleitend ist die Quelle zu bestimmen: Sie informieren Ihre Leserschaft über Autor, Art der Quelle, Datum und Ort ihres Erscheinens, Thema und Schreibabsicht des Verfassers. Die Angaben zu Material und Quellenkontext lassen schon den Gegenstand der Untersuchung und die Position des Autors vermuten und geben erste Hinweise auf Ihre Bearbeitungsrichtung; das hilft Ihnen, sich auf Aufgabe und Zielrichtung Ihres

Fachaufsatzes zu fokussieren. Das Attribut „quellenkritisch" verlangt, dass Sie eine distanzierte Haltung zu Aussagen und Position des Autors einnehmen. Der Operator „zusammenfassen" fordert, „Sachverhalte auf wesentliche Aspekte [zu] reduzieren und sprachlich distanziert, unkommentiert und strukturiert" wiederzugeben: Sie müssen über die Inhalte von M sprachlich und gedanklich eigenständig berichten. Ihre Darstellung können Sie in mehrere Sinnabschnitte gliedern (siehe Randspalte). Verwenden Sie den Konjunktiv bzw. entsprechende Ersatzformen und übertragen Sie veraltete Begriffe in die heutige (Fach-)Sprache.

Vorstellung der Textquelle

Kontext

Mit dem „Stempel(steuer)gesetz" („**Stamp Act**"), das **1765** vom britischen Parlament verabschiedet wurde, sollten erstmals direkte Steuern in den nordamerikanischen Kolonien erhoben werden, und zwar auf offizielle Schriftstücke, Zeitungen sowie Karten- und Würfelspiele. Das führte in den Kolonien zu einer **antibritischen Protestwelle**, die von breiten Bevölkerungsschichten getragen wurde.

Quellenart, Ort/Zeitpunkt der Publikation, Verfasser, Anlass

Die Haltung und Denkweise vieler Kolonisten gibt ein **Kommentar** wieder, der in der **Zeitung „The Constitutional Courant"** in **Philadelphia** am **21. September 1765** veröffentlicht wurde. Der Verfasser gibt sich nicht mit seinem wahren Namen zu erkennen und bezeichnet sich als „**Philoleutherus**", als „**Freund der Freiheit**". Der Artikel erschien in emotional aufgeladener Stimmung kurz vor der Eröffnung des **Stamp Act Congress** in New York, der eine „Erklärung zu Rechten und Beschwerden" an die Londoner Regierung richtete, teils erfolgreich: Das britische Parlament hob im März 1766 den Stamp Act auf.

Intention

Der Kommentar **appelliert** an die Kolonisten, **für ihre Freiheitsrechte einzutreten** und sich dabei gegen das Parlament und die Regierung in London zur Wehr zu setzen.

Inhalte von M

Verlust von Freiheitsprivilegien und Fehlverhalten Großbritanniens

Der Autor beschreibt die Rechtslage und die Folgen des „Stamp Act" aus seiner Sicht. Demnach genössen die amerikanischen Kolonisten königlich garantierte **Freiheitsprivilegien**. Das vom britischen Parlament verabschiedete Stempelgesetz würde jedoch diese Freiheitsrechte verletzen und die Kolonisten zu **unfreien Knechten** erniedrigen. Das Verhalten von Parlament und Regierung in London sei zutiefst **unrechtmäßig:** Die Rechte der Kolonisten könnten laut britischer Verfassung, die auch für sie als englische Untertanen gelte, nur durch die Kolonisten selbst oder ihre Abgeordneten eingeschränkt werden. Im britischen Parlament säßen jedoch keine Vertreter der Kolonien, daher sei es gar nicht berechtigt, Steuern für die amerikanischen Kolonien zu beschließen. Folglich sei der „Stamp Act" **verfassungswidrig** und ungültig. Das Vorgehen der Regierung und des Parlaments würde das **Vertrauen** der Kolonisten in das britische Mutterland erheblich **erschüttern**.

Warnung vor weiteren britischen Maßnahmen

Es bestehe außerdem die große Gefahr, dass der „Stamp Act" nur ein Schritt auf dem Weg sei, die **Rechte** der Kolonisten **weiter zu beschneiden**, um diese stärker ausbeuten zu können. Besonders verwerflich sei, dass man es ihnen **verweigere**, **Beschwerde** gegen den „Stamp Act" **einzulegen**, was ihre Rechte noch tiefer verletze.

Verhältnis zur Kolonialmacht

Die Kolonisten empfänden eine **tiefe Loyalität gegenüber König und Parlament**. Dementsprechend könnten sie aber auch verlangen, dass diese ihnen mit Respekt begegnen und ihre Vorrechte und Freiheiten anerkennen würden. Wenn dies nicht der Fall sei, müsse jeder Kolonist **für seine politischen und persönlichen Freiheiten eintreten** und die ihm zugestandenen Rechte gegen Regierung und Parlament in London **verteidigen**. Untätigkeit komme einem Versagen gleich, die letztendlich auf die **Versklavung** der Kolonisten hinauslaufe.

abschließender Appell

Der Verfasser schließt mit dem Appell, alle Kolonisten als **Verräter** anzuprangern, die nicht bereit seien, ihre Vorrechte und Freiheiten zu verteidigen.

2 **TIPP** *Anforderungsbereich: II, Gewichtung in Prozent: 25*

Weisen Sie in Ihrer Überleitung auf Ihr Untersuchungsziel hin, die Quelle in den historischen Prozess des amerikanischen Kampfes für Freiheit und Unabhängigkeit einzuordnen. Für Ihre Leserschaft sollten Sie zudem den Begriff „American Revolution" kurz definieren und zeitlich eingrenzen. Der Operator „einordnen" verlangt, eine Position, ein Material bzw. einen Sachverhalt begründet in einen Zusammenhang zu stellen. Notieren Sie zunächst auf Ihrem Konzeptpapier wesentliche Entwicklungsschritte hin zur Unabhängigkeit der Kolonien. Ziehen Sie dann Schlussfolgerungen: Inwiefern nehmen die Aussagen des Zeitungskommentars auf die eben skizzierten Ereignisse vor und nach seiner Veröffentlichung direkt oder indirekt Bezug? Neben der zeitlichen Einordnung ist es wichtig, in welchem inhaltlichen Zusammenhang die Aussagen der Quelle zur „American Revolution" stehen. Erläutern bzw. begründen Sie Ihre Teilergebnisse, belegen Sie sie mit Zitaten aus M und runden Sie Ihre Ausführungen durch ein Gesamtfazit ab.

Ein-/Überleitung

Definition „American Revolution"

Der Kommentar vom September 1765 muss im Kontext des **amerikanischen Kampfes für die Freiheit und Unabhängigkeit der Kolonien** verstanden werden. Als „American Revolution" bezeichnen wir den Prozess, der zur Unabhängigkeit der **13 nordamerikanischen Kolonien** vom Britischen Empire geführt hat, also einen Zeitraum, der mit dem Ende des Siebenjährigen Kriegs **1763** begann und mit der **Unabhängigkeitserklärung am 4. Juli 1776** endete, die **1783** nach dem Sieg der USA im Amerikanischen Unabhängigkeitskrieg schließlich auch von Großbritannien anerkannt wurde.

Einordnung: M und die „American Revolution"

Siebenjähriger Krieg

Großbritannien ging aus dem **Siebenjährigen Krieg** (1756–1763) bzw. dem „**French and Indian War**" (1754–1763) militärisch siegreich hervor, stieg auf dem nordamerikanischen Kontinent zur unangefochten vorherrschenden Macht auf und verdrängte seinen großen

Konkurrenten Frankreich weitestgehend. Den mit den Franzosen verbündeten **indigenen Stämmen**, die ihren Kampf gegen die Briten fortsetzten, kam der englische König **Georg III.** im Oktober 1763 durch eine Proklamation entgegen: Westlich der **Appalachen** sollten die einheimischen Stämme siedeln, östlich davon die Kolonisten. Dieser Schritt wurde von den Siedlern als **unangemessener Eingriff** in ihre Freiheiten aufgefasst und sie setzten sich weitgehend über die Proklamation hinweg. Hier trat erstmals eine **Entfremdung zwischen der britischen Regierung und den Kolonisten** offen zutage: Dem Freiheitsstreben der Siedler stand der Londoner Herrschaftsanspruch entgegen, als übergeordnete Instanz die Probleme in den Kolonien aus der Ferne zu regeln. Der Kommentar vom 21. September 1765 spricht dieses Ereignis zwar nicht direkt an, kritisiert aber allgemein bereits im ersten Satz ein **freiheitsfeindliches Klima in den Kolonien:** „In einer Zeit, in der uns unsere liebsten Privilegien geraubt werden und die Grundlage all unserer Freiheit untergraben wird […].“ (Z. 1 f.)

Proklamationslinie 1763

Der Siebenjährige Krieg brachte die britischen Staatsfinanzen an den Rand eines **Staatsbankrotts**. Um die Einnahmen zu steigern, wollte die Regierung die nordamerikanischen Kolonien an den enormen Kriegskosten durch **Steuern** beteiligen. **1764** beschloss das britische Parlament den „**Sugar Act**“, durch den die Zollerträge erhöht werden sollten. Bisher hatte London nachlässige Zollkontrollen, Schmuggel und Korruption in den Kolonien hingenommen. Diese Haltung, die zur bislang verfolgten Tradition des „**salutary neglect**“ („wohlwollende Vernachlässigung“) der Kolonien durch Großbritannien passt, sollte sich mit dem neuen Zollgesetz nachdrücklich ändern. In den Kolonien rief das Gesetz **Empörung** in der Bevölkerung hervor, es kam zu Sabotageaktionen gegen britische Zollbehörden und Kriegsschiffe sowie zum Boykott britischer Waren. Zwar wird auch diese Maßnahme in M nicht konkret angesprochen, allerdings beklagt sich der Autor massiv, emotional und pauschalisierend über neue Gesetze, die die **Freiheiten und Rechte der Kolonisten untergraben** würden und seiner Auffassung nach gar nicht vom britischen Parlament beschlossen werden dürften. So behauptet er, „dass den Prinzipien unserer Verfassung folgend ein Engländer nur mit seiner eigenen Zustimmung besteuert werden kann, die entweder von ihm selbst oder von seinen Vertretern erteilt wird“ (Z. 8–10). Das passt dazu, dass die Proteste der Kolonisten durch den **Slogan „No Taxation without Representation“** befeuert wurden. Diesen Wahlspruch zitiert der Kommentator zwar nicht direkt, er weist aber nachdrücklich darauf hin, dass die Zustimmung der Kolonisten zu gesetzlichen Neuerungen fehle, weil „diese Kolonien […] in keiner Weise im britischen Parlament repräsentiert sind“ (Z. 10 f.).

zunehmende Besteuerung der Kolonien und Reaktion der Kolonisten

Hier bezieht er sich besonders auf den Erlass des „**Stamp Act**", auf den er außerordentlich wütend reagiert. Dieser wurde im März **1765** vom englischen Parlament beschlossen, um die Kolonisten u. a. an den Kosten für die **Stationierung britischer Truppen** in Nordamerika zu beteiligen. Er beklagt, dass „wir durch das zuletzt erlassene Gesetz, das hier bei uns ein Stempelamt errichtet hat, unserer teuersten Rechte beraubt werden" (Z. 22 f.). Durch das „Stempelgesetz" wurde erstmals eine **direkte Steuer** auf offizielle Dokumente, Zeitungen und andere Druckerzeugnisse wie Spielkarten eingeführt, wodurch sich diese verteuerten. Der „Stamp Act" verschärfte den **Interessengegensatz** zwischen der Kolonialmacht und den Kolonisten erheblich, der Protest der Siedler erreichte die **breiten Massen**. Komitees und Gruppierungen wie die „Söhne der Freiheit" organisierten den Widerstand; die 13 Kolonien, die bisher einzeln agiert hatten, verbündeten sich. Das schuf die Basis für die weitere revolutionäre Entwicklung. Wie stark die Aggressivität zunahm, belegt der Zeitungskommentar, in dem die britische Seite mit „abscheulichen Lakaien der **Tyrannei und der Willkürherrschaft**" (Z. 19) verglichen wird.

Entwicklung bis zur Unabhängigkeitserklärung

Kurze Zeit nach dem Erscheinen des Artikels am 21. September 1765, der die unter den Kolonisten **weitverbreitete Stimmung** wiedergibt, mündete der Protest der Kolonisten im Oktober 1765 in den **Stempelsteuerkongress**. Dieser richtete eine Protestnote an das britische Parlament, das im März 1766 den „Stamp Act" wieder aufhob – ein Sieg für die Kolonisten. Allerdings verabschiedete das Parlament gleichzeitig das **Deklarationsgesetz** („Declaratory Act"), in dem es ausdrücklich das Recht für sich in Anspruch nahm, Gesetze in allen Belangen (also auch Steuern) für die Kolonien erlassen zu können. Ein solches Selbstverständnis prangerte der Kommentator schon 1765 mit scharfen Formulierungen an (vgl. z. B. Z. 1–11, 30–35). 1867 folgten die **Townshendgesetze:** In den Kolonien sollten Steuern auf eingeführte Grundbedarfsgüter (darunter Tee) erhoben werden, zur Finanzierung der in den Kolonien stationierten Truppen und der Gehälter britischer Kolonialbeamter, was weitere Boykotte zur Folge hatte. Die **radikale Stimmung** unter vielen Kolonisten, die bereits in M zum Ausdruck kommt, verschärfte sich v. a. in Boston, wo es zu zahlreichen, heftigen Demonstrationen kam. Als die britische Regierung Truppen entsandte und bei einer Demonstration fünf Kolonisten erschossen wurden, nutzten die Gegner der Briten den Vorfall als „**Massaker von Boston**" propagandistisch aus. Schließlich wurden die Townshendgesetze 1770 vom Parlament zurückgenommen, mit einer Ausnahme: der **Steuer auf Teeimporte**.

– Stempelsteuerkongress

– Deklarationsgesetz

– Townshendgesetze

Das **britische Beharren** auf der Oberhoheit über die nordamerikanischen Kolonien einerseits und das stark wachsende **Bedürfnis nach Selbstbestimmung** unter den Kolonisten andererseits ließen die Spannungen immer weiter steigen. Gegenseitige Provokationen, die Herabwürdigung von Gegnern und Gegenpositionen – wie schon in M zu finden – und die dogmatische Vertretung des eigenen Standpunkts schufen eine **explosive Lage**, die zunehmend an Eigendynamik gewann. Ein spektakuläres Beispiel ist die **„Boston Tea Party":** Als „Indianer" verkleidete Kolonisten warfen im Dezember 1773 – wenige Monate nach Erlass des **Tea Act** – die Teeladungen von drei Frachtseglern der „East India Company" ins Hafenbecken von Boston (Massachusetts). Großbritannien reagierte mit Zwangsmaßnahmen, die von den Siedlern als **„Intolerable Acts"** betrachtet wurden und v. a. die Kolonie **Massachusetts** hart trafen.

– „Boston Tea Party", „Intolerable Acts"

Im Herbst 1774 tagte der **Erste Kontinentalkongress in Philadelphia** (wo 1765 der Artikel M erschienen war), der die Bevölkerung aufforderte, sich zu bewaffnen und Milizen zu bilden. Auch bereitete er den **Zweiten Kontinentalkongress** vor, der im Mai 1775 zusammentrat. Im Frühjahr 1775 brach mit dem Gefecht von Lexington und Concord der **Amerikanische Unabhängigkeitskrieg** aus, in dessen Verlauf am **4. Juli 1776** die **13 Kolonien** ihre **Unabhängigkeit** von Großbritannien erklärten und die Vereinigten Staaten gründeten. 1783 musste das Mutterland seine Kriegsniederlage und die Unabhängigkeit der USA anerkennen.

– Erster/Zweiter Kontinentalkongress

– Unabhängigkeitskrieg, Unabhängigkeitserklärung

Fazit zur Einordnung von M

Der Kommentar vom September **1765** wurde zu einer Zeit verfasst, als die **Krise der britischen Kolonialherrschaft** immer offener zutage trat. Die Eingriffe in die Kolonien aus dem fernen London wurden von vielen Kolonisten als **Fremdbestimmung** wahrgenommen: Warum sollte die Siedlungsbewegung am Gebirgskamm der Appalachen Halt machen? Warum sollten harte Zoll- und Steuergesetze ihren Geldbeutel erheblich schmälern? Die Tradition der laxen Abgabenpolitik und Kontrolle empfanden die Kolonisten als ihr **gutes Recht**, daher rief das Umschwenken der britischen Kolonialpolitik in Nordamerika **Ablehnung und Zorn** hervor, auch beim Verfasser von M, der gegen diese neue Politik **protestierte** und den Fortbestand der traditionellen Steuerprivilegien verlangte. Allerdings ging es ihm – wie vielen anderen Kolonisten – noch nicht um die **Unabhängigkeit von der britischen Kolonialmacht**, denn davon ist in M nicht die Rede. Die separatistische Bewegung entfaltete sich erst, als die Krise **eskalierte**, und noch nicht 1765, als der Kommentar veröffentlicht wurde. Während dieser Anfangsphase der Proteste, für die der Zeitungskommentar gegen den „Stamp Act" steht, erwuchsen jedoch **Antipathien** bis hin zu **offener Feindschaft**, die schließlich aufseiten der Kolonisten in die Forderung nach Unabhängigkeit münden sollten.

3 **TIPP** *Anforderungsbereich: II, Gewichtung in Prozent: 25*

Überleitend sollten Sie das Interesse Ihrer Leserschaft auf die Frage nach dem politischen Standort des Autors lenken und so Ihr nächstes Untersuchungsziel bestimmen. Der Operator „analysieren" fordert, „Materialien, Sachverhalte oder Räume [zu] beschreiben, kriterienorientiert oder aspektgeleitet [zu] erschließen und strukturiert dar[zu]stellen". Das bedeutet: Sie sollten die Quelle noch einmal sorgfältig lesen und alle Aussagen herausfiltern, die auf das politische Selbstverständnis des Verfassers schließen lassen. Finden Sie übergeordnete Begriffe wie diejenigen, die Sie im Lösungsvorschlag in der Randspalte finden („Verständnis von Freiheit" usw.), und sortieren Sie die Inhalte aus M unter diesen Gliederungspunkten. Ziehen Sie aus den einzelnen Äußerungen Schlussfolgerungen darüber, wo der Verfasser des Kommentars politisch steht und ob/inwiefern er sich schon einer amerikanischen Nation zugehörig fühlt. Formulieren Sie Ihre Ergebnisse, begründen Sie sie und belegen Sie sie durch Zitate aus der Quelle. Verbinden Sie abschließend Ihre Teilergebnisse zu einem Gesamtfazit.

Ein-/Überleitung

In M werden das Parlament und indirekt der König in London scharf angeklagt und diffamiert, jedoch auch mit demütigem Respekt und sogar Lob bedacht. Das wirft die Frage nach dem **politischen Selbstverständnis des anonymen Autors** auf.

Selbstverständnis des Autors

Verständnis von Freiheit

Der Verfasser fordert gleich im ersten Absatz zweimal voller Pathos „**Freiheit**" für die Kolonisten (vgl. Z. 2, 4). Der Begriff zieht sich dann wie ein roter Faden durch den Artikel. Dabei geht es dem Autor in erster Linie um das Privileg, keine Steuern für Druckerzeugnisse an Großbritannien auf Grundlage des „**Stamp Act**" abführen zu müssen. Freiheit versteht er v. a. als Freiheit von **britischer Besteuerung**, umgekehrt setzt er die Pflicht, Steuern zu zahlen, mit „Ketten der elenden **Sklaverei**" (Z. 5) gleich. Dass seine **persönliche Freiheit** und die der Kolonisten bedroht gewesen wäre, geht aus dem Artikel nicht eindeutig hervor. Auf eine mögliche Gefährdung des Verfassers deutet nur der Umstand hin, dass er M anonym unter dem bedeutungsvollen Pseudonym „**Philoleutherus**" („Freund der Freiheit") veröffentlicht hat: Vielleicht befürchtete er Repressalien von britischer Seite oder von Kolonisten, die seine Kritik nicht teilten.

Verhältnis zu König und Parlament in London

Der Autor betrachtet den britischen **Monarchen voll Hochachtung:** „Wir haben das Glück, von einem der **besten Könige** regiert zu werden, der unser gemeinsamer **Vater** ist […]." (Z. 27 f.) Allerdings verlangt er von ihm, die Privilegien der Kolonisten nicht anzutasten und sich in diesem Punkt gegen das Parlament zu stellen: „[…] und der nicht der Versuchung erliegen darf, die Rechte eines Teils seiner Untertanen der Willkür eines anderen zu opfern." (Z. 28 f.) Sein **Treueversprechen** – „Wir hegen die unerschütterlichste **Loyalität** gegenüber unserem **rechtmäßigen Souverän**." (Z. 48 f.) – knüpft er an die

Bedingung, dass sich der König entschieden zugunsten der Kolonisten und für den Fortbestand ihrer Privilegien und Rechte einsetzt. Ähnlich zwiespältig ist die Haltung des Verfassers zum **britischen Parlament**, das er als die „**erhabenste Versammlung** auf Erden" (Z. 50) bezeichnet. Da es aber mit dem „Stamp Act" direkte Steuern für die Kolonien beschlossen habe, fordert er zum **massiven Widerstand** auf, weil das Gesetz die Kolonisten „auf den abscheulichen Zustand von Sklaven reduziert und [...] von allen echten Söhnen der Freiheit verabscheut wird" (Z. 72 f.). Dem Parlament, in dem die Kolonien nicht vertreten seien, unterstellt er, sich eine **Willkürherrschaft** anzumaßen (vgl. Z. 67), weshalb er offen zur Rebellion gegen diese Gesetzgebung aufruft: „[...] dann lehnen wir mutig all solche widerrechtlich angeeigneten Rechtsprechungen ab [...]." (Z. 69 f.)

Verhältnis zum Mutterland Großbritannien

„Philoleutherus" bezeichnet sich und die Kolonisten mehrfach als **Untertanen der britischen Krone** (vgl. u. a. Z. 15, 29, 41), wobei sie gegenüber den Menschen in Großbritannien „**gleichberechtig[t]**" (Z. 64) sein sollten; auch müssten „alle ihre **Rechte und Privilegien** als britische Untertanen unangetastet erhalten bleiben" (Z. 14 f.). Der Kommentator vertritt seine Interessen selbstbewusst, energisch und ohne übermäßige Demut vor den Londoner Machtinstanzen. Er zeigt sich zwar als grundsätzlich **loyaler Untertan**, will sich aber nicht unterordnen, wenn politische Entscheidungen seinen Interessen zuwiderlaufen. Er sieht sich selbst als **Engländer** (vgl. Z. 9) und ist im September 1765 noch weit davon entfernt, sich als **freier Bürger einer amerikanischen Republik**, wie sie im späteren Verlauf der „American Revolution" geschaffen werden sollte, zu definieren. Die sehr kritischen Aussagen des Autors deuten allerdings schon auf die **schwindende Identifikation** mit dem britischen Mutterland hin; er spricht zwar noch von der britischen „Nation" (Z. 21), aber die **Entfremdung** zwischen beiden Seiten ist deutlich spürbar, da er sagt, „dass die Verlässlichkeit der Nation, der wir bisher meinten, uns sicher anvertrauen zu können, verletzt wird" (Z. 20–22).

Identifikation mit den 13 amerikanischen Kolonien, aber: schon Idee einer amerikanischen Nation?

Von den **Kolonien** spricht der Autor im Plural (vgl. z. B. Z. 8, 11, 46), die einzelnen Kolonien werden also nicht getrennt voneinander namentlich genannt. Dies passt dazu, dass die Grenzen zwischen den Kolonien damals im Bewusstsein der Bevölkerung tatsächlich keine wesentliche Rolle spielten. Eine große Bedeutung hat für den Verfasser die „**Liebe zu seinem Land**" (Z. 3), dessen Unterdrückung und Ausbeutung er fürchtet: „**Armes Amerika!**" (Z. 42 f.) Er **identifiziert** sich stark mit seiner Heimat, das Wachsen eines gewissen Zusammengehörigkeitsgefühls, einer **amerikanischen Identität** ist bei ihm bereits zu erkennen. Aber spricht der Autor schon von einer **amerikanischen Nation**, wie sie dann in der Unabhängigkeitserklärung vom 4. Juli 1776 deklariert werden sollte? In M ist das verbindende Element zwischen den 13 Kolonien die vermeintliche **äußere**

Bedrohung durch die britische Steuergesetzgebung. **Innere Kräfte**, welche die Kolonisten **identitätsstiftend** miteinander **verbanden**, z. B. die Zusammengehörigkeit fördernde historische Erfahrungen, Traditionen, Sitten und Bräuche, sind dagegen in M nicht eindeutig sichtbar. Zudem kritisiert der Autor den königlichen Souverän, setzt dessen Machtanspruch jedoch noch nicht die Idee vom **amerikanischen Volk als neuem Souverän** entgegen. Zwar wird eine Gemeinschaft von kameradschaftlich vereinten Gleichen vage angedeutet, allerdings weist auch dies nicht darauf hin, dass „Philoleutherus" ein **neues, amerikanisches Nationalbewusstsein** entwickelt hätte.

Fazit

Aus diesen Aspekten lässt sich schließen, dass der Autor 1765 noch **keine Vision eines amerikanischen Nationalstaates** hatte. Einige Schritte in diese Richtung hat er aber bereits getan, indem er sich von König und Parlament durch seine **selbstbewusste Haltung** und seine energischen Forderungen kritisch distanziert hat und offensichtlich dabei war, sich zu einem **freien Bürger zu emanzipieren**.

4 **TIPP** *Anforderungsbereich: III, Gewichtung in Prozent: 25*

Überleitend sollten Sie Ihre Leserschaft zur Problemfrage hinführen und so auch sich selbst die Zielrichtung Ihrer Untersuchung bewusst machen. Der Operator „überprüfen" verlangt, „Inhalte, Sachverhalte, Vermutungen oder Hypothesen auf der Grundlage eigener Kenntnisse oder mithilfe zusätzlicher Materialien auf ihre sachliche Richtigkeit bzw. auf ihre innere Logik hin zu untersuchen". Für Sie heißt das: Suchen Sie aus dem Artikel M die wesentlichen Aussagen über die britische Kolonialherrschaft (v. a. „Stamp Act") heraus und gliedern Sie sie. Da die Aufgabe fordert, dass Sie sich auf die Quelle beziehen, ist die Untersuchung auf die Zeit bis 1765 (= Veröffentlichungsjahr von M) begrenzt. Überprüfen Sie die Behauptungen auf historische Richtigkeit, indem Sie sie mit Ihren fachlichen Kenntnissen abgleichen. Ziehen Sie differenziert abgewogene Schlussfolgerungen, ob bzw. inwiefern die im Artikel erhobenen Vorwürfe zutreffen. Formulieren und begründen Sie Ihre Ergebnisse und belegen Sie sie durch Zitate aus M und/oder eigene Kenntnisse. Führen Sie Ihre Ergebnisse in einem Gesamturteil zusammen.

Ein-/Überleitung

Der Autor stellt die **britische Kolonialmacht** in M so dar, als würde sie eine **Willkürherrschaft** bzw. Tyrannei in den Kolonien errichten, die Grundrechte der Kolonisten beschneiden und sie durch neue Steuergesetze ausbeuten. Es stellt sich die Frage, ob diese Darstellung **historisch zutreffend** ist.

Vorwurf
„Versklavung" durch ungerechte Steuererhebung

„Philoleutherus" **attackiert** in seinem Kommentar heftig den „Stamp Act", der ein Jahr nach dem „Sugar Act" vom britischen Parlament erlassen wurde. Er behauptet, durch die unrechtmäßige **Zoll- und Steuererhebung** würden „uns unsere liebsten Privilegien geraubt […] und die Grundlage all unserer Freiheit untergraben" (Z. 1 f.). Er kommentiert weiter: „Die Herzen aller, die die Freiheit wertschätzen, müssen in ihrem Inneren brennen, wenn sie die Ketten der elenden **Sklaverei** sehen, die kurz davor sind, um unseren Hals gelegt zu werden.“ (Z. 4–6) Am Schluss von M fragt der Verfasser erneut: „Werdet ihr widerspruchslos die Ausführung eines Gesetzes [hier: „Stamp Act“] erdulden, das euch auf den abscheulichen **Zustand von Sklaven** reduziert und das von allen echten Söhnen der Freiheit verabscheut wird?“ (Z. 71–73) Er wirft Großbritannien insgesamt vor, den Kolonisten, die selbst nicht im Parlament in London für ihre Rechte einstehen könnten, auf **willkürliche** Weise ihre Privilegien zu nehmen, sie schlechter als andere britische Untertanen zu behandeln und sie zu **unfreien Menschen** zu degradieren.

Überprüfung

- willkürliche, zu harte Steuererhebung und Verringerung des Lebensstandards?

Die historischen Fakten **relativieren bzw. widerlegen** diese Vorwürfe teils sehr deutlich: Zwar mögen unter den Gesetzen ärmere Bevölkerungsteile in den Kolonien tatsächlich gelitten haben; allerdings waren viele Siedler im Laufe der Zeit zu Wohlstand gelangt. Der Lebensstandard war insgesamt höher als in Großbritannien, wo auch die Steuerbelastung erheblich größer war als in Nordamerika. Die breite Masse konnte in den Kolonien besser leben als der Großteil der Menschen im Mutterland (v. a. aus den Unterschichten). Hier muss auch bedacht werden, dass der Siebenjährige Krieg England an den Rand des **Staatsbankrotts** gebracht hatte und die Zoll- und Steuergesetze somit handfeste Gründe hatten. Vor diesem Hintergrund ist es durchaus verständlich, dass London die Kolonien an der **Sanierung der Staatsfinanzen** beteiligen wollte, zumal diese durch die Sicherung der Grenzen und Häfen vom Sieg profitierten. Die Abgaben wären gerade angesichts des höheren Wohlstands gegenüber Großbritannien immer noch relativ gering gewesen und hätten auch die Kosten für Verwaltung und Militär in den Kolonien noch gar nicht vollständig gedeckt. In diesem Zusammenhang klingen Formulierungen wie „**Ketten der elenden Sklaverei**“ (Z. 5) nach hysterischen Übertreibungen; der **Vorwurf der Versklavung** ist maßlos, **unangemessen** und von der historischen Realität weit entfernt.

- weniger Selbstständigkeit und Zerstörung von Rechten?

Angesichts dieser negativen Bewertung Großbritanniens stellt sich die Frage, ob es dem Mutterland tatsächlich um die **Zerstörung von Rechten und weniger Selbstständigkeit** für die Kolonien ging. In der ersten Hälfte des 18. Jahrhunderts lag die Regierung der einzelnen Kolonien jeweils in den Händen der britischen Gouverneure und der Unterhäuser („Assemblies“), deren Abgeordnete Kolonisten waren. Mit der Zeit gelang es Letzteren, ihren Einfluss auszuweiten, sodass sich die Kolonien weitgehend **autonom verwalten** konnten. Schmuggel und Steuerumgehung blühten, theoretisch fällige Abgaben wurden kaum eingezogen. In London wurden diese Verhältnisse lange „wohlwollend“ **akzeptiert** („salutary neglect“). Als die britische Regierung aber ab 1763 infolge der zerrütteten Staatsfinanzen systematisch Abgaben eintreiben und dies zudem mehr kontrollieren wollte, sahen viele Kolonisten **ihre zur Tradition gewordenen Steuer- und Zollprivilegien bedroht**. So beklagt der Autor, „dass die **Verlässlichkeit** der Nation, der wir bisher meinten, uns sicher anvertrauen zu können, verletzt wird und wir durch das zuletzt erlassene Gesetz, das hier bei uns ein Stempelamt errichtet hat, unserer teuersten Rechte beraubt werden" (Z. 20–23). Das – objektiv betrachtet – korrupte, untaugliche Steuersystem in den Kolonien sieht der Kommentator als Teil dieser „teuersten Rechte" (Z. 23). Seiner extremen, sehr einseitigen Bewertung stehen die genannten historischen Fakten entgegen. Der Autor fragt bei der Diskussion über die Abgabenerhebung nicht nach einer gerechten Beteiligung der Kolonien an den Staatskosten, sondern macht daraus eine **Prinzipienfrage:** Steuern durften nach seiner Vorstellung und der vieler Kolonisten nur von ihren eigenen Unterhäusern erlassen werden, nicht aber vom Parlament im fernen London, in dem die Siedler tatsächlich nicht vertreten waren.

Der Autor verbeißt sich also in die Frage der Steuererhebung. Dabei gaben erst die **Coercive Acts**, die das Londoner Parlament 1774 nach der „Boston Tea Party" (und somit Jahre nach der Publikation von M) als Strafmaßnahmen verabschiedete, reichlich Anlass zu berechtigteren Klagen: Neben der Schließung des Bostoner Hafens wurden speziell in Massachusetts die politischen Mitwirkungsrechte der Kolonisten außer Kraft gesetzt und britische Beamte der kolonialen Gerichtsbarkeit entzogen. Britische Truppen konnten bei den Kolonisten zwangseinquartiert werden, Teile des kolonialen Hinterlandes wurden dem französisch-katholisch dominierten Québec zugeschlagen. Die Coercive Acts befeuerten – anders, als beabsichtigt – den politischen Widerstandswillen der Kolonisten erheblich: Sehr viele betrachteten sich nun als **Opfergemeinschaft**.

Fazit

Der Kommentar bezeichnet die bis 1765 verfolgte britische Steuerpolitik in den Kolonien unangemessen als „**Willkür**" (Z. 29) und „**Tyrannei**" (Z. 19). Die stetigen Verzerrungen und Diffamierungen entlarven M als **aggressive Propaganda**, die Emotionen gegen die britische Steuerpolitik schüren sollte, um die zunehmend schwerer zu rechtfertigenden Steuerprivilegien zu retten. Der Verfasser macht aus der spezifischen Frage nach gerechten Steuern eine **politische Grundsatzfrage**, wer überhaupt Steuern erheben dürfe. Das war ein geschickter Schachzug, der das Augenmerk vom Steuerdesaster in den Kolonien weg auf das Thema „Selbstbestimmungsrecht" lenkte. So unpassend der Artikel in der Sache selbst war, so **wirksam** dürfte er in seiner **propagandistischen Zielrichtung** gewesen sein: Die Belange der Kolonisten sollten in den Kolonien selbst entschieden werden. Die **Idee der Autonomie** begann in den Kolonien ihre ansteckende Wirkung zu entfalten.

DIE AMERIKANISCHE REVOLUTION UND DIE ERINNERUNG DARAN
(Rahmenthema 1 mit Übergriff auf Rahmenthema 4)

Aufgabenstellung

1 Fassen Sie das Material nach einer kurzen Vorstellung zusammen.

2 Stellen Sie der Position Howard Zinns eine andere Deutung der Amerikanischen Revolution gegenüber.

3 Setzen Sie sich vor dem Hintergrund der bisherigen Arbeitsergebnisse und Ihrer Kenntnisse zur Geschichts- und Erinnerungskultur mit dem 4. Juli als amerikanischem Nationalfeiertag auseinander.

M Howard Zinn[1], Eine Geschichte des amerikanischen Volkes, Kapitel 4: Tyrannei ist Tyrannei (Auszüge)

Um 1776 machten gewisse wichtige Persönlichkeiten in den englischen Kolonien eine Entdeckung, die sich in den folgenden zweihundert Jahren als überaus nützlich herausstellen sollte. Sie erkannten, dass sie, wenn sie eine Nation, ein Symbol, eine legale Einheit namens Vereinigte Staaten schufen, den Günstlingen des britischen Empires das Land, die Gewinne und die politische Macht wegnehmen konnten. Im Verlauf dieses Prozesses konnten sie eine Reihe von potenziellen Rebellionen eindämmen und einen Konsens gesellschaftlicher Unterstützung für die Herrschaft einer neuen, privilegierten Führungsschicht gewinnen. […]

Am Ende des Französischen und Indianischen Krieges lebten in New York 25 000 Menschen (1720 waren es noch 7 000 gewesen). Ein Zeitungsredakteur schrieb über die wachsende „Zahl an Bettlern und umherwandernden Armen" in den Straßen der Stadt. Briefe an die Redaktion hinterfragten die Verteilung des Reichtums. […] Boston scheint zu jener Zeit voll von Klassenhass gewesen zu sein. 1763 schrieb jemand in der Bostoner *Gazette,* dass „einige wenige mächtige Leute" politische Projekte vorantrieben, „um die Menschen arm und demütig zu halten". Dieses angestaute Gefühl ihrer Mühsal gegenüber den Reichen in Boston mag die explosive Natur der Aktionen erklären, die der Mob nach der Stempelverordnung von 1765 beging. […] Es war einer jener Momente, in denen der Zorn gegen die Reichen weiter ging, als es Anführern wie Otis[2] lieb war. Konnte man vielleicht den Klassenhass von der nationalistischen Elite ablenken und gegen die pro-britische Elite richten? […]

Nach dem militärischen Zusammenstoß in Lexington und Concord im April 1775 zwischen kolonialen freiwilligen Reservisten und britischen Truppen beschloss der Kontinentalkongress die Abspaltung. Sie organisierten ein kleines Komitee, um die Unabhängigkeitserklärung zu entwerfen, die Thomas Jefferson schrieb. Sie wurde am

2. Juli vom Kongress angenommen und am 4. Juli 1776 offiziell verkündet. [...] Die [in der Unabhängigkeitserklärung enthaltene] Rede von Kontrolle der Regierung durch das Volk, vom Recht auf Rebellion und Revolution, von der Empörung gegenüber politischer Tyrannei, wirtschaftlichen Belastungen und militärischen Angriffen war als Sprache gut geeignet, viele Kolonisten zu vereinigen und selbst die zu überzeugen, sich gegen England zu richten, die Schwierigkeiten miteinander hatten. Einige Amerikaner wurden aus diesem Kreis von vereinten Interessen, den die Unabhängigkeitserklärung entwirft, eindeutig ausgeschlossen: Indianer, schwarze Sklaven, Frauen. [...]

Die Philosophie der Erklärung, dass eine Regierung vom Volk eingesetzt wird, um ihm Leben, Freiheit und das Streben nach Glückseligkeit zu sichern, und abgesetzt werden darf, wenn sie dies nicht mehr tut, wird oft auf Ideen von John Locke in seinem *Second Treatise on Government* zurückgeführt. Diese Abhandlung wurde 1689 in England veröffentlicht, als die Engländer gegen tyrannische Könige rebellierten und eine parlamentarische Regierung errichteten. Wie Lockes *Second Treatise* sprach die Erklärung von der Regierung und politischen Rechten, ignorierte aber die bestehenden Ungleichheiten an Eigentum. Und wie konnten Menschen bei krassen Unterschieden an Reichtum wirklich gleiche Rechte haben? [...] „Das Volk", das angeblich im Mittelpunkt von Lockes Theorie der Volkssouveränität stand, definierte ein Abgeordneter des britischen Parlaments so: „Ich meine nicht den Pöbel. ... Ich meine die mittleren Leute in England, die Arbeiter in den Manufakturen, den Freibauern, den Kaufmann, den ländlichen Ehrenmann. ..."

In Amerika war die Realität hinter den Worten der Unabhängigkeitserklärung [...] ebenfalls die, dass eine aufstrebende Klasse wichtiger Persönlichkeiten genügend Amerikaner für ihre Seite anwerben musste, um England zu besiegen, ohne die Beziehung von Reichtum und Macht zu sehr zu stören, die sich über 150 Jahre kolonialer Geschichte entwickelt hatte. Tatsächlich hatten 69 Prozent der Unterzeichner der Unabhängigkeitserklärung Posten als Kolonialbeamte Englands inne.

Als die Unabhängigkeitserklärung in all ihrer flammenden, radikalen Sprache vom Balkon des Bostoner Rathauses herab verkündigt wurde, verlas sie Thomas Crafts, ein Konservativer und Mitglied der Gruppe der Neun Loyalen[3], welche militärische Handlungen gegen England abgelehnt hatten. Vier Tage nach der Verlesung befahl das Bostoner Korrespondenzkomitee allen Männern der Stadt, zur Einberufung auf dem Gemeindeplatz zu erscheinen. Die Reichen, so stellte sich heraus, konnten die Einberufung umgehen, indem sie für einen Ersatz bezahlten. Die Armen mussten dienen. Das führte zu Ausschreitungen und den Rufen: „Tyrannei ist Tyrannei, von wem auch immer sie ausgeübt wird!"

Fundort: Howard Zinn: Eine Geschichte des amerikanischen Volkes, Schwarzerfreitag Verlag: Berlin 2007, S. 65–67, 76–80. Übersetzt von Sonja Bonin [Übersetzung bearbeitet].

Anmerkungen

1 Howard Zinn (1922–2010) war ein US-amerikanischer Historiker und Professor an der Boston University.

2 Laut Howard Zinn gehörte James Otis Jr. (1725–1783) zur Oberschicht und trat in Boston als Anführer des einfachen Volkes auf.

3 Die Neun Loyalen waren Patrioten aus Boston, die Proteste gegen die Stempelsteuer organisierten.

Hilfsmittel: Keine

TIPP **Erläuterungen und Bearbeitungshinweise**

Die Aufgabe bezieht sich schwerpunktmäßig auf das Rahmenthema 1 „Krisen, Umbrüche und Revolutionen“ mit dem Wahlmodul 4 „Amerikanische Unabhängigkeit – ‚American Revolution‘“. Der geforderte Übergriff erfolgt auf das Rahmenthema 4 „Geschichts- und Erinnerungskultur“ mit dem Wahlmodul 2 „Nationale Gedenk- und Feiertage in verschiedenen Ländern“.

Lösungsvorschlag

1 **TIPP** *Anforderungsbereich: I, Gewichtung in Prozent: 30*

Nach einer kurzen Vorstellung des Materials, in der Sie auf den Verfasser, die Adressaten, Ort und Zeitpunkt der Entstehung bzw. Veröffentlichung, die Quellengattung, die Hauptaussage und die Intention des Autors eingehen, fassen Sie wesentliche Aspekte des Textes klar strukturiert und vollständig, aber inhaltlich reduziert zusammen. Formulieren Sie sprachlich eigenständig und distanziert und kommentieren Sie Ihre Zusammenfassung nicht. Die Aufgabe hat einen reproduktiven Charakter.

Vorstellung des Materials

M ist ein Auszug aus dem **Geschichtswerk** „Eine Geschichte des Amerikanischen Volkes“, das **2007** in Übersetzung in Deutschland publiziert wurde. Darin entfaltet der US-amerikanische Historiker **Howard Zinn** die These, dass die amerikanische Unabhängigkeit vor allem von den in den Kolonien aufstrebenden Eliten vorangetrieben worden sei, um die bisher privilegierten Kräfte des britischen Mutterlandes auszuschalten und gleichzeitig die soziale Unzufriedenheit der unteren Schichten abzuleiten. In seiner wissenschaftlichen Darstellung möchte Zinn seine Leserschaft **vor der idealistischen Lesart warnen**, dass die Unabhängigkeitserklärung die politische Freiheit und soziale Gleichheit des ganzen Volkes zum Ziel gehabt habe.

Inhalte von M
bewusste Konstruktion einer amerikanischen Nation durch hochrangige Kolonisten

Zinn erklärt die amerikanische Unabhängigkeit und die Gründung der USA als Geistesprodukt **hochrangiger und gebildeter Bürger**, die die **soziale Unzufriedenheit der Unterschichten** gegen loyalistische Vertreter der privilegierten Oberschicht in Stellung gebracht hätten. Ihr Ziel sei es gewesen, ihre eigene politische und materielle Position aufzuwerten und an die Macht zu gelangen, dabei aber die bestehenden sozialen Verhältnisse zu bewahren. Mit **geschickter Rhetorik** hätten sie es geschafft, die probritische Elite und das britische Mutterland als angeblich **gemeinsamen Feind** und die **Illusion**

einer gleichen, demokratischen Nation zu konstruieren und damit die **explosiven sozialen Gegensätze** und Vermögensunterschiede (z. B. in Boston) zu überbrücken.

Die Unterschichten, Indigenen, Afroamerikaner und Frauen seien aber de facto von der in der Unabhängigkeitserklärung proklamierten Gleichheit **ausgeschlossen** gewesen. Am Beispiel der Proteste gegen das Stempelsteuergesetz 1765, bei denen sich der Unmut über die angespannte soziale Lage Bahn gebrochen habe, stellt Zinn auch heraus, dass der Protest der Straße damals selbst Protagonisten des opponierenden Bürgertums wie James Otis Jr. zu weit gegangen sei.

Ausschluss bestimmter Gruppen, soziale Ungleichheit

Das Denken führender Kolonisten gehe wesentlich auf einen der Stichwortgeber der Unabhängigkeitserklärung, den englischen Philosophen **John Locke**, zurück; die Eigentumsfrage spiele keine Rolle. Darüber hinaus zitiert Zinn einen britischen Abgeordneten, der unter „Volk“ im politischen Sinn nicht die untere, sondern nur die **mittlere Schicht** gemeint habe.

Einflüsse auf das Denken der Kolonisten

Letztlich hätten die aufstrebenden Schichten den Hass der Unterschichten auf die privilegierten Loyalisten gelenkt und sie für die Kriegsführung gegen das Mutterland missbraucht. Die wirtschaftlich und politisch **ungleichen Machtverhältnisse** sollten dagegen laut Zinn durch die Unabhängigkeitserklärung **nicht angetastet** werden.

keine Veränderung der ungleichen Machtverhältnisse angestrebt

2 **TIPP** *Anforderungsbereich: II, Gewichtung in Prozent: 40*

Bei einer Gegenüberstellung sind Gemeinsamkeiten, Ähnlichkeiten und Unterschiede herauszuarbeiten; in diesem Fall geht es um Zinns Konzeption und eine weitere Deutung der „Amerikanischen Revolution“. Methodisch sinnvoll ist es hier, strukturiert wesentliche Aussagen über den amerikanischen Unabhängigkeitsprozess aus M offenzulegen und gezielt eine Deutung dagegen zu stellen. Dabei können Sie sich z. B. auf die Rezeption der amerikanischen Unabhängigkeit in Kunst und Kultur sowie in Geschichtswissenschaft und -kultur beziehen. Im folgenden Lösungsvorschlag geht es um andere Deutungen in der historischen Forschung. Die textbezogene Anwendung und Verknüpfung von Wissen fällt in den AFB II. Da gerade in der Forschungsdebatte die Klassifizierung der Ereignisse in den USA als Revolution umstritten ist, empfiehlt es sich, den Begriff „American Revolution“ in Anführungszeichen zu setzen.

Zinns Deutungen der „American Revolution“

Kritik an idealistischer Deutung einer „American Revolution“

In M zeigt sich klar, dass sich Zinn mit seiner eigenen Deutung des amerikanischen Unabhängigkeitsprozesses **gegen eine idealistische Sichtweise** richtet, die in den Ereignissen in Nordamerika sogar eine „**Revolution**“ sehen will. Konsequenterweise gebraucht Zinn den Begriff „Revolution“ nicht, um die damaligen Entwicklungen zu benennen. Vielmehr distanziert er sich indirekt davon und führt ihn als einen Kampfbegriff auf, der mit einem „**Recht auf Rebellion und**

Revolution“ (Z. 27) Eingang in die Unabhängigkeitserklärung vom 4. Juli 1776 gefunden habe. Darüber hinaus sieht der Historiker die **Bezugnahme auf demokratische Werte** in der Erklärung durchaus **kritisch:** So sei vor allem die proklamierte Gleichheit lediglich ein Mittel gewesen, um die Unterschichten gegen die Vertreter des Mutterlandes einzunehmen und die Position der Anführer zu stärken, die gleichzeitig die bestehenden sozialen Verhältnisse sichern wollten (vgl. v. a. Z. 25–30, 33 f., 40–45, 52–60).

Gegendeutung

Einführung: stark idealistische Deutung in der US-Erinnerungskultur

Diese Deutung widerspricht diametral der Sichtweise in der **offiziellen US-amerikanischen Gedenkkultur**, wie sie z. B. bei Reden und Gedenkveranstaltungen am US-Nationalfeiertag und in Einrichtungen wie dem 2017 eröffneten „Museum of the American Revolution“ in Philadelphia zutage tritt. Hier findet sich ein Geschichtsbild, in dem der Unabhängigkeitskampf der Kolonien, die Gründung der Vereinigten Staaten und deren Protagonisten mehr oder weniger **glorifiziert** werden. Das führt u. a. zu idealisierender Heldenverehrung der „Gründerväter“, die kaum Distanz oder gar Kritik an deren negativen Seiten wie z. B. der Behandlung der Sklavenfrage zulässt.

Beispiel: deutsche Geschichtswissenschaft

– Betonung der politisch-konstitutionellen Fortschritte (demokratische Errungenschaften)

Genährt wird die **stark idealistische Deutung** im gewissen Umfang durch den wissenschaftlichen Fachdiskurs, wo auch andere Schwerpunkte als bei Zinn gesetzt werden. So stellen z. B. einige zeitgenössische **deutsche Historikerinnen und Historiker** – darunter Mark Häberlein, Willi Paul Adams, Jürgen Heideking und Christof Mauch – besonders die **partiellen Erfolge** heraus, die mit der amerikanischen Unabhängigkeit einhergingen. Betont werden hier vor allem Fortschritte im **politisch-konstitutionellen Bereich**, wo die „Gründerväter“ durchaus bewusst tiefgreifende Veränderungen initiiert hätten. Die **Unabhängigkeitserklärung**, die wesentliche Freiheitsrechte festgehalten habe, und die **Verfassung der USA** von 1787, die die Volkssouveränität und Gewaltenteilung rechtlich verankert habe, seien als bedeutende **demokratische Errungenschaften** zu bezeichnen. Dadurch hätten die USA eine **Vorbildrolle** für die politische Entwicklung der westlichen Welt eingenommen.

– Beginn eines Mentalitätswandels hin zur Ausweitung politischer Rechte

Wie Zinn (vgl. Z. 30–32) räumen Vertreter dieser Forschungsrichtung durchaus ein, dass die **koloniale Gesellschaftsordnung** davon kaum berührt worden sei. Dennoch sei ein **Wandel in der Mentalität** des „gemeinen Mannes“ in den USA zu konstatieren: Man habe sich zunehmend von althergebrachten Ordnungsvorstellungen verabschiedet und **mehr Partizipationsansprüche** gestellt. Obgleich Frauen, Indigene und Afroamerikaner zunächst von den Freiheitsrechten ausgeschlossen gewesen seien, habe die von Zinn kritisierte Rhetorik der Unabhängigkeitserklärung (vgl. Z. 27–30) den betroffenen Gruppen für spätere Freiheitskämpfe (z. B. für die afroamerikanische Bürgerrechtsbewegung um Martin Luther King) **Anknüpfungspunkte** geboten, um für sich **politische Rechte einzufordern**.

Eben durch diesen Gesinnungswandel in den Köpfen der Menschen sei während des amerikanischen Unabhängigkeitskampfes ein Nährboden für die ständige Veränderung des politischen Systems entstanden. Vor und während der „Amerikanischen Revolution" habe also eine wichtige „**Transformation des gesellschaftlichen Bewusstseins**" (Heideking, Mauch) stattgefunden.

Insgesamt liegt der Betrachtungsschwerpunkt hier also auf politisch-ideengeschichtlichen Motiven und mentalen Veränderungen. Dabei wird deutlich, dass **wirtschaftlich-soziale Interessen** der „Gründerväter", die Zinn im Rahmen seines sozialgeschichtlichen Ansatzes massiv kritisiert (vgl. Z. 1–8, 17–20, 43–51, 57–60), bei dieser wissenschaftlichen Sichtweise als **nicht so bedeutend** für den Ausbruch und den Verlauf der „American Revolution" eingeschätzt werden.

– keine so große Bedeutung wirtschaftlicher Interessen

3 **TIPP** *Anforderungsbereich: III, Gewichtung in Prozent: 30*

In dieser Aufgabe, die die beiden Rahmenthemen 1 und 4 behandelt, sollen Sie durch die Anwendung individueller, sachbezogener und/oder politischer Kriterien oder Wertmaßstäbe zu einem begründeten Urteil gelangen. Es bietet sich u. a. an, die historische Bedeutung des 4. Juli als US-Nationalfeiertag zu untersuchen, die generelle Funktion von Gedenktagen sowie theoretische Modelle zur Erinnerungskultur (z. B. kulturelles Gedächtnis) einzubeziehen und die in Teilaufgabe 2 behandelten Deutungen der US-amerikanischen Unabhängigkeit zu berücksichtigen. Das mögliche Werturteil erfolgt auf individueller Ebene – die hier dargestellte Lösung will auch so verstanden sein – und bringt eigene Vorschläge, wie die US-Erinnerungskultur weiterentwickelt werden könnte. Andere gut begründete Ausführungen sind ebenso denkbar.

Einführung
Gedenk- und Feiertage

Gedenk- und Feiertage sind Ausdruck eines periodisch wiederkehrenden **Erinnerns** an Ereignisse, Personen oder Sachverhalte. Sie reichen in der abendländischen Tradition bis in die Antike zurück und haben ihren Ursprung im **Mythos** und in der **Religion** (z. B. Verehrung von Heiligen). In neuzeitlichen Staaten werden sie bis heute als identitätsstiftende **National- und Staatsfeiertage** genutzt. Man unterscheidet dem Anlass entsprechend zwischen Gedenk- und Feiertagen und spricht von **Jubiläen**, wenn sich ein Ereignis nach einer besonderen Zahl von Jahren jährt.

Auseinandersetzung mit dem 4. Juli
historische Herleitung

Am **4. Juli** erinnern die US-Amerikaner an die Verabschiedung und Unterzeichnung der **Unabhängigkeitserklärung** am **4. Juli 1776** durch den **Zweiten Kontinentalkongress** in **Philadelphia**. Schon 1777, nur ein Jahr später, wurde u. a. in Boston dieses bedeutenden Ereignisses gedacht. In der Folge wurde die Erklärung quasi als **Gründungsdokument** der Vereinigten Staaten aufgefasst, obwohl die bis heute gültige **Verfassung** der USA erst **1787** entstanden ist.

Bis heute wird der 4. Juli als **Nationalfeiertag** im ganzen Land auf verschiedene Weise gefeiert, u. a. mit Reden, Paraden sowie öffentlichen und privaten Festen. Der „Independance Day" ist **zentraler Bestandteil der nationalen Erinnerungskultur** und hat nicht nur durch die alljährlichen Feierlichkeiten in der Hauptstadt Washington **rituellen Charakter**. Die Unabhängigkeitserklärung selbst ist als **historisches Dokument** Ausdruck des **kulturellen Gedächtnisses** der US-Amerikaner. Das Vorhandensein von Kulturgegenständen und schriftlichen Überlieferungen (= kulturelles Gedächtnis) ist nach Jan und Aleida Assmann wichtig, um der eigenen Gemeinschaft ein **Geschichtsbewusstsein** zu vermitteln, das nicht nur auf mündlich-ritueller Weitergabe beruht (= **kommunikatives Gedächtnis**), sondern auch schriftlich fixiert und dauerhaft gesichert ist.

heutige Bedeutung, nationale Erinnerungskultur und kulturelles Gedächtnis

In der US-amerikanischen Erinnerungskultur wird regelmäßig auf das vermeintliche Gründungsdokument und seine zentralen Passagen verwiesen, was von der **hohen Bedeutung** zeugt, die dieses Schriftstück **für die US-amerikanische Identität** besitzt. Das schon erwähnte „Museum of the American Revolution" in Philadelphia erinnert daher auch zentral an dieses Ereignis mit einer Rekonstruktion der „Independence Hall" in Philadelphia, in der die Unabhängigkeitserklärung unterzeichnet wurde. Ferner rückt es – wie auch die vielen Feierlichkeiten am 4. Juli – die „**Gründerväter**" um **George Washington** und **Thomas Jefferson** ins Zentrum der Betrachtung.

zentrale Themen der US-Erinnerungskultur

Diese Erinnerungkultur basiert stark auf einer **idealistischen Sichtweise des Unabhängigkeitsprozesses**, in der die damaligen Ereignisse und Protagonisten insgesamt recht einseitig und undifferenziert glorifiziert werden. Daher überrascht es nicht, dass ein fundamentaler Kritiker dieser Deutung wie Howard Zinn gerade die „Gründerväter" und ihre Intentionen massiv angreift (vgl. Z. 1–8). Wie z. B. auch afroamerikanische Kreise, die die Feierlichkeiten zum Unabhängigkeitstag u. a. aufgrund der Ausklammerung der Sklavenfrage kritisch sehen, verweist er darauf, dass die **Mehrheit** der Bevölkerung von den Errungenschaften der Unabhängigkeitserklärung **ausgeschlossen** gewesen sei (vgl. Z. 30–32).

problematische Aspekte und mögliche Lösungen

Für die Gegenwart stellt sich die Frage, wie dieser Aspekt angemessen in eine **neue Form der Erinnerungskultur** integriert werden könnte. Dazu gibt es bereits verschiedene Ansätze: So wird z. B. in Boston an **Crispus Attucks**, ein indigen-schwarzafrikanisches Opfers des „Boston Massacres" von 1770, erinnert, während im populären Musical „Hamilton" über „Gründervater" Alexander Hamilton die Rollen fast ausschließlich mit „People of Colour" besetzt werden. Diese und weitere Versuche, die Geschichte der afroamerikanischen Bevölkerung präsenter zu machen, sollten gerade rund um den 4. Juli herausgestellt werden, um exemplarisch die **Leerstellen und Schieflagen in der nationalen Erinnerungskultur** zu offenbaren.

Ähnliches gilt für die **Unterschichten**, die **Frauen** und die **Indigenen**. Gerade Letztere hatten sich während des Unabhängigkeitskrieges – wenn überhaupt – eher auf die Seite der englischen Krone gestellt, weil sie eine Verschlechterung ihrer eigenen Lage durch die Machtübernahme der Kolonisten erwarteten – zu Recht, wie der Blick auf die weitere Geschichte der USA und besonders die Expansion nach Westen zeigt. Des **Leidens der indigenen Bevölkerung**, das bis heute noch anhält, zu **gedenken**, könnte eine Form sein, um die nationale Identität der US-Amerikaner neu auszurichten.

Fazit

Indem man noch stärker versucht, auf die 1776 und 1787 fundamentierten **Ungleichheiten in den USA** aufmerksam zu machen, könnte man den Weg für eine Erinnerungskultur öffnen, die **weniger idealistisch**, sondern historisch angemessener und integrativer ist und problematische Aspekte der amerikanischen Unabhängigkeit nicht ausblendet. Neben der Betonung von gewissen ideengeschichtlichen Errungenschaften der Unabhängigkeitserklärung (vgl. Lösung zu Teilaufgabe 2) sollte dabei auch die massive Kritik Zinns beachtet werden: Der Historiker verweist klar auf die Probleme einer Identitätsbildung, die die **„Realität hinter den Worten"** (Z. 46) ausblendet. Gerade im Angesicht sich **zuspitzender Gegensätze** zwischen gesellschaftlichen Gruppen in den Vereinigten Staaten wäre eine **integrativere Erinnerungskultur wünschenswert**.

DER WIDERSTAND DER NORDAMERIKANISCHEN KOLONISTEN

(Rahmenthema 1 mit Übergriff auf Rahmenthema 3)

Aufgabenstellung

1 Fassen Sie das Material nach einer quellenkritischen Einleitung zusammen.

2 Erläutern Sie wesentliche historische Zusammenhänge der Ausführungen des Verfassers.

3 Stellen Sie ausgehend von Ihren bisherigen Arbeitsergebnissen dem amerikanischen den polnischen Kampf um Unabhängigkeit bis 1918 gegenüber.

4 Setzen Sie sich mit den Aussagen Olivers zu den Ursprüngen und Folgen des Konfliktes auseinander.

M **Z. Z.[1], „Schreiben an die Soldaten von Massachusetts Bay, die jetzt in Waffen gegen die Gesetze ihres Landes stehen", erschienen in der Zeitschrift „The Massachusetts Gazette & Boston Weekly News-Letter" am 11. 1. 1776 (Auszüge)**

Meine Mitbürger!

[…] Lasst mich euch meinerseits als Mitbürger anreden, denn ich kann nicht so unehrenhaft von euch denken, dass ihr, wenn ihr die Rolle des Soldaten annehmt, zugleich die des Bürgers ablegt. Die meisten von euch waren Bürger – ihr habt die Bequemlichkeiten des häuslichen Lebens genossen, ihr seid noch vor kurzem euren verschiedenen Berufen nachgegangen und habt die Vorzüge einer ruhigen und friedlichen Arbeit geerntet, und ich hoffe bei Gott, dass ihr es noch tun könnt, ohne dass eure unschuldigen Ehefrauen und Kinder gestört werden. […]

Eure Anführer haben euch über etwas getäuscht, was sie selbst niemals glauben würden. Sie selbst waren verzweifelt und haben euch in ihren eigenen gerechten Untergang verwickelt. […]

Inwiefern ist euer Eigentum in Gefahr? Ihr werdet mir zweifellos sagen, dass Gesetze des Parlaments erlassen wurden, um euch zur Zahlung von Abgaben auf verschiedene Waren zu verpflichten. Sei es so, warum kauft ihr dann zollpflichtige Artikel? Warum beantragt ihr dann nicht auf verfassungsgemäße Weise die Aufhebung dieser Gesetze? Das britische Parlament hat nie Unfehlbarkeit beansprucht, und es hat oft amerikanische Gesetze aufgehoben, wenn es überzeugt war, dass ihre Durchsetzung mit dem beiderseitigen Interesse unvereinbar war. Eure Anführer haben zwar Petitionen eingereicht, aber in einer so verfassungswidrigen Weise, dass es unter der

Würde des englischen Regierungssystems und diesem gänzlich entgegengesetzt war, solche Petitionen anzuhören; dies – das wussten eure Anführer – musste so kommen, und sie planten dieses Vorgehen, um vor allem ihre eigene Unabhängigkeit zu erreichen und sich euch gegenüber die Bedeutung zu verleihen, die man ihnen nun zumisst. Aber es gibt keinen gerechten Grund, sich auf eine so unversöhnliche Opposition gegen das Mutterland einzulassen. Vielleicht wisst ihr, dass König Karl I. unseren Vorfahren eine Urkunde verliehen hat. Ihr könnt es auch gerne einen Vertrag nennen, und wenn dies so ist, wird es sehr gegen euch sprechen, dass auch eure Vorfahren sich darin verpflichtet haben, nach wenigen Jahren Abgaben zu zahlen. Und dieser Vertrag wurde seit über hundert Jahren erfüllt, bis vor kurzem das skandalöse Schmuggelgeschäft die Rechtslage missachtete und den Staat in seine gegenwärtige Unordnung brachte. [...]

Ich möchte euch nicht länger aufhalten, meine Landsleute! Aus nüchternem Nachdenken – um Gottes willen, um eurer selbst willen, um eurer Frauen und Kinder willen – haltet einen Moment inne und beurteilt diesen unnatürlichen Bürgerkrieg neu. Ihr habt den britischen Löwen geweckt. Ihr habt diese Macht erzürnt, die viel größere Mächte zerschlagen hat, als ihr euch rühmen könnt, und das auch ohne eure Hilfe. Großbritannien ist nicht so verlegen um Männer oder Geld, wie manche glauben machen wollen. Euer Verhalten hat den Groll der größten Mächte in Europa erregt, und es kann, wenn es will, die von diesen angebotene Hilfe annehmen. Aber eure Geistlichen und eure Anführer sagen euch etwas anderes; und ich will nur den Fall annehmen, dass der Himmel in gerechtem Urteil zulassen sollte, dass ihr den Sieg davontragt. Freut euch dann auf die fatalen Folgen eures Erfolges. Ihr werdet von einer Armee erobert, die ihr selbst gegründet habt, und dann tritt die von euch befürchtete Sklaverei tatsächlich ein – der Ehrgeiz und die Verzweiflung eurer Anführer werden dann die Früchte all eurer Anstrengungen fordern. [...] Wie lange, glaubt ihr, wird es dauern, bis ihr gezwungen seid, [...] eure Pflugscharen wieder zu Schwertern zu schmieden? Ihr habt dann zwölf oder vierzehn Kolonien, um ein unabhängiges Reich zu bilden. Wo soll dann der Regierungssitz sein? Sicherlich hat die Massachusetts Bay ein Vorrecht darauf – dort wurde die Rebellion begonnen und ihre Einwohner haben das größte Anrecht auf Belohnung. Aber denkt ihr wirklich, dass die anderen Kolonien nicht ebenso redegewandte Demagogen liefern können, wie diese Provinz es kann? Glaubt bitte nicht, dass wir die einzigen sind, die Ansprüche erheben werden und über die nötige Klugheit verfügen. Wir werden in belanglose Kleinstaaten aufgeteilt werden; wir werden in ewige Kriege um ein oder zwei Zoll Land verwickelt sein: Unsere fruchtbaren Felder werden mit Blut überschwemmt, unsere Frauen und Kinder werden in das schreckliche Geschehen verwickelt werden; fremde Mächte werden eingreifen und das plündern, was noch übriggeblieben ist, und diejenigen, die übrig bleiben, um die Geschichte zu erzählen, werden in eine noch erbärmlichere Sklaverei geführt werden, als ihr sie aktuell fürchtet. Die Kolonien misstrauen einander zu sehr, um lange in einem Zustand der Freundschaft zu verbleiben.

Ich werde jetzt, meine Mitbürger, für euch den Blick auf eine aussichtsreichere Zukunft richten und, auch wenn ihr es nicht für möglich haltet, annehmen, dass Großbritannien euch erobert und dass ihr, anstatt Sieger zu sein, wieder Untertanen sein könntet. Ihr werdet dann die mildeste Regierung haben, unter der ihr leben könnt, eine

Regierung, die vom Rest der Menschheit beneidet wird und deren einziges Unglück darin liegt, dass sie zu anfällig gegenüber dem Missbrauch der Freiheit ist, mit der Gott und die Verfassung sie gesegnet haben. […] Rebellion ist in den Augen aller vernünftigen Wesen so abscheulich, dass es dem Gemeinwohl dient, sie zu unterdrücken. Sie untergräbt die Grundlage der sittlichen Tugend, und deshalb liegt es im allgemeinen Interesse, dass sich die ganze Natur in Waffen gegen sie erhebt; und ich habe nicht den geringsten Zweifel, dass die Vorsehung sie in ihrem Fortgang aufhalten wird. Wenn diese Zeit kommt, beklagt euch nicht, dass ihr nicht vorgewarnt seiet, und tragt eure eigene Strafe, ohne zu murren. Dass ihr ernsthaft über euer drohendes Schicksal und das Schicksal eurer Frauen und unschuldigen Kinder nachdenken möget, bevor ihr den tödlichen Sprung wagt, und euch sofort aus dem Abgrund des Verderbens zurückziehen könnt, ist der freundliche Wunsch

eures Mitbürgers
Z. Z.[2]

Fundort: https://americainclass.org/sources/makingrevolution/war/text2/oliveraddresssoldiers.pdf (Zugriff: 9. 10. 2021, eigene Übersetzung)

Anmerkungen

1 Hinter dem Pseudonym Z. Z. verbirgt sich Peter Oliver (1713–1791). Er war ein in Boston geborener Jurist und von 1772–1775 Oberster Richter am Supreme Court der Kolonie Massachusetts Bay. 1776 verließ er Amerika und siedelte nach Großbritannien über.
2 Pseudonym des Verfassers.

Hilfsmittel: Keine

TIPP **Erläuterungen und Bearbeitungshinweise**

Hinweis: Die Aufgabenstellung bezieht sich auf die verbindlichen Wahlmodule der Abiturprüfung 2022, ist aber in weiten Teilen auch für das Abitur 2024 relevant. Daher stellen wir sie Ihnen als zusätzliche Übungsmöglichkeit zur Verfügung.

Die Aufgabenstellung fokussiert sich auf das Rahmenthema 1 „Krisen, Umbrüche und Revolutionen“ und dessen Pflichtmodul 4 „Amerikanische Unabhängigkeit – ‚American Revolution‘“. Der geforderte Übergriff in der 3. Teilaufgabe bezieht sich auf das Rahmenthema 3 „Wurzeln unserer Identität“ und das (im Abitur 2022) verbindliche Wahlmodul 1 „Das deutsch-polnische Verhältnis im 19. und 20. Jahrhundert“. Strukturierende Aspekte sind „Freiheit und Herrschaft“, „Individuum und Gesellschaft“ sowie „Gewalt und Gewaltfreiheit“. Die Perspektiven sind global und europäisch. Die Dimensionen historischen Lernens sind Kultur-, Ideen- und Politikgeschichte.

Lösungsvorschlag

1 **TIPP** *Anforderungsbereich: I, Gewichtung in Prozent: 25*

Die Aufgabenstellung verlangt eine Inhaltsangabe von M (siehe S. X–XII, 2.2), die mit einer quellenkritischen Einleitung beginnen soll: Informieren Sie Ihre Leserschaft über den Autor, die Textsorte, das Thema und die Veröffentlichung der Quelle (Zeit und Ort), den/die Adressaten und die Intention des Verfassers. Versehen Sie diese Angaben zudem mit einem kurzen Hinweis auf den Quellenkontext. Da diese Informationen wichtige Hinweise zur Aufgabe und zur Bearbeitungs- und Zielrichtung des Fachaufsatzes liefern, profitiert hiervon nicht nur Ihre Leserschaft, sondern auch Sie. Der Operator „zusammenfassen" fordert, „Sachverhalte auf wesentliche Aspekte [zu] reduzieren und sprachlich distanziert, unkommentiert und strukturiert" wiederzugeben. Sie müssen also über die Inhalte von M sprachlich und gedanklich eigenständig berichten. Ihre Darstellung sollten Sie in Sinnabschnitte (Absätze) gliedern, was die Einträge in der Randspalte verdeutlichen. Verwenden Sie den Konjunktiv bzw. entsprechende Ersatzformen und übertragen Sie veraltete Begriffe in die (Fach-)Sprache der Gegenwart.

quellenkritische Einleitung

historischer Kontext

Am 19. April **1775** begann mit dem **Gefecht von Lexington und Concord** zwischen amerikanischen Milizen und britischen Truppen der **Unabhängigkeitskrieg**, in dessen Verlauf die aufständischen 13 Kolonien am **4. Juli 1776** ihre **Unabhängigkeit** von Großbritannien erklärten. In der Zeit zwischen diesen Ereignissen erschien am **11. Januar 1776** das „Schreiben an die Soldaten von Massachusetts Bay, die jetzt in Waffen gegen die Gesetze ihres Landes stehen" in der Zeitschrift „The Massachusetts Gazette & Boston Weekly News-Letter". Unterzeichnet ist der Artikel mit dem Pseudonym „**Z. Z.**", hinter dem sich der loyalistische Jurist **Peter Oliver** verbirgt, der 1772–1775 Oberster Richter am Supreme Court von Massachusetts Bay gewesen war und noch im Jahr der Veröffentlichung von M nach Großbritannien übersiedelte. Seine **Streitschrift** richtet sich an die in patriotischen Milizen organisierten Bürger von Massachusetts, die für ihre Unabhängigkeit und ihr Selbstbestimmungsrecht kämpfen wollen. Er fordert sie auf, in ihr Zivilleben zurückzukehren und sich von allen Unabhängigkeitsbestrebungen abzuwenden.

Verfasser, Quellenart, Veröffentlichung, Thema, Adressaten, Intention

Inhalte von M

Erinnerung an die friedliche Vergangenheit, Ablehnung der Rebellion, Herabsetzung von deren Wortführern

Eingangs spricht **Oliver** die **patriotischen Milizionäre** als gleichberechtigte Mitbürger direkt an. Er erinnert sie an die unmittelbare Vergangenheit, in der sie privat und beruflich ein sicheres, angenehmes Leben hätten führen können. Nun hätten sie sich durch **Agitatoren**, die verzweifelte Versager seien und ihren Versprechen selbst nicht glauben würden, **zu ungerechtfertigter Rebellion aufwiegeln** lassen. Der unrechtmäßige Protest werde sich zerstörerisch auswirken. Besonders Frauen und Kinder würden darunter leiden müssen.

Sicherlich sei das **britische Parlament gesprächs- und kompromissbereit**, wenn es im Interesse beider Seiten von einer anderen Regelung überzeugt werde. Die britische Regierung sei rechtlich und moralisch legitimiert, Abgaben zu erheben, ihr müsse mit dem **gebotenen Respekt** begegnet werden. Die **Steuergesetze** für die amerikanischen Kolonien seien gerechtfertigt, das **Eigentum der Bürger** sei nicht in Gefahr. Wer Zölle auf bestimmte Güter umgehen wolle, solle keine importierte Ware kaufen. Wer sich aber an **Schmuggel und Aufruhr** beteilige, missachte die staatliche Ordnung.

Legitimation der Kolonialmacht, Steuern in den Kolonien zu erheben

Die Kolonisten sollten bedenken, dass ihre Rebellion die **gewaltige britische Kolonialmacht** aufgebracht habe, deren starkes Militär und deren Finanzmittel denen der Kolonien **weit überlegen** seien. Auch seien die größten europäischen Mächte über die maßlosen Forderungen der Aufständischen entrüstet und würden Großbritannien daher unterstützen wollen.

Unterlegenheit der patriotischen Milizen

Sollte es zu einem **Sieg der Aufständischen** in diesem Krieg kommen, so würden deren Anführer eine **despotische Militärdiktatur** in den Kolonien errichten und die Bürger **ausbeuten**. Auch sei ein **Bürgerkrieg** zwischen den Kolonien **um die Vorherrschaft in Nordamerika** absehbar, in den sich auch beutegierige ausländische Akteure einmischen würden. Die Folgen wären für die Bewohner der Kolonien katastrophal, besonders für Frauen und Kinder.

unterschiedliche Folgen je nach Ausgang des Unabhängigkeitskrieges:
- Militärdiktatur und Bürgerkrieg bei Sieg

Eine bessere Zukunft stünde dagegen bevor, wenn **Großbritannien** den Krieg **siegreich** beende. Dann könnten die Kolonisten wieder verfassungsgemäß unter einer sanften britischen Regierung leben.

- bessere Zukunft nach Niederlage

Am Ende **appelliert** der Verfasser an die aufständischen Bürger, den **Kampf aufzugeben** und aus eigenem Interesse Untertanen Großbritanniens zu bleiben.

Appell, Aufstand abzubrechen

2 **TIPP** *Anforderungsbereich: II, Gewichtung in Prozent: 25*

Überleitend soll der Leserschaft die Funktion der Teilaufgabe im Gesamtkontext des Fachaufsatzes erklärt werden. Oliver belegt seine Aussagen mit Verweisen auf historische Entwicklungen, die „erläutert" werden sollen. Der Operator fordert, „Sachverhalte [zu] erklären und in ihren komplexen Beziehungen an Beispielen und/oder Theorien [zu] verdeutlichen". Das bedeutet: Filtern Sie vorbereitend alle Hinweise auf wesentliche historische Zusammenhänge aus M heraus, indem Sie sie unterstreichen und auflisten. Notieren Sie zu jedem Aspekt in Stichworten die erlernten historische Informationen. Gliedern Sie dann Ihre Notizen, damit Sie abschließend die Lösung ausarbeiten können. Dabei darf der 4. Teilaufgabe nicht vorgegriffen werden: Erst dort sind Olivers Aussagen zu bewerten (AFB III).

Der Loyalist **Oliver** bezieht sich in seiner Streitschrift auf eine Reihe **historischer Ereignisse**, mit denen er seine politische Position und seine Forderungen zu begründen versucht. Diese Entwicklungen sollen erläutert werden, um eine Grundlage für die spätere kritische Auseinandersetzung mit seinen Aussagen zu schaffen.

Ein-/Überleitung

Durch die Urkunde Karls I., in der sich die Vorfahren der Kolonisten angeblich verpflichtet hätten, Abgaben zu zahlen (vgl. Z. 25–31), spielt Oliver auf die **Anfänge der Kolonien** an. Tatsächlich hatte der König Freibriefe und Privilegien an **private Handelsgesellschaften** vergeben, die Siedler für die von ihnen besetzten Ländereien anwarben (z. B. 1629 Massachusetts Bay Company). Rechtlich äußerst fragwürdig ist, dass Verträge zwischen der Krone und den Handelsgesellschaften auf die Kolonisten übertragen werden konnten, zumal sich Letztere gar nicht als Vertragspartner angesprochen sahen.

Erläuterung
erste englische Siedlungen in Neuengland

Das Leben in den Kolonien zu der Zeit, bevor die **Interessenkonflikte zwischen Kolonisten und britischer Kolonialmacht** offen zutage traten und schließlich in die Unabhängigkeitsbewegung mündeten, beschreibt Oliver als fast schon **bürgerliche Idylle:** „[…] ihr habt die Bequemlichkeiten des häuslichen Lebens genossen, ihr seid noch vor kurzem euren verschiedenen Berufen nachgegangen und habt die Vorzüge einer ruhigen und friedlichen Arbeit geerntet […].“ (Z. 4–7) Allerdings gab es schon damals Spannungen. In England sahen besonders die elitären gesellschaftlich-politischen Kreise auf die Kolonisten herab, die Kolonien in Nordamerika galten im merkantilistischen Verständnis als **Rohstoffquelle** und **Absatzmarkt**, weshalb Profit- und Herrschaftsstreben die britische Politik leitete. Das schürte unter den Siedlern schon vor Ende des **Siebenjährigen Krieges** 1763 unterschwellig Unzufriedenheit. Besonders die **Navigation Acts**, die ihre Handelsmöglichkeiten und ihre wirtschaftliche Freiheit ab 1651 beschränkten, sorgten für schwelenden Unmut.

Verhältnis der Kolonisten zur Kolonialmacht vor 1763

Bis zum Ende des Siebenjährigen Krieges mischte sich die britische Regierung jedoch kaum in die Verwaltung der nordamerikanischen Kolonien ein, sodass deren **Selbstverwaltungsorgane** gestärkt wurden, vor allem die jeweiligen Unterhäuser („Assemblies“) mit ihrer Kompetenz der alleinigen Steuerkontrolle. Die Politik des „**salutary neglect**“ („heilsame Vernachlässigung“) erfuhr aber mit Kriegsende 1763 eine Kehrtwende, denn der britische Staatshaushalt war hoch **verschuldet**. Am Abbau der Schuldenlast sollten die amerikanischen Kolonien durch neue **Zoll- und Steuergesetze** beteiligt werden, was Oliver durch „Gesetze des Parlamentes“, die die Kolonisten „zur Zahlung von Abgaben auf verschiedene Waren […] verpflichte[ten]“ (Z. 13 f.), anspricht.

Ende des „salutary neglect“

Der **Sugar Act** von **1764** schrieb Zölle auf den Import von Zucker, Kaffee und anderen Gütern vor. Zum effizienten Eintreiben der Zölle krempelte die Regierung die Zollverwaltung systematisch um. Das

zunehmende Entfremdung durch den Sugar Act 1764

stieß in den Kolonien auf erheblichen Unmut, aus dem sich bald eine breite **Protestbewegung** entwickelte. Außerdem suchte man durch **Schmuggel** und **Korruption** erfolgreiche neue Wege, um die Zölle zu umgehen, was auch Oliver durch den Verweis auf „das skandalöse Schmuggelgeschäft“ (Z. 29 f.) thematisiert. Die britische Regierung bezahlte die höheren Zolleinnahmen mit einer wachsenden politischen **Entfremdung** der Kolonisten.

Verschärfung des Konflikts durch den Stamp Act 1765

1765 folgte der **Stamp Act**, der die nordamerikanischen Kolonien ebenfalls an der Erhöhung der Staatseinnahmen beteiligen sollte, und zwar durch Steuern, die auf offizielle Schriftstücke und Druckerzeugnisse wie Zeitungen, Karten- und Würfelspiele erhoben wurden. Während der Zoll in den Häfen eingenommen wurde, mussten die Kolonisten nun erstmals **direkte Steuern** entrichten. Dies war nach Auffassung der Kolonisten nur mit ihrer Zustimmung möglich, allerdings war **im britischen Parlament** kein Abgeordneter aus den Kolonien vertreten und es hatte auch kein koloniales Unterhaus dem Stamp Act zugestimmt. Die Bürger in den Kolonien **protestierten** heftig, britische Waren wurden **boykottiert**, es wurden militante Gesellschaften wie die „**Sons of Liberty**“ gegründet, erste Stimmen erhoben sich gegen die britische Kolonialherrschaft. Der Slogan „**No taxation without representation**“ gewann enorme Zugkraft. Auf dem „**Stempelsteuerkongress**“ verabschiedeten Vertreter aus neun Kolonien im Oktober 1765 eine gemeinsame Erklärung, in der sie ihre Rechtsposition gegenüber Parlament und Regierung in London selbstbewusst und offensiv vertraten. Aus Sorge, dass sich die Beziehungen zu den Kolonien weiter verschlechtern würden, **nahm** das britische Parlament 1866 das Gesetz **zurück**, worauf sich folgende Stelle bei Oliver beziehen könnte: „Das britische Parlament hat nie Unfehlbarkeit beansprucht, und es hat oft **amerikanische Gesetze aufgehoben**, wenn es überzeugt war, dass ihre Durchsetzung mit dem beiderseitigen Interesse unvereinbar war.“ (Z. 16–18)

Townshend Acts 1767

Dieser Kommentar passt weitgehend auch zu den **Townshend Acts 1767:** Diese brachten, da die Erhebung direkter Steuern gescheitert war, **neue Zölle** auf Gebrauchsgüter wie Glas, Leder, Farben, Papier und Tee. Die Kolonisten empfanden dies ebenfalls als Provokation und Missachtung ihrer Freiheiten und Rechte. Es kam erneut zu **wütenden Protesten** und der **Boykott britischer Waren** gehörte zum Selbstverständnis vieler Bürger. Die Freiheitsbewegung erhielt großen Zulauf, die Ablehnung der britischen Kolonialmacht gewann an Schärfe. 1770 gab es in **Boston** mehrere Tote, als britische Soldaten in eine demonstrierende Menge schossen. Kurz darauf wurden auch die Townshend Acts vom Parlament in London **aufgehoben**.

Tea Act und „Boston Tea Party“ 1773

Allerdings gab es eine Ausnahme: Um das Recht der Kolonialmacht auf Steuererhebung in den Kolonien symbolisch aufrechtzuerhalten, wurden die Abgaben auf **Tee** beibehalten. **1773** heizte der **Tea Act** zugunsten der East India Company die Spannungen in den Kolonien weiter an. Einige Monate später eskalierte die Lage in der „**Boston Tea Party**", als Anhänger der „**Sons of Liberty**" die Teeladungen dreier britischer Schiffe in den Bostoner Hafen warfen, was historisch als **Initialzündung der „American Revolution**" gilt. Auf die Beteiligten und weitere Mitglieder der Freiheitsbewegung bezieht sich Oliver, wenn er von der „**unversöhnliche[n] Opposition gegen das Mutterland**" (Z. 24 f.) spricht sowie von „Anführer[n]", die „verzweifelt" seien und die Kolonisten „in ihren eigenen gerechten Untergang verwickel[n]" würden (Z. 9–11).

Coercive Acts und 1. Kontinentalkongress 1774

Auf die „Boston Tea Party" reagierten die Briten **1774** mit fünf **Coercive Acts,** welche einschneidende Zwangsmaßnahmen gegen die Kolonien und deren Selbstverwaltungsorgane vorsahen. In Reaktion darauf kamen **Vertreter aus zwölf Kolonien** zum **Ersten Kontinentalkongress in Philadelphia** zusammen. Diese erste koloniale Gesamtvertretung deklarierte die „Zwangsgesetze" als verfassungswidrig und rief die Bevölkerung auf, sich zu bewaffnen und eigene Milizen aufzustellen.

Beginn des Unabhängigkeitskrieges, 2. Kontinentalkongress

Im Frühjahr 1775 kam es zum ersten **Gefecht bei Lexington und Concord** zwischen britischen und amerikanischen Soldaten, was als **Beginn des Unabhängigkeitskrieges** gilt. Ein paar Wochen später trat der **Zweite Kontinentalkongress** zusammen, der den Verteidigungszustand ausrief und **George Washington** zum Oberbefehlshaber der amerikanischen Kontinentalarmee ernannte. Auch sandte der Kongress eine **Petition an König Georg III.** mit dem Appell, den Beschwerden der Kolonien nachzugeben und durch einen Waffenstillstand weiteres Blutvergießen zu verhindern. Der König weigerte sich, diese Petition überhaupt anzunehmen. Dazu passt folgende Stelle aus M, in der sich Oliver empört: „Eure Anführer haben zwar Petitionen eingereicht, aber in einer so verfassungswidrigen Weise, dass es unter der Würde des englischen Regierungssystems und diesem gänzlich entgegengesetzt war, solche Petitionen anzuhören […]." (Z. 18–21) Zudem unterstellt er dem Kongress, nur ein taktisches Manöver für eigene Ziele betrieben zu haben (vgl. Z. 21–23).

„Common Sense", Unabhängigkeitserklärung und Gründung der USA

Anfang des Jahres 1776 erschien fast zeitgleich mit Olivers Streitschrift das programmatische Pamphlet „**Common Sense**" („Gesunder Menschenverstand"). Darin forderte der Autor Thomas Paine die Trennung von der britischen Kolonialmacht und entwickelte demokratische und naturrechtliche Vorgaben für die zukünftigen USA. Mit seiner Publikation heizte er die öffentliche Debatte und die Interessenunterschiede zwischen Patrioten und Loyalisten weiter an. Am **4. Juli 1776** erklärten die 13 Kolonien als **Vereinigte Staaten von Amerika** ihre Unabhängigkeit. Das freiheitliche Denken und Unabhängigkeitsstreben der Kolonisten hatte Oliver zuvor schon als unverantwortliche Demagogie, „tödlichen Sprung" und „Abgrund des Verderbens“ (Z. 75) **verurteilt:** „Rebellion ist in den Augen aller vernünftigen Wesen so abscheulich, dass es dem Gemeinwohl dient, sie zu unterdrücken.“ (Z. 67 f.)

3 **TIPP** *Anforderungsbereich: II, Gewichtung in Prozent: 25*

Über- bzw. einleitend soll die Problemstellung (Gegenüberstellung der Nationalstaatsbildung der USA und Polens) verdeutlicht werden. Der Operator „gegenüberstellen“ verlangt, „Sachverhalte, Aussagen oder Materialien kontrastierend dar[zu]stellen und [zu] gewichten“. Da es in der Entstehungs- und Entwicklungsgeschichte beider Länder eine Reihe wesentlicher Unterschiede gibt, sammeln Sie diese vorbereitend am besten tabellarisch und nutzen Sie passende Kategorien (z. B. Vorgeschichte, Auslöser), um die Gegensätze besser ordnen und zielgerichtet erläutern können. Ziehen Sie abschließend ein kurzes Fazit.

Ein-/Überleitung
Problemstellung im jeweiligen historischen Kontext

Die **USA** waren der **erste moderne demokratische Nationalstaat**, dem viele weitere folgen sollten. Besonders schwierig gestaltete sich die Nationalstaatswerdung in **Polen**, das die **drei Großmächte** Preußen, Österreich und Russland **1772, 1793 und 1795** vollständig unter sich **aufgeteilt** hatten. Der polnische Staat hatte damit jede Souveränität verloren und die Polen standen über 123 Jahre unter **Fremdherrschaft**. In Polen haben sich das **nationale Selbstverständnis** und die Sicht auf die eigene Nation später entwickelt als in den USA, auch war der polnische Weg zum modernen Nationalstaat deutlich schwieriger, was die nationale Identität und Denkweise der meisten Polen bis heute prägt. Die Untersuchung beschränkt sich auf die Entwicklungen bis zur polnischen Republikgründung 1918.

Gegenüberstellung
unterschiedliche Vorgeschichte der Nationalstaatsgründung

Es klingt bereits an, dass die **Vorgeschichten der Nationalstaatsgründungen** völlig unterschiedlich waren. Die USA entwickelten sich aus **13 britischen Kolonien**, die vor dem amerikanischen Unabhängigkeitskrieg keine feste Verbindung hatten und erst während und auch noch nach Erreichung der Unabhängigkeit ihre gemeinsamen Interessen und eine **verbindende nationale Identität** fanden. Ein Staat Polen war schon im Mittelalter entstanden und hatte sich in der Neuzeit zu einer **Adelsrepublik** mit einem Mehrkammerparlament entwickelt. Durch den Überfall durch die drei großen Nachbarstaaten und die drei Teilungen **verlor** er Ende des 18. Jahrhunderts seine **Selbstständigkeit** und geriet unter Fremdherrschaft.

Auslöser

Dementsprechend verschieden waren die **Auslöser** für das Streben nach nationaler Unabhängigkeit. Der Befreiungskampf der USA begann nicht mit dem Ziel, sich von Großbritannien loszusagen und eine eigene Nation zu bilden. Vielmehr löste die **Erhebung neuer Zölle und Steuern** durch das britische Parlament große Empörung und Proteste der Kolonisten aus, die sich in ihren Rechten verletzt sahen. In Polen war der **gewaltsame Verlust der Staatlichkeit** auslösendes Moment für den nationalen Befreiungskampf gegen die preußische, österreichische und russische Herrschaft, der sich u. a. in mehreren erfolglosen Aufständen ausdrückte.

Motive für das Streben nach nationaler Unabhängigkeit

Eng damit verbunden sind die **Motive** für das Streben nach nationaler Unabhängigkeit. In Polen ging es von Anfang an um die **Wiederherstellung eines geeinten, unabhängigen polnischen Staates**. In den amerikanischen Kolonien **verteidigten** die Bürger **alte Freiheiten und Mitspracherechte** (durch ihre Unterhäuser), die sie in der Zeit des „salutary neglect" erworben hatten (vgl. Z. 12–31). Der Unabhängigkeitskampf zielte zunächst nicht auf die Ablösung von Großbritannien, das nach dem French and Indian War noch immer als Schutzfaktor gesehen wurde. Erst 1776 erhielten die Unabhängigkeitsstrebungen zentrale Bedeutung, als klar war, dass die Konflikte mit der Kolonialmacht nicht durch Verhandlungen zu lösen waren.

Nationalstaat aus eigener Kraft bzw. durch Hilfe fremder Mächte

Die USA konnten ihren Nationalstaat durch den Sieg im Unabhängigkeitskrieg (1775–1783) **aus eigener Kraft** errichten. Gleiches galt für die Ausdehnung ihres Staatsgebiets in den folgenden Jahrzehnten. Polen hingegen benötigte **fremde Hilfe:** 1918 machte die Niederlage der Mittelmächte im Ersten Weltkrieg den Weg zu einer **Neugründung Polens** frei. Dafür setzten sich vor allem Frankreich, das Polen als strategischen Gegner Deutschlands stärken wollte, und die USA ein. Die **Republik Polen** wurde unmittelbar nach dem Waffenstillstand ausgerufen und im Versailler Vertrag bestätigt.

Entwicklungstempo

Polen war über 123 Jahre hinweg eine **Nation ohne Staat**, in einer Zeit, die in West- und Mitteleuropa geprägt war von der „Industriellen Revolution" und enormen wirtschaftlich-sozialen Umbrüchen. Vor allem in Nationalstaaten, in denen der industrielle Aufbruch besonders groß war, emanzipierten sich Untertanen zu Staatsbürgern und forderten die Gewährung bzw. den Ausbau von Freiheitsrechten und Demokratie. In den polnischen Gebieten, die von Russen, Preußen und Österreichern bis 1918 besetzt waren, wurden nationale Bestrebungen dagegen brutal mit polizeilichen und sogar militärischen Mitteln unterdrückt. Das galt für Aufstände der Polen und ihr politisches und kulturelles Engagement in der zweiten Hälfte des 19. Jahrhunderts („**organische Arbeit**"). Gerade im Vergleich zu den USA verzögerten sich bürgerliche Emanzipations- und demokratische Lernprozesse in Gesellschaft und Politik. Hingegen konnten die Menschen in den USA, nachdem sie ihre Unabhängigkeit im späten 18. Jahrhundert durch den zeitlich begrenzten Krieg errungen hatten, ihr demokratisches Staatswesen stetig **weiterentwickeln**.

Fazit

Die **Wege zum Nationalstaat** verliefen in den USA und Polen deutlich **zeitversetzt** und sehr **unterschiedlich**. Die Vereinigten Staaten gründeten ihren Staat bereits durch die **Unabhängigkeitserklärung** vom 4. Juli 1776 und konnten ihre Eigenständigkeit durch den Sieg im Unabhängigkeitskrieg absichern. Die polnische Nationalstaatsgründung war erst nach dem **Ersten Weltkrieg** möglich. Bis dahin hatten die zwei Nationen äußerst unterschiedliche Entwicklungen durchlebt, wobei der Weg Polens erheblich schwieriger war.

4 **TIPP** *Anforderungsbereich: III, Gewichtung in Prozent: 25*

Bestimmen und erläutern Sie über-/einleitend das zu untersuchende Problem. Der Operator „sich auseinandersetzen" verlangt, „zu einem Sachverhalt, einem Konzept, einer Problemstellung oder einer These usw. eine Argumentation [zu] entwickeln, die zu einem begründeten Sachurteil und/oder Werturteil führt". Das bedeutet für diese Teilaufgabe, dass Sie wesentliche Aussagen und Intentionen Olivers kritisch überprüfen und dazu ein begründetes Sach- und Werturteil fällen müssen. Filtern Sie zunächst wesentliche und aussagekräftige Aspekte aus M heraus; dabei können Sie auch gut auf Ihre Vorarbeiten und Ausarbeitungen zu Teilaufgabe 2 zurückgreifen. Ziehen Sie zu jedem Punkt kritische Schlussfolgerungen: Was ist sachlich korrekt, einseitig oder falsch? Welche Wertungen sind korrekt, einseitig oder falsch? Welche Interessen vertritt Oliver, welche Absicht verfolgt er? Wie verhält er sich gegenüber seinen Gegnern? Entsprechen seine Aussagen modernen Standards des Menschen- und Völkerrechts? Begründen und belegen Sie jeweils Ihre Schlussfolgerungen und ziehen Sie ein Fazit. Die hier vorgestellte Bearbeitung stellt eine mögliche Lösung dar; auch anders akzentuierte Schlussfolgerungen bzw. Urteile sind denkbar, sofern diese stichhaltig begründet und belegt werden.

Ein-/Überleitung
Problemstellung

Olivers Aussagen zu den **Ursachen und Folgen des Konflikts** zwischen der britischen Regierung und den Patrioten in den nordamerikanischen Kolonien erfolgen aus einem einseitigen **loyalistischen Blickwinkel**. Seine Streitschrift kann wegen ihres stark **polemischen Charakters** auch als **Pamphlet** bezeichnet werden. Daher ist es geboten, sich mit seinen Aussagen kritisch auseinanderzusetzen.

Auseinandersetzung mit Olivers Aussagen zu …

… den Ursprüngen des Konflikts

Legitimität der Zoll- und Steuergesetze?

Die neuen **Zoll- und Steuergesetze**, die das britische Parlament für die amerikanischen Kolonien erließ und die dort als rechtwidrig abgelehnt wurden und auf heftigen Widerstand stießen, kommentiert Oliver mit den lapidaren Worten: „Sei es so, warum kauft ihr dann zollpflichtige Artikel?" (Z. 14 f.) Auf die **verfassungsrechtliche Frage**, ob diese Gesetze legitim waren, geht er gar nicht ein, sondern wischt sie mit diesem Kommentar einfach beiseite. Tatsächlich war die Legitimität der neuen Zoll- und Steuergesetze nach damaligem Rechtsverständnis umstritten und wurde in der Öffentlichkeit **hitzig debattiert**, da sie erheblich in die Freiheiten der Kolonisten eingriffen. Oliver lässt sich aber nicht auf eine sachliche Diskussion ein und **ignoriert** die Argumente und Rechte der Kolonisten. So geht er z. B.

nicht auf die fehlende Vertretung der Kolonien im Londoner Parlament ein, die unter dem Motto „No taxation without representation" von amerikanischer Seite aus gefordert wurde. Während er die britische Regierung klar im Recht sieht, **würdigt** er die Kolonisten mit teils sehr respektlosen Worten zu unmündigen Untertanen **herab**.

Um seine Sichtweise historisch zu untermauern, behauptet Oliver, eine über 100 Jahre alte **Urkunde Karls I.** verpflichte die Kolonisten, **Abgaben an Großbritannien** zu zahlen. Er erklärt aber nicht, inwiefern privaten Handelsgesellschaften gewährte Freibriefe oder Privilegien die Krone nach über 100 Jahren ermächtigen sollten, in den Kolonien plötzlich Steuern zu erheben. Gleichzeitig verschweigt er, dass die kolonialen Unterhäuser das Recht der Steuerkontrolle besaßen und eigentlich miteinbezogen werden müssten. Deshalb ist seine Argumentation hier recht weit hergeholt und fadenscheinig.

historisch-rechtliche Rechtfertigung der Steuergesetze?

Zwar führt Oliver richtig an, dass sich die Kolonisten durch **Petitionen** an Parlament und Regierung in London gewandt hätten; diese hätten aber einen so **verfassungswidrigen Charakter** gehabt, dass es „unter der Würde des englischen Regierungssystems" (Z. 19 f.) gewesen sei, diese entgegenzunehmen (vgl. Z. 18–21). Inwiefern dies tatsächlich auf das Vorgehen der Kolonisten, die ihre Interessen aus einer durchaus **selbstbewussten Haltung** als Bürger vertraten, zutrifft, führt Oliver nicht näher aus. Der Autor offenbart hier erneut sein **Selbstverständnis als Loyalist**, der die Kolonisten als Untertanen der Krone sieht und ihnen keine Selbstständigkeit als Bürger zugestehen will. Mit dem Vorwurf, durch ein bewusst verfassungswidriges Vorgehen würden die Anführer der Kolonisten eigennützig den Protest provozieren und anheizen, um selbst bedeutendere Positionen zu erlangen (vgl. Z. 21–23), versucht Oliver zudem auf provokante Weise, die Anführer der Kolonisten zu verunglimpfen und die **patriotische Protestbewegung zu spalten**.

verfassungswidriges Verhalten der Kolonisten (am Beispiel der Petitionen)?

Oliver beschreibt das **britische Parlament** als **verantwortungsbewusst und kompromissbereit** (vgl. Z. 16–18), was sicherlich auf einzelne Abgeordnete zutreffen mag. Insgesamt wurde jedoch über die Köpfe der Kolonisten, die keine Vertreter im Parlament hatten, hinweg entschieden; dabei waren die **politisch-wirtschaftlichen Interessen Großbritanniens ausschlaggebend**. Dies belegen die taktischen Schritte, mit denen versucht wurde, die Einnahmen aus den 13 Kolonien zu erhöhen. Auch fehlten Maßnahmen, ernsthaft auf die Kolonisten zuzugehen, z. B., indem man ihnen das geforderte Mitspracherecht im Parlament eingeräumt hätte. Zwar stimmt es, dass das Parlament mehrere Gesetze zurückgenommen hat; maßgeblich dafür war aber die zunehmend angespannte Lage in den Kolonien. Olivers Darstellung des britischen Parlaments ist daher **zu einseitig**. Zudem behauptet er, Großbritannien biete den Kolonisten „die mildeste Regierung […], unter der ihr leben könnt, eine Regierung, die

Verhalten von Parlament und Regierung der britischen Kolonialmacht?

vom Rest der Menschheit beneidet wird“ (Z. 64 f.). Auch dieses Bild ist beschönigend: Während Oliver wiederholt auf Verfehlungen der Kolonisten wie den tatsächlich vorhandenen **Schmuggel** verweist, ignoriert er gleichzeitig, dass auch die britische Regierung die Lage in den Kolonien durch konkrete Entscheidungen angeheizt hat. Letztlich drückt sich hier wieder sein vollkommenes Unverständnis für das Streben der Patrioten nach persönlicher und politischer Freiheit und Selbstständigkeit aus.

... den möglichen Folgen des Konflikts: düstere Prognosen

drohende Kriegsniederlage?

Oliver thematisiert nicht nur die Ursprünge des Konflikts, sondern sagt den Patrioten auch eine **katastrophale militärische Niederlage** im Befreiungskrieg voraus (vgl. Z. 35–39). Zwar waren die Truppen der 13 Kolonien vor allem in der ersten Kriegsphase in Bezug auf Ausbildung und Ausrüstung ihrer Soldaten den Briten unterlegen, allerdings **unterschätzte** der Autor die Kampfkraft einer Armee, die mit der Bevölkerung unmittelbar verbunden war und deren Soldaten **für ihre eigenen Interessen und Ideen** kämpften – mit Erfolg, wie man heute weiß. Olivers **düstere Vorhersage** sollte die Patrioten einschüchtern und ihren Mut brechen. Sie entpuppt sich als **taktische Kriegspropaganda** und ist – was der Autor damals natürlich noch nicht wissen konnte – durch den Sieg der Kolonisten im Unabhängigkeitskrieg **historisch widerlegt**.

Bürgerkrieg im Falle eines Sieges?

Ähnliches trifft auf Olivers zweite Prognose zu, **im Falle eines Sieges** wären die 13 Kolonien nicht in der Lage, einen gemeinsamen, stabilen Staat zu errichten und gegen ausländische Mächte zu verteidigen; zudem wären die Errichtung von Militärdiktaturen und ein **blutiger Bürgerkrieg** zwischen den Kolonien unvermeidlich (vgl. Z. 44–60). Mit diesen pessimistischen Vorhersagen versucht der Autor ebenfalls, die Kolonisten **einzuschüchtern** und von ihren Zielen abzubringen. Er verunglimpft ihre demokratischen und patriotischen Hoffnungen und will Unsicherheit schüren, um den **Widerstandswillen** der Bevölkerung und der Truppen zu schwächen. Auch diese Vorhersage trat letztendlich nicht ein, vielmehr gelang es der Unabhängigkeitsbewegung, eine **stabile demokratische Republik** zu schaffen, die zwar immer wieder Krisen bis hin zum Bürgerkrieg erlebte, aber bis in die heutige Zeit Bestand hat und sogar eine weltpolitische Führungsrolle spielt.

Fazit

In seiner Streitschrift vom Januar 1776 vertritt Peter Oliver eine von britischen Interessen geleitete **loyalistische Position** gegenüber der patriotisch-demokratischen Freiheitsbewegung in den 13 Kolonien, die sich auf den Weg gemacht hatten, die Vereinigten Staaten von Amerika zu gründen. Dabei bezieht sich der Autor sehr **einseitig** auf historisch falsche, umstrittene oder verfassungsrechtlich schwierige Fakten und spricht den Patrioten auf provokante und undifferenzierte Weise persönliche Seriosität, politische Kompetenz und jegliche

Aussicht auf Erfolg ab. Seine Wertungen sind von dem **propagandistischen Streben** geleitet, die Kolonisten **unglaubwürdig** zu machen sowie ihre Bewegung zu **spalten** und zu **schwächen**. Aus heutiger Sicht könnte man sogar so weit gehen, dass Oliver sich durch sein Werk dem frühen Streben nach modernen Menschenrechten in den Weg stellte. Denn der Sieg der Patrioten bedeutete nicht nur eine Niederlage für die Kolonialmacht Großbritannien, sondern durch die Gründung der Vereinigten Staaten als demokratischer Republik auch eine **Niederlage ihres politisch-gesellschaftlichen Systems**.

Niedersachsen Geschichte ▪ Abiturprüfung 2023
Grundlegendes/Erhöhtes Anforderungsniveau

Um Ihnen die **Prüfung 2023** schnellstmöglich zur Verfügung stellen zu können, bringen wir sie in digitaler Form heraus.

Sobald die Original-Prüfungsaufgaben 2023 freigegeben sind, können sie als PDF auf der Plattform **MyStark** heruntergeladen werden (Zugangscode vgl. Umschlaginnenseite).

Aktuelle Prüfung

www.stark-verlag.de/mystark